BRENDA JOYCE
La promesa

Editado por Harlequin Ibérica.
Una división de HarperCollins Ibérica, S.A.
Núñez de Balboa, 56
28001 Madrid

© 2010 Brenda Joyce Dreams Unlimited, Inc. Todos los derechos reservados.
LA PROMESA, N° 122 - 1.10.11
Título original: The Promise
Publicada originalmente por HQN™ Books
Traducido por María Perea Peña

Todos los derechos están reservados incluidos los de reproducción, total o parcial. Esta edición ha sido publicada con permiso de Harlequin Enterprises II BV.
Todos los personajes de este libro son ficticios. Cualquier parecido con alguna persona, viva o muerta, es pura coincidencia.
™ TOP NOVEL es marca registrada por Harlequin Enterprises Ltd.

® y ™ son marcas registradas por Harlequin Enterprises Limited y sus filiales, utilizadas con licencia. Las marcas que lleven ® están registradas en la Oficina Española de Patentes y Marcas y en otros países.

I.S.B.N.: 978-84-9000-808-9
Depósito legal: B-31114-2011

Para Kathy Pichnarcik

La promesa

PRÓLOGO

Adare, Irlanda

Verano de 1824

Desde el salón principal de la mansión, donde el conde de Adare ofrecía una cena para celebrar el cumpleaños de su esposa, se oía el sonido de la animada conversación de los adultos. Los niños estaban reunidos en un salón más pequeño que había frente al principal, al otro lado del gran vestíbulo abovedado, y Elysse O'Neill, que tenía once años, permanecía sentada en un sofá de brocado con su vestido de fiesta más elegante, lamentando que no le hubieran permitido unirse a los mayores. Su mejor amiga, Ariella de Warenne, que también iba vestida con gran formalidad para la fiesta, estaba sentada a su lado, concentrada en la lectura. Elysse no entendía a su amiga. Ella odiaba leer. Habría estado muy aburrida, de no ser por los chicos.

Los niños habían formado un círculo al otro extremo del salón y estaban susurrando con excitación entre ellos. Elysse se quedó mirándolos, intentando escuchar lo que decían, porque sabía que iban a causar problemas. Tenía los ojos fijos en Alexi de Warenne, el hermano de Ariella; él siempre era el líder del grupo.

Elysse lo había conocido cuatro años antes, cuando Alexi

llegó a Londres con su padre y Ariella de Jamaica, la isla donde se habían criado. Cuando los presentaron, ella lo desdeñó al instante, aunque su tez morena, su pelo oscuro y su actitud segura la fascinaron.

Después de todo, Alexi era un bastardo, aunque su madre fuera una noble rusa, y ella era una dama, así que quiso desairarlo. Sin embargo, él no se dejó desmoralizar por su rechazo, sino que empezó a contarle historias de su vida. Elysse había pensado que sería torpe y falto de aplomo, pero no era ninguna de las dos cosas. Rápidamente, se dio cuenta de que nunca había conocido a un niño que hubiera vivido tantas cosas como él. Alexi había navegado por todo el mundo con su padre, había capeado huracanes y monzones, había burlado bloqueos navales y había esquivado piratas, ¡y todo eso mientras su barco transportaba cargamentos muy valiosos! Había nadado con los delfines, había escalado en el Himalaya, había recorrido los senderos de las junglas de Brasil. ¡Incluso había remontado el curso de un río sin su padre! De hecho, se jactó ante ella de que podía gobernar cualquier embarcación y navegar por cualquier parte, y ella lo creyó.

En menos de una hora, Elysse había decidido que era el niño más interesante que hubiera conocido en la vida, ¡aunque no iba a permitir que él lo supiera!

Desde que se conocieron habían pasado cuatro años, y lo conocía bien. Alexi era un aventurero, como su padre, y no sería capaz de permanecer durante mucho tiempo en tierra firme. Ni tampoco de mantenerse quieto. ¿Qué estarían tramando los chicos? De repente atravesaron el salón, y ella se dio cuenta de que estaban a punto de marcharse, porque se dirigían hacia las puertas de la terraza.

Elysse se metió el pelo detrás de las orejas y se alisó el vestido de satén azul. Después se levantó del asiento.

—Esperad —dijo, y fue rápidamente hasta ellos—. ¿Adónde vais?

Alexi sonrió.

—Al Castillo de Errol.

A ella se le encogió el corazón. Todo el mundo sabía que las ruinas de aquel castillo estaban encantadas.

—¿Estáis locos?

—¿No quieres venir, Elysse? ¿No quieres ver al viejo fantasma que se pasea por la torre norte a la luz de la luna llena? —le preguntó Alexi—. Dicen que suspira por el amor de su dama. ¡Sé que te encantan las historias románticas! Ella lo dejó en una noche de luna llena por otro hombre. Así que él se suicidó y camina siempre por la torre cuando hay luna llena.

—Ya conozco la historia, por supuesto —dijo ella.

Se le había acelerado el corazón de alarma y miedo. Ella no era valiente como Alexi ni como su propio hermano pequeño, Jack, ni como Ned, el hijo del conde, que estaba con ellos. Elysse no tenía ganas de salir a la oscuridad de la noche para conocer al fantasma.

—Cobarde —le dijo Alexi suavemente, y le acarició la barbilla—. Yo te protegeré, ¿sabes?

Elysse retrocedió.

—¿Y cómo vas a hacer eso? Sólo eres un niño, ¡y estás loco, además!

A él se le borró la sonrisa de los labios.

—Si digo que te protegeré, te protegeré.

Ella lo creía. Sabía que él haría eso exactamente, que la protegería incluso de un fantasma. Sin embargo, titubeó, porque no quería ir con ellos.

—Las damas no tienen por qué ser valientes, Alexi. Sólo deben ser elegantes, diplomáticas, educadas y bellas.

A él le brillaban los ojos.

Ned intervino.

—Déjala, Alexi. No quiere venir con nosotros.

Su hermano pequeño, Jack, le hizo burla.

Ariella se acercó también, después de dejar su libro de historia en el sofá.

—Yo voy —dijo, con los ojos azules muy abiertos, relucientes—. ¡Me encantaría ver al fantasma!

Alexi miró a Elysse con una actitud desafiante.

—¡Está bien! —gritó. Estaba furiosa porque él la hubiera provocado hasta el punto de haber tenido que aceptar—. ¿Pero cómo vamos a llegar hasta allí?

—Llegaremos en menos de veinte minutos si vamos a caballo —dijo Ned—. Las chicas pueden montar con nosotros, en la grupa. Jack montará solo.

Era una idea horrible. Elysse lo sabía. Sin embargo, todos los demás tenían los ojos abiertos como platos de la emoción. Un momento después, estaba siguiendo a los niños y a Ariella por la terraza; se dirigían hacia el corral del que iban a robar las monturas. Los niños montaban a menudo a pelo, tan sólo con las bridas. En aquel momento, Elysse hubiera preferido que fueran malos jinetes, pero no lo eran. ¡Aquella noche era tan oscura y tan silenciosa! Mientras los seguía por los grandes jardines de Adare, miró la luna llena, y rezó para rogar que no se encontraran con el fantasma aquella noche.

Unos minutos más tarde todo el mundo estaba montado a horcajadas, y se alejaban al trote de la casa. Elysse se agarró con fuerza a Alexi. Estaba más enfadada a cada minuto que pasaba. Él era un excelente jinete, pero ella no, y temía caerse.

—Me estás rompiendo las costillas —dijo él, entre risas.

—Te odio —respondió ella.

—No, no es verdad.

Siguieron en silencio durante el resto del camino. Ante ellos, a la luz extraña y amarillenta de la luna, Elysse vio la sombra oscura del Castillo de Errol. Era enorme.

Todo estaba muy silencioso. Lo único que oía Elysse era el ruido de los cascos de los caballos, y los latidos de su corazón, que eran más rápidos de lo que deberían. Pasaron junto a montones de piedras blancas, que una vez formaron parte de la barbacana del castillo. ¡Ella sólo quería darse la vuelta y volver a casa! De repente se oyó el aullido de un lobo.

Alexi se puso rígido, y Elysse susurró nerviosamente:

—Nunca hay lobos tan cerca de Adare.

—No estamos cerca —dijo él.

Detuvieron los caballos junto a un agujero que había en las murallas, y que antiguamente era la entrada principal al recinto. A través de las sombras del laberinto de muros de piedra que había en el interior, Elysse vio la torre solitaria, la única estructura que permanecía en pie, al otro extremo de las ruinas. Tragó saliva. Tenía el corazón en la garganta.

—Dicen que lleva una antorcha, la misma que llevó por su amor perdido —le susurró Alexi mientras se giraba ligeramente y la tomaba de la mano—. Vamos, desmonta.

Elysse lo hizo, y mantuvo el equilibrio aferrada a su mano. Todos bajaron al suelo. Ariella susurró:

—No hemos traído velas.

—Sí, sí las hemos traído —repuso su hermano con orgullo. Se sacó una vela del bolsillo y la encendió—. Vamos —dijo entonces, y comenzó a caminar. Claramente, tenía intención de dirigir al grupo.

Lo siguieron. Ella tenía el estómago encogido de miedo, y vaciló. No quería entrar.

Los niños se desvanecieron en la oscuridad que reinaba en el interior de las ruinas del castillo. Elysse se mordió el labio. Tenía la respiración acelerada. Se dio cuenta de que se había quedado completamente sola a oscuras, fuera de las ruinas. Y tal vez, aquello era peor.

Algo se movió a su espalda, y ella gritó y se sobresaltó, pero se dio cuenta de que uno de los caballos, que estaba pastando, se había chocado contra ella. Oyó el ulular de un búho; un sonido ominoso. ¡Odiaba las aventuras! ¡Prefería las fiestas y las cosas bonitas! Sin embargo, estar allí sola era mucho peor que entrar con los demás. Elysse corrió detrás de los otros niños.

Dentro estaba tan oscuro que no veía nada. Oyó sus susurros y corrió para seguirlos. Sin embargo, aquello era un laberinto. Se chocó contra un muro y sintió pánico, y giró, encontró una esquina, y se dio la vuelta. Entonces se tropezó y cayó al suelo.

Iba a llamar a Alexi, a pedirle que esperara, cuando vio una luz al otro lado del castillo, donde estaba la torre. Se quedó paralizada, agachada junto al muro, temerosa de gritar. ¿Acababa de ver la luz de la antorcha del fantasma?

Sintió pánico nuevamente. ¡Había vuelto a ver aquella luz! Se levantó y echó a correr para huir del castillo y del fantasma, pero se encontró con una y otra esquina, tropezó y cayó mientras corría. Se golpeó las rodillas y se arañó las palmas de las manos. ¿Por qué no había salido ya del castillo? ¿Dónde estaba la abertura de la muralla? Se dio cuenta de que había llegado a otro callejón sin salida: frente a ella estaba la pared enorme de una chimenea. Cayó contra la piedra, jadeando y resoplando, y en aquel momento fue cuando oyó el galopar de unos caballos.

¿La estaban dejando allí sola?

Se le escapó un sollozo de incredulidad. Se volvió, apoyó la espalda en la pared y vio al fantasma, que se acercaba a ella con la antorcha. Se quedó petrificada de miedo.

—¡Elysse! —exclamó Alexi mientras se aproximaba.

Ella notó que le fallaban las rodillas de auténtico alivio. Era Alexi con la vela, no el fantasma con la antorcha.

—¡Alexi! Creía que me habías dejado aquí. ¡Creía que me había perdido para siempre!

Él posó la vela en el suelo y la abrazó.

—No, no, no. No pasa nada. No estás perdida. Yo no te dejaría sola. ¿No te he dicho que voy a protegerte siempre?

Ella se aferró a él con fuerza.

—¡Creía que no me encontrabas, y que los caballos habían echado a galopar!

—No llores. Ya estoy aquí. Has oído a mi padre, al conde y a tu padre, que han venido a buscarnos. Están fuera, y están furiosos —dijo él, mirándola fijamente—. ¿Cómo has podido pensar que no iba a encontrarte?

—No lo sé —susurró ella, temblando, con la cara llena de lágrimas. Pero ya había dejado de llorar.

—Si te pierdes, yo te encontraré. Si corres peligro, yo te

protegeré –le dijo Alexi con gravedad–. Es lo que hacen los caballeros, Elysse.

Ella tomó aire.

–¿Me lo prometes?

Él sonrió lentamente y le secó una lágrima de la cara.

–Te lo prometo.

Por fin, Elysse sonrió.

–Siento no ser valiente.

–Eres muy valiente, Elysse, lo que pasa es que no lo sabes.

Claramente, él se creía lo que acababa de decir.

Primera parte

«Amor perdido»

CAPÍTULO 1

Askeaton, Irlanda

23 de marzo de 1833

Hacía más de dos años que Alexi no volvía a casa, pero a Elysse O'Neill le había parecido una eternidad. Sonrió al mirarse al espejo de su habitación. Acababa de arreglarse para la ocasión, y sabía que su emoción era evidente: estaba sonrojada y tenía los ojos brillantes. Sentía entusiasmo, porque, por fin, Alexi de Warenne había vuelto a casa. ¡Estaba impaciente por escuchar la narración de sus aventuras!

Se preguntó si él se daría cuenta de que ya era una mujer adulta. Durante aquellos dos años había tenido una docena de pretendientes, por no mencionar que le habían hecho cinco peticiones de matrimonio.

Sonrió de nuevo. Aquel vestido de color verde claro favorecía mucho a sus ojos de color violeta. Estaba acostumbrada a suscitar la admiración masculina. Los chicos habían empezado a mirarla cuando apenas era una adolescente. Alexi también. Se preguntó qué pensaría de ella en aquel momento. No estaba segura de por qué motivo quería que él se fijara en ella aquella noche. Después de todo, sólo eran amigos. Impulsivamente se tiró del vestido hacia abajo para mostrar un poco más de escote.

Alexi nunca había viajado tan lejos. Elysse se preguntó si él habría cambiado. Cuando se había marchado a Canadá en busca de pieles, ella no sabía que pasarían años antes de que volviera, pero recordaba su despedida como si hubiera sucedido el día anterior.

Él la había mirado con su sonrisa de gallito y le había preguntado:

—¿Vas a llevar un anillo cuando vuelva?

—Yo siempre llevo anillos —había respondido ella con coquetería. Sin embargo, se preguntó si algún inglés la conquistaría antes de que él volviera. ¡Ojalá!

—No me refiero a los diamantes —había replicado él, con los párpados cerrados a medias para ocultarle el brillo de sus ojos a Elysse.

Ella se encogió de hombros.

—Yo no puedo evitar tener tantos pretendientes, Alexi. Seguramente habrá más ofertas de matrimonio, y mi padre sabrá cuál debe aceptar por mí.

—Sí, supongo que Devlin se asegurará de que tengas un buen matrimonio.

Se quedaron mirándose a los ojos. Algún día, su padre le encontraría una buena pareja. Ella había oído a sus padres hablando de aquello, y sabía que ellos querían que fuera un matrimonio por amor. Eso sería perfecto.

—Si nadie se interesa, me sentiría muy ofendida —dijo.

—¿No te parece suficiente estar siempre rodeada de admiradores?

—¡Espero estar casada cuando cumpla los dieciocho años! —exclamó Elysse.

Su décimo octavo cumpleaños sería en otoño, seis meses más tarde, mientras Alexi todavía estaría en Canadá. Al pensarlo, el corazón se le encogió de una manera extraña. Con desconcierto, intentó alejarse de aquel sentimiento de miedo y sonrió alegremente. Le tomó las manos.

—¿Qué me vas a traer esta vez?

Él siempre le llevaba un regalo cuando volvía de las travesías.

Después de una pausa, Alexi respondió suavemente.
—Te voy a traer una marta cibelina de Rusia, Elysse.
Ella se quedó sorprendida.
—Pero si vas a Canadá.
—Sé adónde voy. Y te voy a traer una marta cibelina de Rusia.

Elysse lo había mirado con recelo. Estaba segura de que él le estaba tomando el pelo. Él se había limitado a sonreír. Después, Alexi se despidió del resto de su familia y salió de la casa, mientras ella entraba apresuradamente a tomar el té al salón, donde siempre la esperaban, con impaciencia, sus más recientes admiradores...

Alexi permaneció varios meses en Canadá; aparentemente, tuvo algunos problemas para adquirir el cargamento que debía llevar a casa. Cuando por fin volvió a Liverpool, a la carrera, no se había quedado en Inglaterra, sino que había puesto rumbo a las islas en busca de caña de azúcar. Elysse se había quedado sorprendida, incluso decepcionada.

Por supuesto, ella nunca había dudado que Alexi seguiría los pasos de su padre. Cliff de Warenne tenía una de las compañías de transporte marítimo más importantes del mundo, y Alexi se había pasado la vida en el mar, a su lado. Era evidente que cuando cumpliera la mayoría de edad, Alexi se encargaría de las rutas comerciales más lucrativas, gobernando los barcos más productivos, como había hecho su padre. Había llevado su primer barco a la edad de diecisiete años. Elysse era hija de un capitán naval retirado, y entendía de verdad lo mucho que amaba el mar Alexi. Lo llevaba en la sangre. Los hombres como Cliff de Warenne y su padre, Devlin O'Neill, los hombres como Alexi, nunca podían permanecer demasiado tiempo en tierra firme.

Sin embargo, ella había albergado la esperanza de que volviera a casa después de su viaje a las Indias Orientales. Siempre volvía, más tarde o más temprano. ¡Pero él había reparado su barco en Liverpool y había zarpado rumbo a China!

Cuando Elysse supo que había alquilado su barco, el *Ariel*, a la Compañía de las Indias Orientales, que tenía el monopolio del comercio con China, se había preocupado. Aunque estaba retirado, Devlin O'Neill asesoraba frecuentemente al Almirantazgo y al Ministerio del Exterior en asuntos de política imperial y marítima, y Elysse conocía bien las materias del comercio, la economía y la política internacional. Había oído muchas conversaciones sobre el comercio con China durante los años anteriores. El mar de China era peligroso; en su mayor parte estaba inexplorado, y en él abundaban los arrecifes escondidos, las rocas sumergidas y los bajíos desconocidos, por no mencionar los monzones y, peor todavía, los tifones. Atravesar aquel mar hacia la China era relativamente sencillo, si uno no se encontraba con uno de aquellos obstáculos; sin embargo, el camino de vuelta a casa era difícil y peligroso.

De todos modos, ¡seguro que Alexi consideraba que el peligro era la mejor parte del viaje! Alexi de Warenne era valiente, y adoraba los desafíos. Elysse lo sabía muy bien.

No obstante, parecía que se había preocupado por él en vano. La noche anterior, Ariella le había enviado una nota a Elysse diciéndole que Alexi acababa de llegar a Windhaven. Había arribado a Liverpool unos días antes, con quinientas cinco toneladas de seda y té, después de hacer la travesía desde Cantón en ciento doce días, una hazaña de la que hablaba todo el mundo. Para un capitán nuevo en aquella ruta, el hecho de haber conseguido aquel tiempo era impresionante, y Elysse lo sabía. La próxima vez que volviera de China, podría exigir un precio alto por su cargamento. Y conociendo a Alexi como lo conocía, Elysse supo que iba a jactarse de ello.

Se miró al espejo una última vez. Era toda una belleza. Muchas veces le habían dicho que había sacado cosas parecidas tanto de su padre como de su madre. Era menuda y tenía los ojos del color de las amatistas, como su madre, y el cabello rubio, como su padre. Había tenido cinco ofertas de matrimonio en aquellos dos años, pero las había rechazado todas, aunque ya había cumplido la veintena. Esperaba que

Alexi no le tomara el pelo por el hecho de seguir soltera a aquella edad. Elysse esperaba que él no recordara su plan de estar casada antes de los dieciocho años.

—¡Elysse! ¡Estamos aquí! ¡Alexi está abajo! —exclamó Ariella, llamando a su puerta desde el pasillo.

Elysse respiró profundamente. De pronto, se sentía tan emocionada que casi se había mareado. Corrió hacia la puerta y abrió. Su amiga abrió unos ojos como platos al verla arreglada con un traje de noche, justo antes de que ambas se abrazaran.

—¿Vas a salir esta noche? ¿Me han excluido de alguna invitación para una fiesta?

Elysse sonrió.

—Claro que no voy a salir. ¡Quiero que Alexi me lo cuente todo sobre China y sobre sus aventuras! ¿Cómo estoy?

Ariella tenía un año menos que Elysse, y era una muchacha exótica. Tenía los ojos claros, la piel morena y el pelo rubio dorado. Tenía una educación poco convencional, y sentía debilidad por los museos y las bibliotecas, así como aversión por las tiendas y los bailes.

—Me parece que quieres impresionar a alguien —dijo.

—¿Y por qué me iba a molestar en impresionar a tu hermano? —preguntó ella, con una carcajada—. Pero será mejor que se dé cuenta de que ya soy una adulta, y la debutante más deseable de toda Irlanda.

Ariella respondió con ironía:

—Alexi tiene puntos flacos, pero la incapacidad de fijarse en las mujeres atractivas no es uno de ellos.

Elysse cerró la puerta. Alexi era un mujeriego, pero eso no era ninguna sorpresa: los hombres De Warenne eran conocidos por su libertinaje, que terminaba el día de su boda. En aquella familia se decía que, cuando un De Warenne se enamoraba, era para siempre, aunque tal vez aquel evento culminante tardara un tiempo en llegar. Elysse le apretó la mano a Ariella mientras recorrían el largo pasillo hacia las escaleras.

—¿Te ha dicho por qué ha estado tanto tiempo fuera?

—Mi hermano es un marino, y es un aventurero. Está enamorado de China, o del comercio con China, más bien. Anoche sólo hablaba de eso. ¡Quiere comprar un clíper sólo para el comercio!

—Entonces, ¿va a continuar alquilando su barco a la Compañía de las Indias Orientales? Me sorprendí al saber que había alquilado el *Ariel*. No me imagino a Alexi trabajando para otro.

—Está empeñado en abrirse camino en el comercio. ¡Creo que todos aquéllos que están a una legua a la redonda de Askeaton han venido para oír de primera mano sus historias sobre China y el viaje de vuelta!

Elysse oía los murmullos de la conversación desde el piso de abajo. Claramente, tenían muchas visitas. Era lógico que los vecinos estuvieran interesados en el regreso de Alexi de China. Las noticias de sus viajes se habrían extendido como un reguero de pólvora. Seguramente era el evento más emocionante de toda la temporada.

Al final de las escaleras había perspectiva para ver el salón principal, donde se habían reunido los vecinos y la familia. Askeaton era la casa solariega de la familia O'Neill, y el salón era enorme. Tenía suelos de piedra, grandes vigas de madera en el techo y tapices colgados en las paredes. Desde los ventanales podía admirarse el verde paisaje irlandés, y más allá, se divisaba la torre en ruinas que había detrás de la casa. Sin embargo, Elysse no miró hacia fuera, ni hacia la multitud.

Alexi estaba ante la chimenea, en una pose segura e indolente, y vestido con una chaqueta de montar, pantalones y botas. Ya no era el chico de dieciocho años que Elysse había visto por última vez. En su lugar había un hombre adulto. Estaba rodeado de vecinos, pero elevó la vista inmediatamente y la fijó en ella.

Por un momento, ella sólo pudo mirarlo a él. Había cambiado mucho, e irradiaba la seguridad de una persona experimentada. Elysse lo notó en su postura, en su manera directa de mirarla. Por fin, él sonrió.

A ella le dio un salto el corazón, y su felicidad fue instantánea. Alexi estaba en casa.

Su hermano, Jack, le dio una palmada en el hombro.

—Vamos, no puedes dejarlo ahí. Sigue hablándonos del estrecho de Sundra.

Siguieron mirándose, y Elysse le dedicó una sonrisa resplandeciente. Se dio cuenta de que Alexi estaba más guapo incluso que cuando se había marchado. Entonces, vio a tres de sus amigas, que lo observaban con embeleso.

—Tardamos tres días en llegar, Jack —le dijo Alexi a su hermano Jack—. Admito que hubo un par de ocasiones en las que temí que la nave sufriera desperfectos en los bajíos y tuviéramos que pasar quince días de reparaciones en Anjers.

Alexi se volvió e hizo un gesto, y un hombre alto y rubio se le acercó. Alexi lo tomó del hombro.

—No creo que hubiéramos podido hacer el viaje en ciento doce días sin Montgomery. Es el mejor piloto que he tenido. Lo mejor que he hecho es contratarlo en Canadá.

Elysse miró al piloto de Alexi, que seguramente tenía unos años más que ellos dos, y se dio cuenta de que él también la estaba mirando. Montgomery le sonrió mientras uno de sus vecinos decía con impaciencia:

—¡Habladnos sobre el mar de China! ¿Habéis tenido que capear algún tifón?

—No, habladnos sobre el té —pidió con una sonrisa el padre MacKenzie.

—¿Crees que China permanecerá cerrada para todos los extranjeros? —preguntó Jack.

Alexi les sonrió a todos.

—Conseguí un té negro hecho con los brotes nuevos y las dos hojas más jóvenes; es el mejor que hayáis tomado nunca, lo juro. Se llama pekoe. Y ningún otro barco lo va a traer a casa. Esta temporada no —dijo. Aunque hablaba para todos los presentes, sólo la miraba a ella.

—¿Y cómo has conseguido esa hazaña? —preguntó Cliff, sonriendo con orgullo a su hijo.

Alexi se giró hacia su padre.

—Es una larga historia, en la que hay bastante dinero de por medio y un comprador astuto y ambicioso.

Elysse se dio cuenta de que se había quedado en los últimos peldaños de las escaleras como una estatua. ¿Qué le ocurría? Comenzó a bajarlas rápidamente, sin dejar de mirar a Alexi, mientras él se volvía hacia sus amigas, que le habían preguntado cómo era el té pekoe. Antes de que él pudiera responder, Elysse dio un mal paso y se tambaleó.

Tuvo que agarrarse a la barandilla, y se sintió mortificada. Normalmente, ella se movía con mucha gracia. Cuando se aferraba a la barandilla, alguien la tomó del brazo para impedir que cayera de rodillas y quedara totalmente humillada.

Alexi la agarró con firmeza y la ayudó a enderezarse. Elysse miró hacia arriba y se encontró con sus deslumbrantes ojos azules.

Por un momento, ella se quedó entre sus brazos. Él sonrió, como si aquella situación le resultara divertida.

—Hola, Elysse.

Ella tenía las mejillas ardiendo, pero por la vergüenza por haber sido tan torpe, no por estar entre sus brazos, seguro. De todos modos, se sentía confusa, casi desorientada. Nunca se había notado tan menuda y tan femenina, y Alexi nunca le había parecido tan alto y tan masculino. Los latidos de su corazón eran como truenos. ¿Qué le ocurría?

Por fin, consiguió alejarse unos pasos y poner una distancia decorosa entre ellos. Alexi sonrió todavía más, y ella sintió que el rubor de las mejillas se le extendía por el pecho.

—Hola, Alexi. Nunca había oído hablar del té pekoe —dijo, alzando la barbilla.

—No me sorprende. Nadie consigue el té de primera recolección, salvo yo, por supuesto —fanfarroneó él.

—Por supuesto —respondió ella. Después añadió con ligereza—: No sabía que habías vuelto. ¿Cuándo has llegado?

—Creía que Ariella te había enviado una nota ayer —dijo Alexi, y ella se dio cuenta al instante de que él no se había creído su mentira–. Entré en el puerto de Liverpool hace tres días. Y llegué a casa anoche –explicó, y se metió las manos en los bolsillos, sin hacer ademán de volver al salón.

–Me sorprende que te hayas molestado en venir –replicó ella con un mohín.

Él la miró de una manera extraña y, de repente, le tomó la mano.

–Todavía no llevas anillo.

Ella tiró de la mano para zafarse. Su contacto le aceleraba el corazón.

–He tenido cinco ofertas de matrimonio, Alexi. Y eran muy buenas. Pero rechacé a los caballeros.

Él la observó con los ojos entornados.

–Si las ofertas eran tan buenas, ¿por qué lo has hecho? Me parece recordar que querías estar casada antes de cumplir los dieciocho.

¡Se estaba riendo de ella! ¿O no? Estaba sonriendo, pero había desviado la mirada.

–Tal vez cambiara de opinión.

–Umm... ¿Por qué no me sorprende nada eso? ¿Acaso te has vuelto una romántica, Elysse? –le preguntó Alexi con una carcajada–. ¿Estás esperando al amor verdadero?

–¡Ah, se me había olvidado lo molesto que puedes llegar a ser! Pues claro que soy romántica, al contrario que tú –replicó ella. Las bromas de Alexi le resultaban familiares, y hacían que se sintiera segura.

–Te conozco desde que éramos niños. No eres tan romántica; más bien, te encanta flirtear.

Aquello molestó de verdad a Elysse.

–Todas las mujeres coquetean, Alexi. ¡A menos que sean viejas, gordas o feas!

–Ah, veo que sigues siendo poco caritativa. Seguro que los pretendientes no reunían los requisitos necesarios para convertirse en tu marido –dijo él con una mirada de diversión–. ¿Acaso aspiras a un duque? ¿O a un príncipe austriaco?

¡Eso sería perfecto! ¿Puedo hacer de casamentero? ¡Conozco a un par de duques!

—Está claro que no me conoces de verdad. Yo soy muy romántica. ¡Y no, no puedes hacer de casamentero!

—¿De veras? —preguntó él, que en aquel momento ya se estaba riendo de ella abiertamente—. Nos conocemos muy bien, Elysse, así que no pretendas convencerme de lo contrario —le dijo, y la tomó de la barbilla para que alzara la cara—. ¿Te he ofendido? Sólo te estoy tomando el pelo, querida.

Ella le apartó la mano.

—¡Ya sabes que sí! ¡No ha cambiado nada! Se me había olvidado cómo te gusta enfurecerme. ¿Y quién eres tú para hablar? Se dice que tienes a una mujer en cada puerto.

—Ah, un caballero no habla de esos temas, Elysse.

—Tu reputación es bien conocida —replicó ella con cara de pocos amigos. En secreto, se preguntaba si de verdad tendría una amante en cada puerto. No estaba segura de por qué debería importarle, pero le importaba.

Él volvió a tomarle la barbilla.

—¿Por qué tienes ese gesto ceñudo? ¿Es que no te alegras de verme? —preguntó en un tono mucho más suave—. Ariella me ha dicho que estabas preocupada por mí, que pensabas que me había desvanecido en el mar de China.

Ella tomó aire al sentir una punzada de irritación hacia su amiga, y al no entender lo que significaba el murmurar de Alexi.

—Ariella se equivocaba. ¿Por qué me iba a preocupar por ti? Estaba demasiado ocupada. Acabo de volver de Londres y de París, Alexi. En aquellos salones no se habla de té ni de tifones.

—¿Ni de mí? —preguntó él, con gesto serio, aunque era evidente que estaba intentando contener la risa—. Todo el mundo habla del comercio con China, Elysse. Es un nuevo mundo. La Compañía de las Indias Orientales no puede mantener el monopolio de ese comercio, y China tiene que abrir sus puertos al mundo.

—A mí no me importa China, ni el comercio libre, ni tú —refunfuñó ella.

—Vaya, me has roto el corazón para siempre —dijo él, y sonrió ligeramente—. Pero los dos sabemos que sí te interesan mis viajes. Después de todo, eres hija de tu padre.

Elysse se cruzó de brazos y Alexi clavó la mirada en su pecho. Ella se quedó asombrada, pese a que antes había deseado que él notara lo femenina que se había vuelto. Por fin, consiguió hablar.

—¿Vas a trabajar de nuevo para la Compañía de las Indias Orientales?

—Por supuesto, voy a volver a China. Después de este último viaje conseguiré más de cinco libras por tonelada, Elysse. Pero se rumorea que la Compañía va a perder pronto el contrato de fletamento.

Así que él iba a hacer la travesía de nuevo.

—¿Y cuándo te marchas, esta vez?

Él sonrió.

—¡Así que después de todo, te importa! ¡Me vas a echar de menos!

—No, no te voy a echar de menos. ¡Voy a estar demasiado ocupada manteniendo a raya a mis admiradores!

—Ahora sí que me has roto el corazón.

Elysse se echó a temblar de consternación. Sí que lo iba a echar de menos en aquella ocasión, tal vez porque ya llevaba fuera mucho tiempo. Se le había olvidado lo mucho que disfrutaba de su compañía, incluso de sus horrendas tomaduras de pelo. Y él se había dado cuenta.

—¿Cuándo vuelves a hacerte a la mar? —preguntó ella.

El mejor momento para viajar a China era el verano, y estaban a finales de marzo. Sin embargo, Elysse no pensaba que Alexi pudiera quedarse en el campo, sin hacer nada, durante otros dos meses.

—Así que me has echado de menos —dijo él rápidamente, con una mirada penetrante.

Ella se humedeció los labios y se negó a responder. Él se inclinó hacia ella y susurró:

—Te he traído una marta cibelina de Rusia, Elysse.

Había recordado la promesa que le había hecho. Antes de que ella pudiera responder, apareció una de sus vecinas, Louisa Cochrane.

—Espero no interrumpir —dijo la joven—. Me encantaría conocer a alguien que se dedica al comercio con China. Adoro el té souchong.

Por un momento, Elysse siguió mirando a Alexi con asombro. No podía creer que él le hubiera llevado un regalo tan caro y tan precioso. Él también la miró con intensidad. Después de un segundo, se volvió hacia Louisa y le hizo una reverencia galante.

—Alexi de Warenne a vuestro servicio, señorita —dijo, y se irguió—. Y si os gusta el té souchong, os encantará el té pekoe.

—Estoy impaciente por probarlo —dijo Louisa, y le dedicó una sonrisa.

A Elysse siempre le había caído bien Louisa, pero en aquel momento, al oír su tono seductor, no pudo soportarla. ¿Acaso había decidido interesarse por Alexi? Elysse se giró a mirarlo.

—¿Podría llevar una muestra a la puerta de vuestra residencia, por ejemplo, mañana? Sería un placer —dijo Alexi con una sonrisa. Sus intenciones estaban muy claras, de repente.

—No quisiera importunaros, capitán —murmuró Louisa con coquetería.

—Vos no podríais importunarme, señorita Cochrane. Sois demasiado bella como para hacerlo. Será un placer llevaros el té en persona.

Louisa se ruborizó y le aseguró que no tenía por qué tomarse la molestia. Durante aquella conversación, Elysse tuvo pensamientos incoherentes, confusos. A ella nunca le habían importado los flirteos y las seducciones de Alexi. ¿Por qué debía importarle su siguiente aventura?

—Tenéis muchos admiradores, capitán —dijo Louisa, mientras ignoraba a Elysse–. ¿Por qué no me acompañáis de nuevo al salón para que todos podamos oír vuestras maravillosas historias?

Alexi vaciló y miró a Elysse.

–¿Vienes con nosotros?

Elysse sonrió.

–Por supuesto. Estoy impaciente por saber cosas de tus aventuras.

Se miraron fijamente durante un momento, hasta que Louisa tiró del brazo de Alexi. Elysse los siguió hacia el salón, fijándose en todos los detalles del vestido y la figura de Louisa. Había oído decir que estaba desesperada por atrapar un marido rico. Sin embargo, Alexi era un soltero empedernido. Y ella no estaba celosa, ¿verdad? Pero quería tener la atención de Alexi. Tenía muchas preguntas que hacerle. Quería saber qué había estado haciendo durante aquellos dos años y medio. Y quería sus pieles rusas.

En el salón, Alexi y Louisa se vieron rodeados al instante, y Alexi fue acribillado a preguntas sobre sus viajes. Elysse comenzó a relajarse. Alexi estaba en casa, y ella estaba segura de que se había percatado de su encanto, belleza y sofisticación. Sonrió cuando él respondió a una pregunta del padre MacKenzie.

Ariella se acercó a ella.

–¡Estoy muy contenta de que haya vuelto mi hermano! ¿No te parece maravilloso?

–Es verdaderamente maravilloso, pero espero que Louisa no ocupe todo su tiempo. Las dos sabemos que no va a quedarse mucho tiempo en el campo.

Ariella arqueó las cejas.

–Umm... Sí, parece que está muy interesado en Louisa.

–Louisa está un poco entrada en años, ¿no crees?

–¡Pero si es muy agradable! –exclamó Ariella–. No estarás celosa de ella, ¿no?

–Pues claro que no.

Ariella se inclinó hacia ella y le susurró:

—¿Por qué no vas a hablar con el pobre James Ogilvy? Está ahí solo, mirándote con una sonrisa embobada.

Ogilvy llevaba un mes cortejándola, pero Elysse había perdido todo el interés. Sin embargo, le sonrió. Él se acercó rápidamente y le hizo una reverencia sobre la mano, y Elysse se dio cuenta de que Alexi se giraba y los miraba. Ella sintió satisfacción, y concentró su atención en James.

—Me prometisteis que iríamos de picnic a Swan Lake.

Él abrió unos ojos como platos.

—Creía que no estabais interesada, porque no habíais vuelto a mencionarlo.

Ella sonrió.

—Estoy muy interesada. De hecho, estoy impaciente.

—Entonces, tal vez podríamos ir mañana por la tarde.

Elysse miró a Alexi, que estaba hablando con un noble de la zona en aquel momento. No sabía cuánto tiempo iba a estar él en la campiña irlandesa, y ella quería estar disponible hasta que se marchara a Londres. Sonrió a James.

—¿Podría ser la semana que viene? Mañana tengo un compromiso —dijo. No era cierto, pero sólo se trataba de una mentirijilla.

Hablaron durante unos minutos más. Para Elysse fue difícil mantener una conversación con James mientras intentaba escuchar lo que decía Alexi, e intentaba mirarlo de reojo. Mientras hacía planes con Ogilvy, se dio cuenta de que tenía otro admirador; Montgomery, que estaba charlando con Ariella, no dejaba de mirarla. Elysse no le había prestado demasiada atención, así que lo hizo en aquel momento, y pensó que era muy guapo. Aunque era sólo un piloto, se comportaba como si fuera un caballero. Él la miró de nuevo, y ella supo que deseaba que los presentaran. Se le pasó por la mente que Montgomery había estado aquellos dos años junto a Alexi, y se excusó ante James.

Montgomery la sonrió cuando ella se aproximaba.

—No nos han presentado formalmente, señorita O'Neill. Por supuesto, he oído hablar de usted al capitán de Warenne, pero ése no es el motivo por el que deseaba conoceros.

Elysse comprendió lo que quería decir, y se sintió halagada.

—¿Cliff le ha hablado de mí?

Montgomery sonrió.

—No, me refería a mi capitán, Alexi —dijo él. Avanzó hacia ella y se inclinó—. Soy William Montgomery. Es un placer, señorita.

Evidentemente, no era un caballero, porque ningún caballero de buena familia tendría el oficio de piloto, pero Elysse se quedó impresionada, de todos modos, por su encanto. Tenía un inconfundible acento sureño, y ella recordó que la mayoría de los caballeros del Sur de los Estados Unidos eran muy galantes.

—También es un placer para mí el conoceros, señor —dijo ella, y se rió—. ¡No todos los días se puede conocer a un piloto valiente que ha navegado por los mares de China!

Él sonrió con calidez, y pasó la mirada por el corpiño de su vestido.

—Nuestros viajes son largos, señorita O'Neill, y apenas vemos señoritas bellas. No estaba seguro de que quisierais hablar conmigo.

—¡Sois nuestro invitado! —exclamó ella, y le tocó el brazo ligeramente, con coquetería—. ¿De dónde sois, señor Montgomery? Mi familia tiene una plantación de tabaco en Virginia.

—De Baltimore, señorita O'Neill. Como el capitán, provengo de una estirpe de marinos. Mi padre era capitán de barco, y mi abuelo fue piloto, como mi bisabuelo antes que él, aquí en Inglaterra. En realidad, yo crecí escuchando las historias de navegación de mi abuelo, sobre todo de Costa de Marfil y del comercio de esclavos. Del siglo pasado, por supuesto.

—Mi padre era capitán, señor Montgomery, así que me siento fascinada —dijo Elysse con sinceridad. Sin embargo, lo más importante era que Alexi se había dado cuenta de que estaban hablando—. Claro que en el Imperio ya no se comercia con esclavos, pero en tiempos de vuestro abuelo era una ocupación muy importante, ¿verdad?

—Pues sí —contestó él—. En América se abolió el tráfico de esclavos en mil ochocientos ocho, antes de que yo naciera. En tiempos de mi abuelo eran viajes peligrosos; creo que el continente africano sigue siéndolo para aquéllos que siguen queriendo hacer fortuna de ese modo.

—Yo estoy en contra del comercio de esclavos —declaró Elysse con firmeza—. Aunque mi familia tiene una plantación de tabaco en Virginia, y tiene esclavos allí, también estoy a favor de la emancipación en el Imperio y en todo el mundo.

—Ésa es una afirmación muy atrevida, señorita O'Neill. En mi país, la abolición es un asunto que nos divide. Si me permitís el atrevimiento, me encantaría visitar Sweet Briar, si alguna vez vuelvo a Virginia —dijo él con una sonrisa que dejó a la vista su dentadura blanca—. Y disfrutaría especialmente si fuerais vos quien me enseñara la plantación.

Elysse sonrió con picardía.

—¡Me encantaría enseñaros Sweet Briar! ¿Pero cómo podríamos organizar eso? ¡La próxima vez que yo vaya allí, vos estaréis de camino a China!

—Sí. Seguramente, estaría cruzando el cabo de Buena Esperanza.

—O cruzando el mar de China. Cuando recibierais mi carta, seguramente ya habríais vuelto a casa.

—Seguramente. Y sería una lástima.

Se sonrieron.

—He oído decir que conocisteis a Alexi en Canadá —dijo Elysse.

—Pues sí, en medio de una tormenta de nieve, a decir verdad. De hecho, los furtivos estaban intentando robar las pieles que Alexi acababa de comprar para traer a casa. Yo le salvé la vida, y desde entonces somos amigos.

Elysse se quedó fascinada.

—¿Y cómo le salvasteis la vida?

A su espalda, Alexi dijo suavemente:

—Los franceses tenían a unos cuantos nativos a su servicio, y eran muchos más que yo.

Elysse estaba tan absorta que tardó un instante en darse cuenta de que Alexi se les había acercado. Se dio la vuelta y sintió que le explotaba el corazón. Él estaba a su lado, cruzado de brazos, sonriendo. Pero Elysse lo conocía bien, y la sonrisa no le llegaba a los ojos.

Se quedó sorprendida.

—¿Qué ocurre?

¿Acaso estaba celoso?

—¿Qué carta es ésa que vas a enviarle a William?

—Una invitación a Sweet Briar —dijo ella despreocupadamente, y se giró hacia Montgomery otra vez—. Tengo muchas ganas de saber cosas de Canadá, de los furtivos y de los nativos —añadió.

—Ésa es una larga historia —respondió el americano, mirando a Alexi.

—E inadecuada para los oídos de una dama —remató Alexi sin miramientos—. ¿Nos disculpas, William?

Montgomery titubeó. Después, hizo una reverencia.

—Ha sido un placer, señorita O'Neill. Espero que podamos continuar con la conversación en otro momento.

—Por supuesto —respondió ella con una sonrisa.

¿Qué era lo que estaba escondiendo Alexi? ¿Verdaderamente pensaba que ella era tan frágil como para no poder conocer la verdad sobre sus viajes? ¿Le había ocurrido algo horrible que no quería que supiera?

William Montgomery se alejó hacia Devlin y Cliff. Elysse se quedó a solas con Alexi. Y él la miró con un gesto ceñudo.

—¿Qué sucede? —preguntó ella—. Tu piloto es un hombre muy interesante. Y muy guapo, además.

Él la tomó del brazo y se la llevó hacia un rincón, junto a las ventanas.

—No coquetees con Montgomery, Elysse —le dijo, en tono de advertencia.

—¿Por qué no? —preguntó ella, tirando del codo para liberarse.

—Es un piloto, Elysse, y un mujeriego.

Ella se sobresaltó.

—¡Tú también eres un mujeriego, y hablo contigo!

Él la miró con enfado.

—No es para ti. Te sugiero que reserves tus coqueteos para Ogilvy y los de su clase.

Elysse lo miró a los ojos. Él nunca había mostrado celos de sus pretendientes, y William Montgomery ni siquiera era uno de ellos. Alexi tenía razón; por muy interesante que fuera, seguía siendo un piloto, no un caballero.

Elysse comenzó a sonreír. Le tocó la mano bronceada y curtida.

—No tienes por qué ponerte celoso, Alexi —murmuró.

—¡No se te ocurra flirtear conmigo! Yo no estoy celoso —dijo él, encogiéndose de hombros—. Sólo estoy intentando protegerte de un mujeriego peligroso, Elysse. Montgomery tiene mucha labia con las mujeres, y no quiero que caigas en sus redes.

—No he caído en sus redes. Me alegro de que no estés celoso, Alexi. El señor Montgomery es muy interesante, fascinante, de hecho, y muy guapo. Y es un invitado en esta casa.

Por un momento, él se quedó callado. Elysse lo conocía bien, pero no sabía lo que podía estar pensando en aquel momento. Entonces, Alexi se inclinó hacia ella y la aprisionó contra las cortinas.

—¿Estás intentando jugar conmigo? —le preguntó en voz muy baja.

Ella sintió un escalofrío. Apenas podía respirar.

—No sé qué quieres decir. Pero no creo que puedas poner objeciones al hecho de que tenga una conversación agradable con tu piloto, ni al hecho de que vuelva a verlo —dijo, y pestañeó con coquetería, mientras notaba que el corazón se le aceleraba frenéticamente.

—Montgomery gobernó el *Ariel* desde Canadá a Jamaica y

después a Cantón, y vuelta. Le confiaría mi barco y a todos mis hombres de nuevo sin pensarlo dos veces, pero en lo referente a ti, no le confiaría nada –dijo, y con una mirada oscura, añadió–: Eres imposible, Elysse. Te estoy pidiendo que lo evites por tu bien, no por el mío.

Su hombro todavía apretaba el de ella. A Elysse le costaba más y más pensar con claridad. Susurró:

—Lo tendré en cuenta.

De repente, él bajó la mirada desde sus ojos a sus labios. Elysse se puso tensa. En aquel momento, pensó que iba a besarla. En vez de eso, él se irguió y cabeceó lentamente con una expresión de disgusto.

—Muy bien. Piénsalo. Pero después no digas que no te lo advertí.

CAPÍTULO 2

Alexi estaba inquieto, y no sabía por qué. Después de estar tanto tiempo alejado de su familia, su estado de ánimo debería ser completamente distinto. Normalmente, el tiempo que pasaba en casa de su familia, en Irlanda, era ocioso, y sus pasatiempos no tenían nada de trascendental. Daba largos paseos a caballo por el campo, visitaba a los vecinos, tomaba el té con sus hermanas y disfrutaba de escandalosas comidas familiares. Sin embargo, en aquel momento no se sentía relajado. Sólo tenía ganas de volver a su barco y desplegar las velas.

La noche anterior no había conseguido conciliar el sueño. Después de cenar había estado pensando en su viaje de vuelta desde China, del precio que habían conseguido para su té sus agentes de Londres, y lo rápida que podía ser su siguiente carrera. Dibujó, mentalmente, los planos del barco que iba a construir sólo para el comercio con China. Pero por la noche, en su dormitorio, a oscuras, no podía dejar de recordar a Elysse O'Neill. E incluso en aquel momento, mientras desayunaba con su familia, seguía pensando en ella.

Siempre había sido muy bella. Él lo había pensado desde que era un niño, cuando se conocieron. De hecho, nunca olvidaría el momento en el que había entrado en el salón de Harmon House por primera vez, después de llegar a Londres con su padre desde Jamaica. Él había leído muchas cosas sobre Londres, claro, pero nunca se hubiera imaginado que era una ciudad tan grande y bulliciosa, con tantos palacios y mansiones. Estaba muy emocionado por conocer la tierra natal de su padre, y se había quedado asombrado, aunque lo hubiera disimulado muy, muy bien. De camino a Harmon House, Cliff le había señalado muchas cosas interesantes de Londres a su hermana Ariella y a él. Harmon House le había parecido tan majestuosa e imponente como el mismísimo Buckingham.

Para ocultar su nerviosismo, él había aumentado el balanceo de sus pasos y la rigidez de sus hombros. Su padre había recibido el saludo afectuoso de sus hermanos, uno de los cuales era el conde de Adare. Había más adultos y más niños, pero Alexi sólo había visto a la preciosa niña rubia del vestido rosa que estaba sentada en el sofá de damasco.

La había tomado por una princesa de verdad. Él nunca había visto a nadie tan bello, y cuando ella lo había mirado, a Alexi se le había cortado la respiración. Sin embargo, ella le había vuelto la nariz, como una verdadera esnob. Y al instante, él había sentido el deseo de impresionarla. Se había acercado a ella, y sin esperar a que los presentaran, había empezado a presumir de sus grandes hazañas en alta mar. Ella había abierto unos ojos como platos...

Aquel recuerdo hizo sonreír a Alexi. En pocos días se habían hecho amigos. Sin embargo, la sonrisa se le borró de los labios en aquel momento. La noche anterior, Elysse estaba incluso más deslumbrante de lo que él recordaba. ¿Cómo era posible que se le hubiera olvidado lo pequeña y lo bella que era? Al sujetarla entre los brazos para que no se cayera por las escaleras, se había quedado asombrado por su feminidad.

Claro que él no era el único que se había fijado en su belleza. Ogilvy estaba embobado, y parecía que su piloto, Montgomery, también.

A Alexi le dio un vuelco el corazón. Elysse era preciosa, y lo sabía desde niña. De pequeña ya era una coqueta temeraria, y de adulta también. Él llevaba años viéndola flirtear despreocupadamente. Eso le divertía. Alexi nunca había entendido cómo era posible que sus pretendientes se dejaran manejar de aquella manera; parecía que ella los llevaba atados de una correa.

¿De verdad había pensado que podía coquetear con él? ¿Que podía ponerle a él una correa? Si volvía a abanicarlo con las pestañas de aquella manera, tal vez Alexi le tomara la palabra y la besara hasta dejarla aturdida. Entonces sí se quedaría horrorizada, ¿no?

Salvo que Alexi sabía que se estaba engañando a sí mismo. Él nunca la trataría de aquella manera. Había sentido atracción por ella desde niño, y eso nunca había cambiado. Siempre había habido un lazo especial entre ellos. Tal vez otros pensaran que era una engreída, pero él sabía cuál era la verdad: que Elysse tenía un corazón de oro. También sabía que era leal, excepcionalmente leal a él. Ella no podía evitar el hecho de que sus padres la hubieran mimado tanto, ni de haber nacido bendecida con tanta riqueza y tanta belleza. Aquello no tenía importancia; lo verdaderamente importante era que ella lo entendía. Algunas veces Alexi tenía la sensación de que sabía lo que él estaba pensando cuando estaba callado. Y muy a menudo, él también sabía cuáles eran sus pensamientos, y sus secretos, sin que Elysse tuviera que decirlos en voz alta.

Sin embargo, aquel fuerte vínculo le había complicado las cosas desde el principio. Siempre había sentido atracción por Elysse, desde que se conocieron. De niño pensaba que algún día, cuando fuera un hombre, se casaría con ella, y nunca había sopesado las ventajas y los inconvenientes.

A los quince años había descubierto a las mujeres y el sexo. Y con ello, había dejado a un lado todas las creencias sobre Elysse.

Bien, ya había vuelto a casa. Ya no era un niño ingenuo

de ocho años ni un adolescente excitado de dieciséis. Tenía veintiún años, y era un capitán de barco mercante muy próspero. También era soltero, y le gustaba serlo. No tenía interés en contraer matrimonio en un futuro próximo. Sin embargo, aquella vaga atracción que había sentido por ella ya no era vaga. Se había convertido en un evidente latido entre sus ingles. El deseo era inconfundible, y ya no le resultaba fácil ignorarlo. Era poderoso e inquietante.

Cuanto antes se marchara de Irlanda, mejor, pensó. Así podría pensar cómo iba a gestionar lo que sentía por ella la próxima vez que volviera a casa.

—Su país es muy bello, señora de Warenne.

Alexi salió de su ensimismamiento.

—Me alegro de que os guste —respondió Amanda, su madrastra, sonriéndole a William Montgomery desde el otro extremo de la mesa.

—Pensaba que sólo iba a querer estar en el campo un par de días, pero me equivocaba —prosiguió Montgomery con su fuerte acento sureño, y tomó un poco de té—. Me gustaría recorrer a caballo los páramos irlandeses muchas veces más.

Estaban sentados a la mesa con Amanda y Cliff. Sus hermanas se habían quedado arriba. Su padre estaba leyendo el *London Times* y Alexi había estado intentando leer los periódicos irlandeses, lo cual era un lujo, porque no resultaba posible encontrarlos fuera del país. Sin embargo, no conseguía concentrarse en una sola palabra. Miró a su piloto. Montgomery le había salvado la vida en Canadá. Había arriesgado su vida por él. Eran amigos, pero Alexi sabía que el piloto era implacable cuando se trataba de conquistar a las mujeres bellas.

Montgomery nunca intentaría seducir a Elysse, seguro. Después de todo, era el piloto de Alexi y estaba invitado en su casa. Su coqueteo con Elysse de la noche anterior había sido un divertimento inofensivo. Entonces, ¿por qué quería permanecer en el campo?

—Te habrás aburrido esta noche —dijo Alexi—. Yo estaba pensando en acortar mi estancia.

Cliff dejó el periódico sobre la mesa y miró a su hijo.

—¿Y por qué?

—Quiero ir a Londres y comenzar a trabajar en el proyecto del barco nuevo —dijo él.

En Londres, Montgomery y él podrían ir de juerga todo lo que quisieran.

Amanda sonrió al piloto.

—Me alegro mucho de que estéis disfrutando de Irlanda. Recuerdo la primera vez que yo vine aquí. Me encantó todo: las casas antiguas, las colinas verdes, la niebla, la gente... También es vuestra primera vez, ¿verdad?

—Sí, y no sé cómo daros las gracias por vuestra hospitalidad. Vuestra residencia es muy bella, señora de Warenne —dijo Montgomery, y miró a Alexi—. Me encantó conocer a la familia O'Neill anoche.

Alexi dejó a un lado el periódico y se irguió en la silla. No había mentido al decirle a Elysse que Montgomery era un tremendo mujeriego. Ellos habían pasado diez días en Batavia, bebiendo y jugando a las cartas en compañía de prostitutas, mientras esperaban a que el viento cambiara y pudiera llevarlos hasta Cantón. Montgomery era un hombre muy guapo con mucho encanto sureño, y las mujeres iban a él como las abejas a la miel. Su galantería le abría las puertas de las mejores casas de los puertos en los que amarraban, y había seducido a muchas mujeres casadas, aunque nunca había deshonrado a una muchacha soltera. Al menos, Alexi no tenía constancia de ello. Hasta el momento, Alexi lo había considerado como su alma gemela. No era posible que Montgomery quisiera quedarse en Irlanda para cortejar a Elysse, ¿o acaso ella había conseguido conquistarlo ya? ¡Cuando un hombre deseaba a una mujer, era difícil pensar con claridad!

Cliff los sorprendió a todos diciendo:

—Elysse O'Neill es una mujer muy bella.

—Creo que nunca había conocido a una dama tan maravillosa ni tan encantadora —afirmó Montgomery.

Alexi se quedó estupefacto. ¿Estaba siendo Montgomery meramente amable, o estaba encaprichado? Su voz tenía un tono intenso.

—Ten cuidado, amigo mío, o pronto te tendrá atado en corto, como hace con todos sus pretendientes idóneos.

—¡Alexi! —exclamó Amanda con desaprobación—. ¡Eso ha sido de muy mala educación!

—Bueno, es que estoy preocupado por mi amigo. No quiero que le rompan el corazón. Elysse no quiere hacerle daño a nadie, pero es una coqueta, y la he visto atraer a sus admiradores desde que teníamos doce o trece años. Es muy habilidosa. Y, francamente, hoy día es más coqueta incluso que cuando me marché.

Cliff negó con la cabeza.

—Esta conversación es muy poco adecuada, Alexi.

—Flirtear no tiene nada de malo —le dijo Amanda.

Montgomery añadió:

—En mi tierra, una mujer que no flirteara sería considerada extraña. De hecho, flirtear se considera todo un arte en Maryland.

—Pues yo creo que deberías mantener las distancias, William. Su encanto puede resultar fatal.

Montgomery sonrió lentamente.

—¿Hablas por experiencia propia?

Él se puso tenso.

—A mí nadie me ha roto nunca el corazón. Y no pienso permitir que lo hagan.

—Ya sabes que durante nuestros viajes tenemos pocas oportunidades de hablar con una dama. Anoche, la velada fue muy agradable, y yo estoy deseando volver a disfrutar de la compañía de las damas.

El piloto tomó su taza y dio un sorbito.

Sus intenciones estaban claras. Quería ver otra vez a Elysse. Alexi lo miró pensativamente. A él no le importaba que Montgomery y Elysse flirtearan unas cuantas veces, siempre y cuando Montgomery se comportara de un modo respetuoso. Y Alexi no tenía ningún motivo para pensar que fuera a comportarse de otro modo, porque no estaban en Malta, ni en Lisboa, ni en Singapur. Sin embargo, se sentía inquieto. Tenía la sensación de que Montgomery estaba demasiado interesado en Elysse, y no se fiaba de él.

—¿Sabes? Dublín es una ciudad muy atractiva. Deberíamos pasar unos cuantos días allí antes de volver a Londres.

Montgomery no respondió.

—Por favor, no te marches tan rápidamente —dijo Amanda. Se levantó de la silla y se acercó a él, y le posó una mano en el hombro—. Te hemos echado de menos.

Alexi sabía que no podía desilusionar así a su familia. Sonrió a su madrastra.

—Te prometo que no me marcharé a toda prisa.

—Bien.

Ella le besó la mejilla y se despidió.

—¿Puedo hacer una pregunta? —dijo Montgomery.

Alexi lo miró, mientras su padre volvía al *London Times*.

—¿Por qué no se ha casado Elysse todavía?

Alexi estuvo a punto de atragantarse. Cliff movió el periódico y respondió:

—Su padre quiere que su hija tenga un matrimonio de amor. Devlin lo ha dicho muchas veces.

Montgomery se irguió en su silla.

—Supongo que querrá encontrarle un caballero con título nobiliario y fortuna.

—Sí, seguro que querrá que Elysse disfrute de todos los privilegios, pero creo que lo más importante para él es que tenga verdadero amor en su matrimonio —respondió Cliff, y dejó el periódico en la mesa—. Bien, tengo que ir a visitar a algunos colonos. Alexi, ¿quieres venir conmigo?

Era evidente que Montgomery se había quedado sorprendido por la respuesta de Cliff, y que estaba pensando febrilmente. Alexi no daba crédito. ¿Acaso su piloto estaba pensando en casarse con alguien de condición superior a la suya? Él no pudo evitar recordar lo que había asumido de niño, que un día crecería y se casaría con Elysse O'Neill.

—Tengo otros planes, papá.

En aquel momento, el matrimonio era lo último en lo que pensaba. Lo único que quería era escapar de la confusión y del deseo. Estaba impaciente por volver a China, recoger otro cargamento de té y volver a toda velocidad a Gran Bretaña, superando a todos sus rivales.

Pero no podía dejar pasar aquello.

Cliff salió del comedor. Montgomery dijo con seriedad:

—Una gran dama como Elysse O'Neill se merece todo lo que la vida pueda brindarle —dijo, y tomó su taza de té con brusquedad.

Alexi se quedó mirándolo. ¿Estaría considerando verdaderamente el americano que Elysse pudiera sentirse atraída por él, y que podría seducirla? Elysse admiraba a Montgomery, y los hombres como él se casaban muy a menudo con mujeres de estatus superior. Y Montgomery era un oportunista. Tal vez, Devlin lo recibiera como a un compañero navegante, y le pusiera al mando de su propia compañía naviera. De repente, Alexi supo con seguridad que Montgomery, además de sentirse atraído hacia Elysse, se sentía atraído por la enorme fortuna de la familia O'Neill.

Las cosas habían cambiado.

Apartó su plato. Elysse no era capaz de ir a una fiesta o a un baile sin atraer a todos los hombres de la habitación y atraparlos con su risa, su belleza y su encanto. Sin embargo, atraer a Montgomery era muy mala idea. Él ya se lo había dicho. Y ahora se había dado cuenta de que aquello tenía ramificaciones incluso peores.

Alexi se cruzó de brazos.

—Estás muy pensativo, William.

Montgomery alzó la vista.

—Estoy decidiendo qué voy a hacer esta mañana.

—Vamos a montar a caballo.

—Me parece bien, siempre y cuando volvamos antes de la una.

—¿Y qué pasa a esa hora?

—Que voy a salir al campo con la dama más bella que he conocido.

Entonces, ¿la noche anterior habían hecho planes para verse de nuevo? Pues claro, porque Elysse había hecho caso omiso de sus advertencias.

—¿Te molesta? —le preguntó Montgomery, mirándolo fijamente.

—Hoy va a llover.

—Es cierto, pero un poco de llovizna no me va a impedir disfrutar de la compañía de la señorita O'Neill. Sólo un tonto pospondría nuestra cita. Te he preguntado si estás molesto, Alexi.

—Pues en realidad, sí.

—Me lo parecía. Entonces, ¿te interesa la señorita O'Neill?

Él no movió un solo músculo.

—No. Pero estoy muy unido a ella y a su familia, Montgomery. Somos amigos, así que voy a ser franco. Ella es una dama, y una dama a la que yo voy a proteger siempre.

—No tienes que protegerla de mí.

Alexi se rió con aspereza.

—¿Qué pretendes, Montgomery? ¿Desde cuándo haces de caballero que acompaña de paseo a las damas? Sé lo que quieres realmente de una mujer. Hemos estado juntos de juerga demasiadas veces. Elysse O'Neill es una dama, una inocente. No es para ti.

—Sé muy bien que no es una prostituta del puerto. Disfruto en su compañía. No quiero faltarle el respeto —dijo el piloto, y su mirada se endureció—. Y ella también disfruta conmigo.

—Ella flirtea con todo el mundo. Te lo estás tomando demasiado en serio.

—Me parece que estás celoso.

—La conozco desde que éramos niños, Montgomery. La

conozco tan bien como a mis hermanas. ¿Por qué iba a sentir celos de sus coqueteos frívolos? He visto ir y venir a sus admiradores durante años. Sólo estoy preocupado por ella, como amigo suyo que soy.

—Estás celoso porque es demasiado guapa para describirla con palabras —dijo Montgomery, y se puso en pie bruscamente—. Cualquier hombre con sangre en las venas soñaría con recibir una sonrisa suya y estar entre sus brazos. Yo también te conozco a ti. Tú has soñado con ella como todos los demás.

Alexi se puso en pie con el corazón acelerado.

—Estoy intentando advertirte que ella no hace más que jugar con tu afecto. La he visto jugar así muchas veces.

—Y yo estoy intentando decirte que no me importa. Pero de todos modos, pienso que tiene un interés verdadero por mí. Le gusto, Alexi. Se siente atraída por mí. He estado con suficientes mujeres como para reconocer cuándo una de ellas siente interés real. Tal vez deberías aceptarlo.

—Te está tomando el pelo. Y si piensas que va a aceptar tu cortejo, estás confundido.

Montgomery le sonrió.

—Vamos a ir a dar un paseo en carruaje, Alexi. Es una salida vespertina. No recuerdo haber dicho que vaya a hincar la rodilla en tierra.

¿Acaso estaba dándole demasiada importancia a un inocente flirteo?

—Muy bien. Entonces, que lo pases bien durante el paseo. Pero recuerda que ella es una dama, y que es amiga mía.

—¿Cómo iba a olvidarlo?

—Cuando te sonría como si fueras el único hombre del mundo, y estés a solas con ella, tal vez olvides todo salvo lo que palpite en tus pantalones.

—Yo nunca la seduciría —dijo el piloto, después de unos instantes. Alexi lo miró fijamente, aunque con una expresión vacía—. ¿Te das cuenta de que nos estamos peleando?

—No nos estamos peleando. Somos amigos —repuso Alexi con tirantez.

Sin embargo, sus palabras sonaron falsas. Montgomery le parecía un adversario peligroso, y seguía sin confiar en él con respecto a Elysse. Además, estaba enfadado con ella, por haber comenzado a coquetear con el piloto, en primer lugar.

—De hecho, somos más que amigos. Te debo la vida. De no ser por ti, ahora mi cabellera estaría colgada de la pared de la cabaña de algún indio hurón, en el territorio de Canadá.

Intentó concentrarse en aquello, pero le resultó imposible. Se imaginó a Elysse en brazos de Montgomery, en un abrazo apasionado. Dios, ¡ni siquiera sabía si la habían besado alguna vez!

—Y tú me salvaste la vida en Jamaica, durante las revueltas —dijo Montgomery.

—Y tal vez no hubiéramos salido con vida del mar de China de no ser por tu dominio de la navegación.

—Entonces, ¿por qué estamos discutiendo? Jurémonos que nunca vamos a pelear por una mujer, aunque sea tan bella como la señorita O'Neill —le dijo Montgomery, tendiéndole la mano.

Alexi titubeó, pensando febrilmente. Tenía la imagen de Elysse, increíblemente guapa vestida de verde, grabada a fuego en la mente. La vio riéndose con el piloto, y la vio clavándole los ojos a él mismo. Sacudió la cabeza para apartársela de la mente y le estrechó la mano a Montgomery.

—No se me ocurriría pelearme contigo.

—Bien —dijo Montgomery con una sonrisa.

Alexi se la devolvió, pero le costó esfuerzo hacerlo.

Montgomery salió del comedor. Se habían enfrentado por primera vez en dos años. Pero lo peor era que Alexi ya no confiaba en el hombre que le había salvado la vida. Y eso era culpa de Elysse O'Neill.

Elysse sabía que era infantil permanecer junto a la ventana del salón principal para ver el camino que llevaba hacia la casa y saber quién se acercaba. Y no estaba allí porque William Montgomery fuera a visitarla aquella tarde. La noche anterior había oído a Alexi pedirle a su padre que lo recibiera en privado para poder pedirle un consejo. Devlin le había sugerido que fuera a verlo a cualquier hora después de comer.

No habían vuelto a hablar la noche anterior, después de que Alexi le hubiera advertido a Elysse que se alejara de su piloto. No habían tenido oportunidad de hacerlo con tantas visitas en casa. Elysse había estado a punto de rechazar a Montgomery cuando él le había pedido que diera un paseo con él al día siguiente, pero en el último momento había decidido que era una mujer adulta y que no le haría ningún daño tener otro admirador, sobre todo teniendo en cuenta que aquel admirador en concreto molestaba a Alexi. Aunque ella confiara en él, no tenía derecho a decirle a quién podía ver y a quién no. Y de todos modos, dar un paseo por el campo era algo inofensivo.

No obstante, ella estaba deseando poder hablar con él a solas. Todavía tenía que hacerle cientos de preguntas sobre su viaje, y deseaba saber lo que había ocurrido en Canadá. Cuanto más lo pensaba, más le agradecía a Montgomery que hubiera salvado la vida a Alexi. Si la aventura no era adecuada para los oídos de una dama, debía de ser horrible de verdad. ¡Elysse no sabía lo que haría si le ocurriera algo a Alexi!

Oyó un movimiento a su espalda, y se sobresaltó. Se dio la vuelta y se encontró con su madre, Virginia, que le sonrió.

—¿Por qué no lo esperas en la biblioteca? Esos zapatos nuevos tienen pinta de ser muy incómodos.

Elysse se miró los pies. Llevaba unas botas de cuero de color crema. Tenían un tacón alto muy a la moda en aquel momento, y a Elysse ya le dolían los dedos de los pies. Sin embargo, aquel calzado complementaba a la perfección su conjunto.

—Es demasiado temprano para que llegue el señor Montgomery. Lo mejor será que lo espere en la biblioteca, sí —dijo. Al responder, notó que se ruborizaba.

Virginia la observó atentamente.

—Elysse, soy tu madre. Las dos sabemos que el piloto es un hombre muy agradable, y también que no puede importarte menos.

—Casi no lo conozco, mamá, pero estoy deseando conocerlo mejor. ¡Tiene muchas historias que contar!

—¿De verdad? Yo me he dado cuenta de que Alexi cuenta historias estupendas de sus aventuras en el mar, y que se ha convertido en un hombre muy bien parecido y muy competente. No sólo me recuerda a Cliff, sino que me recuerda a tu propio padre. Es responsable, inteligente y trabajador. Tenía la esperanza de que vosotros dos reanudarais vuestra amistad.

Elysse notó que se le aceleraba el corazón.

—Sólo tú, mamá, hablarías abiertamente de lo mucho que trabaja, aunque sea en el mar.

La mayoría de las personas que conocía Elysse despreciaban el hecho de trabajar para obtener beneficios, por mucho que necesitaran unos ingresos altos para mantener su nivel de vida. Sin embargo, su madre era americana y veía con muy buenos ojos el hecho de obtener ganancias mediante el trabajo. A Elysse no le importaba. Sabía que no debían hablar abiertamente de ello, eso era todo. Sonrió.

—Ha tenido un viaje muy productivo, ¿verdad?

—¡Es un joven muy apuesto! Y tú también lo piensas. ¿No se te ha ocurrido decirle que le has echado de menos? Estoy segura de que le gustaría oírlo.

Elysse se quedó espantada. ¿En qué estaba pensando su madre? ¡Ella nunca le diría algo así a Alexi!

—Pensaría que soy una de sus frescas enamoradizas, igual que esa Louisa Cochrane. Peor todavía, ¡se reiría de mí!

—¿Por qué no le preguntas si quiere dar un paseo por el campo? —preguntó Virginia sonriendo—. Nadie pensaría que tú eres una fresca, querida.

—¡Ni hablar! ¡Mamá! ¡Una dama no se arroja a los pies de un caballero!

—No parece que a Louisa Cochrane le importe mucho dejar patente su interés, y ella no es ninguna fresca, es nuestra vecina y una dama.

Elysse abrió unos ojos como platos mientras su madre se alejaba con una expresión de petulancia. Elysse no sabía cómo era posible que alguna vez le hubiera caído bien Louisa. La noche anterior, Jack había repetido una y otra vez lo atractiva que era, y que si fuera un hombre en edad de contraer matrimonio, cosa que no era, él mismo la cortejaría.

Virginia se había dado cuenta de que Louisa estaba persiguiendo a Alexi, y le había dado la suficiente importancia como para mencionárselo a Elysse. ¿Y qué esperaba su madre que hiciera ella? Las sórdidas aventuras de Alexi no eran cosa suya. Alexi era un soltero recalcitrante que se cansaba rápidamente de sus aventuras. Su aventura con Louisa Cochrane no debería provocarle aquel dolor de estómago.

¿Cuándo se había convertido su relación con Alexi en algo tan complicado? Él era un antiguo amigo, muy querido, eso era todo. Sin embargo, la noche anterior, Elysse había tardado horas en conciliar el sueño. No podía dejar de pensar en Alexi y en su té, en Alexi y Louisa, y en su manera de mirarla, como si quisiera darle un beso.

Seguramente, aquello último eran imaginaciones de Elysse.

Oyó el ruido de los cascos antes de verlos. Elysse corrió a la ventana y vio a Alexi y a su piloto en el camino de gravilla, montados sobre dos de los magníficos purasangres del padre de Alexi. Montgomery llegaba temprano, y ella se sintió desilusionada.

Los hombres desmontaron. Alexi llevaba un paquete grande envuelto en papel marrón. Ella supo con certeza que se trataba de un regalo. Se dio la vuelta y entró apresuradamente en la biblioteca; se sentó en el sofá y se arregló la falda en el asiento.

Alexi entró a solas en la estancia; claramente, se sentía como en casa y no necesitaba que lo acompañara ningún sirviente. Dejó el paquete en una silla.

—Hola, Elysse —dijo suavemente—. ¿Qué te pasa? ¿No pudiste dormir anoche?

Ella se puso en pie, ruborizándose. Él no podía saber cuáles habían sido sus pensamientos durante la noche anterior. Miró el paquete, pero se contuvo.

—Hola, Alexi. Y tú, ¿has dormido bien? —le preguntó dulcemente.

—Sí, muy bien —respondió él, como si le divirtiera la pregunta.

—¿Y dónde está el señor Montgomery?

—Está charlando con tu padre, Elysse —respondió él, y se acercó—. Deja que lo adivine —añadió en un murmullo—: Has estado despierta toda la noche, soñando con tu excursión con Montgomery.

Elysse se echó a temblar. ¿Por qué usaba aquel tono de voz seductor con ella?

—Eso no es asunto tuyo. Además, tú también tienes mal aspecto. Tú tampoco has dormido bien.

—Oh, yo no he dicho que tú tuvieras mal aspecto. Estás tan guapa como siempre, y lo sabes. Así que deja que haga otra suposición. No has dormido... ¿por mí?

—Mi madre piensa que te has convertido en un hombre apuesto y cabal. Yo no estoy de acuerdo. Eres grosero e insoportable, más que nunca.

Él sonrió.

—Es tan fácil provocarte, querida —le dijo. Después, se dio la vuelta y tomó el paquete de la silla—. ¿No quieres saber lo que hay dentro, Elysse?

Ella intentó disimular su impaciencia.

—¿Es para mí?

—Sí, claro —respondió Alexi, y le entregó el paquete.

A ella se le aceleró el corazón. Se sentía como una niña y quería rasgar el papel pero consiguió resistir la tentación y desató el lazo cuidadosamente. De repente, tenía los dedos agarrotados.

Alexi se acercó a su espalda y la envolvió con el calor de su cuerpo.

—Vamos —susurró. Su respiración le acarició la nuca a Elysse, y ella se quedó paralizada—. Deja que te ayude.

Elysse no se movió. No podía. ¿Acaso no sabía que la estaba acosando? ¿Que estaba prácticamente en sus brazos? Entonces, él pasó a su lado, y ella sintió alivio y decepción. Alexi comenzó a desenvolver muy despacio el paquete. La miró de reojo y sonrió.

—Me estás tomando el pelo.

—Sí.

Finalmente, él rasgó el papel y Elysse vio una piel oscura y brillante. Al darse cuenta de que era una marta cibelina, se le escapó un jadeo.

—¡Alexi! ¡Te has acordado! ¡Incluso la has transformado en un abrigo!

—Vamos a ver si te queda bien —dijo él, y se la puso sobre los hombros. Ella deslizó los brazos por las mangas.

Elysse se envolvió en el abrigo.

—Me queda perfectamente —dijo, y lo miró a los ojos—. No lo olvidaste.

—Te dije que te traería una marta cibelina de Rusia —respondió él, con la voz ronca—. Y yo nunca olvido una promesa.

A Elysse se le llenaron los ojos de lágrimas.

—¿Cómo puedo aceptar esto? —le preguntó. Él no podía saber lo mucho que significaba aquel abrigo para ella. Era el regalo más valioso que le hubieran hecho nunca.

—¿Cómo vas a rehusarlo? Yo no aceptaría que me lo devolvieras.

Por fin, él bajó la mirada y se alejó de ella. Elysse lo observó con aturdimiento, como hipnotizada. Se sentía tan feliz porque él estuviera en casa... ¿Por qué tenía que volver a marcharse?

Alexi se giró hacia ella.

—No me gusta que juegues con mi piloto, Elysse.

Ella se puso rígida. No quería discutir.

—No estoy jugando con él. Lo paso bien en su compañía.

—Has flirteado desvergonzadamente con él, y lo sabes.

Ella se sintió herida por sus palabras.

—Eso es injusto. Todas las mujeres flirtean. ¿Por qué estás haciendo esto ahora?

—Te estoy protegiendo. Coquetea todo lo que quieras, pero no lo hagas con mi piloto.

—Tú has flirteado mucho más desvergonzadamente con Louisa.

Él sonrió lentamente, aunque sin alegría.

—Yo soy un hombre, y además un De Warenne. Ella es una mujer. Y es viuda.

Alexi acababa de dejar bien claras sus intenciones. Cortejaría a Louisa, pero no para casarse, oh, no. ¿Por qué le dolía tanto que él tuviera aquella aventura? Eso le hacía más daño, incluso, que sus críticas. Se quitó el abrigo con la respiración entrecortada.

—Espero que disfrutes.

—Parece que te molesta. No, en realidad parece que estás celosa. ¿Estás celosa, Elysse?

—Yo soy una dama. No puedo estar celosa de una de tus amantes —sentenció ella. Sin embargo, en aquel momento no estaba segura de cuáles eran sus sentimientos.

—William es mi amigo —repuso Alexi—. Le debo la vida. Te estoy pidiendo que dejes de coquetear y lo dejes tranquilo. No creo que una relación entre vosotros fuera beneficiosa.

Como confiaba en él, estuvo a punto de acceder. Sin embargo, ¿dejaría él a Louisa si ella se lo pidiera? Elysse ya sabía cuál era la respuesta a aquella pregunta.

—Vamos a ir a dar un paseo en coche, Alexi. ¡No es un pretendiente! ¿Quién es el que está celoso ahora?

Él se ruborizó.

—Jugar con sus sentimientos es un error, Elysse. Hazme caso. Lo sé.

—Sólo me estoy comportando de un modo amistoso. Él es tu invitado, y anoche fue el nuestro. No entiendo por qué te pones tan difícil.

Alexi se acercó a ella. Tenía una expresión decidida, pero sus largas zancadas fueron lentas. Elysse se puso muy tensa. Él se detuvo ante ella, y ella dio un respingo cuando Alexi le acarició la mejilla con las yemas de los dedos.

—¿Y qué vas a hacer si él te corteja en serio?

Casi le resultaba imposible pensar.

—¿Si quiere cortejarme? —él le estaba colocando un mechón de pelo tras la oreja.

—No lo sé. ¡Ya lo decidiré!

Alexi dejó caer la mano y dijo rotundamente:

—No confío en él.

Ella quería que él volviera a acariciarle la cara, o el hombro, o el brazo, o cualquier otro lugar que él prefiriera. Tenía el cuerpo en llamas. Se sentía confusa, y retrocedió. Conocía a Alexi de toda la vida, por muy guapo y apuesto que fuera, ¡era su amigo!

—Esto es absurdo. ¿Qué va a hacer? Tal vez sea un piloto, pero es un caballero, al menos en su alma.

—No es un caballero, Elysse. Lo sé bien. Y te estoy advirtiendo de que puede ser implacable cuando persigue a una mujer.

—¿Por qué estás haciendo esto?

—Porque trato de protegerte.

Ella se sorprendió. Por primera vez desde hacía años, Elysse recordó la promesa que él le había hecho tanto tiempo atrás, en Irlanda, cuando eran niños.

—Me siento halagada, y te lo agradezco, pero no necesito tu protección, Alexi.

Se miraron el uno al otro durante un momento que pareció interminable. Finalmente, él dijo:

—Él se ha quedado ciego ante tu belleza, y ha perdido el sentido común.

—Tonterías.

—¿Es que no crees que un hombre puede perder el sentido común cuando piensa en la posibilidad de estar contigo, aunque sólo sea un momento? —le preguntó él con suavidad.

—No —susurró ella—. No lo creo.

—Mentirosa —replicó él, y sus miradas quedaron prendidas la una en la otra.

Elysse se echó a temblar y lo agarró por los brazos. Él abrió mucho los ojos cuando ella tomó sus bíceps poderosos. Elysse tenía la piel ardiendo. Le resultaba difícil pensar. No quería saber lo que estaba haciendo, pero el hecho de estar aferrada a Alexi en aquel momento le parecía lo mejor, aunque el corazón quisiera salírsele del pecho.

Para su decepción, él se apartó de ella. Alexi también estaba muy ruborizado y tenía los ojos muy brillantes. Por un momento la miró con atrevimiento.

Elysse retrocedió mientras él le daba la espalda. Ella se abrazó a sí misma. Su cuerpo le gritaba. No tenía ninguna duda de lo que le estaba sucediendo: deseaba a Alexi, y era un deseo que no había sentido nunca.

Él le preguntó, con la voz ronca:

—¿Podrías enamorarte de él? ¿De un hombre sin título, de un navegante? ¿De un marino sencillo y valiente, y decidido? —carraspeó y se giró nuevamente hacia ella—. Los dos sabemos que Devlin hará lo que tú quieras que haga. Si quisieras casarte con el piloto, él lo aprobaría, si se tratara de un matrimonio por amor.

¿De qué estaba hablando Alexi?

—¿Estás hablando del señor Montgomery?

Él asintió.

—¿De qué otro podría estar hablando? ¿Qué otro ha venido a visitarte hoy?

Elysse tuvo la sensación de que la habitación daba vueltas. Nunca se había sentido más inestable.

—Me gusta, pero no estoy enamorada de él. Dudo que pudiera enamorarme de él.

¿Por qué estaban hablando del piloto? ¿Por qué no la abrazaba Alexi? ¿Acaso él no sentía también aquella necesidad imperiosa?

Él la estaba mirando fijamente.

—Entonces, tal vez debieras decirle con sinceridad lo que acabas de decirme a mí —dijo, y mientras se daba la vuelta para marcharse, añadió—: En vez de engañarlo tan a la ligera.

Ella lo siguió apresuradamente.

—¡Sólo vamos a dar un paseo en coche! ¡Yo no estoy engañando a nadie!

—Creo que está loco por ti, ¡y tú lo sabes! Tal vez esté preguntándose si puede cortejarte legítimamente, Elysse. Lo estás engañando deliberadamente.

—No estoy haciendo tal cosa. ¡Parece que desde que has vuelto a casa sólo piensas lo peor de mí!

—Tú siempre eres la dama que tiene una docena de admiradores en cualquier habitación.

—¡Tengo veinte años y estoy soltera! ¿Es que debería darles la espalda a todos los posibles pretendientes?

—¿Has rechazado alguna vez a alguien?

Ella se encogió.

—¡Hablas como si fuera una prostituta!

—Flirteas como si lo fueras.

Ella se quedó espantada.

—Eso no es cierto.

—Haz lo que quieras —dijo él—. Siempre lo haces.

—¿Y tú no? —inquirió ella furiosamente.

Él salió de la biblioteca. Ella lo persiguió corriendo, pero se detuvo en el umbral de la puerta. ¿Qué estaba haciendo? Llevaba años viendo cómo lo perseguían las mujeres. ¡No podía comportarse así! Se agarró a la puerta de la biblioteca.

Él miró hacia atrás.

—Me alegro de que te haya gustado el abrigo —dijo—. William te está esperando en la otra sala.

Elysse no respondió. No podía.

CAPÍTULO 3

Elysse se agarró a la correa de seguridad de la carroza en la que viajaba con sus padres y su hermano, mientras pasaban bajo la puerta del muro de la finca de los De Warenne. Las puertas estaban abiertas de par en par, y mientras su vehículo entraba al largo camino empedrado, Elysse vio la casa en la distancia. La silueta de Windhaven, gris y pálida, se recortaba contra el cielo del anochecer, y las ventanas derramaban luz.

Jack, que estaba guapísimo con su traje, le clavó el codo en las costillas y le hizo un gesto burlón.

Ella frunció el ceño.

—Alguien tenía que traerte de vuelta a la tierra —le dijo él, sonriendo.

Elysse decidió ignorarlo. Su madre regañó a Jack, y le pidió que dejara de molestar a su hermana.

Elysse miró por la ventanilla del carruaje, agarrada todavía a la correa. Habían pasado varios días desde su encuentro con Alexi en la biblioteca de casa de su padre. El hecho de que él hubiera recordado su promesa de llevarle una marta cibelina de Rusia le había proporcionado un gran placer a Elysse, pero no podía olvidar el dolor que sintió cuando él la había llamado, prácticamente, prostituta. Estaba segura de que no lo pensaba. No podía pensar eso de ella.

Tampoco podía olvidar el deseo que había experimentado cuando él la había tocado, y cuando la había mirado con fuego en los ojos, antes de darse la vuelta y alejarse de ella. Sin embargo, tal vez se hubiera imaginado aquel deseo, y su respuesta a él. No estaba segura de lo que podía esperarse cuando volvieran a verse aquella noche.

Él no había vuelto a Askeaton desde que le había llevado el regalo, y Elysse sabía cuál era el motivo. Había oído muchos cotilleos sobre sus idas y venidas. Parecía que estaba acompañando a Louisa Cochrane a todas partes, continuamente.

Cada vez que se lo imaginaba con la otra mujer, Elysse sentía que un cuchillo le atravesaba el corazón.

Había intentado convencerse de que aquel devaneo no era nada raro, porque Alexi siempre tenía alguna aventura. Seguía siendo su amigo. Sin embargo, por primera vez en su vida, no se sentía segura. Estaba llena de confusión y dudas. Había pensado, incluso, en ir a Windhaven con el pretexto de visitar a Ariella. Con esfuerzo, había conseguido reprimir el impulso. Él se daría cuenta al instante de que era una farsa, y se burlaría de su deseo de verlo.

Era casi como si estuviera evitándola, pero, ¿por qué iba a hacer algo así?

El carruaje aminoró el paso y se colocó al final de la cola de coches y carrozas que había frente a la casa. Cliff había mandado construir Windhaven el mismo año en que llevó a sus hijos a casa desde Jamaica, en honor a su esposa, Amanda. La residencia, de tres plantas, era de estilo georgiano y tenía cuatro torres, una en cada esquina. El tejado era de pizarra. Los jardines eran magníficos, llenos de rosas; todo el mundo sabía lo mucho que le gustaban a Amanda las rosas inglesas. Las caballerizas eran de piedra color beis claro, como las dependencias de los sirvientes. Era una casa palaciega, testimonio del éxito que tenía la compañía naviera de la familia.

Había dos docenas de vehículos delante de ellos. Elysse reconoció la carroza dorada del conde de Adare. Tyrell de Warenne era el hermano mayor de Cliff, y tío de Alexi. Por supuesto, podría haberse situado al principio de la cola, pero había preferido esperar su turno, como todos los demás. Claramente, nadie había declinado la invitación de Amanda. No había nada como un baile en una mansión campestre irlandesa, y en aquella estación, con la cosecha de maíz tan cercana, los asilos de indigentes llenos y la deuda nacional como tema de conversación en todas las sobremesas, no se celebraban demasiados.

Jack le dio unas palmaditas en la rodilla.

—No te preocupes. Estoy seguro de que Montgomery te pedirá uno o dos valses.

Ella miró a su hermano con el ceño fruncido. Montgomery no era el hombre que la mantenía despierta por las noches, aunque hubiera resultado ser un pretendiente muy galante. A Elysse le gustaba escuchar sus historias de alta mar. Él ya le había contado casi todo lo que había ocurrido desde el momento en que Alexi y él se habían conocido en Canadá. Por supuesto, Montgomery no le había hablado del día en que le salvó la vida a Alexi. Ella sabía que Montgomery estaba de acuerdo en que era una flor demasiado delicada como para soportar los detalles, como también sabía que él pensaba que estaba fascinada con sus narraciones. Y era cierto, estaba fascinada, pero no por el motivo que él suponía. A través de las historias de Montgomery, Elysse había hilvanado muchos detalles de los dos años anteriores de la vida de Alexi.

Su paseo por el campo había sido agradable. Él era guapo, encantador e inteligente, y a menudo la hacía reír. Era muy atento, y Elysse se preguntó si Alexi tenía razón cuando insistía en que Montgomery estaba loco por ella. Elysse se sentía un poco culpable por no corresponder a sus sentimientos.

De hecho, su última salida había sido un poco embarazosa. Habían decidido esperar en el establo de un granjero a que amainara el chaparrón que los había sorprendido, pero cuando él la había ayudado a bajar del carruaje, Elysse había terminado entre sus brazos. Ella tenía la suficiente experiencia como para darse cuenta de que él había maniobrado convenientemente para terminar en aquella situación. Mientras esperaban a que cesara la lluvia, Elysse lo había sorprendido mirándola con interés masculino, y había tenido la certeza de que quería besarla. Eso le había causado ansiedad e incomodidad, porque no quería que la besara ni él ni ninguno de sus pretendientes. Los besos eran muy indecorosos, y ella no había recibido nunca nada más que un roce en la mejilla o en la mano. Elysse se había preguntado si no estaría engañándolo, tal y como le había dicho Alexi en tono acusatorio. Sin embargo, todas las debutantes podían disfrutar de la compañía de sus pretendientes, incluyendo la de aquéllos cuyo cortejo no se tomaban en serio.

Elysse había mantenido una conversación animada y él no había hecho ningún movimiento, para alivio suyo. Por fin, amainó la lluvia, y volvieron a Askeaton.

Él le preguntó si podía visitarla de nuevo. A ella se le pasó por la mente que debería hacer lo que le había pedido Alexi, decirle a Montgomery, con sinceridad, que sólo era un amigo. No quería darle falsas esperanzas, en realidad. Sin embargo, entonces recordó cómo la estaba ignorando Alexi, y lo ocupado que estaba con Louisa. ¡Ella tenía derecho a flirtear superficialmente, cuando él tenía una amante en toda regla!

Así pues, en vez de decirle la verdad a Montgomery, lo invitó a Adare. El conde no estaba en casa, pero sí la condesa. Lizzie les había servido un refrigerio y su hija Margery se había reunido con ellos. Habían pasado una tarde muy agradable. Después, Elysse le había dado una vuelta por la mansión, y le había contado la larga e intrincada historia de su familia, que databa de los tiempos de los normandos. Montgomery estaba relajado con todo y con todos, pero cuando volvían a casa, él le había confesado que no había conocido nunca a una condesa, hasta aquel día, y mucho menos en un palacio como Adare.

—Nunca lo habría dicho —respondió Elysse con una sonrisa. Decidió no decirle que Adare no era un palacio.

—Tampoco había conocido a una princesa como vos —le dijo él, mirándola ardientemente.

Aquella mirada era demasiado atrevida, y Elysse se sintió azorada.

—¡Yo no soy una princesa! Me estáis tomando el pelo, señor.

—Para un hombre como yo, vos sois un sueño hecho realidad —le dijo él—. Cuando estoy con vos, a menudo me pregunto si no estoy soñando y voy a despertar y darme cuenta de que estos momentos nunca han sucedido en realidad. Sois una princesa en todos los sentidos, al menos para mí.

Elysse se había sentido halagada. Mientras que Alexi pensaba que ella flirteaba como una prostituta, William Montgomery pensaba que era una princesa. Cuando él le sonrió con calidez, ella le devolvió la sonrisa, y durante el resto del trayecto de vuelta hacia Askeaton, habían ido charlando alegremente. Su amistad se había fortalecido.

Pocos días antes, Elysse había recibido la invitación de Amanda para el baile primaveral de celebración. Era una nota escrita a mano por Amanda, que le comunicaba que iba a celebrar la fiesta en honor a su hijastro Alexi, por su vuelta de China y el éxito de su viaje comercial.

A ella se le encogió un poco el corazón. Sabía cuáles eran los planes de Alexi. Montgomery se los había contado. No iba a marcharse a China hasta principios de verano, porque la primera recogida del té era en julio, y tardaban un mes en enviarlo a los almacenes de Cantón. Después, haría falta otro mes para negociar el cargamento y su precio. Y eso, si Alexi conseguía el primer té otra vez, lo cual, según el piloto, no era seguro. ¡El comercio era muy competitivo! Por otra parte, noviembre era el mes más peligroso para atravesar el mar de China. Aunque el monzón que provenía del noreste era una gran ayuda para el impulso del barco, llegaba acompañado de fuertes tifones, y había pocos capitanes que desembarcaran ese mes. Incluso Alexi prefería zarpar en diciembre. Elysse se dio cuenta de que, después de que se marchara, en junio, no volvería a casa hasta marzo, un año a partir de aquel momento.

Y no tenía intención de quedarse en Dublín o en Londres hasta junio. La semana siguiente, volvería a Liverpool para hacerse cargo de un buque para un viaje por el Mediterráneo. Cuando volviera de Chipre, Elysse se aseguraría de estar en Londres para verlo. Tal vez para entonces aquel extraño punto muerto ya estuviera olvidado, y volvieran a ser amigos.

Sin embargo, ¿deseaba de verdad recuperar su antigua amistad? Con sólo pensar en estar entre sus brazos, sentía un cosquilleo en la piel. Salvo que la mujer que estaba entre sus brazos era Louisa Cochrane. A ella la había olvidado por completo.

Aquella noche, sin embargo, todo iba a cambiar.

Había llegado su turno de bajar del carruaje. Elysse estaba muy nerviosa por el hecho de ver otra vez a Alexi. Jack la ayudó a descender, porque la voluminosa falda de su vestido de satén era traicionera. Se había puesto un traje deslumbrante aquella noche. Era sofisticado y atrevido, e incluso su hermano había abierto unos ojos como platos al verla con él. Era de seda color violeta, y tenía un escote muy amplio que dejaba a la vista su pecho y sus hombros. El vestido tenía mangas abullonadas y la falda llevaba un bordado de cuentas. En la cintura llevaba una banda de terciopelo morado y un lazo. Elysse se había puesto joyas de amatistas y diamantes para completar el conjunto. Alexi tenía que fijarse en ella.

Mientras la acompañaba hacia la puerta principal, Jack le susurró al oído:

—Me pregunto para quién te has puesto ese vestido.

Ella se ruborizó.

—No sé a qué te refieres.

Su hermano sonrió.

—Después de ti, hermanita.

Ante la puerta, acompañado por Cliff y Amanda, estaba el agasajado.

Alexi la miró directamente. Elysse se detuvo un instante detrás de sus padres, para no emitir una exclamación. Él estaba tan guapo, y era tan masculino, que ella se dio cuenta de que no se había imaginado el deseo que había sentido a principios de aquella semana. El corazón le dio un brinco. Si no tenía cuidado, él iba a percatarse de que ella sentía una gran atracción por él. De repente, cuando normalmente era la reina de todos los bailes y el centro de la atención de todos, no sabía qué hacer. ¿Cómo iba a conseguir que él se diera cuenta de que era una mujer bella?

Se atrevió a mirarlo de nuevo. Aunque Alexi se había adelantado para saludar a sus padres, no dejaba de mirarla.

Elysse se preguntó si él sabía que había salido una segunda vez con Montgomery. Había llegado el momento de que ella también saludara a sus anfitriones. Le dio un beso en la mejilla a Amanda, y sonrió a Cliff. Alexi seguía mirándola, y ella se ruborizó. Entonces, alzó la vista hacia él.

—Hola, Elysse —dijo él suavemente—. Estás deslumbrante esta noche. Vas a ser la más bella de la fiesta.

Elysse se dio cuenta de que lo decía en serio, y le sonrió con entusiasmo.

—Tú también estás muy guapo con el esmoquin, Alexi. Seguro que eres el caballero más apuesto del baile.

A Elysse le pareció ver cierta diversión en sus ojos azules, pero no estaba segura. Él arqueó las cejas.

—¿Tu acompañante es Jack?

—No tengo acompañante —murmuró Elysse—. Entonces, ¿ya no vamos a discutir más?

—No. No quiero pelearme contigo.

Ella sonrió de alegría, aunque seguía muy nerviosa.

—¿De verdad te gusta mi vestido?

Alexi bajó las pestañas, largas, espesas, negras. Pasó un instante antes de que ella se diera cuenta de que estaba pasando la mirada por su corpiño, antes de mirarla a la cara nuevamente, con los pómulos enrojecidos.

—Por supuesto que me gusta el vestido. A todos los hombres les gustaría ese vestido. Es indecente para una mujer soltera, Elysse —dijo con aspereza.

Antes de que ella pudiera protestar, él prosiguió:

—Aunque cuando lo elegiste, tú ya sabías que ibas a atraer más atención de lo normal.

Elysse se echó a temblar. Había elegido aquel vestido para llamar su atención, pero eso no podía admitirlo.

—Todas las mujeres se arreglan para un baile, sobre todo cuando hay tan pocas fiestas últimamente.

Él no respondió, y ella se dio cuenta de que estaban impidiendo el avance de la cola. Bajó la voz y dijo:

—Me he enterado de que te marchas pronto a Chipre.

Él entornó los ojos. Sin darse la vuelta, le dijo a Cliff:

—Disculpad un momento.

—¿Qué estás haciendo? —le preguntó ella, mientras él la alejaba del principio de la fila. Caminaron hacia la consola de ébano que había contra el muro de piedra blanca, y en el espejo que había sobre ella, Elysse vio sus reflejos: él, serio, ella casi asustada. Por el rabillo del ojo vio a Montgomery, que los observaba, pero en aquel momento eso no la preocupaba.

—Sí, me voy a Chipre dentro de pocos días. ¿Cómo te has enterado?

Ella vaciló. No quería admitir que se lo había dicho Montgomery.

Él se echó a reír.

—Como si no lo supiera.

—¿Vamos a discutir otra vez? —le preguntó ella consternada—. Desde que has vuelto has estado tan ocupado que ni siquiera hemos podido hablar. Esperaba que hoy podría bailar contigo —le dijo, y notó que le ardían las mejillas por tener que pedirle un baile. Y todo porque quería estar en sus brazos. No quería hablar de Montgomery en aquel momento—. No me has visitado.

Él evitó sus ojos.

—He estado ocupado.

Elysse odiaba a Louisa Cochrane. ¿Cómo era posible que aquella vieja gorda hubiera captado la atención de Alexi?

—¿Tenías pensado venir a despedirte, o pensabas marcharte sin más durante otros dos años?

Entonces, él la miró con sorpresa.

—Tu tono es de acusación. ¿Me has echado de menos, Elysse? ¡Seguro que estabas muy ocupada con tus cinco proposiciones de matrimonio como para pensar en mí!

—No sabía que ibas a estar tanto tiempo fuera. Dos años y medio es mucho tiempo.

Después de una larga pausa, él respondió:

—Sí, es mucho tiempo.

—¿Por qué no volviste a casa?

—Quería hacerlo justo después de Canadá, pero me ofrecieron un bono por un viaje a Jamaica, y no podía decirle que no al agente.

A causa del trabajo, pensó ella. Sin embargo, eso no hacía que las cosas fueran más fáciles.

—¿Alguna vez sientes nostalgia cuando estás lejos?

Elysse quería saber si la había echado de menos.

Él abrió mucho los ojos.

—Por supuesto que sí. Siento nostalgia todo el tiempo. En alta mar uno se siente solo, Elysse, sobre todo en las guardias nocturnas.

Ella se lo imaginó en la cubierta de su clíper, en el océano Índico, en medio de la noche negra y estrellada, bajo las velas hinchadas del barco, escuchando los gemidos del lienzo al viento.

—Sé que amas mucho el mar y la aventura.

—La soledad es un precio pequeño —dijo él, asintiendo—. La mar siempre será mi amante.

Ella era hija de un capitán naval, y lo entendía.

—No estés lejos tanto tiempo, en esta ocasión —dijo, casi sin querer. Y se ruborizó.

—¿Y qué te importa a ti, si estás tan ocupada con tus fiestas y tus bailes, y tu desfile interminable de admiradores?

—Pues claro que me importa. Somos amigos.

—Me pregunto cuántos nuevos pretendientes tendrás cuando vuelva.

—Tengo veinte años y estoy soltera. Claro que tendré nuevos pretendientes.

—Pero no todos los pretendientes consiguen dar una vuelta por Adare y un descanso en el establo de nuestro vecino.

Entonces, sabía que había salido dos veces con Montgomery.

—Estaba lloviendo —respondió—. Teníamos que protegernos de la lluvia.

—Y, por supuesto, él se comportó con decoro.

—Fue un perfecto caballero.

Alexi apartó la mirada.

—Entonces, tuviste mucha suerte —dijo, y volvió a clavarle los ojos—. Te pedí que no jugases con él, Elysse.

Ella se sintió muy culpable. ¿Estaba jugando con William?

—Yo no juego con los caballeros. Sólo estaba disfrutando de su compañía. Nos hemos hecho amigos.

—Sí, juegas con los caballeros todo el tiempo, y se te da muy bien. Te he visto jugar con el afecto masculino desde que eras una niña —sentenció Alexi, e ignoró su exclamación de protesta—. ¿Y ahora sois amigos? —preguntó con incredulidad—. ¿Como lo somos nosotros?

Ella se sintió acorralada.

—Sí, William es un amigo. Aunque, por supuesto, no lo conozco tan bien como a ti.

—Tú no conoces a William en absoluto —replicó él con una expresión dura.

Elysse sabía que estaba en territorio peligroso, pero no pudo evitarlo.

—Supongo que tú conoces muy bien a Louisa Cochrane. Y seguro que la llamas Louisa, y no señora Cochrane.

—No metas a la señora Cochrane en esto.

—¿Por qué no? Es evidente que se trata de una cazadora de fortunas —dijo Elysse sin apartar la mirada de él—. ¡Está desesperada por hacer un buen matrimonio, y pronto! ¿Por qué no te das cuenta de eso? ¿Por qué te molestas por ella?

Él miró a un lado.

—Le he dejado bien claro que yo no voy a casarme con nadie en un futuro cercano.

A ella le ardieron las mejillas. No necesitaba que él le recordara que eran amantes. Elysse se giró hacia un lado. ¿Por qué le molestaba tanto su aventura? ¿Cuándo se había vuelto tan celosa? Sin embargo, sólo podía pensar en Alexi y Louisa abrazados apasionadamente. Y eso le hacía daño.

—Sin duda, ella quiere atraparte en el matrimonio, aunque sea dentro de un año.

Él la tomó del brazo.

—No voy a hablar de Louisa contigo.

—¡Lo sabía! —exclamó Elysse. Su tono familiar al hablar de su amante intensificó el dolor que aquello le causaba.

Él no la soltó.

—Montgomery está encaprichado contigo. Pero hay más. Está sopesando cuáles son sus posibilidades de poder cortejarte en serio. Él es el cazador de fortunas.

Ella se quedó estupefacta.

—¡Eso es absurdo!

—¿De veras? ¿Le has dicho que nunca podrías enamorarte de él? Él sabe que tu padre quiere que te cases por amor. ¡Y los hombres como Montgomery se casan por encima de su estatus todo el tiempo! —exclamó Alexi. En aquel momento, tenía los ojos encendidos de ira—. Tienes suerte de que no intentara seducirte en el establo. Entonces habrías tenido que casarte con él obligatoriamente.

Ella jadeó.

—¿Qué estás diciendo? ¡William nunca me seduciría! Es un caballero, Alexi. Es un hombre amable y sincero, y me tiene en gran concepto.

—¿Por qué no quieres escuchar ni una sola palabra de lo que te he dicho?

—¡Porque dices tonterías! ¿Por qué haces esto? Desde que has vuelto a casa no has hecho más que ignorarme mientras perseguías a esa fresca, y te atreves a negarme un pretendiente serio.

—¡Ah! Entonces, ¿admites que te está cortejando en serio?

Elysse se cruzó de brazos y él miró su escote. Ella se ruborizó, pero consiguió responder:

—¿Has terminado de molestarme? Tengo lleno el carné de baile.

Él miró hacia el techo.

—Creía que querías un baile conmigo.

—Eso era antes de que decidieras comportarte como un grosero —dijo ella, y se dio la vuelta para alejarse.

Alexi la tomó del brazo y la hizo girar de nuevo hacia él.

—No he terminado, Elysse. Quiero que acabes esta noche con tu jueguecito, antes de que te encuentres de verdad en peligro, en una situación de la que no vas a poder escapar con una sonrisa y una risita y un coqueteo.

Ella intentó zafarse de él tirando del brazo, pero no lo consiguió.

—No puedes darme órdenes, como si yo fuera de tu tripulación, o como si fuera tu hermana.

—Te equivocas. Algunas veces, Elysse, me dan ganas de ponerte en mi regazo y darte una azotaina. Eres la mujer más terca que he conocido. Estás jugando con mi piloto, y eso es egoísta y peligroso.

—¿Acaso no estás jugando tú con Louisa? Me pregunto por qué estás tan en contra de William, pero no de otros pretendientes míos, como por ejemplo James Ogilvy. ¿Acaso estás celoso?

Él abrió unos ojos como platos.

—No estoy celoso por ti. Te considero como alguien de mi familia, y nada más. ¡Nos conocemos desde hace trece años!

Ella dio un paso atrás, espantada.

—No somos familia. ¡No tenemos ningún parentesco!

—¡Oh, oh! ¡Espera un momento! ¿Acaso eres tú la que está celosa? ¿Es que quieres mis atenciones?

—¡No, claro que no! —gritó ella, con pánico.

Él la miró con escepticismo.

—Te conozco tan bien como a mis hermanas, o mejor. Sé lo que piensas, y lo que quieres. Sé cómo eres. Algunas veces tengo la sensación de que te conozco demasiado bien. Cuando entro en una estancia y te veo, pienso, vaya, ahí está Elysse, la princesa mimada a la que conozco de toda la vida.

Ella estaba temblando, y temía que se le llenaran los ojos de lágrimas. No quería que él la viera llorar.

—¿Estás diciendo que me consideras una hermana? ¿Que ni siquiera te das cuenta de que soy una mujer adulta y atractiva?

Él hizo un gesto desdeñoso.

—Es evidente que eres guapa, pero yo no pienso en ello.

Ella se quedó terriblemente herida.

Él pasó la mirada por su vestido violeta.

—Odio este vestido —le dijo con tirantez. Y se alejó.

Elysse no se movió. Se había quedado paralizada. En su mente resonaban las palabras de Alexi. Le había dicho que cuando entraba en una estancia y la veía, veía a una princesa mimada a la que conocía de toda la vida, que no veía a una mujer bella, sino a alguien similar a una hermana.

—A mí me gusta el vestido —dijo Montgomery suavemente—. Creo que estás más guapa que nunca. Elysse, no llores.

Ella se volvió y se encontró con la mirada de preocupación del piloto. Vagamente, se dio cuenta de que había estado escuchando la conversación, pero no le importó. Tenía roto el corazón.

De algún modo, consiguió sonreír.

Él la tomó de la mano.

Elysse no sabía por qué había deseado estar en brazos de Alexi de Warenne. Ni siquiera sabía por qué lo había considerado un amigo. Era odioso. Creía que podía controlar su vida y tratarla como a una hermana, mientras perseguía a frescas como la viuda Cochrane. ¿A quién podía importarle? Ella nunca había sufrido un rechazo. No conocía a ninguna otra debutante de Irlanda que hubiera recibido cinco propuestas de matrimonio en dos años. El rechazo de Alexi no tenía importancia. ¡Ninguna importancia!

Y si William decidía cortejarla, tal vez ella lo animara. Era un hombre amable y sincero, y no la juzgaba ni la acusaba de ser como una prostituta. No pensaba que ella fuera egoísta y mimada. Cuando había dicho que era una princesa, lo había dicho como un gran cumplido. Cuando Alexi le había dicho que era una princesa, había querido insultarla, ¡señalar un defecto de su carácter!

Elysse bailó el octavo baile de la noche con una sonrisa forzada. El guapo caballero, sir Robert Haywood, era un viudo de treinta y cinco años, y se le consideraba un magnífico partido. La había visitado unas cuantas veces, pero ella nunca había tenido ningún interés en él, hasta aquella noche. Mientras bailaban, Elysse siguió sonriéndole, sin mirar a su alrededor por el salón. No quería ver nunca más a Alexi.

Su amistad había terminado. Ya no lo consideraba fascinante, ni atractivo. Se había convertido en un hombre horrible y malo. ¡Esperaba que estuviera cinco años fuera de casa en aquella ocasión! Y esperaba que Louisa lo atrapara y se casara con él. Le estaría bien empleado.

Las lágrimas le quemaban detrás de los párpados. No entendía por qué se sentía tan herida. Para sentirse herida, una persona tenía que querer a otra, y claramente, ella no quería a Alexi de Warenne. Pestañeó con coquetería y le dedicó una sonrisa resplandeciente a su pareja de baile cuando terminaron el vals.

—Estáis más bella que nunca, señorita O'Neill —le dijo Haywood, y le hizo una reverencia—. No sabía que erais una bailarina tan magnífica.

Ella tomó una copa de champán de la bandeja de un camarero e intentó quitarse a Alexi de la cabeza, apartarlo de su vida, aunque en el fondo esperaba que él se diera cuenta de todos los admiradores que tenía. No se trataba de que quisiera ponerlo celoso, porque a ella no podía importarle menos si estaba celoso o no, pero había otros hombres que la consideraban bella, otros hombres que no veían su carácter lleno de defectos.

El champán estaba delicioso.

—Gracias, sir Robert. Y gracias por un baile tan maravilloso. Espero que no me descuidéis como habéis hecho durante estos últimos meses, señor —dijo, y dio otro sorbito de chamán, aunque ya se había tomado más de las dos copas de costumbre. No le importaba. Sin el champán, tal vez no pudiera contener las lágrimas absurdas e inexplicables.

—No sabía que queríais que os visitara de nuevo —dijo Haywood mientras se ruborizaba—, pero lo haré gustosamente.

Elysse lo animó a que la visitara en alguna ocasión. Cuando él se alejó, ella terminó la copa de champán antes de volver a la zona de baile con Jonathon Sinclair, uno de los hombres que le había pedido que se casara con él. Estaba muy tenso y sonrojado, y ella supo que la deseaba. Mientras giraban al ritmo del vals, dijo:

—No pensaba que me concederíais ni un solo baile, señorita O'Neill.

—Por supuesto que sí —respondió ella con una sonrisa—. ¡Llevo toda la noche deseándolo!

Él se sobresaltó.

—¿Por qué estáis siendo tan amable?

—¿Acaso me consideráis poco amable, señor? —replicó ella, fingiendo que le había dolido el comentario, al tiempo que deslizaba la mano hacia su hombro.

—Por supuesto que no —respondió él con la voz ronca, mientras perdía un paso del baile—. ¡Creo que sois tan amable como bella!

—La próxima vez que me visitéis, me explicaré completamente ante vos —dijo Elysse.

Mientras hablaba, una vocecita le decía que estaba yendo demasiado lejos, y que lo lamentaría cuando él la visitara.

—Iré a visitaros mañana —dijo él al instante—. Con vuestro permiso, por supuesto.

—Y yo estaré esperándolo —respondió ella alegremente.

Después de dos bailes más, Elysse tuvo que disculparse para recuperar el aliento. Mientras estaba junto a la mesa de los postres, vio a Montgomery, que la observaba desde el otro lado del salón. Él sonrió, y ella le devolvió la sonrisa. Ya habían bailado dos veces, y él había sido maravilloso, de pies ligeros y rápidos. Y lo más importante de todo, la había mirado con calidez e intensidad. Tal vez Alexi estuviera en lo cierto. Tal vez el piloto tuviera verdadero interés en ella.

¿Y por qué no iba a animarlo? Era un marino, y ella era hija de un capitán naval. Parecía que a su padre le caía bien, a todo el mundo le caía bien. Y ella no tenía necesidad de casarse con nadie rico, porque tenía fortuna propia.

Todavía tenía el corazón dolorido, y parecía que le iba a estallar si no tenía mucho, mucho cuidado.

Se acercó a una bandeja de champán, preguntándose si se atrevía a tomar otra copa. Deseaba desesperadamente sentirse alegre y feliz. Así podría disfrutar de verdad del baile y de sus admiradores. Sin embargo, estaba algo mareada. El champán le quitaría las ganas de llorar. Antes, una o dos copas siempre la ponían contenta. ¿Por qué no podía sentirse contenta en aquel momento?

Cuando alargaba el brazo para tomar una copa de la bandeja, una mano le atrapó la muñeca.

—Ya has bebido suficiente —le advirtió Alexi.

Se había acercado por su espalda. Elysse se dio la vuelta hacia él y, por un momento, quedó entre sus brazos, con los senos aplastados contra su pecho. A él se le abrieron mucho los ojos, y ella se quedó mirándolo fijamente, desafiándolo en silencio a que negara sus atributos. Él dio un paso hacia atrás y se apartó de ella.

Elysse supo que lo había incomodado, y sonrió con agrado. Nunca permitiría que viera lo herida que estaba. Ella era la reina del baile, la debutante a quien deseaban todos los solteros, una mujer con demasiados admiradores y sin preocupaciones de ningún tipo. ¡Alexi tenía que verlo, sin duda!

—No estoy de acuerdo, Alexi —le dijo dulcemente—. Podrás decirles a Ariella y a Dianna cuánto pueden beber, pero a mí no.

Él la miró con los ojos entrecerrados.

—¿Estás llorando?

¿Tenía humedad en las pestañas?

—Claro que no —dijo ella, e ignorando el dolor que sentía en el pecho, sonrió con tanta coquetería como pudo—. ¿Acaso te has dado cuenta, repentinamente, de que soy una mujer adulta? ¿No te has fijado en cuántos admiradores tengo? ¿Has venido a hacer cola para poder bailar conmigo? —le preguntó, y sin pensar, instintivamente, le tocó la mejilla con las uñas y se las deslizó por la piel.

Él apartó la cara con brusquedad.

—¡No quiero bailar! —exclamó, y atrapó su mano—. Estás ebria. Tienes que irte a casa.

—Sólo he tomado un par de copas de champán, y lo estoy pasando muy bien. ¿Tú no? ¿Has bailado alguna vez? —el dolor, milagrosamente, se había mitigado. Alexi estaba enfadado con ella, y eso la satisfacía.

—No, Elysse, no he bailado y no pienso hacerlo. ¡Deja esta absurda farsa! Te marchas a casa —dijo él con rotundidad.

—No estoy ebria, y no me voy a marchar —dijo ella, y sonrió lentamente—. A menos que quieras acompañarme. ¿Sería posible que tú desearas mi compañía tan desesperadamente como los demás? —preguntó, y volvió a tocarle la mejilla—. Oh, espera, se me olvidaba. Tú estás atado a Louise.

Él abrió mucho más los ojos, y enrojeció.

—Se llama Louisa, y yo no estoy atado a nadie. ¿Estás coqueteando conmigo? ¿Te atreverías?

—Yo coqueteo con todo el mundo, ¿no te acuerdas? —murmuró ella, y dio un paso hacia él—. Soy una coqueta temeraria, no, espera, soy una prostituta. Tú mismo lo dijiste, ¿te acuerdas? Supongo que eso me iguala a tu amante.

—Yo dije que flirteas como una prostituta —puntualizó él, y dio un paso atrás para imponer más distancia entre ellos—. Jack puede llevarte a casa.

—Y un cuerno —murmuró ella, balanceándose hacia él de nuevo.

En aquella ocasión, él no se movió, y Elysse pensó que entre ellos ardía un fuego. Finalmente, él dijo:

—Estás poniéndote en ridículo.

—¿Por qué? ¿Porque todos los hombres solteros me desean? Salvo tú, por supuesto —dijo ella, y volvió a reírse—. Tú eres inmune a mis encantos, ¿verdad? ¡Por eso respiras de un modo tan extraño!

Alexi tomó aire profundamente. Hubo una pausa terrible. Y al final, mientras se alejaba nuevamente de ella, dijo:

—¿Qué te ocurre?

—A mí no me ocurre nada. Sólo estoy disfrutando del baile, porque nunca se sabe cuándo tendremos otro. Pero, ¿qué te ocurre a ti, Alexi? ¿Por qué te brillan así los ojos? No puede ser que sientas deseo por mí. Después de todo, soy una princesa mimada y egoísta. ¿O acaso eso te convierte en mi príncipe? ¿Eres tú mi príncipe azul, Alexi? Entonces, me imagino que me tomarás entre tus brazos. Oh, espera. Eso es imposible. Se me olvidaba que tú eres un grosero, no un príncipe.

—Estás verdaderamente borracha —dijo él—. Como un marinero, Elysse. Te marchas a casa.

—No, claro que no —respondió ella. Vio a Montgomery acercándose con una expresión preocupada. A él, claramente, no le gustaba que Alexi la acosara—. No puedo irme a casa, porque le he prometido a William que daría un paseo por el jardín con él. ¿No has visto lo preciosa que está la luna esta noche? Dicen que es la luna de los amantes, Alexi. Por si acaso no lo sabías.

Ella no había prometido nada semejante, pero era exactamente lo que iba a hacer en aquel momento: dar un paseo con Montgomery por el jardín.

Alexi la miró con incredulidad.

–¿Te comportas así sólo por molestarme? ¿O es porque te proporciona un grandísimo placer ser una coqueta?

Ella se rió, pasó por delante de él y le tendió la mano a Montgomery.

–Estoy disfrutando de un maravilloso baile, y ahora, voy a disfrutar de un paseo por el jardín a la luz de la luna con mi admirador favorito.

–¿Estás bien? –le preguntó Montgomery, aunque mirándolos a los dos.

–Era sólo una discusión familiar –dijo Elysse, y le dedicó una sonrisa resplandeciente mientras lo tomaba del brazo–. Alexi es como un hermano para mí. Estoy segura de que ya te lo habrá dicho.

Montgomery miró de nuevo a Alexi. Cuando volvió a mirar a Elysse, su expresión se suavizó.

–¿Necesitas tomar un poco el aire, Elysse?

–Me encantaría tomar un poco el aire –respondió ella, tomándolo del brazo. Mientras lo hacía, miró a hurtadillas a Alexi.

Estaba muy enfadado, de eso no cabía duda.

–Debería irse a casa –le dijo Alexi a Montgomery con tirantez.

–Yo la acompañaré cuando quiera irse –respondió el piloto rotundamente.

Alexi emitió un sonido de aspereza. Elysse miró a los dos hombres, y se dio cuenta de que estaban peleando por ella. Ojalá pudiera sentirse entusiasmada; Alexi se merecía lo que le ocurriera aquella noche. Sin embargo, Elysse sintió otra punzada de dolor.

—Vamos —le susurró a William.

Alexi le lanzó una mirada de advertencia. Después se dio la vuelta y se alejó.

—¿Seguro que te encuentras bien?

—Lo estoy pasando estupendamente —respondió ella con una sonrisa forzada—. ¿Tú no?

Él sonrió mientras la guiaba a través del salón de baile hacia las puertas de la terraza.

—Ahora sí —dijo—, pero no lo estaba pasando estupendamente mientras bailabas con todos esos caballeros.

La estaba mirando con seriedad, escrutándola. Parecía que ella le gustaba de verdad. Tal vez, incluso la quisiera. Ella se había quedado tan absorta en la llegada de Alexi que no se había dado cuenta de lo muy guapo y encantador que era William.

—No tienes por qué estar celoso.

Él empujó la puerta de la terraza y la abrió. Como estaban a finales de marzo, todavía hacía frío por las noches, y no había nadie fuera, aunque la luna estuviera llena y muy brillante.

—¿Ni siquiera de Alexi?

Ella vaciló.

—¡Por supuesto que no!

—Bien. Elysse, cuando estoy contigo, son los mejores momentos de mi vida.

Elysse sabía que hablaba en serio. Titubeó al recordar la mirada de advertencia de Alexi antes de tenderle la mano a Montgomery. El piloto la tomó al instante y se la llevó a los labios. De repente, ella se sintió muy tensa. Pasó un momento antes de que él la soltara.

Ella miró hacia las puertas de la terraza. Por supuesto, Alexi no los iba a seguir al exterior, y menos después de aquella última mirada que le había lanzado.

—¿Tienes frío? —le preguntó él.

Ella asintió. Entonces, William se quitó la chaqueta del traje y se la puso sobre los hombros. Posó allí las manos.

—No quiero aprovecharme de ti, Elysse. Pero te he tomado mucho aprecio.

—Sé que no te aprovecharías de mí —susurró ella, preguntándose si él iba a declararse. En aquel momento necesitaba mucho una declaración de amor. Lo miró a los ojos. Alexi se había equivocado por completo en cuanto a aquel hombre.

—Me alegro de que digas eso. Cuando sonríes así, un hombre podría pensar que es una invitación.

Elysse volvió a mirar más allá de William. No había nadie que los estuviera observando. No quería pensar en Alexi nunca más. ¿Debía animar a Montgomery a que la besara?

¿Y por qué no? Era el pretendiente perfecto. ¡Ella había tardado una semana entera en darse cuenta!

—Tal vez es una invitación —consiguió decir.

Él la miró con atención, y dijo:

—Me gustaría cortejarte, Elysse. Mis intenciones son honorables.

Ella se echó a temblar.

—Puedes cortejarme, William.

Él la tomó de la barbilla e hizo que elevara ligeramente la cabeza para que sus miradas se cruzaran.

—Bien. Hablaré mañana mismo con tu padre sobre el noviazgo.

Ella se puso muy tensa. Su mente avanzaba de una manera incoherente, entre imágenes de Alexi. Sin embargo, ¡aquello era lo que quería!

—Mi padre siempre ha querido que yo me casara por amor —dijo finalmente.

Él abrió unos ojos como platos y la tomó por los hombros.

—¿Estás diciendo que me quieres?

Elysse sabía que no quería a William, todavía no. Pero quería que la cortejara, lo deseaba con todas sus fuerzas. Sin embargo, no debía mentirle.

—Te estoy tomando mucho cariño —dijo por fin.

Él murmuró:

—Vamos a alejarnos de las luces de la casa.

Ella no estaba segura de que debieran alejarse hacia las sombras que reinaban al final de la terraza, pero él sonrió y la tomó de la mano.

—Quiero besarte, Elysse, y no quiero que nos interrumpan —dijo él suavemente—. ¿Puedes culparme? Eres la mujer más bella de Irlanda, y acabas de aceptar mi cortejo.

¿Debía permitirle que la besara? Elysse se detuvo, porque sabía que Alexi iba a enfurecerse si se enteraba de que ella había tenido semejante comportamiento. ¿Le haría algún daño aprender lo que era un beso de verdad? ¿Acaso no había disfrutado entre los brazos de Montgomery durante los bailes? Y él la quería. Era evidente.

Se dio cuenta de que había accedido, porque él la llevó hasta la parte más oscura de la terraza. La llevaba tomada firmemente del brazo, y Elysse se dio cuenta de que pretendía hacerla bajar hasta el césped. De repente, ella se sintió muy confusa. ¿De veras quería alejarse tanto de la casa?

—Eres tan bella —dijo él.

Y entonces tomó su cara entre las manos y la besó lenta y suavemente en los labios.

Elysse sintió que la tensión se multiplicaba. Nunca la habían besado de verdad. Su boca era muy firme, pero suave. Era agradable, pero no asombroso. Cuando Alexi la había acariciado en la biblioteca, la semana anterior, a ella le había explotado el corazón de deseo. En aquella ocasión no hubo explosión.

Se le formaron lágrimas contra los párpados. ¿Estaba ocurriendo aquello de verdad? ¿Qué estaba haciendo?

—Te quiero —dijo él—. Eres un sueño hecho realidad.

Elysse se topó con su mirada abrasadora, y sintió el corazón acelerado. Él la quería. Era un buen hombre. Y seguramente, ella podría quererlo también.

En aquella ocasión su boca fue insistente y se movió sobre

la suya una y otra vez, y por algún motivo, ella se dio cuenta de que quería que abriera los labios. No lo hizo, porque sabía que no estaba preparada, pero se aferró a sus hombros. Él gruñó, y el sonido fue muy masculino y muy sexual.

Elysse se alarmó. Debían detenerse. Él ya había tenido su beso.

Sin embargo, la agarró con más fuerza. Su boca comenzó a moverse con más decisión sobre la de ella. Sus besos se estaban convirtiendo en algo amenazante. Quería decirle que debían parar, pero él la quería. Elysse vaciló. Antes de que pudiera hablar, él metió la lengua en su boca.

Al sentirlo, ella se atragantó. ¿Qué estaba haciendo? ¡No quería que la besaran así! ¡Él era un extraño! Lo empujó, porque estaba muy asustada, pero él no se dio cuenta.

El miedo se convirtió en pánico. Se dijo que aquel beso terminaría muy pronto, ¿verdad? Y él la quería. Sin embargo, él la agarró por las nalgas y se la acercó, y ella notó su virilidad rígida contra la cadera. Nunca había sentido aquella parte de la anatomía masculina, y quiso protestar. Sin embargo, se quedó helada.

Él siguió sujetándola de aquella manera íntima e interrumpió el beso.

—Te quiero —dijo entre jadeos.

Antes de que Elysse pudiera protestar y decirle que debían volver dentro de la casa, él volvió a abrazarla y, en aquella ocasión, la hizo bajar hasta la hierba consigo.

Mientras su cuerpo la cubría, Elysse lo empujó por los hombros, pero él siguió besándola con una respiración agitada y pesada. Ella notó que metía la mano bajo su vestido y la ropa interior y le agarraba un pecho desnudo.

—¡William! —gritó, pero su beso ahogó aquel grito de pánico y de protesta.

Sus brazos eran como un cepo. No sabía cómo, pero él había metido sus muslos enormes entre los de ella, y le había subido las faldas hasta las rodillas. ¿Qué estaba haciendo? ¡Ella no podía hacer aquello!

Y entonces sintió su mano por los muslos, bajo su falda, con sólo una fina capa de algodón entre ellos. Elysse se movió y forcejeó con desesperación.

De repente, Montgomery ya no estaba allí.

Elysse percibió unos movimientos confusos, y entonces, vio a Alexi con una expresión de furia.

Ella gritó de alivio. ¡Había ido a rescatarla! Se puso en pie de un salto mientras Montgomery se daba la vuelta. Alexi se lanzó violentamente contra él y le dio un cabezazo; ambos cayeron al suelo luchando. Alexi quedó sobre el piloto y lo golpeó rabiosamente. Elysse se dio cuenta de que quería matarlo. Sin embargo, Montgomery lo agarró por la garganta.

Elysse gritó.

—¡Basta! ¡Basta, los dos!

Alexi la miró; el americano seguía ahogándolo. Montgomery aprovechó aquel momento y flexionó la rodilla para golpearlo entre las ingles. Alexi esquivó el golpe, y Montgomery aprovechó su movimiento para empujarlo y quitárselo de encima. Ambos se pusieron en pie a la vez y se quedaron enfrentados.

—Voy a matarte —le dijo Alexi.

—Voy a casarme con ella.

Elysse se atragantó. ¿Qué había hecho?

Alexi la miró.

—¿Estás bien? —le preguntó él.

Sin embargo, al verla bien abrió mucho los ojos. Ella sabía que tenía el pelo revuelto y creía que le sangraba un labio. Él pasó la mirada por su vestido, y ella se encogió. Estaba descolocado, rasgado y manchado de verdín.

Retrocedió entre jadeos. Ya nunca volvería a estar bien. ¿Cómo le había permitido tales libertades a Montgomery? ¿En qué estaba pensando? ¿Y por qué él se había convertido en semejante bestia?

—¡Elysse! —gritó Alexi.

Elysse lo miró y comenzó a derramar lágrimas. Quería

echarse a sus brazos; él tenía razón. Montgomery no era un caballero. La había tocado, la había besado y había violentado su cuerpo. Se atragantó y retrocedió inestablemente hasta la pared para apoyarse en ella.

—Yo nunca le haría daño —dijo Montgomery con la voz ronca—. Yo nunca le haría daño a la mujer a la que quiero.

Alexi preguntó con una peligrosa calma:

—¿Acaso pensabas seducirla para asegurarte el matrimonio? ¿Es que no sabías que yo te mataría antes?

Montgomery miró a Elysse.

—Si te he hecho daño, perdóname.

Ella negó con la cabeza. Lo odiaba. Siguió llorando. Estaba temblando y tenía ganas de vomitar.

—Eso no ha sido un beso —susurró—. Me has tocado.

—¡Desgraciado! —rugió Alexi.

Montgomery sonrió con frialdad.

—Piérdete, De Warenne. Yo me ocuparé de Elysse ahora. Sólo es una virgen asustada.

—¡No! —gritó Elysse. Le producía terror la idea de quedarse con él a solas otra vez. Pero Alexi se había quedado muy callado, y entonces ella vio que Montgomery tenía un cuchillo en la mano. Elysse se quedó helada.

—Márchate —dijo Montgomery—. Yo tengo que hablar con Elysse a solas. Tiene que entender que un hombre puede excitarse tanto que llega a perder el control.

Ella se sintió más enferma en aquel momento. Se había dejado engañar por el encanto de Montgomery y por sus declaraciones de amor. Un caballero de verdad, un hombre como Alexi, nunca forzaría a ninguna mujer.

—¿Dejaros solos? Ni hablar —dijo Alexi con una sonrisa peligrosa, y comenzó a girar alrededor del americano. Montgomery se giró, de modo que los dos hombres siguieron cara a cara.

Elysse sabía que los dos habían olvidado su presencia. Aquello tenía que cesar, pensó frenéticamente, antes de que alguien resultara herido, o algo peor.

—Alexi, estoy bien. ¡Nadie se va a casar con nadie! ¡Vamos a casa! ¡Ya puedes llevarme a casa!

Oyó lo mal que sonaba su voz, sus súplicas entre sollozos.

Alexi se arrojó hacia Montgomery y le agarró la muñeca derecha. Elysse gritó de miedo al pensar que el americano pudiera acuchillarlo. Sin embargo los hombres siguieron forcejeando; Montgomery quería liberarse para usar el cuchillo y Alexi no lo soltaba.

De repente, Montgomery rugió y soltó el arma. Alexi se lanzó por ella. Montgomery lo agarró por la espalda y ambos cayeron al suelo y rodaron de tal manera que era imposible saber lo que estaba ocurriendo. Elysse creía que era Alexi quien tenía el cuchillo, pero era imposible saberlo.

Y de repente, el arma se deslizó por el suelo de la terraza y los dos se lanzaron por ella. Alexi aterrizó sobre el piloto con un gruñido y la agarró. Sonó un crujido horrible, fuerte, y Montgomery quedó inerte bajo Alexi, con la mejilla apretada contra el suelo de la terraza.

De repente, los dos hombres quedaron inmóviles.

Elysse se quedó paralizada. Alexi se puso de rodillas y miró al americano. Y ella vio que Montgomery tenía los ojos abiertos, pero ciegos.

Se le escapó un jadeo de miedo. ¿Montgomery había muerto?

Alexi se alejó lentamente del piloto. También lentamente, alzó la mirada hacia ella, con la respuesta en los ojos.

Elysse sintió espanto.

—Ha muerto —dijo él.

—¡No! ¡No puede ser!

Alexi intentó tomar aire.

—Ha muerto. Se ha golpeado la cabeza contra el escalón de piedra.

¿William Montgomery había muerto?

—Maldita sea —susurró Alexi, temblando. En aquel momento estaba luchando con sus emociones.

Y Elysse lo entendió. Aquello era culpa suya, ¿no?

Alexi la miró de nuevo.

—Elysse —dijo.

Ella comenzó a negar con la cabeza y a caminar hacia atrás. Entonces se agarró la falda y huyó.

CAPÍTULO 4

Elysse estaba conmocionada. Entró en la casa, ahogándose. No podía creer lo que acababa de ocurrir. ¡William Montgomery había muerto!

Se tropezó y tuvo que apoyarse en la pared. Ellos habían comenzado a luchar por ella. Oh, Dios... Aquello era culpa suya.

Elysse se desplomó contra la pared. No podía dejar de temblar. Estaba tan mareada... ¿Cómo había ocurrido aquello? Se abrazó mientras lloraba. ¡Montgomery quería cortejarla, pero se había transformado en una bestia! ¡Había dicho que la quería, pero si eso fuera verdad, no la habría tratado con tal falta de respeto! ¡Alexi tenía razón con respecto a él! ¡Y Montgomery había muerto!

Oyó unas exclamaciones de estupefacción.

Elysse se sobresaltó y se secó las lágrimas con los dedos. Miró hacia arriba y vio a un par de mujeres al otro extremo del pasillo. Estaban mirándola con horror.

De repente, Elysse se dio cuenta del aspecto que debía de tener, y de lo que ellos debían de estar pensando. Sabía que tenía el pelo revuelto, la cara llena de lágrimas y el vestido roto y sucio. Cualquier persona pensaría que la habían agredido, y eso era lo que había sucedido en realidad.

Recordó las manos y la boca de William Montgomery y se sintió asqueada. ¿Por qué no había escuchado a Alexi, que era su mejor amigo? ¿Qué habría pasado si él no hubiera salido al jardín y hubiera intervenido?

—Señorita O'Neill —dijo una de las damas.

¡Nadie podía saber lo que había ocurrido aquella noche! ¡No podía saberse que había permitido que le dieran un beso y que las cosas habían pasado a ser diferentes, y que William Montgomery había muerto! Se echó a llorar de nuevo y salió corriendo hacia el otro extremo del pasillo. Alexi se acercaba.

¡Nunca había necesitado tanto a alguien! ¡No debería haberlo dejado solo junto al cadáver de Montgomery! Corrió hacia él. Alexi la tomó del brazo y sus miradas se cruzaron. Entonces él se giró y tiró de ella mientras ambas mujeres susurraban frenéticamente.

Oh, Dios.

Estaba deshonrada.

Alexi abrió una puerta y entraron a la habitación. Después la cerró con llave.

Ella estaba temblando.

—Lo saben.

—No saben nada —respondió él, abrazándola.

Elysse se desplomó contra su pecho y apoyó la mejilla contra su solapa. Él la estrechó con fuerza.

Cuando Alexi habló, su boca se movió contra su pelo.

—Dime que estás bien, Elysse. Que no te ha hecho daño —le pidió con la voz ronca.

Ella estaba llorando tanto que no podía hablar. Él la meció. ¿Por qué había permitido que William Montgomery la besara? ¿Por qué lo había animado a que la cortejara? Empezó a rememorar todo lo que había ocurrido: sus coqueteos interminables, sus discusiones con Alexi, los besos agresivos del americano. Y el enfrentamiento mortal que ella había presenciado.

—Lo siento muchísimo —dijo entre sollozos—. No quería que sucediera esto. ¡Oh, Dios mío! ¡Alexi!

Él tomó su cara entre las manos. También tenía los ojos llenos de lágrimas.

—Sé que no querías. Maldita sea, Elysse. ¿Por qué has salido con él al jardín?

Ella enterró la cara en su pecho. No quería que Alexi supiera que le había permitido a Montgomery que la besara.

—Yo nunca permitiría que nadie te hiciera daño.

Le resultaba tan difícil pensar... Lo único que recordaba era que Montgomery se había convertido en una bestia, y que había muerto por su culpa.

—Esto es culpa mía, ¿no? Por engañarlo, por salir a la terraza con él. Por no escucharte.

—¡Ya basta! —exclamó él, y volvió a ceñirla contra su pecho. Temblaba tanto como ella—. No tenía derecho a besarte. ¡Sabía que estabas intentando resistirte!

Elysse se sentía segura entre sus brazos. Nunca había tenido tanto miedo. Pero Montgomery estaba muerto, porque se había peleado con Alexi por ella. ¿Le echarían la culpa a Alexi? Elysse no habló. No podía respirar y estaba intentando contener las lágrimas. Lo rodeó con los brazos.

—Ha sido horrible. No me sueltes —dijo.

Ojalá pudieran quedarse así, el uno en brazos del otro, para siempre.

Las imágenes se le sucedían en la mente. ¡Nunca iba a olvidar el sonido del cráneo contra el escalón de piedra! Y peor todavía, aquellas dos damas que la habían visto en el pasillo.

Alexi tenía un problema, y ella estaba deshonrada...

Él la estrechó más aún. Elysse no se dio cuenta de todo el tiempo que pasaron allí, cada uno de ellos luchando contra sus propios demonios. Por fin, oyó sus sollozos y la respiración agitada de Alexi. El sonido de una contraventana que se chocaba contra la casa llenó la noche. El tictac de un reloj reverberaba por la habitación. Alexi había dejado de temblar. Ella no.

Lentamente, alzó la cabeza.

Le acarició la mandíbula y después el pelo. Él tenía las mejillas húmedas.

—Tengo que llevarte a casa.

—No te preocupes —dijo ella—. Ha sido un accidente, Alexi, ¿verdad? ¡Todo ha sido un accidente!

Él respiró profundamente.

—Te advertí que no te tomaras libertades —respondió él con una expresión de agonía—. Quería matarlo, Elysse.

—¿Y qué vamos a hacer?

Él volvió a tomarle la cara entre las manos.

—Yo me ocuparé de todo.

Sus miradas quedaron fijas la una en la otra. De repente ella sintió náuseas, y tuvo que atravesar la habitación para vomitar en una pequeña papelera. ¡Había muerto un hombre por sus estúpidos coqueteos! ¡Aquello era culpa suya, no de Alexi!

—¿Puedes ponerte en pie?

Ella asintió y él la ayudó a incorporarse.

—Quiero que salgas de aquí —le dijo Alexi con aspereza.

Ella también quería huir y esconderse, para siempre, a ser posible.

—¿Cómo voy a separarme de ti ahora, después de lo que ha pasado? Yo no puedo parar de pensar en... él.

—Con el tiempo lo olvidarás. Los dos lo haremos —respondió él sin mirarla.

Elysse conocía a Alexi lo suficientemente bien como para saber que nunca lo iban a olvidar. Estaba mintiéndole para que se sintiera mejor.

—Sí, porque fue un accidente.

Él la miró bruscamente, y ella pensó que aquellos dos hombres habían sido compañeros y amigos, y que el piloto le había salvado la vida a Alexi. Sintió una terrible culpabilidad y apartó la mirada.

—Necesito pensar, Elysse —dijo Alexi en tono duro—. Montgomery está muerto, y el cadáver está ahí fuera.

De repente, ella se preguntó si Alexi podría ser acusado de asesinato. ¿Podría terminar en prisión? El futuro se le apareció en la mente: un juicio por asesinato sensacionalista, ella deshonrada, Alexi tras las rejas.

—Quédate aquí. No te muevas. ¡Lo digo en serio! —dijo, y se dirigió hacia la puerta.

Elysse lo siguió nerviosamente.

—¿Adónde vas?

—Voy a buscar a mi padre. Y al tuyo.

Ella lo agarró del brazo.

—¡Mi padre no puede saberlo!

—Devlin tiene que saberlo.

Alexi salió de la biblioteca, y ella cerró con llave y se apoyó en la puerta, respirando con dificultad. ¿Qué iban a hacer? ¡No podían acusar a Alexi de asesinato! ¡Había sido un accidente!

Sin embargo, ella era la única testigo de lo que había ocurrido. Todos sabían lo unidos que estaban Elysse y Alexi, y lo unidas que estaban sus familias. Tal vez no la creyeran. ¿Cómo había podido ocurrir todo aquello? A ella le agradaba William Montgomery. Pensó en sus besos y en sus caricias repugnantes. ¿No sabía él que ella quería que parara? Lloró de nuevo. ¡Nunca debería haber salido con él a la terraza!

—Elysse —dijo su padre cuando entró en la habitación—. ¡Alexi dice que hay un problema!

Al verla, palideció.

Su madre, Cliff y Alexi estaban con él. Alexi cerró con llave nuevamente.

Ella consiguió erguirse mientras se agarraba el estómago, que le dolía insoportablemente. No podía hablar.

Su madre corrió a abrazarla, y Elysse se desplomó entre sus brazos. Devlin observó con espanto su pelo, su cara, su vestido.

—¿Quién ha hecho esto? ¿Quién? Espera —dijo con furia. Se volvió hacia Alexi y preguntó—: ¿Dónde está Montgomery?

—Está fuera —dijo Alexi—. Y está muerto.

Virginia jadeó. Cliff dio un paso adelante y tomó a su hijo del hombro.

—¿Qué demonios ha pasado?

—¡Ha sido un accidente! —gimió Elysse antes de que Alexi pudiera responder—. Fue culpa mía. Yo lo animé. Llevo toda la semana animándolo a que me cortejara. Alexi nos encontró... besándonos —dijo ella, y notó que enrojecía—. Se pelearon —prosiguió, y se dirigió a su padre con una mirada suplicante—. Ha sido un accidente, papá. ¡Se pelearon, y Montgomery se cayó y se golpeó la cabeza. ¡Por favor, tienes que proteger a Alexi!

—¿Qué te hizo? —preguntó Devlin.

—No me ha hecho daño de verdad —respondió Elysse.

—Ahora no —le dijo Virginia a su marido, que no daba crédito a lo que estaba oyendo. Después se volvió hacia Elysse—. Querida, nos vamos a casa. Saldremos por la parte de atrás. Y no te preocupes por Alexi —añadió, y sonrió para darle ánimos.

—¡No me iré a casa hasta que todo esto esté resuelto! Está muerto, mamá, y... ha sido culpa mía, no de Alexi.

—Si Alexi se ha peleado con Montgomery es porque te estaba haciendo daño —rugió Devlin—. ¡Quiero saber lo que ha ocurrido!

—Fue sólo un beso, ¡un beso horrible y asqueroso! —dijo ella.

Se hizo el silencio. Virginia la abrazó de nuevo. Elysse se enjugó las lágrimas incesantes, lamentando haber hablado con tanta claridad. Finalmente, Alexi dijo:

—El piloto estaba haciendo algo indecoroso. Estaba acosando bruscamente a Elysse, pero no ocurrió nada más.

Devlin no sabía si creerlo o no.

Elysse se ruborizó, y Cliff preguntó:

—¿Dónde está el cuerpo de Montgomery?

Alexi la estaba mirando fijamente. Elysse tembló entre los brazos de su madre. Dijo rotundamente:

—El cuerpo está fuera, en la terraza. Luchamos mano a mano, y se golpeó la cabeza contra el escalón de piedra.

—Entonces, ¿estaban en el césped, y no en la terraza? —inquirió Devlin.

Alexi lo miró con frialdad.

Devlin estaba lívido.

—¿Adónde te estaba llevando? —le preguntó a su hija.

—No lo sé. ¡Yo no quería marcharme de la terraza!

—Cuando los vi, quise matarlo.

Cliff palideció.

—¿Ha visto alguien algo?

Elysse se mordió el labio. No quería mencionar a las dos señoras del pasillo en aquel momento.

Aparentemente, Alexi debía de estar de acuerdo, porque le lanzó una advertencia con la mirada.

—No podemos acudir a las autoridades —dijo rápidamente y con firmeza—. Si lo hacemos, lo que ha pasado esta noche se hará público más tarde o más temprano, habrá una investigación y tal vez un juicio. Elysse nunca se recuperaría de eso.

Ella sabía que él haría cualquier cosa por protegerla.

Cliff se volvió hacia Devlin.

—Tenemos que deshacernos del cuerpo.

Devlin asintió.

—De acuerdo.

Virginia susurró:

—Ellos arreglarán esto, querida. Alexi estará bien, y tú también.

Elysse rogó que su madre tuviera razón.

Devlin y Cliff se miraron. Devlin dijo:

—Vamos a enterrar a Montgomery en el mar. Nadie se enterará.

Acababa de matar a un hombre.

Eran las cuatro de la mañana y Windhaven ya estaba en silencio. Las mujeres estaban durmiendo en el segundo piso. Alexi siguió a su padre, a Devlin y a Jack a las cocinas, después de que los cuatro hombres entraran subrepticiamente por la parte trasera. Hacía tiempo que se había quitado el frac y su camisa blanca estaba ennegrecida de tierra y aceite. Llevaba las mangas enrolladas hasta los codos. Le costaba pensar con claridad. Sólo notaba el dolor de su corazón, el martilleo en las sienes. Le dolían incluso las costillas, como si las tuviera rotas; tanto, que le costaba respirar.

William Montgomery había muerto.

Pero Elysse estaba bien.

Tembló de agotamiento. Elysse había sufrido un ataque. Estaba luchando por liberarse de Montgomery con la falda subida hasta los muslos. En cuanto los había visto, él había sentido el miedo de ella, su pánico.

Al instante había tenido la necesidad de destrozar al otro hombre. Y había conseguido su deseo.

A él no le resultaba extraña la muerte. Sin embargo, matar indios salvajes o africanos sedientos de sangre era una cosa. Lo que había pasado aquella noche era completamente distinto, y le estaba costando mucho comprenderlo.

Montgomery había sido su compañero, su piloto y su amigo. Le había salvado la vida. Y él acababa de matarlo...

Seguía siendo incomprensible.

Los otros hombres estaban igualmente desarreglados y sucios. Nadie había dicho nada desde que habían salido del puerto de Limerick. En silencio, siguieron a Cliff por la enorme cocina, que estaba a oscuras, salvo por el pequeño fuego que ardía en la chimenea. Recorrieron un pasillo hasta la biblioteca. Allí, Cliff encendió varias lámparas de gas.

Devlin se acercó al bar y sirvió cuatro copas de brandy con el semblante grave. Él también estaba ensimismado. Alexi se quedó mirándolo sin verlo. Nunca le había dolido tanto la cabeza.

Había juzgado equivocadamente a Montgomery. Si hubiera sabido hasta dónde era capaz de llegar, nunca lo habría llevado a su casa, y menos a Askeaton Hall. Le ponía enfermo pensar que él le había presentado al americano a Elysse.

Sabía que nunca podría perdonarse la visión de Montgomery sobre ella, presa de la lujuria, y Elysse, tan frágil y menuda en sus brazos, intentando empujarlo. Nunca olvidaría el sonido de los besos, la respiración pesada del americano, sus gruñidos. Elysse gemía de miedo, y tal vez de dolor.

Se apartó aquel recuerdo horrible de la mente. Al instante tuvo otro igualmente desagradable: el rostro de Elysse, cubierto de lágrimas.

La vio en sus brazos, llorando, herida y asustada. Dios Santo, nunca la había visto tan bella ni tan vulnerable, y nunca había sentido tal necesidad de protegerla.

Se le encogió el estómago. Él la conocía tan bien... Se conocían desde que eran niños.

«No estoy ebria, y no me voy a marchar. A menos que quieras acompañarme».

«¿Estás coqueteando conmigo?».

«Yo coqueteo con todo el mundo, ¿no te acuerdas?».

La tensión de Alexi llegó a extremos casi insoportables. Ella era una coqueta irresponsable y temeraria. Había coqueteado con todos los hombres disponibles aquella noche. Había coqueteado con Montgomery. Y había coqueteado con él. Sin embargo, pese a su comportamiento, ninguna mujer se merecía el tratamiento que ella había recibido.

Era culpa suya, por llevar a Montgomery a Irlanda...

Seguía viendo a Elysse y a Montgomery abrazados, a Montgomery lanzándose por el cuchillo, y el cuerpo de su piloto mientras lo arrojaban al mar en mitad de la noche.

Devlin le entregó una copa. Él la aceptó, pero sólo podía ver a Elysse, sonriéndole seductoramente.

«Estás verdaderamente borracha. Como un marinero, Elysse. Te marchas a casa».

«No, claro que no. No puedo irme a casa, porque le he prometido a William que daría un paseo por el jardín con él. ¿No has visto lo preciosa que está la luna esta noche? Dicen que es la luna de los amantes, Alexi. Por si acaso no lo sabías».

Le hirvió la sangre. Tuvo ganas de aplastar algo, y pronto. Claro que no le había escuchado. ¡Ella nunca lo escuchaba!

Se había ido al jardín con Montgomery, coqueteando de una manera tan peligrosa, que el piloto había muerto.

Él lo había matado por ella. Y lo haría de nuevo si tuviera que hacerlo, aunque aquel maldito americano le hubiera salvado la vida.

—Bueno, ya está hecho —dijo Devlin, y lo sacó de su ensimismamiento—. Ese canalla está en el fondo del mar de Irlanda.

Alexi apuró el brandy. Le temblaba la mano. La bebida, sin embargo, no sirvió para mitigar su tensión.

—Esto pasará —le dijo su padre.

Alexi no lo creyó. Nunca se perdonaría lo que había pasado aquella noche. Lo que le había pasado a Elysse.

Cliff lo agarró del brazo.

—Ya está hecho, Alexi, y obsesionarte con ello no va a ayudar nada. Tienes que dejarlo atrás. No vuelvas a mencionar esta noche, ni al piloto, nunca más.

Alexi se dio cuenta de que no tenía nada que decir. Estaba agotado, tan cansado que tenía la sensación de que nunca más iba a poder descansar.

Sintió otra ráfaga de ira.

Recordó tantas cosas que se quedó paralizado. Montgomery y él, mano a mano en la nieve, tras una barricada de troncos, luchando para salvar la vida contra un grupo de indios hurón, en medio de una ventisca de nieve. Montgomery y él bebiendo whisky después, en una cabaña, anonadados de seguir con vida y riéndose de repente después. Montgomery y él, en Gibraltar, en la habitación de una pensión pública, compartiendo los favores de una prostituta muy exuberante. Montgomery y él en su barco, a punto de pasar el estrecho de Sundra, con un buen viento, observando cómo se desplegaban todas las velas con una sonrisa. Más tarde, mientras el barco navegaba a toda vela por el océano Índico, habían compartido una jarra de ron para celebrar su viaje por el mar de China...

—Alexi —dijo su padre.

Se sobresaltó y regresó a la biblioteca. Notó que tenía la cara húmeda. Porque, al final, Montgomery no era su amigo. No lo era en absoluto.

En aquel momento, Alexi se dio cuenta de que iba a vomitar.

—Tienes un *shock*. Matar a un hombre no es nada fácil —dijo Cliff—. Fue un accidente, hijo. Estabas protegiendo a Elysse.

Alexi atravesó la habitación y salió. En la misma terraza donde había encontrado a Montgomery con Elysse, vomitó el brandy. Después se quedó allí, agarrado a la barandilla, esperando a que se le calmara el estómago.

Había matado a su amigo. Sin embargo, Montgomery no era su amigo de verdad. Era un cazador de fortunas y un canalla, e iba a forzar a Elysse...

Se sentía enfermo de culpabilidad y de rabia. Soltó una maldición y dio un puñetazo en la barandilla. ¡Nada de lo que había ocurrido aquella noche tenía por qué haber sucedido! Se le llenaron los ojos de lágrimas. ¡Maldito Montgomery! ¡Maldita Elysse O'Neill!

Cliff dijo:

—¿Quieres hablar de ello?

—No —dijo.

Tenía ganas de rugir de ira. Era mejor que la culpabilidad. La ira podía entenderla. Lentamente, se volvió hacia su padre.

Cliff lo observó atentamente.

—Tenías todo el derecho a defender a Elysse, hijo, pero sé que Montgomery y tú estabais muy unidos. Erais amigos y compañeros.

Alexi se echó a temblar. Necesitaba llorar otra vez. Había confiado a Montgomery las vidas de su tripulación. La seguridad de su barco. ¡Maldición!

—No importa. Está muerto.

Cliff le pasó la mano por el hombro.

—Nadie te culpa. Era lógico que protegieras a Elysse de lo

que quería hacer Montgomery. La has querido desde que sois niños. Recuerdo el día en que llegamos a Harmon House, y la cara que se te puso cuando entraste y la viste por primera vez.

Él se alejó. ¡No quería oír aquello!

—¡No tenía ninguna cara, demonios! ¡Y si la tenía, seguramente era porque estaba coqueteando conmigo!

Cliff se quedó callado.

Alexi gritó de frustración:

—Montgomery ha muerto. Ella casi sufre una violación esta noche. Y mañana estará coqueteando otra vez como si no hubiera pasado nada. ¡Ya lo verás!

Apenas podía creer lo enfadado que estaba con ella.

—Eso no es justo, y lo sabes —dijo Cliff en voz baja—. Ella ha pasado por un infierno esta noche. No va a recuperar el ánimo en mucho tiempo.

—Le advertí que no lo engañara. ¿Aprenderá alguna vez?

—Todo el mundo aprende de la vida, hijo —le dijo Cliff suavemente.

Alexi se cruzó de brazos.

—Nunca aprenderá nada. Nunca crecerá.

—Tienes derecho a estar enfadado.

—Estoy furioso —gritó—. ¡Le dije que se mantuviera lejos de Montgomery! ¡Que no confiaba en él! ¡Sabía que ella iría demasiado lejos! Como siempre, hizo exactamente lo contrario de lo que yo deseaba que hiciera. Conociéndola, seguro que lo animó para que la besara. ¡Maldita sea!

—Tal vez ya sea hora de que los dos admitáis la atracción que sentís el uno por el otro —sugirió Cliff.

Alexi se sobresaltó. Después soltó un gruñido de incomodidad.

—No tengo ni idea de lo que quieres decir.

Se dio la vuelta y comenzó a pasearse. En aquel momento se sentía despiadado y salvaje. Devlin debía castigarla. Tenía que imponerle disciplina. ¡Tenía que terminar con sus coqueteos! ¡Tenía que casarla inmediatamente! Elysse había demostrado que no tenía sentido común. Necesitaba un marido que la cuidara.

Se quedó inmóvil y miró a su padre, que estaba tomando brandy con calma mientras lo observaba.

Alexi volvió al interior de la casa, y Cliff lo siguió.

Devlin estaba sentado, mirando su copa vacía, rememorando lo que había sucedido aquella noche. Jack también se estaba paseando de un lado a otro.

—Ojalá lo hubiera matado yo —escupió Jack, temblando de ira—. Seguro que esas dos brujas ya le han contado a medio mundo que mi hermana está deshonrada. ¡Y lo está de verdad, demonios! ¡Ahora nadie la va a querer!

El estado de ánimo de Alexi empeoró, como su tensión. Jack tenía razón. Había creído que era su responsabilidad avisar a Devlin de que la señora Carrie y lady O'Dell habían visto a Elysse. Aquellas mujeres eran dos chismosas, y Elysse estaba en una situación muy comprometida.

Jack dijo con tirantez:

—Sé que Elysse es muy coqueta, pero es que es asombrosamente guapa. Ella no puede evitar que todos los hombres la miren cuando entra en una habitación. El piloto no fue una salvedad.

Alexi no quería entrar en un debate sobre la aventura temeraria de Elysse con Montgomery, y menos con Jack. Su hermano defendería su comportamiento, por supuesto.

—Era el mejor partido de Irlanda —dijo Jack, y miró a Devlin—. Ahora no la querrá nadie. Por mucho que neguemos los rumores, todos hablarán de ello.

Devlin alzó la mirada.

—Hay una manera de terminar con las habladurías, Jack, aparte de negarlas. Recuerda que es una heredera. Puedo comprarle un marido muy adecuado e importante.

Alexi estaba tan tenso que no podía soportarlo. Se esperaba aquella conclusión. Él había llegado a la misma: que había que casarla inmediatamente. Y en cuanto se había dado cuenta de eso, supo que un marido le daría toda la protección que ella necesitaba contra los rumores. Devlin no era tonto. Sabía tan bien como Alexi que el cotilleo que generaran aquellas dos cotorras se acallaría si le encontraban un buen partido.

—Tú siempre quisiste que se casara por amor —dijo Cliff suavemente.

Alexi se quedó inmóvil. Aquél era un nuevo campo de batalla, y estaba minado. Sabía que debía conducirse con cuidado.

—Sí, es cierto. Pero ahora ya no será posible, ¿no?

Alexi se sentía como si le rugiera el océano en los oídos. Recordó a aquel niño tonto de nueve o diez años que había llegado, secretamente, a la conclusión de que, cuando fuera mayor, Elysse O'Neill sería su esposa.

—Cuando se haya casado este suceso trágico se olvidará —dijo Devlin—. Conozco a mi hija. No soportará bien las burlas y el rechazo social. Voy a encontrarle un novio excepcional. Cuanto antes, mejor.

—Podrías enviarla un par de años al extranjero —dijo Cliff, mirando a Alexi.

—Eso no terminaría con los rumores. Si se convierte en una esposa rica y poderosa, nadie volverá a pensar en esta noche —dijo Devlin. Claramente, había tomado una decisión.

Alexi respiró profundamente.

—Basta —dijo—. No será necesario.

Devlin lo miró.

—¿Qué se te ha ocurrido? —preguntó, aunque lo observaba como si ya lo supiera.

—Yo la he rescatado una vez esta noche, y lo haré de nuevo.

Devlin arqueó una ceja y comenzó a sonreír.

Alexi dijo:

—Si vas a casarla, yo seré quien se case con ella.

CAPÍTULO 5

Montgomery bajó la cara y a Elysse se le encogió el corazón de miedo. Sabía lo que iba a ocurrir después. Notó sus labios moviéndose sobre los de ella, exigentes de una manera feroz. Hundió su lengua en la de él y el pánico se convirtió en miedo. Comenzó a forcejear y se dio cuenta de que estaba en el suelo, y de que él estaba sobre ella. De repente, Alexi la estaba mirando con furia, de una manera acusatoria. William estaba en el suelo, con los ojos desenfocados.

—¡Esto es culpa tuya! —le gritó Alexi.

Ella quería negarlo. Sin embargo, no consiguió articular palabra, y tuvo que gritar...

Elysse se incorporó en la cama con el corazón acelerado y el cuerpo empapado en sudor. Por un momento, su conmoción fue tal que se quedó paralizada. Tenía la sensación de que estaba en la terraza de Windhaven. Miró hacia abajo, temiendo encontrarse al piloto muerto en el suelo. Sin embargo, sólo vio su colcha de florecitas rosas y su camisón de color marfil.

Estaba en su propia cama, temblando. Intentó respirar profundamente, pero su corazón estaba desbocado. ¡William Montgomery había muerto, y por su culpa!

Sintió una gran culpabilidad.

¿No le había dicho Alexi, una y otra vez, que no confundiera a Montgomery? ¿No había ignorado ella sus advertencias sólo para molestarlo? ¿Acaso no esperaba, incluso, ponerlo celoso? Aunque Montgomery le gustaba de verdad...

Deseaba que la cortejara, ¿no? Había disfrutado con sus atenciones, hasta aquel terrible beso...

Los eventos de aquella noche fluyeron con claridad en aquel momento. Los hombres se habían marchado de Windhaven para tirar el cadáver de William al mar, para ocultar su muerte. Su madre se la había llevado a casa sacándola por la puerta de la cocina para no llamar más la atención. Virginia no había intentado hablar con ella durante el trayecto de vuelta a casa, pero la tuvo abrazada para darle consuelo. Elysse ya no lloraba, pero estaba terriblemente aturdida, y se limitó a mirar por la ventanilla del carruaje.

William Montgomery había muerto por su culpa. ¿Cómo podía haber ocurrido aquello?

Elysse no quería acostarse, no quería quedarse a solas con su horror y su sentimiento de culpa. Así que se había quedado con su madre, tomando chocolate en silencio, frente al fuego. Estaba helada. Tenía el frío en los huesos. No creía que fuera a pasársele nunca. Virginia no había intentado decir nada, y Elysse se lo agradeció. Sin embargo, lo sucedido aquella noche pasaba una y otra vez por su cabeza, cruelmente. A las tres y media, envió a su madre a la cama. Elysse no pudo quedarse dormida. Se tapó hasta la barbilla y se quedó mirando al techo, viendo de nuevo cómo luchaban Alexi y Montgomery, presenciando la caída de Montgomery y oyendo el crujido de sus huesos, deseando sin remedio que aquella noche no hubiera existido...

Y era peor cuando cerraba los ojos. Entonces revivía sin piedad todos los momentos de la semana anterior, cuando sus coqueteos irreflexivos los habían conducido inexorablemente a la muerte de Montgomery. No dejaba de decirse que había sido un accidente, pero sabía que no. Era culpa suya, y sólo culpa suya...

«Yo nunca permitiría que nadie te hiciera daño. Quería matarlo».

Elysse se agarró a la colcha y cerró con fuerza los ojos. ¿Estaría por fin Alexi en Windhaven, en su propia cama? ¿Habrían enterrado ya a Montgomery? ¿Se habría dado cuenta de que aquello había sido culpa suya?

Se destapó y se puso en pie. Estaba temblando. Iba a lamentar durante el resto de su vida lo que había ocurrido. Nunca volvería a comportarse de una manera tan egoísta y desaprensiva. Aunque ya no iba a tener oportunidad, porque estaba deshonrada.

Elysse se acercó a la ventana y apartó las cortinas. El sol brillaba en el cielo, rodeado de nubes blancas. Debía de ser ya el mediodía. Se preguntó si debería quedarse escondida durante todo el día en su habitación.

Estuvo a punto de echarse a reír con desesperación. A aquellas horas, todo el sur de Irlanda sabría que había comprometido su reputación la noche anterior. Todas las damas del condado se la acercarían, fingiendo que querían saludarla, cuando en realidad querrían conocer los detalles sórdidos. Sin embargo, no iba a poder evitar por completo a los chismosos quedándose en casa. Aquel día tendría muchas visitas. Incluso sus amigas querrían saber lo que había ocurrido la noche anterior.

Su vida, tal y como la había conocido, había terminado.

Ya no era la debutante más deseada de Irlanda. Nadie la querría ya.

Elysse se masajeó las sienes mientras alguien llamaba a su puerta. Su reputación estaba arruinada, sin posibilidad de salvación. Sus perspectivas de matrimonio habían desaparecido. Y si se descubría lo que había ocurrido la noche anterior, Alexi podría ir a prisión...

—¿Elysse? —dijo Virginia mientras entraba en su habitación. Llevaba en las manos la bandeja del desayuno—. ¿Te sientes mejor esta mañana? ¿Has podido dormir algo?

—He tenido pesadillas —dijo—. ¿Cómo está Alexi? ¿Está bien? ¿Han vuelto ya?

—Tu padre volvió al amanecer, y Alexi se marchó a casa. Se han ocupado de todo —dijo su madre con seriedad. Dejó la bandeja del desayuno en una mesita, junto a la ventana—. Deberías comer algo, hija. Te calmará el estómago.

—No puedo comer. Me duele la garganta y me arde el estómago. William Montgomery ha muerto, mamá. Ha muerto.

Virginia destapó los platos.

—¡No es culpa tuya!

—Quería poner celoso a Alexi —gimió ella. En aquel momento, ya sabía que era la verdad—. ¿Qué me pasa?

—Tú no podías prever lo que ocurrió —respondió Virginia con firmeza—. ¿No eres la primera mujer que intenta darle celos a un hombre! Montgomery se propasó. Si hubiera sido un caballero, estaría vivo. ¡Acuérdate de eso!

—Entonces, ¿si está muerto es por su culpa? —preguntó ella, aunque no lo creía en absoluto—. Me dijo que quería cortejarme formalmente. Quería casarse conmigo, mamá.

—Quería casarse contigo por tu fortuna —respondió Virginia sin contemplaciones—. Iba a hablar contigo de eso, pero lo retrasé porque pensaba que él se marcharía de Irlanda en poco tiempo.

Elysse se quedó mirando a su madre y se dio cuenta de que hablaba en serio. Sin embargo, eso no le sirvió de consuelo. Dijo lentamente:

—Si no hubiera salido con él, con la intención de animarlo, de que se me declarara, también estaría vivo.

—No es culpa tuya —repitió Virginia—. Se terminó, Elysse. Debemos reconocerlo y olvidarnos de ello.

Elysse no creía que ella pudiera olvidar tan fácilmente a Montgomery, ni tampoco su propio comportamiento, que había sido atroz. No creía que aquella pesadilla fuera a terminar nunca.

—Necesito hablar con papá —dijo. Quería saber si Alexi la culpaba por la muerte de Montgomery.

—Tu padre también quiere hablar contigo. Hay una noticia que quiere darte —le anunció su madre con una sonrisa—. Puede considerarse que es una buena noticia. ¿Por qué no te pones la bata? Yo lo llamaré.

Elysse no sabía cuál era la buena noticia que podía tener

Devlin. Se sentía como si hubiera envejecido varios años en unas horas.

Momentos después, Virginia volvió a su habitación con su padre. Devlin tenía un aspecto demacrado, cansado, pero también parecía decidido. Elysse no podía hablar. De repente se dio cuenta de todo lo que él tenía que haber pasado aquella noche. Sabía que tenía un lugar especial en el corazón de su padre, como la mayoría de las hijas. Claro que se habría quedado destrozado por lo ocurrido.

—Lo siento muchísimo —le dijo—. Lamento mi comportamiento, papá, y nunca más volveré a comportarme como una tonta y como una imprudente.

Él fue directamente hacia ella y la abrazó.

—No tienes por qué disculparte. Montgomery no era un caballero, y yo debería haberlo alejado de ti desde el principio. Siempre te cuidaré, Elysse —le dijo Devlin—. Siempre serás mi niña, y no eres tonta ni imprudente.

Ella se echó a temblar.

—No te culparás a ti mismo.

—Soy tu padre. Mi deber es cuidarte.

—Eso es culpa mía, papá, y yo soy lo suficientemente inteligente como para darme cuenta. Debes de sentirte muy desilusionado conmigo.

—Tú nunca podrías desilusionarme.

Se sintió todavía más culpable. Preguntó:

—¿Está bien Alexi?

Él la observó atentamente.

—Está muy disgustado. Creo que sabes, como todos, que él nunca toleraría que te hagan nada malo. Creo que todavía está en estado de *shock*. Pero lo superará. Es un joven fuerte, y un De Warenne.

—¿Está en casa ya?

—Creo que sí. Jack y yo lo dejamos allí esta mañana, al amanecer.

Ella vaciló.

—¿Me culpa por lo que ha sucedido?

—Creo que se culpa a sí mismo —respondió Devlin.

—Padre, fue culpa mía.

—No fue culpa tuya —respondió Devlin con calma—. Además, ya no puede remediarse. Es inútil buscar culpables. Vosotros dos tenéis que seguir adelante.

Elysse se quedó en silencio. Estaba segura de que iba a seguir culpándose hasta el día de su muerte. Pero no podía soportar que Alexi se culpara a sí mismo.

—Tenemos que superar un último obstáculo —dijo Devlin cuidadosamente—. Y es el asunto de tu matrimonio.

Ella se sobresaltó.

—¿De qué estás hablando?

—Sé que la señora Carrie y lady O'Dell te vieron desarreglada anoche. Quiero terminar con los rumores rápidamente. El matrimonio es el modo perfecto de conseguirlo.

—¡No puedo hablar del matrimonio precisamente hoy!

¿Acaso su padre se refería a comprarle un marido?

—Alexi se casará contigo, Elysse, si lo aceptas.

Ella se quedó anonadada. ¿Había oído a su padre correctamente?

—¿Que Alexi se casará conmigo?

—La señora Carrie y lady O'Dell te vieron en el pasillo con Alexi, ¿no? Así que, seguramente pensaron que es tu amante. Si te casas con él, a nadie le importará que estuvieras en sus brazos anoche, o que el momento fuera un poco más allá.

Ella se dejó caer en la butaca más cercana.

—¿Alexi dice que se casará conmigo? Pero... ¿estás seguro? Él no quiere casarse.

—Eso no es cierto. Quiere terminar con cualquier habladuría tanto como yo. Dijo que se casaría contigo —respondió Devlin.

Tuvo la sensación de que el dormitorio daba vueltas a su alrededor. Tuvo que aferrarse a los brazos de la butaca. Alexi la había advertido de William Montgomery, y después había vuelto a ofrecerse para protegerla.

Pero, ¿acaso él no le había prometido, cuando eran niños, que siempre la protegería?

Era el hombre más heroico que hubiera conocido nunca.

—¿Él quiere casarse conmigo? —preguntó ella con incertidumbre.

—¿Desde cuándo hace Alexi de Warenne algo que no quiera hacer? —murmuró Virginia.

—No puedo decir que me sorprenda mucho —dijo Devlin—. Aunque no me esperaba este matrimonio hasta dentro de cinco años, más o menos. Tú ya estás lista para casarte, pero los hombres de veintiún años son muy inmaduros, y además él es marino.

Elysse apenas oía lo que estaba diciendo su padre. Tuvo que pellizcarse para asegurarse de que no estaba soñando. Empezó a sentir euforia.

Alexi quería casarse con ella.

La pesadilla empezó a desvanecerse.

Juntos, se las arreglarían para olvidar. Juntos sanarían. Estaba segura.

—¿Elysse? —dijo Virginia—. Tu padre y yo siempre quisimos que te casaras por amor. Nos preguntábamos si tal vez tu pareja no fuera Alexi, porque vosotros dos lleváis coqueteando durante años. Es un buen hombre. Es tu amigo. Él te tiene estima, y tú a él también. Y ahora, en esta crisis, él ha acudido en tu ayuda. Si lo aceptas, felizmente, nosotros lo aprobaremos.

—Y si tienes dudas, yo haré todo lo posible por terminar con los rumores —añadió Devlin.

Entre tanto horror estaba empezando a abrirse paso la alegría. Era un brote delicado y frágil. Elysse se puso en pie y sonrió.

—Claro que me casaré con Alexi.

—¿Estás bien? —preguntó Devlin mientras se colocaba su mano sobre el brazo.

Elysse casi no lo oyó. Tenía la respiración entrecortada. Las ballenas del corsé se le clavaban en las costillas. Miró a su padre, que iba muy guapo y elegante con su traje. Agarró su ramo de novia con más fuerza.

—Todas las novias se ponen nerviosas —le dijo Devlin, dándole unas palmaditas en la mano.

Ella respiró profundamente y consiguió asentir. Aquél era el día de su boda. Se sentía como si llevara toda la vida esperando aquel momento. Por fin, la tragedia que la había llevado hasta allí ya no tenía importancia. Estaba en la iglesia, con los bancos llenos de familia de Alexi y de familia suya. El corazón le latía desbocadamente.

Alexi estaba al final del templo con su padrino, Stephen Mowbray, el duque de Clarewood. El ministro del conde de Adare estaba con ellos, y el hermano de Elysse, Jack, y Ned de Warenne, el heredero e hijo mayor del conde. Frente a los hombres estaban su madre y Ariella. Virginia tenía una sonrisa resplandeciente, y Ariella miraba con expectación por el pasillo. Comenzó la música, y todas las cabezas se volvieron hacia la puerta, donde ella estaba con su padre.

Alexi la miró fijamente.

Estaba impresionante con su frac. Sin embargo, Elysse tuvo la sensación de que algo iba muy, muy mal. Su expresión era dura, como de disgusto y determinación.

Aquélla era su boda, pero no parecía que estuviera muy feliz.

Ella no había vuelto a verlo desde el día del baile. Le había enviado una nota, preguntándole si podrían hablar antes de la ceremonia, pero él había respondido con brevedad diciéndole que no iba a volver a Irlanda hasta la noche anterior a la boda. Se marchó a Londres dos días después de la noche del baile para atender asuntos de negocios. Elysse se imaginó que tendría muchos cabos sueltos que atar, porque seguramente iban a marcharse de luna de miel al continente. Sin embargo no habían hecho ningún plan. Elysse esperaba otra nota de él, o incluso una carta, pero no había recibido nada.

El organista tocaba la marcha nupcial. Devlin le susurró:
—¿Vamos?

Elysse no podía hablar. Su mirada estaba fija en Alexi, y ella dejó que su padre la guiara por el pasillo central. A medida que se acercaba al altar, el corazón se le encogió de consternación. Conocía muy bien a Alexi, y no había manera de confundir su ira.

Sintió pánico. Aquello no estaba bien. ¡No era como debía ser! ¡Sólo se estaba casando con ella para protegerla! Sin embargo, ¿por qué estaba tan enfadado? ¿Porque no quería casarse?

¿Había cambiado de opinión, y era demasiado noble como para dejarla plantada en la iglesia?

¿No se estaban casando por la muerte de un hombre inocente?

De repente, Elysse no quiso seguir adelante. Se sentía muy asustada.

Su padre la miró con preocupación.

¿Y si él no quería casarse con ella? Después de todo, sólo lo hacía para protegerla...

—Esto es un error —murmuró.

Con la mirada fija en el novio, abrió la boca para decirle a su padre que no podía casarse en aquellas circunstancias. Sin embargo, no consiguió pronunciar palabra.

—Elysse —dijo Alexi. Aunque lo hizo en voz baja, tenía el tono inconfundible de una orden.

Ella siguió hacia delante y se situó junto a él, mirándolo a los ojos, azules, fríos. El ministro comenzó a hablar. A ella le flaquearon las rodillas. Alexi la agarró del codo para mantenerla erguida.

Se sentía aturdida, casi como si no habitara su propio cuerpo y estuviera participando en un sueño. Sin embargo, él tenía los ojos clavados en ella, diciéndole que no se moviera. El reverendo siguió hablando, pero ella no oía lo que estaba diciendo. Sólo existía la mirada inflexible de Alexi. Y entonces, oyó que él decía.

—Sí, quiero.

Se puso muy tensa. No pudo mirar al ministro cuando le decía:

—¿Y tú, Elysse O'Neill, quieres a este hombre como esposo en la enfermedad y la salud, en lo malo y en lo bueno, hasta que la muerte os separe?

Ella miró fijamente a Alexi. El corazón se le encogió. Él estaba enfadado, pero ella lo quería. Dios Santo, eso lo sabía. Siempre lo había querido, ¿no? Desde que se habían conocido, de niños.

¿La perdonaría él alguna vez por lo que había hecho?

—Elysse —dijo Alexi, y le apretó el codo.

Ella murmuró:

—Sí, quiero.

En aquel momento se sentía distante de todo. Miró hacia abajo y vio que Alexi le colocaba la alianza en el dedo anular. Se le empañó la visión. «Por favor, no te enfades conmigo».

Después él volvió a tomarla del brazo. Ella lo miró, y él correspondió un instante a su mirada antes de girar la cara con expresión adusta.

—Entonces, por el poder que me han concedido la Iglesia de Inglaterra y el Estado, os declaro marido y mujer. Podéis besar a la novia.

Elysse estaba muy asustada. Por un instante pensó que él iba a negarse a besarla.

Él se inclinó hacia delante y posó los labios en los suyos.

A ella le dio un salto el corazón al sentir el contacto. Aquel extraño sentimiento de distancia se desvaneció. Él titubeó, pero la agarró con más fuerza para que no se cayera. Ella oyó su respiración y sintió que abría la boca. Entonces, por un impulso, separó los labios y junto su boca a la de él. Pensó que la besaría de verdad.

Él, sin embargo, le apretó el codo con fuerza y se alejó de ella.

—Lo siento —dijo, y la soltó bruscamente.

Ella jadeó, mirándolo. Ya estaba hecho. Para bien o para mal, eran marido y mujer.

Sin embargo, mientras sus familias se acercaban a ellos, él le dio la espalda. Sus primos y sus tíos comenzaron a darle la enhorabuena. Su padre lo abrazó. Elysse sintió que se le llenaban los ojos de lágrimas. Él era tan distante, y estaba tan enfadado... Se dijo que no iba a llorar, ni en aquel momento, ni nunca.

—¡Estoy muy feliz por ti! —le dijo Ariella.

Elysse esbozó una sonrisa forzada y se giró hacia sus tíos, tías y primos. Sonrió y asintió a todo el mundo que se acercaba a hablar con ella, que la besaba y la felicitaba. Sin embargo, cada minuto se daba la vuelta para ver dónde estaba Alexi, y qué hacía. Él permaneció con los hombres, sonriendo, con una copa de champán en la mano. No la miró ni una sola vez, y mantuvo su espalda hacia ella.

No había ningún gesto que pudiera tener más significado.

No estaba enfadado, estaba furioso.

Más tarde, aquella noche, Elysse no era capaz de recordar ni una sola de las conversaciones, salvo la última, la que había mantenido con Alexi.

Había pasado un poco de tiempo después de la ceremonia, y por fin estaba entre sus brazos en el salón de baile de Askeaton. Sin embargo, sentía miedo y dolor.

Alexi siempre había sido un bailarín nato. La sujetaba con ligereza. Era la primera vez que la miraba desde que se habían casado.

—Alexi —dijo ella con la voz ronca.

—Todo el mundo nos está mirando —dijo él con una sonrisa forzada—. Éste no es el momento.

A Elysse se le llenaron los ojos de lágrimas.

—Lo siento muchísimo...

—¡No quiero hablar de nada! —dijo él con tirantez.

—Así que finalmente me culpas por la muerte de William Montgomery.

Él se detuvo en seco y la miró fijamente.

—Me he dado cuenta de que querías que saliera y os descubriera juntos. Querías causarme celos, Elysse. Y conseguiste lo que querías. Siempre lo consigues.

—Sí, quería ponerte celoso. Lo reconozco y lo lamento.

—Era mi amigo hasta que tú te interpusiste. Me salvó la vida. Y yo lo maté. No sé si podré perdonarte algún día, Elysse. Pero sí sé que nunca podré perdonarme lo que hice yo.

—Fue un accidente —gimió ella.

—Sí. Pero no habría sucedido si tú no lo hubieras engañado.

Tenía razón. A ella se le llenaron los ojos de lágrimas.

—No podemos pelearnos ahora, de esta manera. Todo el mundo se va a dar cuenta de que me odias.

Era una pregunta.

Pero él no dijo nada, y aquello fue respuesta suficiente. Contuvo las lágrimas de dolor y decepción. ¿Por qué había sido tan tonta como para pensar que podrían iniciar una vida juntos, superar aquel inicio trágico, sórdido, doloroso?

—Has cambiado de opinión, ¿verdad? —gritó ella, y se detuvo. No quería bailar con él así, aunque aquél fuera su primer vals como marido y mujer—. Te ofreciste a casarte conmigo para protegerme, pero sólo lo has hecho porque eres demasiado caballero como para dejarme plantada.

Él apretó los labios con fuerza.

—No, Elysse. No quiero estar casado contigo.

Ella gimió nuevamente. ¿Qué iba a hacer ahora?

—Pero estamos casados —dijo ella—. ¡Quiero ser una buena esposa para ti, Alexi!

Él se encogió de hombros con un gesto de indiferencia.

—Haz lo que quieras. Puedes ser una buena esposa o una esposa horrible. No me importa, Elysse. No me importa.

—¿Qué estás diciendo?

—Digo que hagas lo que quieras. Siempre lo haces. Pero déjame aparte de tus futuros coqueteos.

—¡Eres mi marido! ¡No habrá coqueteos!

—¿De verdad? ¡Lo dudo! —respondió él burlonamente—. Lo digo en serio, Elysse. Haz lo que quieras. Te he dado mi apellido. Te mantendré, te daré una casa y ropa, y joyas. Pero nuestro matrimonio llega hasta ahí —añadió, y señaló hacia la mesa—. ¿Por qué no nos sentamos e intentamos fingir hasta que termine la boda?

No era posible que hablara en serio. ¡Estaba iracundo! Quería hacerle daño. Sin embargo, ¿sabía cuánto dolor le estaba causando? Abrió la boca para confesar hasta qué punto llegaban sus sentimientos por él, para decirle que lo quería y que quería que su matrimonio fuera bueno y estuviera lleno de amor. Antes de que pudiera decir una sola palabra, él dijo:

—Quiero que sepas que zarpo esta noche. En cuanto se marchen nuestros invitados embarcaré.

Ella se quedó muda.

—No sé cuánto tiempo estaré lejos —añadió con satisfacción. Y la miró con suma atención.

—Pero... si no te ibas a marchar a China hasta junio.

—Yo no he dicho que vaya a China —respondió él con brusquedad.

Ella comenzó a negar con la cabeza.

—¿Y nuestra noche de bodas?

Él la miró con incredulidad.

No iba a quedarse. No iba a consumar su matrimonio. Elysse tembló. No podía hablar. ¿Adónde vas, Alexi?

—A Singapur —respondió él.

Elysse acababa de darse cuenta de que su matrimonio era una completa mentira.

Segunda parte

«Amor en guerra»

CAPÍTULO 6

London, England

Primavera de 1839

Elysse paseó la mirada por su elegante mesa, en la que se sentaban veintitrés invitados, sonriendo ligeramente. Las velas encendidas arrancaban brillos de los candelabros de plata, el cristal tintineaba, y el entrechocar de la cubertería dorada se mezclaba con el sonido de las voces. Estaban teniendo lugar varias conversaciones animadas. El comedor tenía el papel de la pared de color rojo oscuro y dorado, y del techo colgaban dos grandes arañas de cristal. Había un buen fuego ardiendo en la chimenea, y sobre la repisa de ésta, un bonito ramo de flores. En la mesa había arreglos florales más pequeños. La sala era preciosa. Sus invitados habían disfrutado de una cena magnífica y se estaban divirtiendo. Era, por supuesto, un éxito de tantos.

Después de todo, ella era una de las anfitrionas más célebres de todo Londres, y sus invitaciones eran codiciadas por todos.

Elysse, en su papel de anfitriona, estaba sentada a la cabecera de la mesa, ataviada con un espléndido traje de noche de color zafiro, y con joyas a juego. Su acompañante de aquella velada, el señor Thomas Blair, era uno de los banqueros más importantes de la nación, y había ocupado el sitio del anfitrión, al otro extremo de la mesa. Era un caballero muy guapo y ambicioso, cosa de la que no se debía hablar abiertamente, y riquísimo. También era soltero. Ella había invitado a la cena a dos debutantes y a una viuda joven, lo más adecuado para un partido tan bueno como él. Blair elevó su copa de vino en aquel momento, y sonrió a Elysse, mirándola fijamente. Ella sabía que la admiraba.

Le devolvió la sonrisa mientras lord Worth decía:

—¿A quién le importa que los chinos compren opio, aparte de a sus propios líderes? —su tono era de superioridad, y prosiguió hablando entre carcajadas—: En mi opinión, ¡que sigan consumiendo opiáceos!

—Está mal —dijo una de las debutantes, Felicia Carew. Era muy joven, bastante guapa y no especialmente lista. Blair no la había mirado ni una sola vez—. Todo el mundo sabe que el opio es horrible. ¡Y estoy segura de que es igual para los pobres chinos! ¡No deberíamos animarlos!

—Querida —respondió lord Worth con condescendencia—, el opio representa una fortuna, para nuestros mercantes, claro. Es un comercio buenísimo. Comercio libre, diría yo.

Todos mostraron su acuerdo. El debate sobre el comercio libre y los mercados abiertos estaba en su auge. Tal vez fuera más popular, incluso, que las discusiones sobre la deuda nacional y la posible quiebra del país. Claro que aquello último dependía más bien del punto de vista de cada uno.

—Pero, ¿ir a la guerra por el opio? —intervino un caballero anciano—. He oído decir que nuestras cañoneras están por toda la costa de China.

Blair la estaba mirando de nuevo. Ella le devolvió la mirada antes de dirigirse a su invitado:

—La plata paga nuestro té, señor Harrison. Y las compañías del país reciben en plata los pagos por el opio. Pero si hubiera más puertos abiertos para nuestro comercio, habría más mercado para nuestros fabricantes, para pagar el té.

—¿Estáis a favor del comercio libre? —le preguntó el señor Harrison—. Yo confieso que tengo cierto temor.

Antes de que Elysse pudiera responder, Blair inquirió:

—¿Y cómo no iba a estar a favor del comercio libre nuestra anfitriona?

—Claro que está a favor —declaró lord Worth—. Su esposo se dedica en cuerpo y alma al comercio por todo el mundo. ¿Cómo está nuestro capitán, querida Elysse? ¡Espero que pueda evitar cualquier encuentro desagradable con los chinos!

¿Y cómo iba a saberlo ella? Se daba cuenta de que Blair la miraba fijamente, pero su sonrisa no vaciló. Hacía seis largos años que no veía a Alexi. Si su marido se había visto atrapado en mitad de la guerra, ella no se había enterado. Ni tampoco le importaría.

—Está muy bien, gracias —murmuró con una sonrisa—. Y tenéis razón. Estoy a favor del comercio libre.

Elysse no quería pensar en aquel momento. Le estropearía la velada. Sólo había recibido una nota de él, a los pocos meses de su boda, en la que le preguntaba de manera insultante si podía estar embarazada. Ella se había enfadado tanto por aquella pregunta que había arrugado la carta y no se había molestado en responder.

Por supuesto, él le enviaba dinero, como si fuera un amante esposo. De hecho, cada mes, sus cuentas de Londres y de Irlanda recibían ingresos que hacían los agentes de Alexi. Al principio, ella se había negado a tocar su maldito dinero. Después había empezado a usarlo para pagar todo: el precioso piso que había alquilado en Grosvenor Square, el mobiliario, su guardarropa, las joyas, el carruaje y los caballos y el servicio.

—Habrá guerra —dijo Blair perezosamente—. China debe abrirnos sus puertos.

Elysse lo miró. Estaba de acuerdo con él. La sociedad asumía que aquél era su último amante. No lo era, por mucho que él pudiera desearlo.

Ojalá pudiera tener un amante. Estaba cansada de fingir tanto.

—¿Y el capitán, querida? —insistió lord Worth—. ¿Volverá pronto?

Elysse sonrió al barón.

—Me imagino que llegará a Londres cualquier día de estos, porque salió de Cantón el ocho de diciembre —dijo.

Aquella información se la había dado su padre, despreocupadamente. Como de costumbre, ella le había dado las gracias por la noticia, y había insistido en que estaba impaciente por la vuelta de su marido.

Devlin la había mirado con tristeza. Pese a todo su fingimiento, no engañaba a su familia. Desde que Alexi se había marchado, justo después de la boda, ellos se habían dado cuenta de que estaba muy triste, y por mucho que tuviera una vida fácil y despreocupada, eso no iba a cambiar. Afortunadamente no le hacían preguntas sobre el estado de su matrimonio. Sólo Ariella y su madre se entrometían, y con bastante frecuencia. Cada vez que veía a alguna de ellas, le preguntaban si había tenido noticias de Alexi. Ella siempre sonreía y hacía ver que no le importaba no haberlas tenido.

No había recibido una carta durante aquellos seis años.

—Sólo estamos a diez de marzo —dijo Blair—. Si consigue hacer otro viaje de ciento tres días, lo que me parece improbable, estaría aquí mañana.

Elysse lo miró sin alterar la expresión del rostro. Sin embargo, había una tensión nueva en aquel momento. Alexi estaría en Londres muy pronto. Por primera vez, desde que se habían casado, ella también estaría en la ciudad cuando él llegara. Por primera vez en seis años, sus caminos tendrían que cruzarse.

Por desgracia, parecía que él se había convertido en una especie de héroe nacional, que el país entero lo consideraba el comerciante más gallardo de todos los que operaban con China. La Compañía de las Indias Orientales había perdido el monopolio del comercio en el año treinta y cuatro, y Alexi se había lanzado al comercio marítimo con la determinación de vencer a cualquier posible rival. El año de su boda había construido un clíper especial sólo para el comercio, con menos tonelaje y un diseño más esbelto, concebido para ser más veloz. En el treinta y siete, la *Coquette* había establecido un nuevo récord en la carrera de vuelta a casa: ciento tres días. Nadie había conseguido superarlo todavía. Y durante los dos años anteriores, la *Coquette* había sido siempre la primera nave que tocaba puerto con su valioso cargamento.

El primer barco que llegaba a puerto era el que conseguía los mejores precios para el té. Era sabido por todos.

Alexi podía estar de vuelta cualquier día.

Su tensión iba en aumento. Ella era hija de Devlin O'Neill y, para bien o para mal, la esposa de Alexi de Warenne. Ella no lo consideraba gallardo, en absoluto, pero sus intereses eran los mismos, así que, por supuesto, quería que fuera el primer capitán en llegar a puerto inglés, y con el mejor té negro del mercado, para que consiguiera el beneficio más alto.

Intentaba ignorar los rumores y los chismorreos sobre él, pero no era fácil. A menudo se le acercaban caballeros, en los eventos sociales, que le preguntaban con entusiasmo si esto o aquello era cierto: ¿Su marido se había batido en duelo con un capitán británico, un rival, en Batavia? ¿Había rescatado a la tripulación de un naufragio en las Islas de Cabo Verde? ¿Había ganado, en una partida de cartas en Gibraltar, una plantación de caña de azúcar en las Islas de Goree?

¡Como si ella supiera algo de eso!

Si quisiera, podría ir a las oficinas de Londres de Windsong Shipping y averiguar los detalles de sus asuntos de negocios, y enterarse de cuáles eran los lugares en los que había estado recientemente, y de lo que había hecho. Sin embargo, se negaba a hacerlo. Si tuvieran un matrimonio de verdad, él le escribiría cartas y le contaría cuáles eran sus idas y venidas. Elysse nunca había ido a las oficinas de Londres. Prefería fingir que sabía lo que estaba haciendo su marido. De vez en cuando se inventaba historias sobre él, tratando de permanecer tan fiel a la verdad como pudiera, basándose en los detalles que le mencionaban Amanda y Ariella cuando la visitaban.

En realidad, Elysse estaba cansada de fingir que no había nada de malo, que estaba orgullosa de su marido, que esperaba que estuviera en el mar trescientos cincuenta días al año.

Sin embargo, no tenía más remedio. Nadie debía saber que su marido la despreciaba, que su propio marido no la deseaba y se había negado a consumar el matrimonio, Nadie debía saber que la había abandonado.

Aquel primer año, Elysse no había hecho acto de aparición en sociedad. El abandono de Alexi la había dejado destrozada. Devlin, su padre, se había puesto furioso con él. ¡Jack había amenazado, incluso, con ir en su busca y llevarlo a la fuerza con ella! Elysse se había visto en la situación absurda de tener que defenderlo ante toda su familia; pero en aquel momento, todavía pensaba que él iba a volver con ella. Estaba tan equivocada...

Él no volvió a casa. En el otoño siguiente a su boda, había arribado al puerto de Liverpool con un cargamento de té. Elysse se había enterado por Ariella. Se había arreglado con su mejor ropa y sus mejores joyas. Aunque todavía estaba herida y enfadada, también quería arreglar las cosas; después de todo, estaban casados. Sin embargo, él no había ido ni a Askeaton ni a Windhaven. Se había ido a Londres y había estado allí una semana, y después había zarpado hacia Jamaica con un cargamento de textiles y émbolos. Aquello había sido una bofetada evidente. Alexi no podría haberle enviado un mensaje más claro: no le importaba en absoluto que ella fuera su mujer.

Devlin se había puesto furioso, y le había preguntado a su hija si quería anular el matrimonio.

Elysse acarició la copa de vino. Había sido una ingenua al pensar que podrían tener un matrimonio de verdad, después de lo que había pasado. Si hubiera sabido todo lo que sabía en aquel momento, que Alexi la iba a ningunear durante seis años como si no fuera su mujer, habría aceptado la oferta de anulación de su padre. Pero ya era demasiado tarde. Había resistido las habladurías durante todo aquel tiempo, y no tenía intención de reactivarlas nuevamente.

Desde que se había mudado a Londres, en el invierno del año treinta y cinco, la gente había comentado que era una esposa abandonada. Y algunos de aquellos rumores estaban peligrosamente cerca de la verdad. ¿Cuántas veces había oído a damas jóvenes celosas, que habrían sido sus rivales si todavía estuvieran solteras, hablar del hecho de que él la había dejado en cuanto había terminado la ceremonia, sin una noche de bodas siquiera? ¡También había oído decir que Alexi la había sorprendido con un amante justo antes de casarse con ella! Al instante, ella había empezado a extender la historia que había inventado con sus padres, que él la había besado en el baile, que ambos se habían dado cuenta de que se querían y que habían pasado la luna de miel en una pequeña y pintoresca cabaña en Escocia. Eso había conseguido diluir los rumores, pero no los había eliminado por completo. De vez en cuando, oía cosas sobre ella.

Si pedía la anulación del matrimonio en aquel momento, después de seis horas de feliz matrimonio, volvería a provocar los chismorreos.

Blair la estaba mirando fijamente. Él llevaba persiguiéndola desde hacía unos cuantos meses, y aunque ella disfrutaba de verdad en su compañía, sabía que nunca se acostaría con él. Elysse era consciente de que la sociedad pensaba que tenía una retahíla de amantes, y ella dejaba que lo pensaran. Cuando estaba sola en medio de la noche, presa del insomnio, intentando no pensar en su marido errante, lamentaba no tener un amante. Sin embargo, no se atrevía a tenerlo. Si se sabía que todavía era virgen, su humillación sería completa.

Blair era un hombre muy astuto. Nadie ascendía de la clase media a los círculos más altos de las finanzas y el gobierno británicos sin serlo. Él le había preguntado por Alexi. Elysse había mantenido su discurso: ella respetaba, admiraba y estimaba a su marido, y su larga ausencia era debida a la naturaleza del transporte marítimo. Sin embargo, sabía que Blair sospechaba que estaban distanciados.

–Bien, yo tengo noticias –dijo el padre de Felicia, el señor Carew–. Hoy se han avistado un par de barcos en Plymouth. La nueva llegó a nuestras oficinas esta tarde, con el correo. Y sí, eran clípers.

Todos los presentes se irguieron en sus asientos.

A Elysse se le encogió el corazón. Uno de aquellos barcos tenía que ser el de Alexi.

–Señora de Warenne, ¿cree usted que uno de los clípers podría ser la *Coquette*?

Varios de sus invitados repitieron la pregunta, y ella se miró las manos en el regazo, bajo la mesa. Le temblaban.

–El capitán de Warenne es muy ambicioso. Creo que estará entre los primeros barcos que lleguen.

Siempre había sabido que aquel día llegaría, pero desde hacía años, ya no se preocupaba por ello. Sin embargo, en aquel momento se puso muy nerviosa.

–Me pregunto quién será el capitán del otro barco –dijo uno de los invitados.

–Oh, mamá, me encantaría ir a ver cómo llegan a puerto los barcos de té –dijo Felicia con emoción. Miró a Blair y se ruborizó antes de continuar–: ¿Podríamos ir a los muelles a esperarlos?

–Todos deberíamos ir al muelle, porque parece que hay una buena carrera en ciernes. Según mis informes –explicó Carew–, los veleros sólo se llevan unas leguas.

–¿Se ha avistado un tercer o cuarto barco en el horizonte? –consiguió preguntar Elysse.

–No, señora. Me temo que no –dijo Carew.

Ella se humedeció los labios. Estaba segura de una cosa: Alexi era el capitán de uno de aquellos dos barcos. La *Coquette* había sido vista por última vez en África Occidental, donde los británicos tenían sus cuarteles generales de la marina. Era poco probable que hubiera tenido algún contratiempo grave o algún desastre desde entonces. Todos los nervios del cuerpo le decían a Elysse que estaba compitiendo por llegar a casa antes que ninguno de sus rivales.

Después de todos aquellos años, por fin iban a verse.

En la mesa, todos estaban hablando de quién podría ser el capitán del segundo barco.

La ira, tan cuidadosamente controlada, hirvió. El dolor, enterrado desde tanto tiempo atrás, la apuñaló. Ella mantuvo una sonrisa perfecta en los labios. ¿Cómo podía hacerle aquello Alexi?

—Mi paquebote dijo que no se pudo identificar el barco —anunció Carew.

—Puede que sea uno de los de Jardine —dijo Blair—. La compañía siempre está presente en las carreras.

Elysse lo miró; esperaba que él no percibiera su nerviosismo.

—Creo que sus exigencias fueron las más ruidosas —dijo—. Por causa de Jardine, Matheson y Co, nuestros barcos de guerra están remontando el río Pei-Kang, y amenazando a las autoridades chinas.

Blair la miró.

—¿Estáis cambiando de tema? —musitó, casi como si hablara para sí.

Ella se ruborizó. De repente, deseó con todas sus fuerzas que acabara la velada. Necesitaba, por lo menos, un buen brandy. Alexi estaría en casa al día siguiente.

—Jardine tiene un capitán muy joven y muy astuto en el *John Littleton* —comentó Carew—. Y han construido barcos sólo para el comercio.

Elysse se puso en pie.

—¿Están listos los caballeros para tomar un brandy y disfrutar de unos buenos cigarros? Yo sé que nosotras, las damas, estamos impacientes por tomar el mejor oporto de esta casa.

—Yo apostaré por De Warenne —dijo lord Worth mientras se levantaba—. Conozco a ese hombre, y es casi invencible.

—Yo acepto la apuesta —respondió Carew—. ¡El capitán de Warenne no puede ser el primero tres años seguidos!

—A mí, personalmente, me atraen las posibilidades remotas —dijo Blair, poniéndose en pie—. Acepto la apuesta, pero a favor de Alexi de Warenne. ¿Y por quién apostáis vos, señora de Warenne?

—Yo nunca apuesto, señor, pero si lo hiciera sería leal a mi marido.

—Por supuesto. Debéis de estar entusiasmada por su regreso.

Ella sonrió.

—Por supuesto.

—¿Iremos al muelle a ver llegar las naves? —le preguntó lady Worth a su marido.

—¡No me lo perdería por nada del mundo! —respondió él, y se volvió hacia Elysse—. Nos acompañaréis mañana, ¿verdad?

Elysse se quedó tan sorprendida que estuvo a punto de abrir la boca.

Blair rodeó la mesa y se puso a su lado.

—Yo os acompañaré gustosamente a los muelles de Santa Catalina.

A ella le latía el corazón con tanta rapidez que se sentía mareada. No tenía intención de ir; una reunión pública entre Alexi y ella era algo demasiado peligroso. El engaño en el que había vivido toda su vida de casada podía verse descubierto.

Blair le tocó el codo con suavidad.

—Parecéis un poco... angustiada.

—En absoluto —dijo ella, y se quedó asombrada por su propio tono de voz, tan seguro. Se había hecho una experta en mantener aquella fachada, y estaba empeñada en continuar haciéndolo—. Quiero que mi marido gane esta carrera y obtenga el mejor precio por nuestro té.

—Bueno, dependiendo de los vientos, deberían llegar a puerto mañana al mediodía, más o menos. Os recogeré a las diez y media.

Elysse se dio cuenta de que no había manera de librarse

de ir al muelle al día siguiente a ver a su marido errante volviendo de China.

Dieciocho de sus veintitrés invitados de la noche anterior se habían congregado en el puerto aquella mañana, entre una multitud mucho más grande de londinenses, tal vez cuatrocientas o quinientas personas. El día anterior había corrido la noticia de la llegada de los clípers, y verlos entrar en el puerto era un asunto de negocios y de placer. Entre la gente había varios agentes que inspeccionarían el té en el momento de su llegada, antes de que los barcos lo hubieran descargado, y que enviarían muestras a sus consignadores antes de negociar un precio. Elysse había oído que mucha gente iba a ver llegar los grandes barcos de té, pero no sabía que los espectadores estarían tan emocionados ni que la ocasión sería tan festiva. Incluso los niños se habían acercado al muelle. La mayoría eran golfillos de la calle. Gritaban y corrían por todas partes.

Alexi llegaba a casa.

A Elysse le parecía increíble. No había conseguido dormir en toda la noche, pese a que se había tomado un par de copas de brandy bien llenas después de que se marcharan todos sus invitados.

Sabía que no podía poner de excusa un dolor de cabeza para no ir al muelle. Blair sabría al instante que era una mentira.

Se había arreglado con gran esmero. Llevaba un vestido azul claro y aguamarinas. Se protegía la tez del sol con una sombrilla color crema. Quería estar maravillosa. Blair la había recogido con puntualidad, y habían tardado cuarenta y cinco minutos en llegar al muelle. Durante el trayecto habían charlado sobre la noche anterior y sobre el tiempo. Para Elysse había sido muy difícil mantener la compostura.

Pese a lo que había ocurrido en el pasado, pese a las circunstancias en las que se habían casado, Alexi debería haber vuelto a su lado hacía años, para cumplir con sus deberes de marido. Ella no pensaba a menudo en William Montgomery, pero nunca olvidaría lo que había ocurrido aquella semana, y aquella noche. De vez en cuando todavía tenía pesadillas. Después recordaba que ella nunca había querido causarle ningún daño a Montgomery, y que los tres habían tenido algo que ver en su muerte accidental. Había madurado lo suficiente como para darse cuenta de lo muy caprichosa, egoísta y tonta que había sido, pero también era lo suficientemente sabia como para haberse perdonado por el accidente. En el aniversario de su muerte, Elysse encendía velas por él, y se preguntaba si Alexi haría lo mismo en algún puerto lejano y exótico. Alexi tenía razón por haberse enfadado con ella por lo ocurrido; Montgomery era su piloto, su compañero en alta mar y su amigo, y Elysse lo había engañado deliberadamente. Pero Alexi no tenía derecho a abandonarla de aquella manera. Él había decidido casarse con ella, en circunstancias trágicas, y le debía algo más que unas cuantas libras mensuales. Ella necesitaba algo más que su apellido y su riqueza. Necesitaba un marido.

Si una vez lo quiso, ya no. Pero seguían casados, y eso significaba que aquella separación debía terminar.

Elysse se pasó toda la noche dando vueltas por la cama, pensando en su regreso. No esperaba un nuevo comienzo; seguramente, él se marcharía de la ciudad en cuanto supiera que ella estaba en Londres. Pero tenían que encontrar otro arreglo más satisfactorio que el que tenían en aquel momento. Ya era hora de que Alexi la reconociera como esposa. No podía seguir evitándola así. No tenían por qué compartir demasiado, pero de vez en cuando tendría que aparecer con ella en público. ¡Seguramente, aquello sí podía hacerlo!

Justo antes de que llegaran al muelle, Blair le preguntó sin rodeos:

—¿Tendremos que interrumpir nuestra amistad mientras vuestro esposo esté en casa?

Ella no tuvo ningún problema para responder a Blair. No tenía intención de salir por las noches sin un acompañante guapo, atento y elegante. Blair era el más interesante de sus acompañantes, y ella le profesaba mucha estima.

—Mi marido está en el mar mucho tiempo al año. Nosotros tenemos una amistad muy agradable —dijo ella. No iba a echar por la borda la relación que había construido con Blair por un breve encuentro con Alexi.

—Eso esperaba —respondió él—. Sin embargo... parece que hoy os encontráis algo inquieta.

Ella se giró a un lado con nerviosismo. No se imaginaba lo que iba a suceder si Alexi y ella se veían cara a cara, pero estaba empeñada en retener su dignidad y su orgullo. Esperaba que él también hubiera madurado y que se comportara cabalmente. Ella no tenía deseos de remover el pasado. No tenía ningún sentido intentar echarle la culpa a nadie.

—Estoy muy ansiosa por ganar esta carrera —murmuró, aunque en realidad no le importara nada—. En las bodegas de la *Coquette* hay una fortuna.

—¿Y él le puso el nombre a su barco por vos?

Elysse sonrió sin responder. Seguramente, Alexi le habría puesto el nombre al barco en honor a alguna de sus amantes. Nunca lo haría en honor a ella.

En aquel momento se encontraban en el muelle, desde donde podrían ver bien la llegada de los barcos. Había muchos veleros anclados, pero ninguno era un clíper de China. Cliff de Warenne estaba en el muelle contiguo, con un grupo de caballeros. Elysse se puso muy tensa y tuvo ganas de esconderse.

Blair se giró hacia ella y siguió su mirada.

—Ah, vuestro suegro.

Elysse se humedeció los labios. Sus relaciones con la familia De Warenne eran tirantes. Estaba segura de que Ariella sabía que ella le había sido fiel a su marido, pero la hermana de Alexi se había negado a inclinarse por ninguna de las dos partes en aquella guerra. De vez en cuando, Elysse se encontraba con el padre y la madrastra de Alexi en un evento u otro. Amanda siempre era afectuosa y amable, pero

Cliff nunca daba muestras de que se alegrara de verla, sobre todo cuando Elysse estaba con alguno de sus supuestos amantes.

Sin embargo, él era todo un caballero. Cliff la había visto y alzó la mano para saludarla. Elysse sonrió y le devolvió el saludo.

—Hoy parece un buen día para navegar —comentó Blair. Se sacó unos prismáticos del bolsillo y miró hacia el mar.

Ella miró al cielo, a las nubes que pasaban rápidamente por encima, y después hacia las olas coronadas de espuma blanca.

—Debe de haber una buena brisa, de diecisiete o dieciocho nudos.

Él le entregó los prismáticos.

—Hay dos barcos en el horizonte.

Temblando, Elysse tomó los gemelos y los levantó. Nunca había visto la *Coquette* en vivo, pero había visto los dibujos y los planos del barco cuando lo estaban diseñando. En cuanto vio el primer clíper, Elysse tomó aire bruscamente.

—Entonces, ¿es vuestro esposo?

Ella miró las esbeltas formas de la *Coquette* a través de los binoculares, y sus velas blancas hinchadas por el viento.

—Sí —dijo, apartando los prismáticos—. Creo que estará aquí en menos de media hora. La aparente distancia es engañosa, y el barco avanza a toda vela.

—¿Y el segundo barco?

Elysse se colocó los prismáticos en los ojos. El otro barco era un pequeño punto en el horizonte.

—Es imposible verlo —dijo, y le devolvió los gemelos a Blair—. Si miráis hacia las diez en punto, tal vez percibáis un punto en la lejanía.

Blair elevó los binoculares.

—Vaya, tenéis razón —dijo, y entonces la miró a ella con admiración—. Sois una mujer extraordinaria, señora de Warenne. Había oído decir a sus rivales que sois fría y calculadora, pero yo noto que hay mucha pasión bajo esa compostura tan férrea.

—¿Me acusan de ser fría y calculadora? —preguntó ella, que se había sentido herida. ¡Ella intentaba ser amable y educada todo el tiempo!

—Están celosos de vuestro éxito, de vuestra belleza y de vuestro poder. Yo, por otro lado, encuentro todo eso tremendamente atractivo.

Blair no tenía más de treinta años, era muy guapo y muy masculino. Elysse había oído decir que era un magnífico amante. Ella no lo dudaba, pero no iba a averiguarlo nunca. De repente, temió que Blair supiera la verdad: que era la esposa de uno de los más aclamados comerciantes con China, pero que su matrimonio era sólo una farsa. Elysse había tenido media docena de pretendientes durante los cuatro años anteriores, pero ninguno de aquellos hombres le había calentado las sábanas, ni tampoco el corazón.

Se quedó mirando a Blair con fijeza. Él no podía conocer la verdad. Nadie podía ser tan astuto.

—Soy muy corriente, en realidad —dijo ella.

Él sonrió lentamente.

—Lo siento, pero no estoy de acuerdo.

Mientras la *Coquette* remontaba el río, la multitud se puso a vitorear con emoción. Soltaron globos y lanzaron confeti, y los niños gritaron de excitación. Elysse se agarró a Blair, pero sólo tenía ojos para Alexi.

Estaba en la cubierta de su barco, cerca del timón, con la mano en la cadera, dándole órdenes a su tripulación. Los marineros arriaron velas y echaron el ancla. Unas cuantas barcas pequeñas, con comerciantes a bordo, ya iban rápidamente hacia el barco. Elysse se olvidó del hombre que estaba a su lado, de la multitud, de los otros barcos, de todo, incluso de sus intenciones. Sólo existía Alexi de Warenne.

Parecía que la ira se había desvanecido. Mientras ella lo veía dar las últimas órdenes al final de su viaje, el dolor que ella había sentido durante todos aquellos años se liberó. Elysse sintió que se ahogaba, que se quedaba paralizada. Él le había hecho tanto daño... ¿Cómo había podido abandonarla de aquella manera?

¿Acaso no la quería ni siquiera un poco?

¿Y cómo podía ella seguir amándolo después de tantos años de dolor y de traiciones?

¡Alexi era tan magnífico!

—¿Os sentís bien, Elysse?

Ella se sobresaltó y se soltó del brazo de Blair. Tuvo que pestañear, porque se le habían empañado los ojos. No sabía cómo iba a pasar los siguientes momentos.

—Estoy abrumada.

—Ya lo veo —dijo él, y miró de nuevo a través de los prismáticos—. El otro barco no es un clíper de China. Creo que es danés.

Elysse no lo oyó. Las barcas habían llegado al clíper, y desde el barco les lanzaron una escalerilla de cuerda. Había una docena de tratantes pidiendo permiso para subir a bordo. Alexi les hacía señas para que lo hicieran. Por sus gestos y movimientos, ella se dio cuenta de que tenía mucha energía. A medida que los comerciantes iban pisando la cubierta, él los saludaba con palmadas en el hombro y con carcajadas. Los caballeros lo rodearon y le dieron una bienvenida digna de un héroe. Alguien le entregó una botella de champán. Ella oyó el ruido del descorchado, porque el sonido viajó por la superficie del agua. Alexi echó hacia atrás la cabeza y se rio, y sus carcajadas sonaron llenas de triunfo.

Alexi había vuelto a casa.

Elysse se dio cuenta de que estaba caminando lentamente por el muelle, hacia él. Alexi tenía el pelo muy largo, pensó. Necesitaba un corte de pelo urgentemente. Llevaba una sencilla camisa blanca, abierta por el pecho. Tenía la piel muy morena. ¿Acaso iba sin camisa en alta mar? De pequeño sí lo hacía. En aquel momento llevaba la camisa metida por los pantalones, descuidadamente, y calzaba unas botas de cuero de caña alta hasta las rodillas. Ella lo vio tomar un buen trago de champán, directamente de la botella. Tras ella, la gente vitoreó de nuevo.

Los marineros subieron varios baúles tallados de té desde las bodegas, y los comerciantes se arrodillaron a babor de la cubierta para inspeccionar el té. Alexi los observó con arrogancia, casi como si fuera un rey con sus súbditos. Ella ya había llegado al extremo del muelle. Pensó que Alexi estaba muy, muy bronceado del sol. Tenía reflejos rojizos en el pelo.

Entonces, él abrió unos ojos como platos, y con incredulidad, se quedó paralizado. La había visto.

Elysse también se quedó inmóvil. No sabía tan siquiera si respiraba. Tan sólo notaba el corazón, que le latía con tanta velocidad y tanta fuerza que le hacía daño en el pecho.

Los muelles se quedaron silenciosos, extrañamente, en aquel momento, pese a que los comerciantes lanzaban exclamaciones sobre las muestras de té, y los marineros hablaban a gritos entre sí, en un segundo plano. La mirada de Alexi era dura, de rechazo. Ya no estaba sonriendo. De repente, Elysse se dio cuenta de que estaba sola en el muelle, a unos seis metros del barco. Luchó por recobrar la compostura. ¡Tenía que hablar! Se dio cuenta de que la gente estaba mirándolos con expectación. Oyó los susurros: «¡Es la esposa!».

¿Qué estaba haciendo? El pánico se apoderó de ella. Alexi iba a humillarla de nuevo. Estaba claro que él no la esperaba, y que no se alegraba de verla. Elysse hizo acopio de valor, sonrió e hizo girar la sombrilla como si no pasara nada. Iba a fingir que no había nada de malo en su matrimonio. Tenía todo el derecho a estar allí.

Tenía que recuperar la calma. Tenía que saludarlo como una esposa feliz.

Tomó aire.

—Bienvenido a casa... Alexi —dijo. Percibió lo tenso que era su tono de voz. No creía que él la hubiera oído, así que elevó la mano.

Él se movió. Le dio la botella a uno de los marineros y se

movió por la cubierta con la gracia y la fuerza de una pantera. Con pasos largos y perezosos caminó hasta la barandilla más cercana. Sus miradas quedaron atrapadas.

Había un bote al final del muelle, y Elysse sabía que el remero la llevaría al barco si se lo pedía. Sin embargo, era Alexi quien debía ir hasta ella, y no al revés.

Alexi sonrió lentamente, de una manera sugerente. Saltó la barandilla con agilidad, bajó por la escalerilla de cuerda y aterrizó en un bote. Le dijo algo al remero. Elysse notó el corazón cada vez más acelerado, mientras el bote acortaba la distancia entre ellos dos.

La proa de la pequeña embarcación tocó el muelle. Alexi pasó la mirada por la figura de Elysse, desde sus ojos, a su boca, y al corpiño escotado de su vestido. Después se fijó en el carísimo collar de aguamarinas que se había puesto ella.

—Hola, Elysse.

Ella se humedeció los labios. Lo único que tenía que hacer era darle la bienvenida, pero no encontró las palabras.

Antes de que pudiera decir algo, él había saltado al muelle y de dos pasos se había colocado ante ella.

Seguía siendo el hombre más atractivo que ella hubiera visto en su vida. Elysse se preguntó si había crecido más aún durante aquellos años, o si acaso era una ilusión que creaba el manto de poder que él llevaba con tanta despreocupación e indiferencia. Parecía que era exactamente lo que decían los rumores: un comerciante heroico y valiente, acostumbrado a gestionar los desafíos y las crisis y a triunfar. Un hombre con experiencia de la vida. Estaba allí frente a ella como si nada ni nadie pudiera alterarlo, como si el mundo fuera suyo, y como si lo supiera perfectamente.

Era tan masculino y tan guapo, que ella se preguntó con desesperación cómo era posible que hubiera mejorado, todavía más, con la edad.

Él volvió a mirarle, con los ojos brillantes, el escote y el collar.

—Así que mi encantadora esposa ha decidido venir a recibirme —dijo él, y acarició la aguamarina que pendía del collar de gemas—. Una joya bonita y muy cara. ¿La he pagado yo?

Ella no podía pensar con claridad al sentir sus dedos en el cuello, en la piel. Tenía las mejillas ardiendo. Estaba segura de que todo el mundo iba a darse cuenta.

—Por supuesto que la has pagado tú —respondió, al darse cuenta, demasiado tarde, de lo que él había querido decir.

Alexi emitió un sonido desdeñoso.

—¿Y a qué debo el honor? —preguntó.

Miró hacia detrás de ella, y Elysse se dio cuenta de que se había percatado de la presencia de Blair.

Ella se dijo que no debía haber ido a los muelles en compañía del financiero, aunque tenía todo el derecho a llevar un acompañante apropiado.

—Has llegado el primero nuevamente —consiguió responder—. Eres el vencedor. Enhorabuena.

—La *Coquette* es invencible, y yo estoy al timón.

Elysse se giró mientras Blair se acercaba a ellos. Afortunadamente estaba con Cliff, que abrazó a Alexi.

—Bienvenido a casa, hijo mío —le dijo con una sonrisa. Lo agarró del hombro, y después miró con seriedad a Elysse.

Ella se sintió culpable, cuando en realidad no había hecho nada malo.

—¿Puedo presentarte al señor Thomas Blair, Alexi?

Alexi sonrió con frialdad.

—Puedes. Otro honor. Me siento abrumado.

Blair le tendió la mano sin alterarse lo más mínimo.

—Me ha encantando conocer a vuestra esposa y a vuestro padre, y tenía ganas de conoceros a vos, capitán —dijo.

Elysse no sabía que Cliff y él se conocían, pero era lógico. Parecía que Blair tomaba parte en todos los aspectos de la economía de la nación.

Alexi lo estaba observando con los ojos entornados.

—Vuestro nombre me resulta familiar —dijo—. ¿Nos conocíamos? Yo casi nunca olvido una cara... ni a un rival.

—¿Somos rivales? —inquirió Blair, arqueando las cejas inocentemente.

Cliff los interrumpió.

—Blair es el director de Northern Financial, y uno de los mayores accionistas del banco.

Blair se giró hacia Alexi.

—He estado encantado de sufragar vuestras operaciones, capitán. De hecho, estaba decidido a financiar este viaje.

Elysse miró a Blair con asombro. ¿Había financiado él los viajes de Alexi?

Alexi sonrió con indolencia.

—Entonces, estaréis encantado con nuestros beneficios. Y con la travesía.

—Estoy contento. E impresionado. Habéis conseguido retener vuestra marca anterior de ciento tres días desde Cantón.

—En realidad, he establecido un récord nuevo de ciento un días. Salí de Cantón el diez de diciembre. Haced vos mismo los cálculos —dijo Alexi con una sonrisa de triunfo, y miró a Elysse.

—¿No saliste el día ocho? —preguntó ella.

—Puedes consultar el cuaderno de bitácora si lo dudas —replicó Alexi, y señaló hacia el horizonte—. Nadie ha podido seguirnos de cerca. Aquel barco es el *Astrid*, de Dinamarca, y trae azúcar de caña de las Indias Orientales. Nuestro competidor más cercano se quedó sin viento en la costa de los esclavos. Sospecho que no llegará hasta dentro de una semana, aunque salió de Cantón tres días antes que nosotros, ¡y no con el mejor té! —dijo, y se echó a reír.

Él no podía culparlo por alardear abiertamente de lo que había conseguido. Elysse se quedó asombrada al darse cuenta de que estaba orgullosa de él. Alexi volvió a mirarla, y sus mejillas se enrojecieron.

Tocó de nuevo su collar de aguamarinas y dijo:

—Podré comprarte más joyas a partir de hoy —dijo suavemente.

Ella se quedó inmóvil.

–Y bien –dijo él, inclinándose hacia ella–. No me has contestado. ¿A qué debo tal honor? No me habrás echado de menos, ¿verdad?

Su cara estaba tan cerca de Elysse que ella percibió su respiración. Era limpia, brillante, como de limón y menta. Alexi olía a mar, a teca y a hombre.

Lo había echado de menos. Dios Santo, nunca hubiera querido admitirlo, ni siquiera para sí, ¡pero lo había añorado! Elysse lo miró a los ojos, con miedo de responder.

–¡Que la bese! –gritó alguien de entre la multitud–. ¡Que la bese!

–¡Que bese a la esposa! –gritaron más personas.

Y Alexi sonrió lentamente.

CAPÍTULO 7

A Alexi le brillaban los ojos tanto como las aguamarinas de Elysse. Y ella no tuvo ninguna duda de lo que significaba aquel brillo. Se quedó sin aliento. Él iba a besarla, y ella nunca había deseado tanto que la besaran.

Sin embargo, Cliff tomó del hombro a su hijo.

—Alexi —dijo—, quisiera presentarte a Georges Lafayette y a James Tilden.

Él se irguió lentamente sin dejar de mirarla. Elysse exhaló un suspiro tembloroso.

Alexi se giró. Los dos caballeros que se habían acercado a ellos habían hecho fuertes inversiones en el viaje, y en otros anteriores, y ella los había saludado en varias ocasiones. Se intercambiaron apretones de manos y felicitaciones.

—¡Ciento un días! —exclamó el francés, con una sonrisa resplandeciente—. ¡No esperaba que superarais vuestro propio récord, *monsieur*!

Alexi aceptó la petaca que le ofrecieron y se rio.

—Yo mismo me he quedado un poco sorprendido.

Sonrió, pero miró a Elysse. Con los ojos fijos en ella, se llevó la petaca a los labios, y ella vio los músculos moverse de su garganta mientras tragaba el licor. Observó la abertura de su camisa, y notó calor en la piel. Casi deseaba que la hubiera besado, allí mismo, en el puerto, en público. ¿Qué le ocurría? ¡Él la había abandonado hacía seis años!

—He ordenado que lleven tres baúles de té a las oficinas —dijo Cliff—. Seguro que los caballeros querrán ver cuál es el resultado de su inversión. ¿Thomas? ¿Quieres venir con nosotros? Creo que deberíamos celebrarlo.

—Sólo si la señora de Warenne no tiene prisa por volver a casa —respondió Blair.

Alexi lo miró fijamente y arqueó las cejas. Después clavó los ojos azules en Elysse y entornó los párpados.

Antes de que ella pudiera hablar, Blair intervino:

—Anoche, unos cuantos de nosotros estuvimos invitados a cenar en casa de la señora de Warenne, y nos enteramos de la noticia de que se habían avistado dos clípers en Plymouth. Es evidente que alguien confundió el velero danés con un clíper. La mayoría apostamos que vos seríais el primero en tocar puerto, capitán. Me ofrecí para acompañar a la señora de Warenne a los muelles, y es mi deber acompañarla de nuevo a casa, a menos, claro, que queráis hacerlo vos mismo.

Elysse se quedó helada. ¿Acaso Blair acababa de lanzarle un guante a Alexi?

Ella temía la respuesta de Alexi, o su rechazo. Con una sonrisa, dijo:

—Quisiera ver el té, señor Blair. Y después, seguro que tanto mi esposo como vos tendrán muchos asuntos que atender esta tarde. Así pues, estoy segura de que puedo volver sola a casa.

Alexi miró alternativamente a Elysse y a Thomas.

—Alexi tiene que contarme su travesía de vuelta a casa con todos los detalles —dijo Cliff—. Sólo entonces podrá escapar de mi compañía.

Elysse miró a su marido. ¿Cómo era posible que consiguiera que se sintiera como si tuviera veinte años otra vez? Debía recuperar la compostura.

Ojalá no tuviera ninguna pequeña esperanza de ponerlo celoso. Había aprendido bien la lección. Y claramente, él no sentía celos de Blair, ni de ningún otro. Los maridos celosos no permanecían alejados de sus esposas durante seis años.

Por suerte no era necesario dar ninguna respuesta, porque Lafayette y Tilden estaban impacientes por probar el té. Las oficinas de Windsong Shipping estaban a pocas manzanas, junto a las de otros comerciantes y agentes.

—Tengo una caja del mejor champán francés esperándoos, capitán —dijo el francés con una sonrisa, dándole una palmada en la espalda—. Ah, hemos ganado una fortuna, ¿verdad?

—Es el mejor té que he probado nunca —dijo Alexi—. Y con este viaje hemos obtenido un gran beneficio.

Cliff puso el brazo sobre los hombros de su hijo y lo guio hacia las oficinas, junto a Lafayette y Tilden. Elysse los siguió. Se sintió como si la hubieran excluido deliberadamente, pero esperaba que fuera su imaginación. Para distraer a Blair, que la estaba observando atentamente, llamó a los señores Carew y a su hija, y a lord y lady Worth.

—Vengan a las oficinas de Windsong Shipping. ¡Hay champán para todo el mundo!

Blair la tomó del brazo. Mientras seguían a Alexi, a Cliff y a los dos caballeros para esperar sus carruajes, él la miró.

—Si yo fuera el capitán de Warenne, no iría a las oficinas ahora.

—Yo siempre tengo ganas de tomar champán, y estoy impaciente por probar el té —respondió ella automáticamente.

—¿De veras? ¿Quieres decir que no preferirías pasar un rato a solas con el capitán? Hace un momento parecía que estabas embelesada con tu gallardo marido.

—Conozco a Alexi desde que tenía siete años. Eso es mucho tiempo.

—Entonces, ¿estás aburrida?

Alexi no podría aburrirla aunque viviera cien años.

—Nos conocemos un poco demasiado bien —dijo Elysse. Deseaba desesperadamente cambiar de tema—. ¿No tienes ganas de probar el té?

Él se echó a reír.

—No distingo el té negro del verde, querida. A mí me interesan más los balances. ¿Sabes? La otra noche oí un rumor. Se dice que el capitán de Warenne y tú estáis distanciados.

Ella se tropezó.

Elysse sintió un gran enfado al oír aquella verdad, y retiró el brazo del de Blair.

—No deberías hacer caso a los rumores. Y de cualquier modo, reitero lo que dije antes: nos conocemos desde hace veinte años.

—Entiendo —respondió Blair—. Pero incluso después de veinte años, yo no iría a las oficinas en este momento.

—Eso es muy amable por tu parte —dijo Elysse, pero estaba demasiado nerviosa como para sentirse halagada.

Habían llegado a la fila de carruajes y calesas. Claramente, Alexi tenía intención de montar con su padre. ¿La estaba ninguneando deliberadamente? Ella había acompañado a Blair. Titubeó sin saber qué hacer.

Alexi frunció los labios con un gesto de desprecio, y ella se puso tensa mientras seguía a los otros dos hombres hacia el carruaje. Él cerró la puerta sin mirarla.

La exclusión era deliberada. Le dolió. Blair le tocó el brazo y ella se sobresaltó. Él la escrutó.

Elysse sonrió sin decir una palabra, y subió al vehículo de Blair.

Las oficinas de Windsong Shipping ocupaban un edificio entero de ladrillo marrón. La celebración ya estaba muy animada cuando llegaron. Se había servido champán, y todo el mundo estaba en el vestíbulo. La puerta principal no dejaba de abrirse y cerrarse con la llegada de nuevos invitados.

Era una recepción muy espaciosa. El suelo era de madera maciza y las columnas que sustentaban el techo artesonado eran de ébano. Había dos enormes arañas de cristal, y lujosas alfombras persas y orientales. En todas las paredes había magníficas pinturas, todas ellas de barcos en la mar. En el muro más alejado había apoyada una consola dorada, y sobre ella, réplicas de barcos en miniatura, incluyendo el primer velero que botó Cliff varias décadas antes. También había una réplica de la *Coquette*.

Elysse tomó un poco de champán. El vestíbulo estaba abarrotado; era imposible moverse sin chocar con el codo de otra persona. Parecía que todos aquéllos relacionados con el comercio con China se habían enterado de la vuelta de Alexi, y habían acudido a las oficinas para felicitarlo. Algunos otros eran simples paseantes. A nadie le importaba.

Alexi estaba junto a la chimenea, rodeado de señoras y señores, de marineros, de trabajadores de los muelles, y de una mujer que parecía una camarera, aparte de su padre y los inversores. Mientras bebía champán, narraba historias de China y de su viaje de vuelta a casa. Blair se movió por la estancia; debía de conocer a casi todos los presentes. A Elysse no le importó. Nunca había tenido oportunidad de quedarse a solas en un evento y limitarse a observar a la concurrencia, como estaba haciendo en aquel momento.

Sin embargo, sólo miraba a Alexi. Le parecía imposible apartar los ojos de él.

Había vuelto a casa. Ella se sentía casi como una debutante, aquélla tan ansiosa de verlo cuando había vuelto a Londres después de dos años y medio. De vez en cuando, él la miraba con indolencia desde el otro extremo del vestíbulo, y aquello le traía recuerdos a Elysse.

No quería acordarse de aquel día en Askeaton, cuando él había llegado con William Montgomery después de su primera travesía a China. En vez de hacerlo, sostuvo su mirada hasta que él la apartó.

En aquel momento no parecía que estuviera enfadado con ella, pero tampoco lo contrario. Sin embargo, Elysse estaba segura de que en el muelle la habría besado, de no ser porque habían aparecido aquellos inversores.

Alexi había cambiado mucho. Era incluso más sofisticado que cuando lo había visto por última vez, como si hubiera experimentado todo lo que la vida podía ofrecer, como si supiera que podía superar cualquier crisis, cualquier reto. Su confianza era evidente. Y su poder. Era un gran capitán naval, y estaba deleitándose con la gloria y el triunfo de su travesía de vuelta.

Pero Alexi no era un marido que estuviera impaciente por volver con su mujer después de una larga separación.

Elysse se preguntó si la acompañaría a casa cuando terminara la celebración. Tenían muchas cosas de las que hablar...

En aquel momento una mujer se lanzó a sus brazos, y Elysse se puso muy rígida; rápidamente se dio cuenta de que era Ariella a quien estaba abrazando. Los hermanos se separaron y se echaron a reír.

—¿Es ésa su mujer? —le preguntó a Elysse un hombre que tenía un marcado acento extranjero.

Ella lo miró. Era alto y llamativo. Tenía los hombros muy anchos y el pelo muy rubio, pálido, con reflejos rojizos y dorados. Estaba muy bronceado por el sol. Elysse supo, al instante, que era un marino. Olía a cubiertas bien aceitadas, a lienzo húmedo y a mar.

Él sonrió.

—Baard Janssen, a vuestro servicio, *madame*.

Ella no pudo distinguir si su acento era sueco, noruego o danés.

—¿Acaso tenéis la costumbre de hablar con los extraños sin mediar presentación?

—Pues no —dijo él, mirándola directamente—. Pero casi nunca sigo las normas de la sociedad. Hablo con los extraños cuando quiero, sobre todo con las mujeres bellas.

Ella le preguntó cuidadosamente:

—¿Sois amigo del capitán de Warenne?

Él miró a Alexi sin sonreír.

—Hemos tomado un par de copas juntos en Jamaica, mientras esperábamos a que amainara una tormenta.

Ella arqueó las cejas. Así que conocía a Alexi.

—Esa dama es la hermana del capitán de Warenne, señor.

—Y vos, milady, sois la mujer más bella que hay en este vestíbulo.

—Exageráis, pero gracias. Así pues, ¿puedo asumir que os dedicáis al comercio de azúcar de caña?

—Sí. De hecho, acabo de volver de las islas con las bodegas llenas. Mi barco es el *Astrid, madame*. No encontrará un velero mejor en todo el Atlántico Norte.

Ella sonrió por fin. Todos los capitanes a quienes había conocido decían que su barco era el mejor.

Janssen se volvió a mirar a Alexi.

—He oído decir que su esposa es muy bella. ¿Aparece aquí medio Londres cada vez que él hace una buena travesía?

Elysse miró con atención a Janssen. ¿Eran rivales? Alexi ya no transportaba azúcar desde las plantaciones del Caribe, porque el precio era bajo, pero otros barcos de Windsong sí lo hacían. Alexi los estaba mirando con el ceño fruncido.

—Ha sido una travesía magnífica. Se merece los halagos y los mejores precios para el té.

Janssen la miró fijamente.

—Estoy seguro de que disfruta mucho con el homenaje de los demás. Pero si es cierto lo que he oído, ha sido una travesía excepcional –dijo. Y añadió–: Parece que sabéis mucho de navegación. Me encantaría llevaros a navegar algún día, señora...

Su alianza y su anillo de compromiso eran evidentes.

—Soy la señora de Warenne.

Él se sobresaltó.

—¿Vos sois su esposa?

—Sí, capitán Janssen, soy yo.

Él comenzó a sonreír. Antes de que ella pudiera preguntarse por qué, alguien la agarró del brazo. Elysse se dio la vuelta y se encontró con Ariella.

—¡Estás aquí!

Elysse miró a Janssen.

—Que disfrutéis de vuestra estancia en Londres –le dijo amablemente.

Después tomó a Ariella de la mano y la alejó del danés, hacia un rincón.

—Quería probar el té —mintió.

Ariella la agarró por los hombros y la sacudió ligeramente.

—¿Has saludado a mi hermano? ¿Te ha saludado él? ¿Sabe que estás aquí? ¿Habéis hecho las paces?

En cierto sentido, Alexi se había interpuesto entre Ariella y ella. Ellas dos nunca habían tenido secretos, hasta la muerte de Montgomery. Elysse nunca se lo había contado a su amiga, aunque había deseado hacerlo muchas veces. Así que había seguido fingiendo que tenía una vida maravillosa, y que no le importaba nada tener un marido ausente. En aquel momento, sonrió.

—Por supuesto que nos hemos saludado, Ariella.

—¿Y qué ha sucedido?

—Nada —dijo ella. Pero pensó: «Ha estado a punto de besarme».

Para su sorpresa, sorprendió a Alexi mirándolas. Él se dio la vuelta y se llevó la copa de champán a los labios. La apuró, y después se rio de algo que había dicho una de las señoras que había en su grupo. Era evidente que Alexi estaba flirteando con una atractiva morena. Elysse sintió una punzada de celos.

Se recordó que él había tenido muchas aventuras durante aquellos años. Ella había oído todo tipo de chismorreos sobre sus amantes de Singapur y Jamaica. No le importaba. Estaba a punto de volverse hacia Ariella de nuevo cuando se dio cuenta de que él la miraba de nuevo. A Elysse se le aceleró el corazón. Sus miradas quedaron atrapadas; él tomó una copa de champán de la bandeja de un camarero y tomó un poco mientras seguía observándola abiertamente. Su mirada era incluso más atrevida que la de Janssen.

—Ha batido su propio récord —dijo Elysse con la voz ronca.

—Ya lo sé. Me lo ha contado. Se lo está contando a todo el mundo. En realidad, se está emborrachando —respondió Ariella, y la miró a los ojos—. ¿Habéis hablado?

—Claro que sí —dijo Elysse, pero no pudo sostener la mirada de su amiga.

Alexi estaba sonriéndole a otra mujer diferente, a una pelirroja muy guapa. La consternación de Elysse aumentó. Pensó en acercarse y presentarse para echarle un jarro de agua fría a la pelirroja. Sin embargo, en aquel momento Alexi volvió a mirarla; alzó su copa y la saludó con ella.

—¿Está flirteando contigo? —le preguntó Ariella, tomándola de las manos—. Por favor, reconcíliate con él. No sé por qué lleváis seis años sin hablaros, pero por favor, ¡ve a hablar con él! Está de muy buen humor. Puedes conseguir lo que quieras de él cuando está así, Elysse, ¡estoy segura!

Ariella conocía a su hermano mejor que nadie. ¿Sería posible que Alexi estuviera más flexible y comprensivo? Y, en aquel momento, Elysse sabía lo que quería: quería su perdón, una reconciliación y un matrimonio de verdad.

Después de todo lo que él había hecho, después de todo el dolor y la humillación, ella quería recuperarlo como amigo y como marido.

Ariella le tiró de la mano.

—Esa pelirroja fue amante suya hace años. Se llama Jane Beverly Goodman. ¡Acércate antes de que ella consiga reavivar su aventura!

Elysse titubeó. Si Ariella estaba en lo cierto y podían sentarse por fin para hablar de sus diferencias, el infierno de su existencia terminaría. Si Ariella estaba en lo cierto, podría liberarse de todos los engaños y volver a vivir.

Quería hablar con Alexi sin ira, sin rencor. Pero la pelirroja le estaba susurrando algo al oído. Si se acercaba a él, ¿qué sucedería? ¿Podrían olvidar las traiciones de aquellos seis años? ¿Podrían olvidar las circunstancias en las que se habían casado? ¿Podría ella olvidar todo el dolor?

Se humedeció los labios. ¿Qué podía perder? Tenía su apellido y su riqueza, pero nada más. No había nada que perder, salvo aquella farsa en la que se había convertido su vida.

Elysse sonrió nerviosamente a Ariella, y se giró. Entonces, se topó con Blair, que la agarró por los hombros.

—¿Quieres que te lleve a casa? —le preguntó él—. Yo no puedo quedarme más. Tengo que asistir a unas cuantas reuniones esta tarde.

Temiendo que Alexi se diera cuenta, ella dio un paso atrás para que Blair la soltara.

—Voy a quedarme un poco más.

—Entiendo —dijo, y la miró con fijeza—. Estoy decepcionado. Pero soy un hombre paciente.

Ella se angustió. No sabía cuál iba a ser el resultado de su conversación con Alexi. Sería una tontería distanciarse de Blair, aunque fuera exactamente lo que quería hacer.

—Tenemos planes para ir a la ópera —le dijo suavemente.

—Sí, el sábado —respondió él.

Después le besó la mano. Cuando se incorporó, tenía los ojos brillantes, y era evidente que se sentía desilusionado por dejarla allí.

Ella lo vio marchar. No debería estar flirteando con Blair en aquel momento. Cuando se volvió para caminar hacia Alexi, se lo encontró frente a sí.

Elysse dio un respingo.

—¡Qué susto!

Él la observaba con cautela.

—No te has ido con él.

—Quería hablar contigo.

A Alexi le brillaron los ojos. La tomó del brazo, y ella apenas pudo contener un jadeo.

Él dijo lentamente:

—No has llegado a probar el té.

—No he tenido oportunidad.

—Bien —murmuró él. Entonces, le pasó el brazo por la cintura y la atrajo hacia sí.

Ella volvió a jadear.

—¿Qué haces?

—El té.

—Por supuesto —dijo ella entonces.

Él la guió por entre la gente, y ella cedió al deseo de apoyarse en su cuerpo. Era muy masculino, y Elysse se sentía perfectamente bien. Le resultaba difícil pensar con claridad.

—¿Estás ebria? —le preguntó él en tono de diversión.

—No.

Sin embargo, era evidente que Alexi había bebido un poco de más.

—Te comportas como si nunca hubieras estado en brazos de un hombre, lo cual sabemos que no es cierto.

Él la condujo por el pasillo hasta una habitación oscura. Ella no lo contradijo. Él no se molestó en cerrar la puerta. La soltó y se acercó al escritorio, donde encendió una lámpara. Todavía sin aliento, Elysse vio tres preciosos baúles de té detrás del escritorio, sobre una consola. Él se irguió y la miró. Sus ojos eran de humo azul.

A ella le latía el corazón con mucha fuerza.

—Me siento muy feliz por ti —dijo con sinceridad.

—¿De verdad? —preguntó Alexi. Le estaba mirando el escote, la cintura. Elevó la mirada—. ¿También te sientes feliz por Thomas Blair? Cobra unos intereses muy altos.

Ella se puso tensa.

—No quiero hablar de él. No vamos a discutir.

—Claro que no quieres —dijo él con una carcajada que no tenía nada de alegre—. Y no, no tengo intención de discutir contigo esta noche —añadió con suavidad.

A ella le dio un salto el corazón. Casi parecía que Alexi quería seducirla.

—Tienes buen aspecto, Elysse, a pesar de esa mirada de angustia. ¿Te sientes atrapada? ¿Yo hago que te sientas atrapada?

Elysse nunca se había sentido tan nerviosa. Sabía que no había nada que se interpusiera entre ella y la puerta, que estaba abierta tras ella. Podía marcharse cuando quisiera, pero no iba a hacerlo.

—Te comportas de una manera distinta a antes...

Él sonrió lentamente.

—Me pregunto cuántos hombres han intentado captar tu atención esta tarde. He visto que has conocido a Janssen...

—Han pasado seis años, Alexi. Por si lo has olvidado.

—No he olvidado nada —dijo él, y apoyó la cadera contra el escritorio.

Era como si estuviera jugando con ella, como si fuera un león poderoso jugando con un ratoncillo asustado. Él no era agradable, ni tampoco tenía la actitud de un marido, pero no era grosero ni despreciativo. Elysse no sabía si seguía enfadado con ella o no.

—Seis años es mucho tiempo —comentó.

Él soltó un sonido ronco.

—Yo tampoco he olvidado nada —dijo Elysse.

Él se alejó del escritorio.

—No quiero hablar del pasado —dijo, y de una zancada, se puso ante ella—. Quiero... otra cosa.

—¡Pero yo sí! —exclamó Elysse mientras él le ponía las manos sobre los hombros. A ella se le aceleró el corazón.

—Es una pena —respondió Alexi con la voz áspera. Antes de que Elysse pudiera pestañear, la estrechó contra su cuerpo musculoso y duro.

—¿Qué estás haciendo? —preguntó ella—. ¿Es que estás borracho?

—Como un marinero —dijo Alexi—. Y tú sabes perfectamente lo que estoy haciendo —añadió, alzándole la barbilla con brusquedad—. Maldita sea —murmuró—. Se me había olvidado lo bella que eres.

Sus palabras deberían haberla entusiasmado, porque ella siempre había querido que él notara lo atractiva que era. Nunca había visto tanta lujuria en una persona. Pero también se daba cuenta de que él estaba muy enfadado, y eso la asustaba.

Elysse no sabía si iba a besarla apasionadamente, o si iba a hacer algo más. No sabía si quería más en aquel momento, sin hablar de aquellos seis años anteriores. Comenzó a retroceder alarmada, pero él la atrapó entre sus brazos.

—¡Alexi!

De repente, Elysse supo que iba a seducirla. Sin embargo, antes de que pudiera protestar, él la besó.

Elysse se quedó paralizada. La boca de Alexi era posesiva y feroz, caliente y dura. Él apretó los brazos para dejar claro que no tenía escapatoria.

Ella ya no podía respirar. Apretó los puños contra su pecho. Él siguió besándola, y Elysse sólo podía pensar en lo bien que se encontraba en aquel abrazo. Estaba atrapada contra el pecho de Alexi; Alexi, a quien había amado siempre... Se dio cuenta de que su boca se relajaba y se rendía a la de él.

—Bésame —le ordenó él—. Sabes que quieres hacerlo —añadió. Con la respiración entrecortada, él siguió besándola, pero sus labios se habían suavizado e intentaban persuadirla—. Bésame, Elysse —le susurró.

Tenía razón. Ella quería devolverle los besos. Era una mujer, y habían pasado seis años. Le temblaba incontrolablemente el cuerpo, y se estaba derritiendo contra él. Estaba enfadado, y ella también, pero no quería resistirse a él. Se aferró a sus hombros con un gemido.

Le fallaron las rodillas, y su cuerpo comenzó a vibrar. Notó su erección contra la cadera e, instintivamente, se movió contra él.

—Elysse —susurró él.

El dolor se había mitigado. Parecía que la ira había desaparecido. Sólo existía el hombre poderoso que la abrazaba y la ceñía contra su cuerpo duro e inquieto. Elysse lo necesitaba desesperadamente y se aferró a sus hombros con más fuerza, e hizo lo que él le había ordenado.

Cuando probó sus labios, él se quedó paralizado. Ella notó la sal, el champán, el hombre. Deslizó la lengua en su boca, y a él se le escapó un gruñido. Mientras Alexi la ceñía contra su cuerpo para besarla lentamente, ella sintió un estallido de emoción en el pecho. Todavía lo amaba mucho.

Alexi siguió besándola un momento más, con delicadeza,

pero después reaccionó. La invadió y sus lenguas se entrelazaron alocadamente, y a Elysse dejó de importarle si hacían el amor en aquel momento, sin haber hablado del pasado. Ella le devolvió los besos incluso con más frenesí.

—¡Date prisa! —murmuró.

Él elevó la cabeza y la miró con los ojos muy abiertos, con asombro. De repente, la acercó al escritorio y la tendió encima. La lámpara cayó al suelo con estrépito y el cristal se hizo añicos. Y entonces, Alexi dejó caer su peso sobre ella y la miró a los ojos con ardor.

—Te deseo —gruñó, y le pasó la mano por el pelo. Entonces se tendió por completo sobre Elysse y, accidentalmente, la empujó en parte fuera del escritorio. Al darse cuenta de lo que estaba a punto de ocurrir, ella intentó advertírselo, pero no sirvió de nada: ambos cayeron al suelo.

Aunque estuviera ebrio, Alexi tenía los reflejos de un gato. La agarró y metió su cuerpo bajo el de ella para impedir que se golpeara. Al instante se puso de rodillas, inclinado sobre Elysse, con una expresión desolada.

Elysse estaba aturdida.

—¿Ocurre algo ahí dentro?

Desde el suelo, Elysse miró hacia la puerta y vio a uno de los jóvenes empleados de la compañía. El muchacho enrojeció.

—Eh... ¡Pido disculpas, capitán, señora de Warenne!

Alexi se puso en pie rápidamente y ayudó a incorporarse a Elysse mientras el chico salía corriendo por el pasillo.

—¿Estás bien? —le preguntó ruborizado.

Ella se tocó la muñeca, que se había torcido en la caída, consciente de que habían estado a punto de hacer el amor sobre un escritorio, y de que todavía sentía una pasión que no había experimentado nunca. ¿Qué acababa de ocurrir?

Estaba confusa. Estaba preocupada. Habían sido seis años horribles. Quería volver a sus brazos, acariciarle la cara y decirle que lo quería. No se movió.

—¡Elysse! ¿Estás bien? —le preguntó entonces Alexi, en un tono imperioso.

Ella tardó unos segundos en encontrar las palabras.

—Creo... que sí.

¿Qué haría él si ella le decía lo que sentía de verdad? ¿Si le decía que lo quería? ¿La quería él? ¿Significaba aquel beso que todo se había arreglado? Lentamente, ella lo miró con los ojos muy abiertos.

Él la soltó del brazo y dio un paso atrás, para alejarse.

—Si te he hecho daño, dímelo.

—Es sólo un moretón —consiguió responder Elysse—. Has impedido que me golpeara la cabeza.

Él apartó la mirada.

—Lo siento.

—¡Alexi! —dijo ella, e intentó agarrarle los brazos.

Él no se lo permitió.

—Basta. Estoy borracho. Muy, muy borracho. Llevo setenta y siete días seguidos en el mar, aunque en realidad ésa no es excusa para mi comportamiento.

—No lo entiendo —dijo ella.

—Ha sido un viaje muy largo, Elysse.

—¿Qué estás diciendo?

—¿No te acuerdas de que soy un mujeriego? Y tú, querida mía, eres una mujer muy atractiva.

Si quería hacerle daño, lo había conseguido. ¿Acaso quería decir que sólo la había besado porque llevaba meses sin estar con una mujer?

Alexi tomó aire y se apartó el pelo de la frente. Los ojos le brillaban, pero de ira en aquella ocasión. Le temblaba la mano, y habló en un tono de frustración.

—Lo digo en serio, maldita sea. Las cosas no han cambiado en absoluto. ¿Dónde está Blair?

—Blair —repitió ella. Su cuerpo seguía vibrando. ¿Por qué sacaba a colación a Blair en aquel momento? ¿Por qué no la abrazaba de nuevo? ¿Cómo podía ser tan cruel y tratarla como si fuera una prostituta?—. ¿Alexi?

Él la miró con frialdad.

—Vamos. Si él no te lleva a casa, le diré a uno de los empleados que te acompañe.

Hacer una visita antes de mediodía se consideraba de muy mala educación. A las diez en punto de la mañana, Elysse bajó de su carruaje negro sin pensar en lo temprano de la hora. ¡Estaba demasiado herida y enfadada como para preocuparse de eso!

Además, Ariella y su esposo eran madrugadores. Ariella se había casado con el guapo y enigmático vizconde St. Xavier un año antes, y el hecho de que él fuera gitano había horrorizado a la alta sociedad. Pero se habían casado por amor, y Ariella seguía completamente embelesada con su marido. Si alguien podía saber dónde estaba Alexi, era Ariella. De hecho, había muchas posibilidades de que estuviera alojándose allí, con St. Xavier y ella.

Casi no podía respirar, y tenía que esforzarse por correr hacia la puerta principal. La noche anterior, Alexi la había besado como si ella fuera la única mujer a la que deseaba en el mundo. Sin embargo, después le había dicho que sólo era una cara y un cuerpo bonitos. ¡La había tratado como si fuera una prostituta del puerto! Él la había abandonado seis años antes, dejando que sufriera todo tipo de humillaciones e insultos, pero claramente no era castigo suficiente para lo que ambos habían compartido en el pasado.

No quería permitirse sentir el deseo que había experimentado por él, ni sus expectativas tontas y románticas. No volvería a suceder nunca. Tal vez todas las vírgenes de veintiséis años hubieran reaccionado de la misma manera a las atenciones de un mujeriego como él, pero ella había recuperado el sentido común. No lo deseaba y no lo quería. Había dejado de quererlo seis años antes.

No podía creer que hubiera perdido la cabeza como lo había hecho la noche anterior.

Él no tenía ningún motivo para seguir enfadado con ella, mientras que ella tenía todos los motivos para estar furiosa con él.

No podía soportar su matrimonio ni un momento más, tal y como era. Sin embargo, tampoco podía pensar en una anulación. Su orgullo era lo primero. Por lo tanto, él debía marcharse inmediatamente de la ciudad. Londres no era lo suficientemente grande para ellos dos.

Elysse, que se había puesto un vestido de color turquesa y joyas de diamantes, llegó a la puerta de la residencia. Si Alexi estaba allí dentro, lo mejor sería que se preparara para la batalla. En aquella ocasión ganaría ella, porque estaban en juego su vida y su cordura.

No obstante, antes de que pudiera llamar a la puerta, ésta se abrió, y en el vano apareció el vizconde. Emilian abrió unos ojos como platos al verla.

—Hola, Emilian —dijo Elysse, aunque fue incapaz de sonreír—. Creo que Arielle no se sorprenderá de que haya venido a visitarla a una hora tan infame.

Emilian St. Xavier, con su traje de levita, estaba guapísimo y atractivo. Era un ermitaño, aunque mucho menos desde que se había casado con su amiga. Su madre fue gitana, y hasta aquel momento, la sociedad todavía no sabía si venerarlo o vilipendiarlo.

—Te está esperando, Elysse. Espero que no traméis un plan fantástico para el pobre Alexi.

—Soy su esposa. No tengo por qué urdir ningún plan contra mi pobrecito marido.

—¿De verdad?

—A lo mejor te interesa saber que estuve con él anoche.

Ella se puso muy tensa.

—No estabas en la celebración de las oficinas de la naviera.

—No. Pero Clarewood se acercó para salvar a Alexi de sí mismo. Después vinieron aquí a recogerme. Alexi estaba completamente borracho. No tengas miedo, lo llevamos a cenar, no a un club. Aunque no conseguimos que dejara de ahogar sus penas en whisky y brandy.

—Anoche estaba de celebración.

—Cuando yo lo vi, no.

Ella no tenía ni idea de qué había podido ser lo que le había disgustado.

—Es un hombre adulto. Si quiere beber hasta perder la conciencia, a mí no me importa. A mí me pareció que estaba muy feliz anoche, en la fiesta.

St. Xavier sonrió.

—Siempre hay dos caras en la misma moneda —dijo.

Después inclinó su sobrero para despedirse, y recorrió el camino pavimentado de ladrillo hasta su grandioso carruaje.

Elysse entró en la casa y se quitó los guantes con enfado. Era muy infeliz, y esperaba que Alexi lo fuera también. Por desgracia, seguramente todavía seguía felicitándose por su viaje desde China. Cuando estaba a punto de tirar los guantes sobre la consola, vio a Ariella acercándose apresuradamente a ella por el elegante vestíbulo.

Elysse preguntó:

—¿Dónde está?

Ariella frunció el ceño.

—No está aquí. Tienes muy mal aspecto, Elysse. ¿Has sufrido más insomnio?

—Sufro por este matrimonio.

Ariella palideció.

—Lo sé. ¡Estoy muy enfadada con él! No te preocupes, después de que tú te marcharas le dije cuatro cosas bien dichas.

Ella mantuvo alta la cabeza. Alexi la había sacado prácticamente a rastras de las oficinas de la naviera. Uno de los empleados la había acompañado a casa. Por supuesto, todo el mundo se había dado cuenta. Ella tenía el peinado estropeado, estaba muy ruborizada y disgustada, y no creía que hubiera podido aparentar serenidad. Alexi, obviamente, estaba furioso. La multitud se había quedado en silencio mientras se marchaba, y ella había visto que Janssen los miraba. Cuando Alexi la había ayudado a subir al carruaje, había tenido frescura suficiente para decirle que disfrutara de lo que quedaba de noche. Y para empeorar las cosas, Elysse había visto a Jane Beverly Goodman en la ventana, observándolos.

Elysse estaba segura de que todo el mundo estaba chismorreando.

—¿Se marchó con esa cualquiera, Jane Goodman?

Ariella la tomó del brazo y la llevó hacia la habitación del desayuno, donde la comida estaba servida en bandejas cubiertas en una mesa auxiliar.

—No lo sé. ¿Has desayunado?

—No tengo hambre. Por favor, no intentes ahorrarme disgustos. No me importa lo que haga, ni con quién lo haga.

—Apareció Mowbray —dijo Ariella. El duque de Clarewood había oficiado de padrino en la boda de Alexi y de Elysse, y era el mejor amigo de Alexi—. Dudo que tuviera tiempo para dedicárselo a una aventura.

—Seguramente, se reunió con ella después de cenar con Clarewood y Emilian —respondió Elysse.

Llevaba años oyendo rumores sobre sus amantes. Además de su amante de Singapur, y la de Jamaica, el verano anterior se había enterado de que mantenía relaciones con una bella muchacha gitana.

—Elysse, ¿qué vas a hacer? —le preguntó Ariella amablemente.

Elysse no titubeó.

—No quiero que Alexi permanezca en la ciudad. Si se marcha ahora mismo, creo que podré arreglármelas, siempre y cuando no volvamos a vernos.

Ariella tenía cara de preocupación.

Elysse se puso muy tensa.

—¿Me estás ocultando algo?

Ariella se mordió el labio.

—Creo que tiene intención de estar en Londres durante una temporada.

Ella soltó una exclamación de horror.

—¡No lo permitiré!

—Elysse... —dijo Ariella.

—¡No! —Elysse comenzó a pasearse de un lado a otro—. ¿Acaso no me ha avergonzado ya lo suficiente? ¿Por qué quiere quedarse en Londres? ¿Para poder verse con todas sus prostitutas y humillarme más? ¡Creo que finalmente odio a tu hermano!

Ariella se encogió.

—Por favor, no digas eso. ¡No lo pienses! Ojalá los dos os sentarais a hablar con calma de lo que ocurriera en el pasado, eso que causó este terrible enfado entre vosotros.

—¡No voy a permitir que se quede en Londres —respondió Elysse—. Uno de nosotros tiene que irse, y no voy a ser yo.

Ariella titubeó, y Elysse supo que le estaba ocultando algo.

—Oh, Dios. Está con ella, ¿verdad? ¿Es allí donde se está quedando? ¿Con Jane Goodman?

—No. No está con lady Goodman. Elysse, ha comprado una casa en Oxford.

Elysse se quedó petrificada. ¿Había oído bien?

—¿Qué quieres decir? ¿Cómo que ha comprado una casa en Oxford?

—Es una casa preciosa, con grandes jardines, un invernadero, unas caballerizas espléndidas y una pista de raqueta —dijo, y se mordió el labio de nuevo—. Allí es donde está. En su nueva casa.

A Elysse comenzó a darle vueltas la cabeza. ¡Aquello era imposible! ¡Absurdo!

—¿Alexi ha comprado una casa aquí? ¿En Londres?

Ariella asintió.

—¿Y la venta ya se ha cerrado?

Ariella asintió de nuevo.

—¿Y cuándo ha ocurrido eso? ¿Por qué ha hecho algo semejante?

—Sus agentes compraron la casa hace unos dos meses. Alexi la vio hace años, y cuando supo que estaba a la venta, hizo una oferta. Clarewood lo llevó allí anoche –dijo Ariella, retorciéndose las manos.

Elysse se dejó caer en la silla más cercana. Alexi iba a quedarse en Londres.

–¿Qué vas a hacer? –le preguntó Ariella con gran preocupación–. Las dos sabemos que no vas a poder convencerlo de que se vaya si no quiere hacerlo.

Elysse la miró sin poder salir de su asombro. En aquel momento supo exactamente lo que iba a hacer. Se puso en pie y anunció:

–Voy a casa a hacer el equipaje y a mudarme con mi marido.

CAPÍTULO 8

−¿Que te vas a mudar con él? −preguntó Ariella.
−Preferiría que se marchara de la ciudad, y del país. En realidad, preferiría que no volviera nunca. Pero soy su esposa, y me merezco algo más que su apellido y su riqueza.
−Oh, Elysse. Te ha vuelto a hacer daño. Lo veo claramente. Querida, ¡yo estoy enteramente de tu parte!
−¿Sabes cuántas humillaciones he tenido que soportar durante estos últimos seis años? He fingido que no conocía los rumores, pero los he oído todos, incluyendo la fea verdad: que me dejó abandonada nada más casarnos.
−Está tan enfadado contigo −susurró Ariella.
−¡Y yo también con él! ¿Te imaginas los cotilleos que van a surgir cuando se sepa que está viviendo en Oxford, en un palacio, mientras yo sigo viviendo en el apartamento alquilado de Grosvenor Square? −preguntó Elysse, temblando. Se sintió enferma al imaginarse a sus amigos y conocidos susurrando a su espalda−. ¡Ya se estarán riendo del espectáculo que dimos anoche!
Ariella le tomó la mano y se la apretó. Elysse notó que se le llenaban los ojos de lágrimas, y se las enjugó. No iba a sentir pena de sí misma. Por fin iba a enfrentarse a Alexi, como debería haber hecho años antes.
Ariella estaba asombrada.

—Entonces, ¿vas a vivir con él? ¿Como si tuvierais un matrimonio de verdad?

A ella se le encogió el estómago. Era incapaz de responder. Alexi y ella no eran capaces de llevarse bien ni cinco minutos seguidos. ¿Cómo iban a arreglárselas para convivir?

—Sé que es tu hermano, pero también es el hombre más grosero y cruel que he conocido —dijo Elysse.

Ariella no lo defendió.

—Muchas parejas residen juntas por matrimonios de conveniencia —dijo Elysse por fin, aunque estaba teniendo dudas. Se le pasaron por la cabeza las imágenes del intento de seducción de Alexi, y le faltó el aliento—. No puedo vivir en mi apartamento mientras él vive en Oxford. Pero estoy de acuerdo, tampoco puedo obligarlo a que se marche de Londres.

—Lo entiendo —dijo Ariella, y después de un momento añadió—: Tal vez esto sea lo mejor. Así tal vez consigáis llegar a un acuerdo en vuestra relación, y aclarar lo que sentís el uno por el otro.

—A mí no me interesa lo que sienta por mí —respondió Elysse, aunque no fuera cierto. No dejaba de preguntarse si Alexi la odiaba—. ¿Por qué no me habías hablado de esa casa, Ariella? ¡Somos amigas!

—Él me pidió que no se lo dijera a nadie. Sé que se refería a que no te lo dijera a ti. ¡Lo siento!

Elysse vaciló. La enormidad de lo que pensaba hacer se hizo transparente como el cristal. Si Alexi se quedaba en Londres, no podían vivir separados. Eso daría rienda suelta a los chismorreos. Sin embargo, vivir a su lado como esposa parecía igualmente imposible.

Al instante, recordó su beso.

No tenía intención de permitir que volviera a tocarla. Despreciaba a sus amantes, pero era mucho mejor que Alexi les dedicara todas sus atenciones, en vez de molestarla a ella. Que se quedara con sus aventuras. A Elysse ya no le importaba. Y si la odiaba, que la odiara.

—¿Cómo vas a decírselo? —le preguntó Ariella—. Quiero

decir que... no puedes aparecer en su puerta con todo el equipaje como si nada.

Alexi se pondría furioso. No iba a acogerla en su casa con los brazos abiertos. Elysse lo sabía con certeza. Sin embargo, tenía derechos porque era su esposa, e iba a exigírselos.

—No creo que se tome muy bien que te mudes a su casa —prosiguió Ariella.

—Necesito un impulso.

—¡Ahora todavía estoy más asustada! ¿Qué tipo de impulso puedes tener?

—Tengo que pensarlo. No voy a perder esta batalla, Ariella. Está en juego mi orgullo.

—Lo sé.

—Necesito que me des la dirección —dijo Elysse—. Me voy allí ahora mismo. Hablaremos de esta situación y la resolveremos.

Sintió temor. No podía hacer otra cosa que enfrentarse a él, pero no era tonta. Sabía que aquel encuentro no iba a ser agradable.

Ariella la tomó del brazo.

—Han estado fuera toda la noche. Emilian llegó a casa a las tres de la madrugada. No creo que hoy sea un buen día para abordar a mi hermano.

—Ariella, esta noche todo el mundo estará comentando que él está en Oxford, en la cama con esa Jane Goodman, mientras yo estoy sola en un piso alquilado, ¡y más teniendo en cuenta lo que vieron en Windsong Shipping ayer! ¡No voy a ser el hazmerreír de la ciudad!

—¡Es un piso magnífico! ¡Y de todos modos, todo el mundo piensa que tú estás con Thomas Blair! —añadió Ariella—. Seguramente, Alexi también lo cree.

Elysse no había llegado a admitir ante Ariella que nunca había tenido un amante, y tampoco dijo nada en aquel momento.

—Puede pensar lo que quiera. Yo no tengo el control de su mente.

—Elysse...
—Estoy perdiendo el tiempo. ¿Podrías darme su dirección, por favor?

Ariella soltó un gruñido.

—Por favor, Elysse, piensa al menos en dejar todo esto para mañana, cuando él no esté sufriendo los efectos de la juerga de ayer.

Elysse sonrió con tristeza.

—Ni hablar.

Una luz brillante inundó la habitación de repente, y Alexi gruñó al sentir un fuerte dolor en las sienes. Se incorporó bruscamente, sintiéndose mareado y aturdido.

—¿Qué demonios...?

Con los párpados entrecerrados, miró hacia la luz.

Durante un momento, no supo dónde se encontraba. Estaba sentado en un precioso sofá dorado y verde, en una magnífica biblioteca. Intentó recordar de quién era aquella casa. Vio a una mujer vestida de doncella que estaba quitando el polvo de las cortinas de terciopelo verde que acababa de descorrer. Por la ventana se veían unos jardines, un laberinto y parterres de flores.

—Maldita sea —murmuró. Le dolía terriblemente la cabeza.

La doncella rubia se dio la vuelta y emitió un gritito debido al susto.

—¿Quién demonios eres tú? —le preguntó él.

Le ardía el estómago. Consiguió ponerse en pie y se dio cuenta de que todavía olía a mar, y a brandy y a whisky. ¿Y olía también a perfume barato? Tenía un sabor horrible en la boca, y empezó a acordarse de que había bebido demasiado la noche anterior.

—¿Y dónde estoy?

La doncella no debía de tener más de veinte años, y era muy guapa, aunque estuviera pálida y asustada.

—¡Milord, sir! ¡Lo siento! No sabía que estabais durmiendo en el sofá. Estáis en la biblioteca, sir... ¡Milord!

Él pestañeó y pasó la mirada por su figura exuberante, y por un acto reflejo, dirigió hacia ella todo su encanto.

—¿Y quién eres tú, mi preciosa muchacha?

Ella se ruborizó.

—Soy Jane, sir...eh... milord.

La mente de Alexi comenzó a funcionar y recordó la noche anterior. Una antigua amante, Jane Goodman, le había dado su tarjeta en las oficinas de Windsong. Su padre le sonreía entre la multitud de caras de admiración, los abrazos, las palmadas en la espalda de amigos y desconocidos. Stephen y Emilian habían brindado con él en un buen restaurante. Su barco estaba amarrado y seguro, con las velas recogidas, y sus hombres celebraban el éxito con ron. Dios Santo, lo había conseguido. Junto a su estupenda tripulación y su barco, había hecho el viaje de vuelta a casa desde China en tan sólo ciento un días.

Mientras aquella sensación de triunfo le inundaba el pecho, miró a su alrededor. Se dio cuenta de que aquella biblioteca le pertenecía. Estaba en su nueva casa de Londres. Mowbray lo había dejado allí en algún momento de la madrugada.

Miró a su doncella mientras intentaba recordar si había llegado a encontrarse con Jane Goodman la noche anterior. ¿Acaso no estaba más excitado que el demonio? Normalmente siempre se acostaba con una o varias mujeres en cuanto llegaba a puerto. Sin embargo, Jane nunca se pondría el perfume barato que impregnaba el cuello de su camisa.

—Soy capitán. O puedes llamarme señor de Warenne.

Ella hizo una reverencia y se ruborizó más todavía. Tenía la mirada fija en su pecho. Alexi llevaba abierta la camisa, y no la tenía metida en la cintura del pantalón. A menudo iba descamisado en el barco cuando estaban en alta mar, y tenía la piel tan oscura como un nativo de la India.

—Llamaré a su ayuda de cámara, sir —susurró ella.

Alexi estuvo a punto de flirtear con la muchacha, pero, entonces, se quedó paralizado. De repente vio a Elysse, en una habitación en penumbra del edificio de Windsong Shipping, con un vestido de seda azul y aguamarinas, con el pelo suelto y la cara sonrojada, después de que él la hubiera besado y la hubiera tendido en el escritorio de alguien.

A Alexi se le escapó un gruñido. Se apretó las sienes. ¿Qué había hecho la noche anterior?

Se acercó, tambaleándose, a una pared de estanterías, donde había decantadores y copas. La jarra estaba vacía. Él hizo caso omiso del brandy y del whisky escocés.

Elysse se había atrevido a ir a recibirlo a los muelles de Santa Catalina el día anterior. Respiró profundamente; nunca olvidaría el momento en el que había visto a la mujer más bella del mundo en el muelle.

Con sólo recordarlo, el corazón se le aceleró.

Por una parte, estaba profundamente contento de que ella hubiera estado allí para presenciar el éxito más grande de su vida. Por otra, le enfurecía el hecho de que se hubiera atrevido a aparecer.

Por su culpa, él había matado a un hombre.

Soltó una maldición.

Era un hombre muy apasionado. Todo lo que hacía lo hacía con intensidad, por instinto. Después del espanto que le había causado la muerte de Montgomery, había comenzado a sentir una inmensa culpabilidad.

Ellos habían sido amigos hasta que Elysse O'Neill se había interpuesto entre ellos.

Durante las semanas posteriores al accidente, no había podido pensar con claridad. Y cuando la vio recorrer el pasillo central de la iglesia hasta el altar, sólo sentía rabia y furia, tanto hacia ella como hacia sí mismo.

En los seis años que habían transcurrido desde su boda y la muerte de Montgomery, había aprendido a evitar la culpabilidad y a apartarse de la cabeza los recuerdos de aquella semana. El hecho de recordar era demasiado difícil y demasiado doloroso.

Sin embargo, de vez en cuando, normalmente cuando estaba a solas, al timón de la *Coquette*, bajo el firmamento lleno de estrellas, los recuerdos lo asaltaban de repente. Se acordaba de la primera vez que había visto a Elysse, al llegar a Askeaton Hall, y sentía alegría. Después recordaba la noche del baile, los coqueteos de Elysse, y la lucha a muerte con Montgomery. Nunca podría deshacerse de la visión del rostro anegado de lágrimas de Elysse. Y le costaba mucho esfuerzo contener la marea de recuerdos...

Y con su aparición en el muelle, Elysse había liberado aquella marea del pasado. Demonios, él esperaba no tener que volver a verla. Había seguido su rumbo para asegurarse de que sus caminos no volvieran a cruzarse. Había decidido evitarla para siempre.

Pero ella era su esposa.

Él se había casado con ella para proteger su reputación, y se había visto atrapado en un matrimonio para el que no estaba preparado, un matrimonio que no deseaba en aquel momento del pasado, y que seguía sin desear en el presente.

La fama de su esposa era tan mala como la suya. Ella era la mayor seductora de Londres...

Alexi estuvo a punto de reírse, pero no era un asunto de risas. Él nunca hubiera pensado que Elysse O'Neill se convertiría en la cortesana más escandalosa de Londres. Soltó una maldición y un gemido, cuando el dolor de cabeza se intensificó. ¿Acaso no había sido siempre la coqueta más descarada?

Elysse de Warenne, la celebridad más grande de Londres, nunca salía a la calle sin uno de sus amantes...

Alexi comenzó a pasearse por la estancia. Había oído todo acerca de sus amantes. Había mandado investigar quiénes eran sus acompañantes. Y cuando estaba en Londres, sus amigos y enemigos se apresuraban a nombrarlos. Sólo sus primos se abstenían de entrometerse en aquel asunto.

Elysse se estaba acostando con su banquero. Alexi apenas podía creerlo. Debía de querer perjudicarlo de algún modo, como había hecho con Montgomery. De otro modo, ¿por qué iba a alardear de su aventura haciéndose acompañar por Thomas Blair en el muelle?

Él conocía mejor que nadie a Elysse. Era engreída y egoísta, una coqueta mimada e incansable, y estaba tan acostumbrada a los halagos masculinos que sin ellos no estaba completa. Y eso no había cambiado. Estaba dándole esperanzas falsas a Thomas Blair mientras disfrutaba en su lecho, y pronto estaría tomándole el pelo a Baard Janssen y acostándose con él también. Se le pasó por la cabeza advertirle a Elysse que el danés no era de fiar y que no tenía honor. Sin embargo, sabía que ella no lo iba a escuchar...

¿Qué era lo que le había ocurrido la noche anterior?

Recordó la escena del despacho trasero de Windsong Shipping, sin poder dar crédito. Él despreciaba a su mujer. Quería olvidar el pasado. Ya no eran amigos, y no volverían a serlo nunca. Él iba a hacer caso omiso de la pequeña punzada de dolor que le provocaba pensar aquello. No quería estar casado, ni en aquel momento, ni nunca. El sueño de la infancia sólo había sido eso, un sueño de infancia de un niño ingenuo.

Cierto; la noche anterior el deseo lo había consumido. Y peor todavía, había actuado en consecuencia. La había abrazado, la había acariciado y la había besado. Si no se equivocaba, la había deseado mucho, muchísimo, más que nunca...

—Demonios —gimió.

Sabía que siempre estaba fuera de control cuando hacía una carrera especialmente buena de regreso a casa. Siempre había disfrutado de las mujeres y el vino. ¡Y el día anterior había establecido un récord que nadie podría superar en años! No había palabras para describir el triunfo, la pasión, la adrenalina que recorría el cuerpo de un hombre después de un viaje tan exitoso. Era algo incendiario.

Pensó que habría besado a cualquier mujer la noche anterior. Elysse sólo había sido víctima de las circunstancias, la salida más conveniente para su lujuria y su euforia.

—Capitán, ¿puedo serviros en algo?

Alexi miró al hombre rubio que estaba en la puerta de la biblioteca. Recordaba que había conocido a los criados que le habían contratado sus agentes la noche anterior. Suspiró y dijo:

—Lo siento, no recuerdo tu nombre. Anoche estaba muy ebrio.

—Me llamo Reginald, capitán, y a nadie le importa —dijo Reginald con una sonrisa. Aunque no debía de tener más de treinta años, ya empezaba a mostrar calvicie—. Enhorabuena, señor, por el récord que habéis conseguido. La servidumbre está entusiasmada de poder trabajar para un hombre tan famoso. ¡No es necesario que os disculpéis de nada!

Alexi sonrió con ironía.

—No me importaría tomar un desayuno ligero, Reginald. Algo que me calme el estómago, por favor.

—No estamos muy bien, ¿eh? —preguntó Stephen Mowbray, el duque de Clarewood, que acababa de aparecer en la puerta.

—¡Excelencia! —exclamó Reginald, que palideció al verlo—. ¿No os ha acompañado nadie?

—He entrado solo. Al capitán no le importa —dijo el duque. Era alto y moreno, e iba impecablemente vestido.

Alexi agitó la mano con desdén hacia todo el mundo y se dejó caer sobre una silla.

—Puede entrar y salir cuando quiera —dijo—. Por muy arrogante que sea, es mi mejor amigo.

Reginald estaba horrorizado. Mowbray era el noble más rico y poderoso del reino, y todo el mundo lo sabía.

—Yo no voy a desayunar —dijo Clarewood—, porque no puedo quedarme mucho tiempo.

—Os pido disculpas, Excelencia —respondió Reginald, y con una reverencia, salió de la biblioteca apresuradamente.

Alexi comenzó a desabotonarse la camisa.

—Supongo que tengo que darte las gracias por traerme a casa sano y salvo anoche.

—¿Te acuerdas de algo? —preguntó Clarewood con una

expresión divertida–. Querías que St. Xavier y yo te dejáramos en un burdel con la sola compañía de un par de prostitutas muy caras.

–¿Y cuál es el problema?

Clarewood estuvo a punto de sonreír, algo raro en él. Su estado normal era sombrío y adusto, lo cual justificaba diciendo que era el resultado de tener tantas responsabilidades.

–Alexi, te desmayaste en el carruaje. Decidimos proteger tu reputación de amante insuperable.

Extrañamente, Alexi pensó en Elysse y en el breve estallido de pasión que lo había consumido en las oficinas de Windsong Shipping. ¿De veras la había tendido sobre el escritorio para hacer el amor con ella como si fuera una cualquiera? Hizo una mueca de desdén, y sintió otra ráfaga de dolor de cabeza. Se temía que, de no ser por la aparición del empleado de la compañía, no hubiera parado.

–¿Te gusta mi casa?

–Ya la había visto. Cuando Ariella mencionó que pensabas comprarla, vine a inspeccionarla para asegurarme de que no te engañaban.

Alexi no sabía que Stephen se había involucrado en la compra de su casa. Pero claro, ellos dos se conocían desde niños. Y por un buen motivo: daba la casualidad de que Stephen era hijo del tío de Alexi, sir Rex de Warenne, y eso los convertía en primos. Era un secreto de familia muy bien guardado.

Clarewood lo miró con los ojos entornados.

–Sé que tienes resaca de ayer, pero, ¿por qué no estás regodeándote de tu récord y de las ganancias que has conseguido para tus inversores?

–Estoy de muy buen humor –mintió Alexi.

–¿De verdad? Entonces, ¿debo entender que lo pasaste bien durante tu reunión con Elysse?

Alexi lo miró con frialdad. Sólo Mowbray sabía la verdad de lo que había ocurrido aquella noche en el baile de Windhaven.

Clarewood se sentó en una silla y cruzó sus largas piernas.

—Conozco a Elysse desde hace tanto tiempo como a ti. Es muy vanidosa y muy coqueta, e imperiosa también, pero es tu esposa. ¿No es hora ya de que perdones y olvides?

—No voy a hablar de mi matrimonio con un hombre que lleva más de una década buscando novia.

—¿Por qué no? Anoche sólo hablabas de eso. Yo podría darte ciertos consejos, aunque sea soltero.

Alexi recordó vagamente que se había quejado varias veces de que Elysse se hubiera atrevido a aparecer en los muelles. ¿Se habría quejado también de su amante, Blair? Comenzó a ruborizarse.

—Tiene mucha frescura —dijo—. ¿Conoces a Thomas Blair?

—Sí, lo conozco, y da la casualidad de que lo respeto mucho. Me ha prestado buenas cantidades de dinero para algunos de los proyectos de la Fundación.

Clarewood era uno de los filántropos más importantes del país. Siempre estaba creando asilos, hospitales y colegios para los pobres, mientras esquivaba a las hijas de las señoras de la clase alta.

—Sus intereses son un latrocinio.

Clarewood arqueó una ceja.

—¿Puedes echarle la culpa de perseguir a tu esposa? ¿Y puedes culparla a ella de buscar consuelo en otra parte, como haces tú?

Alexi se puso en pie.

—No me importa lo que haga, ni con quién.

—Me alegro de que pienses eso —dijo Clarewood, que también se levantó—. Ahora que has decidido quedarte en tierra firme durante unos meses, creo que esta temporada social va a ser interesante.

—Me estás molestando —dijo Alexi—. Puede que te eche de mi casa.

Por fin, Clarewood sonrió.

—Me alegro, porque tú me molestas a mí todo el tiempo. Así estamos en paz.

De repente se oyó el sonido del taconeo de una mujer, y ambos se dieron la vuelta. A Alexi se le aceleró el corazón al ver a Elysse en la puerta, bellísima con un vestido color turquesa y un collar de diamantes. Notó que le ardían las mejillas, que le explotaba el corazón.

Se dio cuenta de que ella también estaba muy ruborizada. Estaba enfadada. Eso agradó a Alexi.

Reginald estaba muy confuso.

—Capitán, tenéis visita. Le pedí que esperara, pero...

—No pienso esperar en el vestíbulo hasta que tú decidas si quieres verme o no —dijo Elysse en un tono tirante.

—Supongo que tienes permiso para pasar —respondió él—. Buenos días, Elysse. Saluda a Clarewood. Reginald, la señora de Warenne es mi esposa.

El mayordomo palideció.

Elysse miró a Clarewood.

—Hola, Stephen. ¿Estás convenciéndolo para que venda esta monstruosidad y vuelva al mar, donde tiene que estar?

Clarewood hizo una reverencia. Pese a su semblante serio, parecía que estaba contento.

—En realidad, esta casa me parece muy bonita. Le estoy animando a que se quede en Londres una temporada.

—Muchas gracias —dijo ella con expresión sombría.

—Me marcho inmediatamente para que podáis hablar, aunque me gustaría ser una mosca posada en la pared —respondió el duque. Con otra reverencia, se dio la vuelta y salió.

Con una mirada afilada, Elysse le dijo a Reginald, sin darse tan siquiera la vuelta:

—Por favor, déjanos solos.

Reginald se dio la vuelta para salir. Alexi dijo:

—Quédate.

Reginald vaciló, mirándolos alternativamente con consternación. Elysse dijo entonces:

—Tenemos que hablar de asuntos privados.

—No, que yo recuerde —respondió Alexi, cruzándose de brazos. ¿Qué demonios quería Elysse?

Por fin, ella miró a Reginald con frialdad, aunque no con arrogancia.

—Soy la señora de esta casa. ¿Te importaría traer una bandeja de té y un refrigerio? Y, por favor, trae también una vestimenta adecuada para el señor de Warenne. El ambiente de esta habitación está muy cargado.

Reginald asintió, muy sonrojado, y salió volando.

Alexi aplaudió lentamente, algo impresionado por la valentía de Elysse. Vio cómo iba a hacia la puerta y la cerraba, y se dio cuenta de que estaba mirando su figura menuda y atractiva. Frunció el ceño y miró hacia arriba cuando ella se volvió.

—Bien hecho. Pero tú no eres la señora de esta casa.

—Soy tu esposa.

—Prefiero que no me lo recuerdes.

Ella cabeceó.

—¿Por qué has comprado esta casa?

—Porque me gusta. Y tú, ¿por qué has venido? ¿Me estás acosando?

—No seas ridículo. Soy tu esposa, y tengo derecho a estar aquí.

—Eres mi esposa tan sólo legalmente —repuso él, y se acercó hasta que quedó a centímetros de ella. Sabía que la había acorralado, pero si ella no podía jugar según sus normas, no debería haber ido allí.

—Casi parece que estás decepcionado.

Alexi se echó a reír.

—Vamos, Elysse, me conoces demasiado bien como para pensar eso. ¿Qué quieres? ¿Has venido a buscar más de lo que te di anoche?

A ella se le escapó un jadeo de horror.

—Bueno, ya decía yo —comentó él, mirándole el vestido sin poder evitarlo. Sus diamantes no eran tan caros como las aguamarinas. Alexi observó el sencillo collar—. ¿Esto también lo he pagado yo?

—Maldito seas —respondió ella con un susurro furioso—. ¡Claro que sí!

Él la miró a los ojos. Le entusiasmaba haberla enfurecido tanto.

—Entonces, no tienes las compañías más adecuadas. Cuando un hombre disfruta de verdad de los favores de una mujer, la recompensa con regalos bonitos como muestra de afecto. Me sorprende que Blair sea tan tacaño.

Ella lo abofeteó en la mejilla.

Alexi sintió otro estallido de dolor de cabeza. La agarró de la mano con fuerza, y ella gimió. Entonces, él aflojó los dedos, pero no la soltó.

—No se me ocurre el motivo por el que puedes estar aquí —le dijo con frialdad.

—Suéltame —siseó ella.

Él vaciló. Era un caballero, y lo era con todas las mujeres salvo con su esposa. Sabía que su comportamiento era horrible. La soltó.

—Esta situación es inaceptable, Alexi —dijo ella.

Habló en un tono duro, pero le temblaba la voz. Alexi se dio cuenta de que detrás de su ira había dolor. Se puso muy tenso, pero no quiso sentir pena por ella.

—Estoy de acuerdo. Este matrimonio está fuera de nuestro control. ¿Has venido a pedirme la anulación?

Pensaba decirle que se la concedería sin pensarlo dos veces, pero se contuvo y se calló, observándola como si fuera su enemiga mortal.

Ella se irguió.

—Llevo seis años sufriendo esta humillación. No estoy dispuesta a darles a mis enemigos la satisfacción de pedirte que anulemos el matrimonio.

Alexi se sintió casi aliviado. La miró a los ojos y le pareció ver que las lágrimas andaban cerca.

—Entonces, ¿para qué has venido?

—Si vas a quedarte en Londres, debemos hablar de nuestra vivienda.

Él tardó un momento en comprenderla. Después se alejó un paso de ella.

—No tenemos nada de lo que hablar —respondió con cautela—. Tú tienes tu piso, que yo pago generosamente. Y yo tengo esta casa.

—¡No voy a permitir que sigas humillándome! No viviremos separados —gritó ella—. ¡Me he pasado seis años fingiendo que estábamos felizmente casados!

Él tardó otro momento en comprender.

—¿Me estás diciendo que quieres mudarte aquí? ¿Conmigo? —preguntó con incredulidad.

—¡Claro que no quiero vivir contigo! Pero no hay otra forma de hacerlo. No estoy dispuesta a alimentar las habladurías viviendo en mi piso mientras tú estás aquí.

Él se cruzó de brazos.

—No.

Ella se echó a temblar.

—Estamos casados. Tengo derechos.

A Alexi se le pasaron varias imágenes por la cabeza. La vio bajo su cuerpo en aquel escritorio. La recordó moviéndose, vio su boca impaciente, su lengua ansiosa.

—Yo también tengo derechos, Elysse.

Ella se quedó paralizada y se puso muy pálida.

Alexi se alegró de que lo hubiera entendido.

—Me casé contigo para protegerte de los chismorreos, y eso es todo. No tengo intención de llevar un matrimonio de conveniencia ni de compartir esta casa contigo. Si no deseas la anulación, entonces mi única intención es que sigamos viviendo como hasta ahora: separados.

Ella dijo con la voz ronca:

—Yo tampoco quiero compartir esta casa, pero no tenemos otro remedio. Nuestro matrimonio seguirá siendo un engaño. Habrá habitaciones separadas. Pero me voy a mudar aquí, Alexi, con o sin tu consentimiento.

Aquello era todo un desafío. Alexi no se movió. Se quedó preparado para otra acometida, para otro golpe. Comenzó a sonreír.

—Eres muy valiente. ¿De verdad quieres luchar conmigo?

—Me voy a venir a esta casa. Esta noche —respondió ella, y sostuvo su mirada.

Estaba asustada e insegura. Aunque él quería disfrutar de su angustia, una parte de sí mismo también quería retirarse.

—No te recomiendo que te enfrentes a mí, Elysse. Siempre gano.

—Llevamos luchando toda la vida. ¡No me das miedo!

Era una boba, pensó Alexi, y muy valiente. De repente, se acordó de la niñita que temblaba en las ruinas del castillo irlandés. Se apartó aquello de la cabeza. No quería respetar su coraje. Intentó imaginárselos viviendo en la misma casa, y se enfureció. Cuando había dicho que no quería que estuvieran casados, lo decía en serio.

—Hay una solución más fácil. Vuelve a Irlanda hasta que yo regrese a la mar.

—No. ¡No voy a permitir que me eches de la ciudad!

Él volvió a recordarla bajo su cuerpo, en el escritorio. Lentamente, dijo:

—Si te vienes a vivir aquí, será bajo tu propia responsabilidad.

—¿Qué significa eso? ¿Me estás amenazando?

—Significa que no habrá habitaciones separadas.

Ella gritó.

—Significa que el matrimonio de conveniencia terminará, y yo exigiré mis derechos. Todos —dijo. La sonrisa se le borró de los labios y se la quedó mirando fijamente.

Era un farol. Estaba casi seguro de que no hablaba en serio. No se acercaría a ella bajo ningún concepto. Sin embargo, ella ya no iba a mudarse a vivir allí, después de semejante amenaza.

Elysse lo fulminó con la mirada.

—¡Tú nunca me tocarías en contra de mi voluntad! ¡Me mudo esta misma noche!

Se dio la vuelta y se dirigió ciegamente hacia la puerta. Con sorpresa, Alexi se dio cuenta de que estaba a punto de llorar, de que la había herido mucho. Estuvo a punto de ayudarla a abrir la puerta, pero se contuvo. Se negaba a sentirse culpable, y mucho menos avergonzado. No quería valorar su orgullo y su dignidad, ni lo que ella hubiera podido cambiar. Finalmente, Elysse abrió la puerta y salió tambaleándose.

Se dio la vuelta mientras se enjugaba las lágrimas de las mejillas.

—Mi puerta estará cerrada —le advirtió, temblando.

Él no respondió, porque en aquel momento no tenía nada que decir. Ella se había dado cuenta de que su amenaza era una bravata. ¿O no?

CAPÍTULO 9

Cuando Elysse volvió a la residencia de Alexi en Oxford, eran casi las cinco de la tarde. Se había llevado a su ama de llaves y a su doncella para que la ayudaran a instalarse más rápidamente, además de tres maletas grandes que contenían los vestidos más esenciales de su guardarropa. Sus empleados de Grosvenor Square estaban haciendo el resto del equipaje. Todavía le quedaban dieciocho meses de alquiler del piso, así que esperaba subarrendarlo tan pronto como fuera posible, y le había enviado una nota a su abogado para que lo hiciera. Para los nuevos inquilinos sólo dejaría en el piso lo más básico, algunas alfombras, ropa de cama y algunas de sus pinturas. Sus mejores cuadros, sus mejores alfombras, la porcelana y la vajilla, todo eso se lo llevaría a casa de Alexi. Encontraría sitio para todo. La mansión era muy grande. Sin duda, tardaría cuatro o cinco días en trasladar todas sus pertenencias, y la tarea le parecía monumental.

Tenía mucha prisa por llevar a cabo sus intenciones, antes de darse cuenta de que estaba provocando a la fiera en su guarida.

En aquel momento, Elysse estaba junto a la puerta, exhausta e insegura. ¿Qué estaba haciendo? Alexi estaba en casa e iba a permanecer en Londres, y ella se mudaba con él. Alexi no la había acogido con demasiado agrado. Lo único que Elysse sabía con certeza era que su orgullo estaba en juego.

Matilda, su ama de llaves, que llevaba cuatro años trabajando para ella, y Lorraine, su doncella francesa, estaban deshaciendo las maletas y colgando sus vestidos. Se había llevado seis trajes de mañana, seis de día y seis de noche. La ropa interior la estaban colocando, cuidadosamente plegada, en un armario Luis IV, y los cosméticos fueron directamente a un buró que había en el vestidor adjunto al dormitorio.

Elysse se había pasado una hora recorriendo ambas alas de la mansión, después de que la informaran de que Alexi no estaba en casa, para elegir habitación. El dormitorio principal estaba en el ala oeste, en el segundo piso, y Alexi se había instalado en él. Era una pieza muy grande, decorada en colores azul oscuro y dorados, con una enorme chimenea de mármol negro, y se abría a un salón decorado con los mismos colores fuertes y masculinos. Aquella suite era idónea para él.

El sentido común dictaba que Elysse se instalara en la gran suite de invitados que había en el ala este, lo más lejos posible de Alexi. Sin embargo, ella la había detestado con sólo verla; era demasiado masculina, demasiado formal, demasiado fría. Después de mucho pensarlo, había elegido una habitación de invitados más pequeña, en el ala oeste, pese a que estaba cerca del dormitorio principal. Se había enamorado a primera vista de aquella habitación de color azul claro, con detalles en dorado y color crema. La embocadura de la chimenea era color marfil con venas melocotón, y la colcha de la cama tenía los mismos colores y tenía dosel. Delante de la chimenea había una cómoda butaca con estampado de flores, y una otomana a los pies de la cama. También había una mesita con un tapete azul junto a la ventana, desde la que se veía la magnífica finca de la casa, en la que pastaban los ciervos. Como estaban a finales de marzo, los jardines estaban empezando a florecer, y todo estaba exuberante y verde. Era como si estuviera en el campo, y no en Londres.

Matilda ya había puesto flores frescas sobre la mesita, unas lilas del invernadero, y Reginald le dijo que pronto llegarían más para ponerlas sobre la consola dorada. Era una habitación preciosa y femenina, y acogedora, aunque Elysse sabía que no era aceptada en aquella casa.

Alexi le había dejado bien claros sus sentimientos aquella mañana.

Para Elysse había sido un alivio comprobar que él no estaba en casa cuando llegó. También era reconfortante saber que no le había dado a Reginald instrucciones para que le sirvieran la cena. De hecho, no le había dicho a nadie cuando iba a volver. Aquél era un comportamiento que tendría que corregir.

Elysse se echó a temblar. Él había salido a alguna fiesta, claro. Sin duda tenía muchas invitaciones de amigos, familia, conocidos y socios de negocios que estaban requiriendo su presencia. Y personas como Jane Beverly Goodman.

¿Se sorprendería cuando volviera a casa y se encontrara con que ella ya se había mudado?

Miró la preciosa cama, la otomana, la butaca y la chimenea. Aquella habitación tenía un inconveniente: la puerta que había junto a la chimenea se abría al salón de la habitación principal. Obviamente, podían compartirlo.

Alexi la conoció muy bien en su infancia y adolescencia. Ahora ya no la conocía en absoluto. No sabía que se había convertido en una mujer resuelta. Sin embargo, Elysse sintió una punzada de miedo, porque no había olvidado lo último que él le había dicho: que exigiría sus derechos si ella se atrevía a llevarle la contraria.

Elysse había tenido fuerzas suficientes para poner buena cara y sobrevivir aquellos seis años. Y era lo suficientemente fuerte como para superar lo que él decidiera hacer cuando volviera a casa aquella noche. Estaba enfadada con Alexi, pero no quería pelearse con él porque tenían que vivir en la misma casa.

Él nunca le haría daño, pero estaba enfadado con ella. ¿Era porque no quería estar casado, o por lo que le había ocurrido a William Montgomery? Alexi le había dejado bien claro que no había olvidado el pasado. Ella tampoco.

La puerta del salón que compartían estaba abierta de par en par. Elysse miró la habitación. Tenía el techo muy alto, las paredes tapizadas en oro y azul marino y alfombras doradas. En ella había una gran chimenea y un sofá de damasco azul, un escritorio pequeño detrás del sofá y una silla regencia dorada. Detrás de un muro ocupado por un gran ventanal, al otro extremo de la estancia, había una mesa para cuatro ocupantes. Las vistas desde aquellas ventanas eran incluso mejores que las de su habitación.

Había un gran armario y una estantería impresionante. Entre los dos muebles había una puerta doble de caoba, y estaba abierta.

«El matrimonio de conveniencia terminará, y yo exigiré mis derechos».

Elysse se dirigió hacia la puerta de su habitación y la cerró con firmeza mientras se le pasaban por la mente imágenes de su abrazo en aquel despacho oscuro. Comenzaron a arderle las mejillas. Tal vez él intentara llamar a su puerta, pero nunca la forzaría. Entonces, ¿por qué estaba tan nerviosa?

Las cosas habían ocurrido demasiado deprisa: el regreso triunfal de Alexi, la compra de la casa, y su propia decisión de mudarse con él. Elysse se recordó que aquel matrimonio era una farsa, y que ella sólo estaba protegiendo lo que le quedaba de reputación. Ella lo despreciaba por su comportamiento, y él la despreciaba a ella. Alexi se lo había dicho. ¡Y ella no iba a dejarse herir por eso! Nunca iba a permitir que él le hiciera daño de nuevo.

Sería mucho más fácil para todos que Alexi se marchara de Londres.

—Mantendremos cerrada esta puerta —dijo ella, mientras cerraba y tomaba aire.

Matilda y Lorraine se irguieron y la miraron con sorpresa.

Elysse se dio cuenta de cómo había sonado lo que había dicho. Giró la llave de la puerta para abrir la cerradura.

—Estoy alterada. ¡Mudarse así, de repente, es agobiante!

Se acercó a la butaca que había ante la chimenea y se sentó. Lo que la tenía agobiada era el hecho de que Alexi fuera a dormir en aquella cama, a tan poca distancia.

—¿Queréis descansar un rato? —preguntó amablemente Matilda—. Esto ha sido muy repentino, y parecéis cansada.

Elysse intentó sonreírle. Matilda era su apoyo. Nunca le hacía preguntas, pero siempre sabía cuándo debía enviarle a su habitación una taza de chocolate o una copa de brandy. En cuanto llegaron a la mansión, Matilda le preguntó si iba a acudir a las citas que tenía aquella noche. Elysse sabía que no iba a poder arreglarse para la cena de los señores Gaffney, que se celebraba a las siete. Lo primero que hizo fue escribir una excusa adecuada y una disculpa por su ausencia. Debido al repentino regreso de su esposo de su último viaje, no podría asistir a la fiesta aquella noche, pero estaba deseando que llegara su próximo encuentro.

Su dolor de cabeza aumentó. Ella no había querido que pareciera que estaría con Alexi aquella noche. Sin embargo, al día siguiente casi toda la ciudad sabría que se había estado mudando a casa de su esposo, y su orgullo estaría salvado. Aunque no por completo. Cualquiera que lo viera solo por ahí aquella noche pensaría lo peor: que a él, ella no le importaba nada. Que estaban irremediablemente alejados. La verdad.

Elysse sabía que él se pondría furioso con ella por haberse mudado allí, sin invitación y sin permiso. Pero ella también estaba furiosa por lo que había ocurrido durante los últimos seis años. No se atrevía a pensar en la pasión que había experimentado entre sus brazos el día anterior.

Tampoco podía olvidar la insultante declaración de que sólo la deseaba a causa del celibato obligado que había pasado durante su largo viaje por mar.

Elysse se preguntó si él disfrutaba haciéndole daño.

—¿Os encontráis bien, *madame*? —le preguntó Matilda.

—Sí. Sólo estoy un poco cansada —respondió ella con una débil sonrisa.

—Vamos a dejar descansar a la señora De Warenne —dijo Matilda.

Le recordó que había sándwiches y té helado en una bandeja, sobre la mesa, y la doncella francesa y ella se marcharon.

Elysse se levantó y comenzó a pasearse por la habitación. Debería comer, porque siempre estaba adelgazando, pero no tenía apetito. Estaba demasiado preocupada por lo que pudiera ocurrir cuando Alexi volviera a casa. Se preguntó dónde estaría, y con quién.

Se tapó la cara con las manos. ¿Y si Alexi estaba paseándose por ahí con Jane Goodman? Ella había rechazado varias visitas aquella tarde. Le había pedido a Matilda que les dijera que estaba en mitad de la mudanza a la casa nueva de su marido. Esperaba que aquello terminara con cualquier chismorreo desagradable sobre la manera en que la había obligado a marcharse de Windsong Shipping el día anterior. Sin embargo, si él salía con otra mujer, los rumores aumentarían.

Aquella batalla por proteger su orgullo era interminable. Y todo era culpa de Alexi.

¡Estaba tan cansada de luchar contra los cotilleos! Si él iba a estar con otra mujer, debía ser discreto. ¡Tendría que dejar de pavonearse por ahí con sus conquistas!

Se levantó bruscamente, se acercó a la puerta del salón, la abrió y atravesó la estancia. Se detuvo en seco en el umbral de la puerta del dormitorio de Alexi y miró su cama.

Temblando, Elysse pensó que él tendría que representar adecuadamente su papel de marido fiel. Ella se había pasado seis años diciéndole a todo el mundo lo maravilloso que era él, y lo maravilloso que era su matrimonio. Él tendría que fingir que su matrimonio era feliz. Que disfrutaba de la compañía de su esposa. Tendría que acompañarla durante algunas semanas en algunas salidas. Después de eso, nadie se fijaría si iban separados o juntos.

A puerta cerrada, él podía hacer lo que se le antojara, sin ella.

Elysse se retiró del umbral de su dormitorio. Se sentía más segura de lo que debía hacer, pero, ¿cómo iba a convencer a Alexi de que actuara como un marido de verdad, aunque sólo fuera en público? ¡Había tenido que luchar con uñas y dientes para que él le permitiera mudarse allí! Tal y como le había dicho a Ariella, necesitaría un impulso.

En su propio dormitorio, cerró las puertas y se sirvió una taza de té. Después se sentó e intentó dar con el mejor modo de convencerlo para que se comportara adecuadamente.

Y entonces, pensó en Blair.

Sonrió, al darse cuenta de que iba a tener el impulso que necesitaba para meter a Alexi de Warenne en vereda.

No había podido conciliar el sueño. Como de costumbre, había encendido una lamparita y se había acomodado en la butaca, junto al fuego, a leer los periódicos de aquel día. El récord de Alexi en su viaje de vuelta desde China figuraba en la primera página del *London Times*. Sin embargo, aquel artículo no le había provocado sueño, así que había seguido leyendo un tratado sobre un punto confuso de la ley. Era tan aburrido que las palabras se le emborronaban ante los ojos, pero seguía completamente despierta, pensando en la fama de su marido.

Sólo eran las doce. Elysse, por fin, tomó una biografía de la reina Isabel, y se concentró tanto en su lectura que olvidó su deseo de dormir. No sabía que había sido durante el reinado de Isabel cuando se habían abierto las primeras rutas hacia el Lejano Oriente, en medio de la gran rivalidad que había entre Inglaterra y Portugal y España. Normalmente, no se interesaba mucho por la historia, aparte de la historia de Irlanda, porque al fin y al cabo ella era medio irlandesa, y las historias de navegación que le había contado su padre sobre las guerras napoleónicas y la guerra de mil ochocientos doce. Sin embargo, en aquel momento estaba leyendo cómo los hombres como Alexi se habían atrevido a abrir rutas marítimas hacia China y hacia India, buscando fama, fortuna y el favor de la reina.

Estaba a punto de pasar una página cuando oyó un sonido en el pasillo, y se quedó inmóvil para escuchar.

Al principio sólo pudo oír los latidos acelerados de su propio corazón. Después oyó el inconfundible sonido de unos pasos que subían por las escaleras. Casi se quedó sin aliento. Alexi había llegado por fin a casa.

Miró el reloj de la repisa de la chimenea: eran las dos y media de la noche.

El paso de Alexi no era apresurado, sino constante y tranquilo. Ella miró hacia la puerta mientras él se aproximaba.

Tuvo la sensación de que había una vacilación en sus pasos. Esperó a que él agarrara el pomo de la puerta e intentara abrir. Sin embargo, él pasó de largo.

Ella se desplomó en la butaca. Ni siquiera había intentando entrar en su dormitorio. Se sentía aliviada, ¿no?

Elysse se puso en pie y corrió hacia la puerta que comunicaba con el salón que compartían ambos dormitorios. Puso la oreja en la madera y oyó a Alexi moviéndose por él.

Se oyeron más pasos, esta vez apresurados. Reginald exclamó:

—¡Señor capitán! ¡Debéis avisarme con el timbre cuando lleguéis a casa!

—No tienes por qué esperarme despierto, Reginald —respondió Alexi.

Su voz sonaba como si estuviera sobrio.

—¡Claro que debo hacerlo, señor! Es mi obligación. ¡Dejad que os ayude a desvestiros!

—¡Reginald! Puedo hacerlo yo solo perfectamente, gracias.

Hubo un súbito silencio. De repente, Alexi preguntó en tono irónico:

—¿Debo suponer que mi esposa se ha instalado en el dormitorio contiguo?

—Sí, señor, la señora de Warenne se mudó esta tarde.

Hubo otro silencio breve.

—¿Y la habéis ayudado? ¿Os habéis ocupado de sus necesidades?

—Por supuesto, señor.

—¿A qué hora volvió? Supongo que ha salido esta noche.

—No ha salido, señor. Si me permitís que os lo diga, parecía muy fatigada. No ha comido nada, y el chef preparó una cena deliciosa.

Hubo otra pausa, como si Alexi estuviera pensando en lo que le había dicho el mayordomo.

—Gracias, Reginald. Puedes marcharte. No sólo puedo, sino que tengo intención de desvestirme solo. Y en lo sucesivo, no es necesario que me esperes despierto. Es una orden, ¿de acuerdo?

Elysse oyó a los dos hombres desearse buenas noches, y después oyó marcharse a Reginald. Se mordió el labio, temiendo que Alexi pudiera sorprenderla escuchando detrás de la puerta. Entonces, oyó que él se acercaba.

Se puso muy tensa cuando él se detuvo al otro lado de la puerta. El pomo se movió.

—Elysse —dijo él, y llamó una sola vez, con firmeza—. Sé que estás despierta. Veo la luz.

Ella se irguió lentamente.

—Y también veo la sombra de tus pies.

Su tono de voz era de diversión, maldito fuera. Elysse tomó aire, haciendo demasiado ruido.

—Y te oigo respirar. No voy a acosarte —añadió Alexi—. Todavía no, al menos.

Su tono burlón era inconfundible. Ella se humedeció los labios nerviosamente, giró la llave en la cerradura y abrió la puerta.

Él entrecerró los ojos con especulación.

—¿Qué esperabas encontrar detrás de mi puerta? —le preguntó—. ¿Una amante?

Elysse respondió con aspereza:

—Nunca sé lo que esperarme de ti.

Él pasó la mirada por su bata de seda francesa, que ella llevaba bien atada con un cinturón sobre un camisón de seda. Ambas prendas eran lujosas, finas y maravillosas. A ella le dio la impresión de que él podía atravesarlas con la mirada.

—Has elegido la habitación contigua a la mía —dijo él—. ¿Es un juego?

—Mi puerta estaba cerrada. Y, al contrario de lo que tú puedas creer, yo no juego a nada. ¿Has tenido una noche agradable? —inquirió ella, preguntándose si al acercarse a él percibiría olor a perfume de mujer en el cuello de su camisa.

—No me apetece discutir contigo esta noche —respondió él—. Si quieres vivir aquí, tienes que asumir los riesgos.

—Ni siquiera te gusto —respondió ella, temblando—. Sé muy bien cuándo es falsa una amenaza.

Él alargó el brazo, tomó un mechón de su pelo y se lo acarició entre los dedos.

—Hace por lo menos diez años que no te veía con el pelo suelto.

Ella le apartó la mano.

—¿Estás borracho?

—Un hombre sabio nunca se emborracha dos noches seguidas. Me gustas, y mucho, Elysse —dijo Alexi suavemente.

Ella sabía a lo que se estaba refiriendo. La deseaba. Elysse intentó cerrarle la puerta en las narices, pero él se lo impidió.

—¿Qué esperas, vestida así? Me pregunto si quieres provocarme. Ese atuendo lo revela todo.

Ella soltó la puerta.

—En realidad, lo que pasa es que quiero hablar de ciertas cosas contigo. Pero por la mañana, antes de que ninguno de los dos salga de casa.

Él volvió a entrecerrar los ojos.

—Te favorece mucho el azul, pero el rosa claro te favorece incluso más.

Ella sintió que el rubor de las mejillas se le extendía por todo el cuerpo.

—Ahora lo entiendo. No vas a echar abajo la puerta de mi dormitorio. Lo que quieres es intentar seducirme.

—Eres mi esposa —respondió Alexi con una carcajada—. En realidad puedo hacer lo que prefiera.

Elysse intentó cerrar de nuevo, pero él se lo impidió. Entonces ella gritó, con frustración:

—¿A qué hora podemos hablar mañana por la mañana?

—Habla ahora —dijo él, encogiéndose de hombros—. Estoy aquí. Y sinceramente, me siento impaciente por saber qué es eso tan importante.

Elysse exhaló con aspereza. Estaba furiosa con él.

—El hecho de vivir aquí no es suficiente.

Él se quedó verdaderamente sorprendido.

—No lo entiendo.

—Estoy intentando acabar con las habladurías, Alexi. Pero si sales por todo Londres sin mí, la gente hablará de este matrimonio a nuestra espalda. A ti no te importará, pero a mí sí.

Él se cruzó de brazos.

—¿Has estado con Goodman esta noche?

Alexi abrió unos ojos como platos.

—¿Eso es asunto tuyo? ¿Y de verdad quieres saberlo?

—Puedes hacer lo que quieras —gimió ella, que se sintió herida de un modo absurdo—. ¡Pero tienes que ser discreto! Y lo más importante, durante algunas semanas tendrás que acompañarme y fingir que eres un marido feliz.

Él sonrió lentamente.

—Y un cuerno, Elysse —dijo, y se echó a reír.

Ella tuvo ganas de darle una bofetada.

—Lo digo en serio. Me he pasado seis años fingiendo que estamos felizmente casados. Lo menos que puedes hacer es dar a entender a los demás que nos llevamos bien. Y para eso, deben vernos juntos.

—No —dijo Alexi. Ya no sonreía.

—No estoy diciendo que dejes a tus amantes —prosiguió ella—. Por las noches puedes hacer lo que quieras con quien quieras, en privado. ¡Quédate con todas tus amantes, Alexi! Pero debemos fingir que somos felices ahora que estás en casa.

—¿Te has vuelto loca? ¿Por qué me iba a molestar yo en participar en esta última idea tuya? No tengo interés en tu compañía, Elysse. Bueno, salvo a estas horas, en un ambiente tan íntimo —dijo Alexi, y la miró lujuriosamente.

Ella le dio un bofetón.

Él la agarró de la muñeca y tiró de ella contra su cuerpo, con los ojos muy brillantes.

—Ayer me golpeaste también —comentó—. Esto se está convirtiendo en una costumbre muy molesta.

—¿Es que quieres humillarme? ¡El niño a quien yo conocí era noble! —gritó ella, que ni siquiera intentaba liberarse de él, porque sabía que sería inútil.

Él abrió mucho los ojos.

—No. No quiero humillarte.

—¡Muy bien! Pues entonces, durante dos o tres semanas, fingiremos que somos un matrimonio bien avenido. Mañana iremos a la ópera.

Ella tenía planes con Blair para ir a la ópera, pero había decidido que Alexi debía acompañarla. Él todavía la tenía agarrada por la muñeca. Sus rodillas rozaban las piernas de él, y sus pechos le rozaban el torso. De repente, a ella se le endurecieron los pezones dolorosamente. Era imposible ignorar el hecho de que él fuera un hombre muy masculino.

Como si él también hubiera sentido aquel deseo repentino, la soltó con brusquedad.

—No voy a acompañarte a la ópera ni a ningún otro sitio. Cumplí con mi deber casándome contigo y protegiendo tu buen nombre. Hay muchas parejas que están distanciadas. ¡No es culpa mía que tú hayas continuado con esta farsa durante seis años!

Sin embargo, sus ojos azules ardían, y se fijaron involuntariamente en las puntas que se marcaban en la seda de la bata de Elysse.

Una vocecita le dijo a Elysse que se rindiera en aquel momento y abordara la cuestión de nuevo al día siguiente.

—¿Cuándo es tu próximo viaje? —le preguntó con la voz ronca.

—Me marcho a Cantón en junio o julio.

—Lo que yo pensaba. Allí comienzan a recoger el té en julio. Cuando esté empaquetado y lo envíen río abajo para comenzar las negociaciones, tú ya estarás en Cantón.

Él la miró con cautela.

—Con suerte, tendré las bodegas llenas en octubre, y zarparé de vuelta antes del monzón de noviembre.

Ella apenas podía controlar su respiración.

—¿Y este viaje también lo va a sufragar Northern Financial?

Él se quedó petrificado.

—Ah. Elysse, no sigas.

—¿Que no siga? Ah, espera. Puedo preguntarle a Thomas si va a financiar tu próximo viaje.

Alexi se sonrojó violentamente.

—¿Qué pretendes? —le preguntó, inclinándose hacia ella. Elysse sintió su respiración caliente en la mejilla.

—Necesito un marido adecuado, sólo durante unas semanas —dijo ella, y consiguió no encogerse.

—¿O qué? ¿Le vas a pedir a tu amante que me cobre intereses más altos? —inquirió él fulminándola con la mirada.

Ella se quedó sin aliento.

—Thomas siente mucho afecto por mí.

Él maldijo y cerró la puerta de un portazo, tras ellos. Elysse dio un respingo del susto. Él la tomó del brazo.

—¿Me estás chantajeando? —preguntó él a gritos—. ¿Sabes cuántos banqueros quieren financiar mi negocio?

—Y también está el capitán Littleton —respondió ella entre jadeos—. ¡Seguro que él también necesita financiación!

Él entornó los ojos con ferocidad.

—Tal vez Thomas quiera financiar a Jardine's —dijo Elysse.

Se dio cuenta de que tenía las mejillas mojadas. ¿Estaría llorando?

Él se atragantó y la tiró del brazo.

—¡Dios Santo! ¡Estás intentando chantajearme!

—¡Lo único que quiero es vivir sin humillación! ¡Sólo tienes que fingir que eres un marido feliz! —repitió ella. Sin embargo, incluso mientras hablaba, incluso en medio de tanta ira, sabía que quería mucho más.

—Nadie me chantajea, Elysse, ni siquiera tú.

Alexi era tan fuerte que ella se tropezó cuando él la empujó a un lado, pero consiguió agarrarse a uno de los postes de la cama y se irguió. Él se dirigió hacia ella de dos zancadas, con una máscara de furia.

—¿Qué vas a hacer? —gimió ella.

—¿Quieres que sea un marido de verdad? —le gritó él. Ella no respondió, y él insistió—: ¡Invítame a tu cama, Elysse! ¡Entonces seré un marido de verdad!

Ella se agarró al poste con horror. Había llegado demasiado lejos, y lo sabía.

Él estaba tan enfurecido que temblaba de rabia. Parecía que no era capaz de continuar, pero cuando habló, lo hizo con la voz ronca.

—Si Blair financia a Littleton, o a otro de mis rivales, habrás dejado las cosas muy claras. Y no querrás ser mi enemiga, Elysse.

Ella gritó.

Él miró fijamente la cama durante un largo momento, como si estuviera pensando en hacer lo que realmente quería hacer. Después la miró con desprecio y salió de la habitación con un portazo.

Elysse corrió tras él, cerró con llave y se deslizó hasta el suelo lentamente. Se abrazó las rodillas contra el pecho y se echó a llorar.

CAPÍTULO 10

Elysse sonrió alegremente a Blair. Sabía que había estado muy callada desde que él la había recogido para ir a la ópera. Estaban en el gran vestíbulo de mármol de Piccadilly Opera House, rodeados por otros espectadores. Las señoras llevaban joyas y trajes de noche, y los caballeros, fracs. Ella se había puesto un vestido rojo aquella noche, y diamantes. Esperaba que la seda carmesí del vestido disimulara su palidez.

Blair le devolvió la sonrisa, pero con una mirada escrutadora.

Ella notaba que su sonrisa era forzada y tensa. Nunca se había sentido tan angustiada. Le dolían las sienes.

Antes de que Blair pudiera hacerle ninguna pregunta, ella comenzó un monólogo largo y entusiasta sobre la ópera italiana que estaban a punto de ver. Conocía a Blair lo suficiente como para saber que iba a darse cuenta de lo deprimida que estaba. Y no podría negárselo. Alexi había vuelto a casa, pero a ella no le había llevado más que tristeza.

Elysse tenía el corazón en carne viva.

Apenas había dormido aquella noche. Sólo podía pensar en la discusión que había tenido con Alexi. No daba crédito a que las cosas fueran tan horribles. No podía aceptar que Alexi se hubiera vuelto tan frío y tan indiferente hacia ella como para negarle lo que le había pedido. Aunque en realidad no era tan indiferente, ¿verdad? Elysse no podía olvidar la naturaleza sexual de su enfrentamiento.

Al recordar el ardor de sus ojos y sus exigencias de que lo invitara a su lecho, a ella comenzó a vibrarle el cuerpo incontrolablemente. Pero si deseaba a su marido, ¡estaba decidida a negarlo!

Había estado a punto de enviarle una nota a Blair para disculparse por no poder acudir a su cita aquella noche. Sabía que verse con él no sería lo más inteligente. Sin embargo, también sabía que Alexi se alegraría si ella se quedaba en casa debido a su pelea, y por eso, Elysse había mantenido su compromiso de aquella noche. Además, a ella le gustaba la ópera, y le caía muy bien Blair. No sabía si podría sobrevivir a otra noche sola en aquella casa, con la única compañía de sus pensamientos, mientras él andaba por ahí con alguna de sus amantes, recibiendo la adoración de la alta sociedad.

—¿Seguro que te encuentras bien? —le preguntó Thomas en voz baja, tocándole el codo, en tono de preocupación.

Aquélla era la segunda vez que se lo preguntaba. Ella sonrió de nuevo. Se estaba convirtiendo en algo más que un acompañante y supuesto amante. Se estaba convirtiendo en un amigo.

—Tengo un poco de dolor de cabeza. Lo siento, Blair. Sé que no estoy muy espectacular.

—Tú siempre, sin ninguna duda, eres la mujer más deslumbrante de la habitación —replicó él con firmeza—. ¿Cuándo vas a admitir que esta repentina mudanza te ha pasado factura? —inquirió, observándola con sus ojos oscuros e inteligentes.

Ella se puso tensa.

—Mudarse nunca es fácil.

—No, nunca —dijo él—. Es difícil que algo me tome por sorpresa, pero tú nunca me comentaste que tu marido tuviera una casa en Oxford. Me parece que ni siquiera tú sabías que había comprado esa mansión, y que la decisión de mudarte fue impulsiva.

Ella tomó aire profundamente. No quería mentirle a Blair.

—Debió de olvidárseme —dijo, y se giró a observar a la gente. Se quedó sorprendida al ver a Ariella y a su marido, y sintió alivio al tener un nuevo tema de conversación—. Ha venido Ariella con St. Xavier.

Se alegró mucho de ver a Ariella. La necesitaba. En realidad, su amiga la había visitado aquella tarde, pero ella se había quedado dormida de agotamiento, y Matilda la había disculpado.

—Ah, sí, tu cuñada —dijo Blair con ironía. Después añadió—: Y creo que tu esposo está con ellos.

Elysse se puso muy tensa. Era cierto que Alexi estaba con St. Xavier. Llevaba un frac y estaba guapísimo. Charlaba alegremente con una mujer morena. Elysse sintió incredulidad. ¿Qué estaba haciendo allí? ¿Había ido a propósito para molestarla y ponerla nerviosa? Ella le había pedido que la acompañara en sus salidas, ¡no que apareciera por su cuenta en los eventos públicos a los que ella también acudía! No deseaba verlo en aquel momento. Él se pondría furioso cuando viera a Blair. Y no parecía que hubiera pasado la noche en vela, como ella. Tenía una sonrisa relajada, y parecía que estaba alegre. ¡Su pelea no debía de haberlo alterado!

Entonces, Elysse entendió de golpe cuáles eran las implicaciones de aquella situación. Ella estaba con Blair, no con su marido. ¿Acaso Alexi era el acompañante de otra mujer? Ojalá no. De cualquier modo, todos los presentes en la ópera iban a comentarlo.

Blair murmuró:

—Parece que estás angustiada, Elysse.

—¿Y por qué iba a estarlo? —preguntó ella sin mirarlo, con la vista fija en Alexi.

Él se inclinó hacia ella.

—¿Porque él está aquí con otra y estás celosa?

Ella se giró hacia él.

—No estoy celosa, Thomas —dijo, aunque su voz sonó demasiado aguda y los que estaban a su alrededor se volvieron a mirarlos. Ella se ruborizó. La habían oído, y eso alimentaría los rumores–. Alexi hace lo que quiere. Siempre lo ha hecho. Yo estoy acostumbrada.

Tomó del brazo a Blair con actitud posesiva y le sonrió alegremente, recuperando la compostura. O eso esperaba, al menos.

Blair no parecía muy convencido.

–Él casi nunca está en la ciudad, así que, ¿cómo vas a estar acostumbrada a lo que hace? Creía que tu matrimonio era sólido, pero vuestra reunión de ayer fue muy tensa.

Ella no sabía qué decir.

–Tenemos un matrimonio poco común –mintió–, pero es sólido, Thomas, muy sólido.

Él la miró como si no la creyera demasiado.

–Espero –murmuró por fin– que hayas empezado a sentir afecto verdadero por mí, pese a los sentimientos que puedas albergar por el capitán de Warenne.

Su alarma fue ilimitada. Aquél no era el momento de confesar ningún tipo de sentimiento, estando Alexi tan cerca y con tanta gente a su alrededor, que se daba cuenta de que Blair y ella estaban juntos, alejados de su marido. Por supuesto que ella sentía afecto por Blair. Sin embargo, volvió a mirar a Alexi. Él todavía no los había visto a Thomas y a ella. Entonces, la mujer con la que estaba hablando él se giró ligeramente, y Elysse le vio la cara. ¡Era Louisa Cochrane! Se había convertido en la señora Weldon, porque había vuelto a casarse unos años antes. Sin embargo, el señor Weldon no estaba presente, y Louisa estaba sonriéndole a Alexi.

Estaba claro que ella pretendía reanudar su aventura, pensó Elysse con tristeza, si acaso no lo habían hecho ya. Se sintió consternada.

La noche no podía ir peor.

–¿Cuándo me vas a contar la verdad? Yo te guardaré el secreto, Elysse. Tu esposo y tú estáis separados, y os lleváis mal –dijo–. Pero no es lo que tú quieres.

–Thomas, eso no es justo –dijo ella temblando. Hubiera

querido poder responder que Alexi y ella se querían, pero no lo consiguió.

Él le acarició la mejilla.

—Quiero ayudarte, Elysse. No me gusta verte tan triste. Sé que eres muy orgullosa. La aparición del capitán de Warenne con otra mujer es muy dolorosa para ti, aunque todos los presentes piensen que nosotros somos amantes.

Elysse se mordió el labio. ¿Cómo podía Thomas ser tan astuto?

—No somos la única pareja de esta sala que lleva vidas separadas, y eso no es lo mismo que estar separados. ¿Cómo no íbamos a vivir separados? Tú mismo has dicho que él no está casi nunca en la ciudad. Tenemos un acuerdo —dijo.

Tenía el bolso agarrado con tanta fuerza que se le habían puesto blancos los nudillos. Sabía que ninguna pareja podía estar tan distanciada como ellos.

Thomas la estudió.

—Pero tú no quieres tener una vida separada de él, ¿verdad? Ni un acuerdo. Y tu matrimonio no es bueno, por mucho que tú se lo digas a todo el mundo.

Elysse quería negarlo, pero su matrimonio era insoportable. Sin embargo, eso no podía contárselo a nadie, y menos a Blair, aunque él ya hubiera deducido la verdad.

De repente, él la tomó del brazo con fuerza y miró más allá.

—Buenas noches, capitán de Warenne. Espero que no os importe que esté acompañando a vuestra bella esposa esta noche, en vuestro nombre.

Con miedo, Elysse se dio la vuelta lentamente, y su mirada chocó con la de Alexi.

Estaba enfadado. Le brillaban mucho los ojos, pero mantenía el control. Alexi sonrió con tirantez a Blair.

—¿Y por qué iba a importarme? Normalmente yo estoy en alta mar, y mi mujer es una persona adulta que tiene su propia vida. Me asombraría que no estuviera aquí con un acompañante. Es muy práctico que os haya elegido a vos, mi banquero, como parte de su círculo de amigos leales –dijo con una sonrisa llena de dureza.

Elysse intentó no encogerse. No se le escapó la velada mención a su estúpido intento de usar a Blair contra él.

–Hola, Alexi –dijo ella–. Se me había olvidado que ibas a estar hoy aquí.

–¿De verdad? No creo que supieras que iba a estar, querida, porque ni yo mismo lo sabía hacía una hora –respondió él. Miró alternativamente a Blair y a Elysse, y después recorrió con los ojos su corpiño rojo y escotado–. ¿Y cómo estáis vos, señor Blair? No me digáis que os gusta la ópera. Ah, qué tonto soy, es la compañía de mi esposa de lo que más disfrutáis.

Blair sonrió burlonamente. Estaba claro que Alexi no iba a sacarlo de sus casillas.

–No soy aficionado a la ópera, pero sí soy un admirador de la señora de Warenne. Disfruto mucho en su compañía, por supuesto, y si ella desea ir a la ópera o al circo, haré lo posible por agradarla.

–Por supuesto –respondió Alexi, en un tono mucho más tirante–. ¿Qué caballero no intentaría agradar a mi bella esposa?

Elysse estaba completamente consternada y mortificada. ¿Cómo podían discutir de aquel modo por ella? Era evidente que Alexi seguía furioso. Pero ella también lo estaba. ¡El hecho de aparecer allí con Louisa era exactamente lo contrario de lo que le había pedido la noche anterior!

–Thomas y yo teníamos planes para venir a esta ópera desde hace un mes, Alexi –dijo ella, y se quedó asombrada de que su voz sonara tan neutral. Le tocó el brazo como hubiera hecho una esposa de verdad. Él dio un respingo–. Si hubiera sabido que querías verla tú también, habríamos podido venir todos juntos. De hecho, hace más de un año que no veo a Louisa Weldon, y me gustaría saludarla.

–Estoy seguro que hicisteis vuestros planes cuando yo todavía estaba en la mar –dijo Alexi–. Como también estoy seguro de que no te habrá costado en absoluto convencer a Blair para que viniera a la ópera, por poco que a él le guste. A propósito, querida, el rojo te sienta muy bien —añadió, y se inclinó para darle un beso en la mejilla—. Debes ponértelo para mí de vez en cuando.

Ella dio un paso hacia atrás, horrorizada y con el corazón encogido. Sabía que él la había besado, y que había sido tan groseramente sugerente porque ella le había tocado el brazo. ¡Maldito fuera! Elysse intentó transmitirle con un gesto de la cara que no quería pelearse con él en aquel momento. La gente los estaba oyendo. ¡Aquello era precisamente lo que ella quería evitar! No podía soportar más humillaciones. ¿Por qué él no se daba cuenta?

—La señora de Warenne sólo tiene que pedirlo, y yo cumpliré sus deseos, por supuesto —dijo Blair secamente—. De igual modo que, seguramente, vos estaréis dispuesto a agradarla. Y el placer de su compañía compensa con mucho cualquier pequeña molestia que yo pudiera sufrir durante la actuación. Pero, por supuesto, vos ya lo sabéis, ¿no es así? Ningún hombre, y menos su marido, podría dejar de admirar su enorme encanto.

Estaban en una batalla amarga por ella. Blair estaba siendo muy galante por reconvenir a Alexi en su nombre. Ella no se imaginaba lo que haría Blair si alguna vez descubría que Alexi la había abandonado a los pies del altar. Sin embargo, ella no quería que la defendiera en aquel momento, en público. Lo tomó del brazo y le rogó silenciosamente que cesara. De hecho, Blair y ella deberían marcharse. Podrían ir a la ópera en cualquier otra ocasión.

Alexi miró sus brazos entrelazados.

—Sí, mi esposa tiene enormes encantos, incluso yo puedo apreciarlo —dijo con los ojos brillantes—. Ciertamente, anoche se las arregló para encantarme. ¿Verdad, querida?

Elysse pidió al cielo que a él no se le ocurriera desvelar lo que ella había intentado hacer la noche anterior. Se ruborizó al notar que Blair la miraba fijamente. ¿Acaso pensaría que ella había intentado seducir a Alexi? Él había hecho que la frase sonara como si hubieran tenido relaciones sexuales la noche anterior.

—Los caballeros tienen que ser galantes, y las damas deben ser encantadoras, y más una esposa —dijo, y se volvió hacia Blair con una sonrisa. Él no se la devolvió, y ella continuó apresuradamente—. Es maravilloso que estemos todos aquí, ¿verdad? Podemos empezar a recuperar el tiempo perdido.

Se dio cuenta de que estaba hablando sin sentido. ¡Sólo quería escapar!

Alexi, mirándola fijamente a los ojos, dijo con suavidad:

—Ariella se empeñó en que viniera. Sabía que Thomas iba a estar aquí, y pensé que debía conocerlo mejor, puesto que es mi financiero —añadió con una sonrisa peligrosa.

—Deberíamos comer un día —comentó Blair—. Seguro que encontraremos muchos temas de los que hablar.

La mente de Elysse se disparó. Supo que nunca debía permitir que los dos hombres hablaran a solas. No sabía en lo que podía terminar una conversación de negocios. En cuanto al hecho de que Ariella hubiera insistido en que él acudiera a la ópera, cosa que él odiaba, ¿no le había mencionado ella a su amiga que iba a ir el sábado con Blair? Y ella le había pedido a Alexi, la noche anterior, que la acompañara. Alexi tenía que saber que ella iba a estar allí. Miró a Alexi mientras se daba cuenta de que Ariella había querido que se encontraran. Él mantuvo su mirada. Elysse se preguntó por qué se habría molestado en ir. Después de su negativa a acompañarla la noche anterior, sólo podía deducir que quería hacerle daño.

Ariella se acercó, acompañada por St. Xavier y Louisa. Elysse controló su enfado mientras se abrazaban. Más tarde le haría los reproches a su amiga.

—No sabía que ibas a estar aquí esta noche, Ariella. No me lo habías dicho —comentó en tono de acusación, y con razón. ¿Por qué su mejor amiga le había hecho algo así? ¿Acaso no sabía que a los chismosos les encantaba extender el rumor de que Alexi y ella habían salido con sus respectivos amantes, y que su matrimonio era una farsa?

—Tenemos el palco, y decidimos venir en el último momento —respondió Ariella, y se giró hacia Blair, que le besó el dorso de la mano—. Es un placer veros, señor Blair. Elysse, recuerdas a Louisa, ¿verdad? Ahora es la señora Weldon.

Elysse consiguió sonreír a Louisa, pensando con poca amabilidad que aquella mujer aparentaba la edad que tenía, unos treinta y cinco años, por lo menos. Seguía siendo atractiva, pero seguramente no lo suficiente como para gustarle a Alexi.

—¿Por qué no venís a nuestro palco? —preguntó Ariella—. No tenemos por qué sentarnos separados, ¿verdad? ¡Somos amigos! Y familia —añadió con firmeza.

A Elysse no se le ocurría nada peor que tener que sufrir a pocos asientos de Alexi durante toda la ópera, pero no podía dar ninguna excusa para sentarse a solas con Blair. Blair la tomó del brazo y se volvió hacia Ariella.

—Nos encantaría sentarnos en su compañía, lady St. Xavier.

Elysse miró a su esposo, rezando para se le pasara la migraña, y rezando también para que él saliera del edificio y desapareciera. Si tenía que verlo durante toda la noche cuchicheando con Louisa, iba a explotarle la cabeza.

Alexi miró hacia sus brazos, que seguían entrelazados. Sonrió con frialdad.

—Qué bien. Blair y yo podemos tomar un brandy durante el intermedio y aclarar ciertos asuntos.

—Una excelente idea —respondió Blair con calma.

A Elysse le dolían los labios del esfuerzo que estaba haciendo por mantener la sonrisa forzada durante toda la noche. El carruaje de Blair se había detenido, por fin, en el camino de gravilla que había frente a los escalones de piedra de la casa de Oxford. La velada había sido interminable. Ella apenas había podido ver ni oír la actuación de LaScalla. Se había pasado la mayor parte del tiempo viendo cómo Louisa se apoyaba en Alexi y cómo se susurraban el uno al otro. Aunque Elysse lo despreciara profundamente, él todavía tenía el poder de hacerle daño.

Tal y como habían convenido, Blair y Alexi habían salido al pasillo durante el receso. Ariella había mandado a St. Xavier tras ellos, tal vez para que actuara como árbitro. Ella estaba casi mordiéndose las uñas mientras esperaba el regreso de los hombres. Pero cuando volvieron a sus asientos, ninguno de ellos parecía contrariado. Según Blair, Alexi y él habían hablado sobre la economía británica, sobre la recesión y sobre los posibles modos de remediar la deuda nacional.

Debido a la presencia de Louisa, Elysse no había podido preguntarle a Ariella en qué estaba pensando para invitar a Alexi a la ópera, y menos con su última amante. Ella había hecho lo posible por ser amable con la otra mujer. Por desgracia, Louisa era bastante agradable. Incluso se había atrevido a tomar de la mano a Elysse y a decirle que era muy afortunada por estar casada con un héroe tan gallardo. Elysse había conseguido asentir, de algún modo, aunque por dentro estuviera hirviendo.

Parecía que Ariella estaba muy disgustada cuando la ópera había terminado.

Elysse miró hacia la casa. Por lo menos, Alexi todavía estaba fuera. Ella cerraría su puerta con llave y se tomaría un brandy, y se pondría un par de parches húmedos sobre los ojos. Tal vez, incluso, usara tapones para los oídos. Estaba agotada, y tenía intención de retirarse inmediatamente.

Blair se inclinó por delante de ella para abrir la portezuela del carruaje. Elysse bajó, y él la siguió. Después la tomó de la mano.

Ella se echó a temblar al mirarlo. La noche había sido un desastre. Ella apenas había conseguido soportar las miradas de sus conocidos, que cuando la habían saludado, habían conseguido mencionar el nombre de Alexi, disfrutando de su incomodidad y, seguramente, de la exposición de seis años de mentiras y engaños. Su atención había estado centrada en Alexi todo el tiempo, y no en Blair, que se la merecía mucho más.

Blair ni siquiera intentó darle conversación durante el trayecto de una hora de vuelta a casa. Iba muy pensativo.

—Sé que estás cansada —le dijo mientras la acompañaba hasta la puerta—. Aunque tu marido esté fuera, no vas a invitarme a entrar, ¿verdad?

Ella lo miró. ¿Por qué no podía quererlo a él? Era poderoso, fuerte y, lo más importante, bueno, al contrario que su maldito marido. Elysse tenía ganas de llorar.

—Estoy cansada, Thomas. Siento que la velada fuera tan desagradable.

—Los dos sabemos que tu cansancio no es la razón por la que no me vas a invitar a entrar.

Ella no podía invitarlo porque su esposo estaba en la ciudad. Pero Alexi estaba con otra, así que aquel razonamiento ni siquiera tenía sentido.

Elysse no dijo nada, y él prosiguió:

—No ha sido culpa tuya. Siento que seas tan infeliz.

Necesitaba tanto un amigo, alguien en quien confiar... No podía contarle todo a Blair, pero ya no iba a mentir más.

—Alexi y yo no nos llevamos bien.

—Gracias por decírmelo. Sin embargo, pese a eso, no creo que yo tenga ninguna oportunidad.

A ella se le cayó una lágrima.

—Él no se va a quedar en tierra firme durante mucho tiempo. Nunca lo hace. Mi vida volverá muy pronto a la normalidad —dijo, y se estremeció al pensar en el significado de «normal»: fingir continuamente que era feliz.

—Pero de todos modos lo quieres.

Ella cerró los ojos. ¿Era posible? Su amor tenía que haber muerto cuando él la había tratado con tanta crueldad al volver a casa, como si fuera una prostituta, si acaso Alexi no lo había destruido ya durante los seis años anteriores.

—Lo quería cuando éramos niños. Éramos muy amigos. Pero ese niño ya no existe, Thomas.

—La gente cambia, Elysse, como resultado de la experiencia vital. Tal vez deberías admitir que quieres a tu marido, a pesar de esos cambios.

—Anoche tuvimos una pelea horrible. Debes confiar en mí, no queda amor entre nosotros. Llevamos vidas separadas, y las cosas han sido así durante años. No tengo ganas de cambiar eso, pero como ahora los dos estamos en la ciudad, él debe fingir que el matrimonio va bien.

—A mí me parece que su comportamiento hacia ti es insufrible —dijo él. Le acarició suavemente la mejilla y prosiguió—: Es un idiota por hacerte daño de esta manera. ¿Debo esperar, Elysse? Me siento muy atraído por ti, pero no me gusta estar donde no se me quiere.

—No sé qué decir. Siento mucho afecto por ti, Thomas. Temo perderte... como amigo.

—Yo quiero algo más que una amistad —dijo él suavemente.

Ella titubeó.

—Lo sé.

—¿Sabes una cosa que lo empeora todo? En realidad, tu marido me cae muy bien.

—¡Oh, Dios! —gimió ella.

Él esbozó una sonrisa.

—Es valiente, decidido y listo. Además, me gustan sus balances.

Elysse no pudo devolverle la sonrisa.

Blair siguió hablando, más serio.

—Tengo la tentación de pedirte que me permitas cortejarte. Sin embargo, me doy cuenta de que estás muy disgustada, y me preocupa que aunque tuviera éxito, por mucho que te complaciera en mi lecho, el resultado no iba a cambiar. Seguirías enamorada de tu marido errante.

—Alexi y yo llevamos caminos separados. ¡Tú mismo lo has visto! —exclamó ella. No podía perder a Blair. Tenía miedo—. No lo quiero. ¡No puedo!

—No, Elysse, la verdad es evidente. Tú no quieres vivir separada de él. Estás muy herida. Y muy enamorada.

Cabeceó suavemente, y entonces, de repente, se inclinó hacia ella y le rozó la boca con los labios.

Ella se agarró a sus hombros y mantuvo la cara elevada hacia él. Sin embargo en aquella ocasión no hubo deseo, sino solamente tristeza.

Él se irguió.

—Me marcho. Pero, Elysse, si me necesitas, sabes dónde encontrarme. Siempre seré tu amigo.

Se dio la vuelta y comenzó a bajar los escalones de camino al carruaje.

Ella vaciló. Estuvo a punto de llamarlo para que volviera. Se dijo que podía ponerse en contacto con él en cualquier momento, al día siguiente, o después. A Blair le importaba, y era un hombre sólido. No encontraría a otra tan rápidamente.

Entonces se volvió hacia la puerta y la abrió. El vestíbulo estaba bien iluminado, pero vacío. Cuando cerró con llave tras ella, se puso a desabrocharse los botones de la capa, observando el carruaje de Blair mientras se alejaba. Era como si las cosas hubieran terminado entre ellos.

Se sintió completamente sola.

Unos dedos fuertes le aprisionaron las manos sobre los botones de la capa. Un pecho duro se ciñó contra su espalda, y ella gritó. Con horror se dio cuenta de que Alexi estaba en casa, y aparentemente, estaba esperándola.

Se volvió en el círculo de sus brazos.

Él sonrió con tirantez, desabrochándole rápidamente cada botón. Tomó la capa y la tiró al suelo.

Ella se quedó helada. Él tenía una mirada de furia y de deseo.

—¿Qué estás haciendo aquí?

—Vivo aquí, querida. Pero tú ya lo sabes.

Alexi no había dado siquiera un paso atrás. Estaban tan cerca que su pecho casi tocaba el de él, y la falda de su vestido le cubría las rodillas y los zapatos.

—No has invitado a entrar a tu guapísimo amante —ronroneó él.

¿Había visto a Blair besarla?

—No me pareció decoroso hacerlo —respondió Elysse, y rodeó a Alexi para pasar hacia la escalera.

Él la agarró por la muñeca y la detuvo bruscamente. Tiró de ella hacia él de nuevo.

—Como si a ti te importara el decoro. Y a mí no me importa que lo invites.

Ella se zafó de su mano. No pensaba hablar de Blair.

—¿Dónde está Louisa? Dios Santo, ¿está arriba?

Él se rió de ella.

—Ni siquiera yo soy tan insensible, Elysse.

Ella se echó a temblar de alivio. Después se enfureció.

—¡Anoche te pedí que te comportaras como un marido de verdad! ¿Cómo te has atrevido a aparecer en la ópera con otra mujer?

—Pero si tú estabas allí con Blair, colgada de su brazo, sonriéndole con timidez y mirándolo con embeleso para que todo el mundo se diera cuenta.

—¡A ti no te importa! —le gritó ella—. ¿Es que querías humillarme?

—Tienes razón, no me importa. ¿Por qué iba a importarme que le entregues ese cuerpo espectacular a Thomas Blair, o a James Harding, o Tony Pierce?

Aquellos eran los tres hombres con los que la gente la había relacionado. ¿Cómo había oído hablar él de Harding y de Pierce? ¿Acaso le había puesto un detective? ¿Y qué más sabía?

Alexi no podía saber lo que había sufrido su orgullo durante aquellos seis años.

—Tienes cara de miedo, querida —dijo él, riéndose de nuevo, como si aquello le agradara—. ¿Es que no sabes que cuando vuelvo a casa, mis amigos están impacientes por decirme lo que está haciendo mi querida mujercita, y con quién?

Ariella nunca le diría lo mucho que él la había herido. Entonces asimiló sus palabras. ¡Cómo podía ser tan grosero! Él atrapó su mano antes de que ella pudiera abofetearlo.

—No me vas a golpear de nuevo —le advirtió, aunque parecía que le satisfacía que lo hubiera intentado.

Jadeando, ella le dijo:

—Anoche te rogué que fingieras que tenemos un matrimonio feliz. ¡Te pedí que me acompañaras a la ópera! En vez de eso, apareciste con Louisa. ¡No puede ser una coincidencia! ¿Es que querías humillarme? ¿Querías dar pábulo a los rumores?

Él aflojó la mano.

—No necesito humillarte, porque tú lo haces sola.

—¡Suéltame, desgraciado!

Él la soltó.

—Y no me pediste que actuara como un marido de verdad, Elysse. Intentaste chantajearme, por muy leal que digas que eres.

Elysse corrió hacia el salón. Estaba tan furiosa que temblaba. ¿Cómo podía acusarla él de deslealtad?

Su pecho la rozó por la espalda. Ella se quedó paralizada. Él estiró los brazos a su alrededor y sirvió dos vasos de whisky.

A Elysse se le pasó por la mente que a él le gustaba acosarla, porque aquélla era la segunda vez que lo hacía. Sintiendo con agudeza el contacto con su cuerpo, intentó alcanzar la calma antes de volverse, sin intentar alejarse de él.

—Debías de saber que si aparecías en la ópera con otra mujer, mientras yo estaba allí con otro hombre, los chismosos tendrían más leña que echar al fuego.

—Nunca me han importado los chismosos, Elysse —dijo él—. La mayoría de los hombres son indiferentes a esas cosas.

Ella se ruborizó.

—Yo me he pasado seis años intentando acabar con los rumores sobre ti, sobre nosotros —dijo, con la respiración entrecortada—. Me he asegurado de que nadie supiera la verdad de nuestro matrimonio.

Él apuró el vaso de whisky y se sirvió otro, con gestos casi relajados.

—Sí, has tenido unos años muy difíciles. Ser mi esposa debe de ser algo insoportable. ¿Puedo asumir que también he pagado yo esos diamantes y ese vestido?

Ella tuvo unas ganas incontenibles de abofetearlo. Sin embargo, se quedó mirándolo, negándose a responder, aunque deseara con todas sus fuerzas que él entendiera lo horribles que habían sido los seis años pasados, lo que ella había sufrido. Vivir de aquella manera, fingiendo que era feliz, le resultaba insoportable.

Él la estaba mirando fijamente, como si quisiera leerle el pensamiento. Elysse se dio cuenta de que no podía admitir la angustia que había pasado, porque a él no le importaría. Tal vez se alegrara, incluso.

—He pasado seis años siendo la esposa perfecta —dijo, tragando saliva—. Que este matrimonio era exactamente tal y como yo quería. ¡He alabado tus éxitos, y a ti, cientos de veces, ante todo aquél que quisiera escucharlo!

—Entonces, ¿tú identificas la perfección con la infidelidad? —preguntó él. Le hizo un saludo con el vaso de licor y lo apuró de nuevo—. Sí, todo el mundo debe de pensar que somos la pareja perfecta, contigo teniendo tanta compañía masculina.

—¡Tú tienes a esa prostituta de Singapur!

La mirada de Alexi se endureció.

—Soo Lin no es una prostituta, Elysse. Es mi amante. Es refinada, tiene una vasta educación y es hija de un gran mercader. Yo le tengo cariño.

Ella le arrojó el whisky a la cara.

—Entonces, vuelve a Singapur.

Alexi le agarró la muñeca, y ella se quedó helada. Al instante, él la liberó. Se secó la cara con la manga y se alejó de ella.

Elysse se echó a temblar. ¿Qué le estaba ocurriendo? Por el amor de Dios, acababa de tirarle el whisky a la cara a Alexi.

A él le importaba aquella mujer. Elysse nunca hubiera esperado que admitiera tal cosa. Se cubrió el corazón con las manos. La angustia iba a estallarle en el pecho.

Él se volvió bruscamente y la miró a los ojos.

Elysse bajó las manos y cambió la expresión de la cara, pero la mirada de Alexi se había vuelto especulativa.

—Ninguno de los dos es fiel. Pero yo he sido leal.

—Lo siento. Nunca debería haber dicho lo que acabo de decir sobre Soo Lin —dijo él con tirantez.

Ella se encogió de hombros.

—Yo también siento mucho afecto por Blair, así que estamos igual.

—Eso es evidente. Es obvio que sois más que amantes. Sois amigos, como una vez lo fuimos tú y yo.

No. Blair no era la clase de amigo que había sido Alexi tanto tiempo atrás. Aquel niño que siempre estaba dispuesto a protegerla, que había sido el ancla de su infancia y juventud. Sin embargo, Blair podría convertirse precisamente en todo aquello si ella se lo permitía. ¿Y por qué aquella idea le hacía tanto daño?

—Tal y como lo dices, suena peor que tener una aventura.

Él volvió al bar y se sirvió una tercera copa. Miró el cristal sin beber.

Aquella pausa le dio a Elysse un momento para pensar. Estaba destrozada por lo que él le había contado sobre su amante. Sin embargo, su abandono en el altar también la había destrozado, y había sobrevivido. Había sobrevivido a seis años de habladurías y traiciones, y sobreviviría a sus sentimientos de afecto por otra mujer. Ella tenía que pensar en el presente y no en el pasado ni en el futuro. No podían continuar así. Tal vez pudiera salvar la reputación de su matrimonio, pese a aquella noche y la anterior, si era cuidadosa y lista en aquel momento. Aquélla debía ser su única ambición.

Alexi la miró, sujetándose el vaso contra el pecho.

—No deberías estar viviendo aquí, Elysse. Es una locura.

No puede salir nada bueno de todo esto. Vamos a terminar haciéndonos daño de verdad.

Ella ya estaba herida de verdad.

—Mientras tú estés en esta casa, yo viviré aquí, Alexi. Para proteger mi amor propio.

Él la miró de reojo, completamente serio.

—En China se dice que el orgullo es un lujo muy caro.

Ella sintió una punzada de dolor.

—¿Y eso te lo ha enseñado Soo Lin?

Él no respondió. Observó su rostro durante un instante, y se fijó en su boca, como si recordara el beso que se habían dado.

No estaba enfadado.

Elysse tomó el vaso de whisky y lo apuró como había hecho él. Nunca había bebido tanto whisky de golpe, pero contuvo la tos. Esperó a que el whisky bajara quemándole por la garganta, hasta el estómago, y después habló:

—Vivir aquí no es cómodo. Mi piso está a veinte minutos del teatro y de las tiendas. Sin embargo, estoy decidida a seguir actuando como si nuestro matrimonio fuera feliz.

Él bajó los párpados.

¿La estaría escuchando por fin?

—Estoy de acuerdo en que vivir así, y pelearnos tan a menudo, es muy desagradable y doloroso. Antes, de niños, éramos amigos. Esto parece otra vida, ¿verdad?

—¿A qué te refieres? —preguntó él.

—Podrías marcharte de la ciudad, Alexi. Sé que no tienes que volver a China hasta el verano, pero podrías irte a Dublín o a Windhaven, o incluso a Francia.

—No.

Ella se echó a temblar. Sin embargo, el whisky tenía un gran efecto calmante. Era como si pudiera pensar con calma, racionalmente.

—Entonces, tenemos que llevarnos bien. ¿Por qué no aceptas representar el papel de marido feliz durante unas cuantas semanas? Puedes seguir con tus amantes. Lo único que tienes que hacer es ser discreto. Saldremos juntos, nos tomaremos de la mano, nos sonreiremos, y después, por las noches, tú puedes marcharte con Louisa Weldon, o con quien desees.

—¿Mientras tú te vas con Thomas Blair? —preguntó él muy suavemente.

Ella supo que debía ignorar aquello. Sin embargo, se ruborizó.

—Siento haber sido tan tonta como para intentar chantajearte. Me disculpo.

Él le dio un sorbito al whisky. Cuando la miró, tenía una expresión como depredadora.

—¿Alguna vez te ha dicho alguien que cuando intentas engatusar así a un hombre es mucho más efectivo que cuando le arrojas el whisky a la cara?

—Eso también lo siento —dijo ella con sinceridad. Su comportamiento había sido horrible.

—Estoy dispuesto a fingir que soy un buen marido, Elysse, y te lo dije anoche —respondió Alexi, y sonrió.

Ella tardó un instante en darse cuenta de lo que significaba aquella sonrisa. Si se acostaba con Alexi, él cumpliría su parte. Elysse notó que se le aceleraba el pulso.

Se quedó asombrada por aquella forma de reaccionar ante sus palabras, y ante el ardor de su mirada. Sintió llamas en el cuerpo, y sus sentidos comenzaron a echar chispas con una urgencia que le provocó consternación.

—Después de todo, si tengo que estar casado y convivir con mi esposa, ¿por qué no iba a disfrutar de mis derechos conyugales? —preguntó Alexi con los ojos relucientes.

Él sería un amante magnífico, y ella lo sabía. En parte, deseaba aceptar aquella propuesta inaceptable. Sin embargo, se dijo que su deseo debía de ser resultado de su edad y de su inexperiencia, ¡y nada más!

—Este matrimonio es un engaño —susurró—. Y tú no quieres estar casado. Me lo acabas de decir.

—Pero puede que pensara lo contrario si pudiera disfrutar

de tus favores. Después de todo, yo no estoy sacando ningún beneficio de este matrimonio –respondió él. Apuró el whisky y posó el vaso en la mesa, con fuerza–. A ningún hombre le gusta que lo atrapen con el matrimonio, Elysse.

Ella se sobresaltó. Tardó unos momentos en darse cuenta del rápido cambio de tema. Tenía miedo de empezar una conversación tan peligrosa, aunque sabía que algún día tendrían que hablar del pasado.

–Te casaste conmigo para protegerme –dijo con cautela–. No sé si alguna vez llegué a darte las gracias.

Él la miró con una expresión indescifrable.

Elysse intentó no dejarse invadir por los recuerdos. ¿Era aquél el motivo por el que Alexi estaba tan enfadado con ella?

–No fue una trampa, Alexi.

–No hubo otro remedio. Eso lo convierte en una trampa.

–¿Y por eso te has mantenido alejado? ¿Por eso estás tan furioso conmigo?

–Mi deber era protegerte –dijo él, y emitió un sonido áspero–. Te hice una promesa, ¿no te acuerdas?

Ella se quedó horrorizada al recordar aquel día en Errol Castle, en Irlanda. Antes de que pudiera hablar de nuevo, Alexi añadió:

–Por nuestra culpa murió un hombre. Un hombre que era mi amigo.

Ella se abrazó a sí misma, y sus miradas se cruzaron. Las imágenes le llenaron la mente: Alexi arrastrando a William Montgomery para apartarlo de ella. El piloto, muerto, entre los brazos de Alexi, y él, mirándola con espanto. Alexi abrazándola con fuerza en la biblioteca, preguntándole si estaba herida, si estaba bien...

Antes, él se había preocupado tanto por ella...

Sin embargo, Elysse tenía miedo de continuar con aquella conversación. Hacía años que había dejado de pensar en la agresión de Montgomery. Era la traición de Alexi lo que le había causado tanto dolor y tanta pena. Pero ella estaba empezando a entender el motivo por el que la había abandonado justo después de casarse con ella. Alexi tenía veintiún años. Él se había ofrecido para casarse con ella, pero sólo después de una lucha mortal con un hombre que era buen amigo suyo.

Después de todos aquellos años, ella se las había arreglado para perdonarse por su parte en aquella tragedia. Pero ella no conocía a Montgomery tan bien como Alexi.

—Fue un accidente.

—Puede ser. Pero yo lo maté. Aunque no fuera algo deliberado, yo maté a Montgomery —dijo Alexi, con los ojos ardiendo.

En aquel momento, Elysse se dio cuenta de que él todavía se culpaba por la muerte accidental del piloto.

—Alexi, no fue culpa tuya.

Él soltó una carcajada desdeñosa.

—Pero tú lo condujiste hacia su muerte.

A Elysse se le escapó un jadeo de horror.

—¿Me culpas a mí? Yo salí a dar un paseo a la luz de la luna. ¡Esperaba que Montgomery se comportara como un caballero!

—Te advertí repetidamente que no lo engañaras para ponerme celoso.

Ella tuvo que apoyar la espalda contra la estantería de la pared. Parecía que el aire chisporroteaba entre ellos. La mirada de Alexi era tan acusatoria como su tono de voz.

—Me arrepiento de lo que hice, Alexi. Tienes razón, lo engañé. Creo que quería enamorarme de él, si acaso eso es una defensa. Pero sabía que erais muy amigos. En el baile, como una estúpida, quise ponerte celoso. Lo siento.

—Nunca olvidaré esa noche, Elysse, ni lo que ha ocurrido por su causa.

Alexi odiaba su matrimonio porque estaba basado en la muerte de un amigo. En aquel momento, Elysse supo que nunca podría haber una unión verdadera entre ellos. Nunca encontrarían un terreno común. Nunca habría una tregua. Las cosas nunca volverían a ser como antes.

Su amistad había terminado de verdad. Alexi nunca la abrazaría de nuevo para asegurarse de que estaba bien. Nunca le sonreiría con afecto y con calidez. No había esperanza para ellos mientras Alexi continuara obsesionado con Montgomery y siguiera culpándolos a los dos por su muerte.

El pasado era un gran abismo entre ellos.

En aquel momento comenzó a temblar incontrolablemente. Su arrepentimiento era enorme. Sintió de nuevo un gran dolor, pero supo que debía disimularlo. No obstante, él la miró con los ojos entornados.

—He aprendido a convivir con el sentimiento de culpabilidad, Alexi. Era muy joven y muy tonta. Lo lamento todo. Yo tampoco lo olvidaré nunca, pero prefiero no recordarlo. Sé que fue un accidente espantoso, una tragedia. Pero nadie tuvo la culpa.

—Si crees eso, tienes suerte.

—He aprendido de mis errores. Creo que no fue culpa de nadie.

Él la atravesó con la mirada.

—Si no te conociera bien, pensaría que has cambiado. Casi pareces una persona sabia.

Por supuesto, su intención era ser grosero e insultante.

—He cambiado. Ya no soy la misma niña tonta y egoísta de antes.

Él arqueó las cejas.

—¿De veras? Y entonces, ¿por qué estás jugando con Blair?

—Yo no estoy jugando con nadie —respondió ella con tirantez. No podía explicarle que sentía afecto verdadero por Blair.

La mirada de Alexi volvió a endurecerse, como si conociera sus verdaderos pensamientos. Antes, él tenía la capacidad de conocerlos con facilidad, pero Elysse dudaba que las cosas fueran igual en el presente.

—Él está enamorado de ti —dijo Alexi—, pero claro, esto tú ya lo sabes. Y tú no correspondes a sus sentimientos. Es como mirar atrás.

Elysse tardó un tiempo en responder.

—Claramente —dijo con aspereza—, el pasado es un gran obstáculo entre nosotros. ¿Qué hacemos ahora?

Él la miró de arriba abajo.

—Se me ocurren un par de cosas. Seguimos estando en punto muerto.

Se dio cuenta de que él iba a abrazarla otra vez, pero no por preocupación, ni para consolarla, ni para perdonar el pasado. Su mirada azul era reluciente.

—No podemos cambiar el pasado, ni el hecho de que estemos casados —dijo ella—. No, nuestra situación no ha cambiado.

Alexi tenía una sonrisa burlona.

—Tu dilema es innecesario —murmuró—. Acércate, Elysse. Sabes que te deseo.

A ella se le aceleró el corazón salvajemente.

—Hace mucho tiempo éramos amigos, pero ya no lo somos. Sigue provocándome, Alexi, como si lo pasaras bien. Me pregunto si quieres hacerme daño. Usándome lo conseguirías.

—No, no somos amigos. Somos marido y mujer, Elysse, y estoy cansado de esta situación.

Ella se sintió alarmada, pero también excitada. Sin embargo, sabía que si se acostaba con él, lo lamentaría al día siguiente. De eso no tenía duda.

—No puedo dormir contigo. Así no.

—¿Por qué no? Sé que estás acostumbrada a la pasión. Habrá pasión, Elysse, pero eso tú ya lo sabes.

Elysse recordó cómo era estar entre sus brazos. Recordó la otra noche, en el despacho de Windsong Shipping, y por un momento lo miró, sabiendo que su pasión sería un infierno si la desataban. Porque, en lo más profundo de su corazón, ella seguía amándolo. Y eso la aterrorizaba.

Se refugió de nuevo en su disfraz. Habló en voz baja, con calma, con sensatez.

—Te estoy pidiendo que reflexiones sobre lo que te pedí

ayer. Estoy dispuesta a ceder. No tienes por qué salir conmigo todas las noches, sólo un par de veces a la semana. Organizaré una cena. Tú puedes confeccionar la lista de invitados, si lo deseas. Pero necesito que estés presente, para que podamos comenzar con el juego de las apariencias.

Él la fulminó con la mirada.

—¿Y por qué debería pensar en lo que me has pedido, si no voy a obtener nada a cambio?

Ella alzó la barbilla.

—Estamos casados, para bien o para mal. Yo no te pedí que te ofrecieras para casarte conmigo hace seis años. Debes cumplir con tus responsabilidades. No voy a marcharme de esta casa, y tú mismo has admitido que nuestra relación es intolerable. Te ofrezco una solución justa, pero requiere cortesía por ambas partes.

—Cortesía. Qué aburrimiento. Lo pensaré.

Ella comenzó a sonreír.

—Oh, no —dijo él rápidamente—. Porque será mejor que tú pienses en lo que yo te he pedido a cambio. Quid pro quo, Elysse.

Ella se quedó inmóvil.

Él se echó a reír y se marchó.

CAPÍTULO 11

—¿Estás muy enfadada conmigo? —preguntó Ariella.

Elysse alzó la vista desde el escritorio. Había descubierto un salón pequeño y alegre en el piso bajo de la casa, con un papel de flores en las paredes y un mobiliario bonito. Las ventanas daban a la rosaleda que había detrás de la casa. Había decidido convertirlo en su salón personal; desde allí atendería su correspondencia, haría listas, pondría al día su agenda y llevaría la casa.

Ariella se detuvo en el umbral de la puerta con inseguridad. Reginald estaba con ella. Era lunes por la mañana, y Elysse se había pasado todo el día anterior instalándose y deshaciendo su equipaje. No había vuelto a ver a Alexi desde su conversación después de la ópera. Él se había marchado el domingo por la mañana, temprano, y cuando había vuelto, por la noche, ella ya se había retirado. Tenía las puertas de su dormitorio cerradas, pero estaba despierta y esperando para ver si él intentaba entrar. Alexi no se había detenido al pasar junto a la puerta de su habitación. Había pasado de largo.

Ella no tenía ni idea de dónde había estado durante todo el día.

Elysse sonrió a Ariella mientras pensaba en su difícil marido. Él estaba pensando en un nuevo acuerdo, en el que fingiría que su matrimonio era feliz, pero esperaba que ella accediera a acostarse con él en compensación. Todavía la culpaba por lo ocurrido con William Montgomery, y sentía que ella lo había atrapado en un matrimonio que él no deseaba. Ella nunca podría acostarse con él en aquellas circunstancias. Permitirle tal intimidad a Alexi, cuando él continuaba culpándola por el pasado, le causaría un dolor muy difícil de soportar.

Elysse estaba desesperada por todo lo que él le había dicho. Alexi seguía juzgándola por todas sus acciones, tanto las del pasado como las del presente. Se negaba a tener en cuenta que ella había cambiado. Era como si estuviera completamente decidido a verla como una coqueta tonta y egoísta.

Elysse entendía por qué se sentía como si lo hubiera atrapado en el matrimonio, aunque aquélla nunca hubiera sido su intención, y esperaba que él se diera cuenta. Sin embargo, ahora ella ya entendía la causa de su ira. El amigo de Alexi había muerto por su culpa, y ellos estaban casados. Para él, las cosas eran así de sencillas.

A Elysse le hacía daño pensar en la amistad que habían tenido en el pasado, y en lo que había en su lugar en el presente.

Quería volver atrás en el tiempo, a un momento anterior a la muerte de William Montgomery, cuando él era el chico más fascinante que ella hubiera conocido, un chico que la admiraba y que hubiera hecho cualquier cosa por ella.

¿Seguía queriéndolo? ¿Era posible? ¡Ojalá no! Elysse tenía miedo de quererlo, de haber estado echándolo de menos durante todos aquellos años.

Se puso en pie. Se alegraba de tener compañía. No tenía tiempo para compadecerse de sí misma. Reginald las dejó a solas, y Ariella entró en la estancia.

—¿Por qué se te ocurrió invitar a Alexi a la ópera? Fue un desastre, Ariella —le dijo. Sin embargo, no podía permanecer enfadada con su mejor amiga durante mucho tiempo, y las dos lo sabían.

Ariella hizo una mueca de consternación.

—Esperaba que saliera algo bueno de vuestro encuentro.

—Estamos viviendo en la misma casa, por si no te habías dado cuenta.

—Me he dado cuenta de que Alexi y Stephen aparecieron en casa ayer por la tarde para intentar llevarse a mi marido de juerga, como si Emilian siguiera siendo soltero, aunque no lo consiguieron. También me he dado cuenta de que está muy celoso de Blair, Elysse. Tal vez sí ocurrió algo positivo en la ópera. Y tal vez deberías pensarte dos veces si es bueno que continúes siendo amiga de Thomas.

Elysse dio un respingo.

—Puedo asegurarte que Alexi no está celoso. A él no le importa lo que yo haga.

Al fin y al cabo, él se lo había dicho muchas veces.

—Eso no puedes creértelo.

—¿De verdad crees que yo le importo? —preguntó Elysse con incredulidad.

Sin embargo, no pudo evitar recordar el modo en que le había dicho que conservara a sus muchas amantes, como si a ella no le importara en absoluto, cuando la verdad era que sus aventuras le causaban un gran dolor.

Ariella suspiró y se alejó. Se detuvo ante las puertas de la terraza, como si estuviera admirando las flores y los jardines.

—No sé lo que siente por ti ahora. Sé que una vez estuvo loco por ti. Pero sí, creo que le importan mucho tus aventuras.

Ella se echó a temblar.

—Él nunca ha estado loco por mí, Ariella.

—Cuando éramos niños estaba embelesado. Si tú no te dabas cuenta, eras la única.

¿Era posible? Cuando se dio cuenta de que deseaba que fuera cierto, se apartó de la cabeza aquel tonto anhelo.

—No importa lo que sintiera cuando teníamos ocho años.

Ariella se volvió hacia ella.

—Es muy orgulloso, como tú. A ti no te gustó verlo con otra mujer, cualquiera pudo darse cuenta de ello, como a él no le gustó verte con Blair. Sólo va a estar en Londres hasta junio o julio, Elysse. ¿No puedes terminar las cosas con Blair, aunque sólo sea temporalmente, para poder tener una oportunidad de arreglar las cosas con mi hermano?

Si ella creyera que terminar con la amistad que tenía con el banquero ayudaría en algo a su matrimonio, pensaría en ello. Sin embargo, Alexi era un mujeriego. ¿Terminaría él con sus aventuras? ¿La acompañaría por la ciudad como hacían los maridos con las mujeres? Su situación continuaba en punto muerto.

—Blair se está convirtiendo en un buen amigo, Ariella, y lamentaría perderlo —dijo por fin.

—Sé que no has sido infiel a mi hermano, pese a lo que piense todo el mundo. Pero Alexi no sabe que has sido fiel.

Elysse se mordió el labio. No iba a admitir ante Ariella la verdadera razón de su fidelidad. Ella era la hermana de Alexi, y era muy capaz de entrometerse si pensaba que era por su bien.

—No voy a comentar nada sobre mi vida personal.

—Sé que quieres que todos piensen que eres una persona frívola que colecciona amantes. Todavía no sé si acerté convenciendo a Alexi para que viniera a la ópera. No creo que esté interesado en Louisa Weldon, a propósito. ¿Cómo os estáis llevando Alexi y tú?

Ella vaciló. Se había quedado sorprendida por el comentario que había hecho Ariella sobre Louisa.

—No muy bien. Estoy intentando convencerlo de que finja que está felizmente casado conmigo, por orgullo, para que podamos dar una imagen de unión ante la sociedad. No es fácil.

—Sedúcelo.

Elysse se atragantó.

—¿Disculpa?

—Creo que me has oído perfectamente —dijo Ariella con una sonrisa de picardía—. Elysse, los hombres son idiotas en lo referente a las mujeres que desean. Y Alexi no es una excepción.

A ella se le cortó la respiración.

—¡Te has vuelto loca! ¡Él tiene mujeres por todo el mundo! Le resulto indiferente —exclamó.

Sin embargo, recordó la forma de mirarla de Alexi, con evidente deseo. Él era un hombre seductor y sensual. Ella no podía respirar al pensar en lo claramente que había dicho lo que deseaba.

¿Acaso tenía razón Ariella?

¿La deseaba de veras? ¿O estaba intentando herirla en aquel feo enfrentamiento en el que estaban inmersos?

—Siempre que Emilian y yo nos enfadamos, y quiero arreglar las cosas, lo engatuso para llevármelo al dormitorio —dijo Ariella alegremente—. Al día siguiente está comiendo de mi mano.

Elysse se paseó por el salón. Ella nunca le diría a Ariella que ni siquiera tendría que seducir a Alexi. Sólo tendría que decirle que aceptaba su proposición. Se acercó al escritorio, donde había dejado la lista de invitados para la cena que estaba organizando.

—Voy a dar una cena el viernes. ¿Queréis venir Emilian y tú?

—Por supuesto —dijo Ariella, y le acarició el brazo a su amiga—. Estás triste, Elysse. No lo niegues. Y mi hermano es el motivo de tu tristeza.

—Alexi lamenta haberse casado conmigo. Me lo ha dicho. Nuestras discusiones son muy desagradables. Temo nuestro próximo encuentro.

—Es cierto que no tenía ganas de casarse a los veintiún años, razón por la que ojalá yo supiera por qué se casó contigo, para empezar. Nunca me has contado lo que ocurrió aquella noche.

—Nos sorprendieron dándonos un abrazo apasionado, ¿no te acuerdas? —dijo Elysse. Ariella soltó un resoplido de incredulidad y Elysse prosiguió rápidamente—. Tendremos que aprender a llevarnos bien, eso es todo —dijo.

Acababa de decirlo cuando se oyeron unos pasos en el pasillo. A ella se le encogió el corazón de miedo y de impaciencia.

Alexi apareció en el umbral. Al instante, sus miradas se encontraron.

A ella le dio un vuelco el corazón, y después se le aceleró el pulso incontrolablemente. Él iba vestido para dar un paseo vespertino, con una chaqueta de montar, pantalones de ante y botas altas, tan guapo y elegante como siempre. Debía de ser consciente de ello, porque sonrió lentamente.

Elysse se recordó que no era elegante, ni guapo, ni seductor. No debía pensar así. Estaba tan nerviosa... No había vuelto a verlo desde la discusión del sábado por la noche, después de la ópera. Y todavía se sentía extraña viviendo en su casa.

Él pasó la mirada por su figura con deliberación. Ella llevaba un sencillo vestido color marfil, con un escote alto, de manga larga, pero se sintió casi desnuda. Las mejillas comenzaron a arderle. Él le dedicó una sonrisa burlona, como si supiera que ella no podía escapar a la atracción que había entre los dos, y se giró hacia su hermana.

Ariella le dio un abrazo.

–¡Deja de ser un marido grosero, Alexi! ¡Lo digo en serio!

Él soltó a su hermana y miró a Elysse. La sonrisa se le había borrado de los labios.

–Yo nunca soy grosero –dijo–. Tengo unos modales impecables.

Ella se cruzó de brazos. ¿El temblor de sus rodillas y los latidos de su corazón indicaban que la atracción continuaba? Ella no quería creer que Alexi, con sólo entrar en una habitación, podía tener tal efecto en ella.

–Tus modales son impecables con todo el mundo, salvo conmigo.

–Pero tú me provocas, Elysse, como estás haciendo ahora. Y admito que a mí me divierte provocarte a ti.

–Los niños provocan a los cachorritos, Alexi, y a los hurones enjaulados, y a las niñas. Ya no tienes ocho años, aunque te guste comportarte como si los tuvieras.

—¿Dónde están tus modales, querida?
—Quid pro quo —respondió ella, intentando molestarlo.
Él sonrió. Claramente, se divertía. Y ella se ruborizó.
—¿Y ahora me desafías? —preguntó Alexi.
Desafiarlo era muy mala idea. Elysse se retiró.
—Yo nunca haría algo así, porque soy una buena esposa.
—Las buenas esposas no discuten con sus maridos, ni les niegan nada —dijo él.
Ella inhaló una bocanada de aire. Era consciente de lo que él quería implicar.
—Llevamos discutiendo desde la infancia.
Ariella los miraba alternativamente, con los ojos abiertos como platos.
—Yo soy una buena esposa y discuto con Emilian todo el rato.
—Tú, mi querida hermana, eres una arpía.
Ariella miró al cielo con resignación.
—Mi marido no tiene la misma opinión.
Elysse se dio cuenta de que no había apartado la vista de Alexi desde que él había aparecido en el salón. Tomó la lista de invitados y se acercó a él, intentando mantener la compostura.
—Estoy organizando nuestra primera cena para el viernes de dentro de dos semanas. Será una fiesta pequeña, con una docena de parejas —dijo—. Espero que cuente con tu aprobación.
—No sabía que íbamos a dar una fiesta, Elysse —replicó él, y entornó los ojos—. ¿Significa eso que hemos llegado a un acuerdo?
Ella enrojeció.
—Significa que vamos a tener veintidós invitados y que tú ocuparás la cabecera de la mesa, el lugar del anfitrión.
Él se cruzó de brazos.
—¿De verdad? ¿Y por qué tengo que obedecerte?
Ariella lo agarró del codo.
—Si tu mujer quiere dar una cena, debes complacerla, Alexi. Todos los maridos van a las fiestas de sus esposas.

Él no apartó la vista de Elysse.

—Creía que habíamos acordado que cumplirías con tus responsabilidades de marido un par de veces a la semana —dijo ella, y tragó saliva.

No habían acordado nada semejante, y Elysse no podía creer cómo lo estaba presionando en aquel momento. Sin embargo, estaba empeñada en salvar la reputación de su matrimonio. No era demasiado pedir.

—Yo no he accedido a tal cosa. Quid pro quo, Elysse —añadió suavemente.

Ariella le dio un codazo en las costillas.

—¡Ya está bien! ¡Haz lo que te ha pedido!

Alexi la miró con el ceño fruncido.

—De acuerdo. Toleraré una noche, pero este asunto está zanjado.

¿Cómo había ganado aquel combate? Elysse casi se sintió mareada. Le dio la lista y preguntó:

—¿Hay alguien más a quien te gustaría invitar?

Él leyó rápidamente la lista, y después alzó los ojos.

—No veo el nombre de Thomas Blair.

Ella se quedó helada.

—Porque no está invitado.

—Invítalo.

Elysse comenzó a temblar.

—¿Por qué estás haciendo esto?

—¿El qué? No lo estoy invitando porque sea tu amante. Lo invito porque es mi banquero.

Estaba intentando acabar con su equilibrio, pensó Elysse.

—Además, si hay alguien que puede enterarse de qué planes tiene, ésa eres tú.

—¿Cómo?

—Él financia a otros comerciantes. De hecho, financia los viajes de algunos de mis competidores. Desearía conocer los detalles... querida.

Ella se atragantó de la incredulidad.

—¿Quieres que espíe a Blair por ti?

—Umm. «Espiar» es una palabra demasiado fuerte, pero sí, es exactamente lo que quiero que hagas.

Sonrió triunfalmente, asintió para despedirse de ambas mujeres y se marchó.

Elysse se dio cuenta de que había arrugado la lista sin querer mientras lo miraba.

Ariella le acarició el brazo. Estaba muy pálida.

—Oh, vaya —dijo—. Elysse, si te sirve de consuelo, de vez en cuando Emilian desea saber lo que traman sus socios y sus rivales, y me envía a descubrir discretamente cuáles son sus planes.

—Yo no voy a espiar a Blair —dijo Elysse.

—A mí no puedes engañarme. Alexi y tú estáis peor que nunca. Alexi quiere hacerte daño. Ojalá yo supiera por qué.

Elysse hubiera querido contarle todo a su amiga, pero no podía. Cerró los ojos y respiró profundamente.

—Estoy bien —mintió. Después sonrió—. ¿Vas a quedarte a comer? Me he traído al chef del piso de Grosvenor Square, y como sabes, es un excelente cocinero.

Elysse sonrió a otra pareja en el vestíbulo, y les agradeció que hubieran asistido a la cena. Ya habían llegado todos los invitados, salvo Blair.

A ella se le encogió el estómago al decirle a lady Godfrey lo mucho que se alegraba de verla otra vez. Mientras charlaban brevemente, miró a su marido. Alexi estaba al otro extremo de la entrada, recibiendo a todo el mundo mientras entraban al salón dorado donde tomarían un brandy antes de comenzar la cena. Estaba increíblemente guapo con su chaqueta blanca y sus pantalones negros. Sonreía, y ella sabía que estaba desplegando todo su encanto hacia los invitados. Se estaba comportando muy bien, y Elysse se preguntó cuánto iba a durar aquel buen comportamiento.

Volvió a encogérsele el corazón al ver las luces de un carruaje que se acercaba hacia la puerta. Permaneció junto a la entrada, vestida con un traje azul zafiro, intentando que nadie se diera cuenta de lo preocupada que estaba.

Había querido hablar del tema de Thomas Blair con Alexi, porque estaba segura de que tenía motivos peligrosos para invitarlo, pero apenas lo había visto durante aquellas dos semanas. Todos los días se marchaba a las oficinas de Windsong Shipping, o salía con posibles inversores, y todas las noches también. Si estaba con otras mujeres, ella no había oído ningún rumor, pero él nunca volvía a casa antes de las dos o las tres de la mañana. Era evidente lo que estaba haciendo, y a ella le dolía. Sin embargo, también ella lo evitaba; a menudo no salía de su habitación hasta que él se había ido.

Ella había seguido con su vida, y había asistido a una gala del Museo de Londres y a varias fiestas. Por primera vez en seis años lo había hecho sin acompañante. Una docena de veces le habían preguntado dónde estaba su marido, y ella lo había excusado cuidadosamente. En aquellos momentos, su sonrisa y su máscara no habían vacilado. Pero en casa, en el refugio de su dormitorio, se desesperaba.

Estuviera con quien estuviera, hiciera lo que hiciera, por lo menos estaba siendo muy discreto. Sin embargo, para ella era imposible sentir agradecimiento.

Era casi como si nada hubiera cambiado. Alexi se había pasado seis años evitándola, y en aquel momento hacía lo mismo.

Al final, ella no había tenido ocasión de hablar de la asistencia de Blair a la cena.

No importó. Parecía que Alexi lo había visto en la ciudad y lo había invitado personalmente. Ella sólo lo sabía porque había recibido la respuesta afirmativa de Blair.

Estaba empeñada en que aquella cena fuera un éxito. Mantendría el drama al mínimo, por lo menos hasta que se hubiera marchado el último de los invitados. Al fin y al cabo, el objetivo de aquella velada era convencer a todo el mundo de que Alexi y ella estaban felizmente casados. No sabía lo que pretendía Alexi invitando a Blair, pero pensaba esquivar cualquier problema.

El carruaje de Blair se detuvo ante los escalones de la entrada, donde se encontraba Elysse. Ella sonrió. Ojalá él hubiera decidido no acudir a la fiesta. Sin embargo, en parte se alegraba de verlo. Él siempre sería un buen amigo.

De su carruaje salió una mujer, y Blair la siguió. Estaba muy elegante, muy guapo con su frac negro. Mientras se acercaban a la entrada, Elysse vio que era una mujer rubia y atractiva, de su edad aproximadamente. Se preguntó si él estaría interesado en ella de verdad, y se sintió consternada a pesar de no tener ningún derecho. Ella ya sabía que él iba a llevar una acompañante.

Blair le tomó ambas manos.

—Estás tan bella como siempre —le dijo en voz baja, para que sólo ella pudiera oírlo. Elysse sintió alivio al saber que él la había echado de menos.

Le besó una de las manos y le presentó a la señora Debora Weir. Era una viuda reciente, y se había mudado a vivir a la ciudad.

—Su marido fue cliente mío durante muchos años —añadió—. La señora Weir ha heredado varias minas de carbón muy lucrativas.

—Me resultaba muy aburrido permanecer sola en el campo, ahora que falta Philip —dijo la señora con seriedad—. Estoy muy contenta de conoceros por fin, señora de Warenne. He oído hablar mucho de vos y de vuestras veladas, y también de vuestro marido —añadió, y miró a Alexi—. ¿Es ése el capitán?

Elysse se volvió y vio que Alexi los estaba observando como un halcón. Después miró a Blair, que sostuvo su mirada durante un instante.

—Señora Weir, os presentaré a mi marido —dijo Elysse—. Nuestra compañía transporta a menudo carbón por el mundo. No estoy segura de cuáles son vuestros agentes, pero deberían preguntar por nuestros contratos y tarifas.

Blair le tocó el codo para indicarle que avanzara.

—Creo que Windsong Shipping sí transporta algunos cargamentos de Weir Limited, pero tal vez me equivoque.

Elysse se dio cuenta de que Alexi los estaba mirando abiertamente. En aquel momento se preguntó si el hecho de haber invitado a Blair era una especie de examen. De ser así, ella estaba decidida a aprobarlo. Sin embargo, se negaba a espiar para él.

—Espero que estemos haciendo negocios con ustedes —dijo la señora Weir.

Elysse se volvió hacia su marido.

—Alexi, querido. Ya conoces a Thomas, por supuesto. Y te presento a la señora Debora Weir. Tal vez transportemos su carbón.

Alexi sonrió a la bella mujer y le hizo una reverencia sobre la mano. Después, Blair y él se estrecharon las manos. Alexi lo miraba con frialdad, pero Blair estaba impertérrito.

—Os agradezco mucho vuestra invitación, capitán —dijo Blair con gracia—. Vuestra nueva residencia es espectacular.

De repente, Alexi le pasó el brazo por la cintura a Elysse.

—Eso creemos nosotros también.

Elysse no podía dar crédito, pero dijo con calma:

—Estamos muy contentos de que hayas aceptado nuestra invitación, Thomas.

Él miró la mano de Alexi, que estaba extendida sobre la cadera de Elysse.

La incomodidad de ella aumentó. Alexi estaba a su derecha, y Blair a su izquierda. Los dos se miraban sin sonreír. Y no parecía que nada hubiera terminado con ninguno de los dos hombres.

La velada estaba a punto de terminar, y no había ocurrido nada horrible, todavía.

Elysse sonrió al otro lado de la mesa de la cena. Se habían servido los postres y casi todo el mundo había terminado. Sus veintidós invitados parecían satisfechos y estaban charlando alegremente entre ellos. Se habían consumido siete botellas de vino completas, cuatro de vino blanco y tres de vino tinto. Ella sabía, por experiencia, que cuanto más vino se bebiera, más éxito tenía una reunión.

Estaba sudando de nervios, pero siguió sonriendo. Hasta el momento, la velada había sido un éxito.

Alexi, en la cabecera de la mesa, captó su mirada y sonrió también. Había estado mirándola con indolencia durante toda la noche, como si estuvieran jugando al gato y al ratón. Sus miradas la incomodaban y le hacían sentirse insegura. Evidentemente, él sabía que ella estaba intentando mantener el engaño, y que evitar el escándalo era su prioridad. Elysse se había pasado toda la cena ignorando sus intentos de provocarla con sus miradas, y se había dedicado a charlar con sus invitados.

Él siguió observándola, cada vez con más intensidad. Ella lo percibió por el rabillo del ojo.

Se le aceleró la respiración. Tenía el presentimiento de que él pensaba pedirle compensación por su contribución al éxito de la cena. Bien, podía pensar lo que quisiera; no habría tal compensación.

Hasta el momento, Elysse estaba segura de que nadie notaba la tensión que había entre su marido y ella, salvo Blair. Con su inteligencia acostumbrada, había estado observándolos toda la noche. Estaba sentado cerca de Alexi, al otro lado de la mesa, frente a la señora Weir. Había visto las miradas de Alexi, y tenía una expresión preocupada. A ella casi se le había olvidado lo bueno que era, y lo protector. Elysse le sonrió. Thomas era un aliado, pero ella podía sobrevivir al resto de la noche, fueran cuales fueran las intenciones de Alexi.

Alexi y Blair habían conversado un poco durante la velada, lo cual aumentaba la tensión de Elysse. Blair le había dicho que Alexi le caía bien, pero su marido consideraba al banquero un rival. Ella se preocupaba por Blair, pero él era demasiado sofisticado como para dejarse angustiar por los trucos que su esposo pudiera tener en la manga. Además, Elysse sabía que estaban hablando del comercio internacional.

No iba a pasar nada malo aquella noche, pensó. Sólo tenían que seguir durante una hora más, los hombres con sus cigarros y su brandy, y las señoras con el jerez y el oporto. Después ella podría marcharse a su habitación y cerrar la puerta con llave. No habría conversación nocturna ni brandy con su marido. Sería demasiado peligroso.

Alexi volvió a mirarla con aquella media sonrisa. Elysse se ruborizó y se puso en pie. Sus invitados comenzaron a hacer lo mismo, y las dos docenas de sillas se deslizaron hacia atrás por el suelo.

Ella miró a Alexi para indicarle que acompañara a los hombres, pero él, que tenía la copa de vino en la mano, la alzó ante sí.

—Un momento —dijo.

Elysse se quedó helada.

—Me gustaría hacer un brindis por mi bella esposa, sin la cual, esta agradable cena no habría tenido lugar.

Cuando todo el mundo elevó sus copas y la miró, ella sonrió, pero con el corazón encogido. Alexi la miró lentamente. Tenía los ojos demasiado brillantes. Ella se puso muy tensa. Estaba segura de que él tenía intención de asestarle un golpe horrible.

—Por una velada feliz —prosiguió él, en tono indiferente—, la imagen de un matrimonio feliz... ¿no están de acuerdo?

Hubo un breve silencio. Entonces, Blair dijo:

—Brindemos.

Si Alexi la humillaba en aquel momento, Elysse no lo perdonaría jamás. Estaba aturdida de miedo.

—Me casé con la mujer más bella del mundo. Es encantadora, lista, ingeniosa y una anfitriona sin parangón —dijo él, sin dejar de sonreír.

Elysse no podía moverse. ¿Qué diría después?

Él la atravesó con la mirada. No había calidez en sus ojos, y su tono era burlón.

—Por mi muy leal, muy bella y muy deseable esposa —dijo, y apuró el vino—. Una mujer a la que todos los hombres deben desear. Una mujer a la que sólo yo puedo tener. Qué afortunado soy. Me casé con un dechado de virtudes. ¿No están de acuerdo? —repitió.

Elysse consiguió seguir sonriendo, pero era consciente de que sus invitados estaban muy confusos. Sus palabras no eran precisamente insultantes, pero hablaba con sarcasmo. La reputación de Elysse era bien conocida, y algunos de sus invitados debían de estar percibiendo la ira de Alexi contra ella.

Maldito. ¡Tenía intención de estropear la noche y dejar claro que su matrimonio era una farsa!

—Ahora me toca a mí —dijo ella, y tomó su copa—. Por el capitán naval más valiente de todos los tiempos. ¡Que su récord desde China permanezca durante muchos años! Por mi esposo, un héroe y un caballero.

Hubo otro silencio, mientras los invitados los miraban alternativamente. Alexi dijo suavemente:

—Así que somos muy afortunados, ¿no es así?

Ella mantuvo la sonrisa con firmeza.

—No hay en Londres una mujer tan afortunada como yo.

Blair intervino, alzando la copa de nuevo.

—Me gustaría hacer un brindis. A la mejor anfitriona que haya conocido, la mejor que haya habido en Londres, y como ha dicho el capitán, una mujer sin parangón.

Ella lo miró con ganas de echarse a llorar.

Las copas chocaron entre sí, y los invitados secundaron el brindis. Ella miró a Blair, sin permitir que se le derramaran las lágrimas. Después miró a Alexi, temblando. Él tenía una mirada de furia.

Sus invitados comenzaron a salir, charlando entre ellos. Blair vaciló al pasar a su lado, pero ella negó con la cabeza rápidamente porque no quería que le hablara en aquel momento, para no perder lo que le quedaba de compostura. Se recordó que Alexi no había hablado mal de ella. Sus palabras habían sido halagadoras. Sólo su tono había sido sarcástico.

Alexi fue el último que pasó junto a ella.

—¿Estás contenta, Elysse? —le preguntó burlonamente—. ¿Te ha gustado mi brindis?

Ella se negó a contestar.

Él se inclinó hacia ella.

—Tienes a Blair en el anzuelo. Recoge hilo.

Ella le soltó un siseo de rabia.

Alexi sonrió y se marchó. Ella se quedó a solas en el pasillo. Elysse se apoyó en la pared, temblando. Por lo menos, él había tenido la decencia de no decir nada inapropiado contra ella. ¿Había conseguido estropear la velada? Elysse no lo sabría hasta que oyera los chismorreos del día siguiente.

—Elysse.

Se volvió y se alegró de ver a Blair, aunque sabía que estar a solas con él en el pasillo era muy poco adecuado y, además, peligroso.

Él se acercó y la tomó de las manos.

—Estoy muy preocupado por ti.

—Me las arreglaré.

—¿De veras? ¿Es así como piensas vivir tu vida? ¿Arreglándotelas con este terrible enfrentamiento con De Warenne? ¿Permitiéndole que te insulte y fingiendo que no lo ha hecho?

Ella se echó a temblar.

—No me queda más remedio, Thomas.

—Siempre hay un remedio —replicó él.

Ella apartó las manos.

—Estoy casada con él, para bien o para mal.

—Y es mucho peor de lo que yo sospechaba, ¿verdad?

Elysse tuvo la sensación de que los estaban vigilando. Miró más allá de Blair.

Alexi estaba al final del pasillo, observándolos fijamente. Su mirada era fría y dura.

—Sí —dijo ella suavemente—. Es peor de lo que pensabas.

CAPÍTULO 12

Por fin se marcharon todos los invitados. Elysse vio a Alexi cerrar la puerta principal, y se quedó a solas con él en el vestíbulo. Cuando él se volvió y la miró, ella se preguntó si podría oír los latidos de su corazón. Estaba muy, muy enfadada por el brindis que había hecho.

Él tenía una sonrisa, casi una mueca de desdén, en los labios.

—¡Otra noche de éxito! ¡Todos saludan a la reina de Londres, Elysse de Warenne!

Elysse se puso muy tensa.

—Debes de estar contenta. Tus amigos van a comentar esta cena mañana, entre alabanzas, susurrando lo perfecta que era la comida, la decoración, tu vestido, las joyas, ¡la compañía! Salvo aquéllos que no han sido invitados. Ésos te criticarán con saña.

Ella se cruzó de brazos.

—Así es la sociedad. Siempre hay chismorreos, y algunos son maliciosos. Pero eso te agradaría, ¿no?

Sin dejar de sonreír, él respondió:

—¿Y por qué piensas eso?

Ella explotó.

—¡Lo sabes muy bien! ¡Todo el mundo se ha dado cuenta de lo burlón que ha sido tu brindis hacia mí!

—¿Que me estaba burlando? —preguntó él con inocencia.

—¡Claro que sí! ¿Querías echarlo todo por tierra?

Él la tocó. Ella se puso rígida y no se movió cuando él deslizó el pulgar sobre su cuello.

—Dudo que los chismosos se acuerden de mi brindis, querida... Me imagino que estarán más interesados en el hecho de que estás saltando del lecho de Blair al mío.

Ella se apartó de él.

—¡Cómo te atreves! ¿Te he preguntado yo alguna vez por los horarios que llevas, y con quién estás? Me siento agotada. Me voy a mi habitación. Buenas noches.

—Oh, vamos, la noche es joven —dijo él, bloqueándole el paso—. Toma una copa conmigo, Elysse.

—Creo que ya has bebido demasiado. Yo, por lo menos, sí.

Él sonrió.

—Ésta es la Elysse O'Neill que conozco desde hace dos décadas: estirada y arrogante. No estoy borracho, querida. Todos los presentes han visto cómo te miraba Blair, con preocupación, con consideración. ¡No podía quitarte los ojos de encima! Todo el mundo se da cuenta de que tu último amante es tu caballero de brillante armadura. Debes de estar entusiasmada, porque hay otro hombre que ha caído rendido ante tus indiscutibles encantos.

—Si alguien ha visto algo, ha sido cómo me has estado mirando tú durante toda la cena. ¿Me permites pasar?

Él no se apartó.

—¿Y cómo te he mirado, querida?

—Como si fuera la última prostituta que ha captado tu interés.

—Pero es que tú has captado mi intención —respondió él con una carcajada, como si estuviera encantado. Después la tomó del brazo—. Quiero tomar un brandy acompañado, Elysse. Tenemos mucho de lo que hablar.

Ella no quería tomar una copa con él, y no sólo porque hubiera intentado estropear la noche. No se fiaba de él, y menos a aquellas horas. Quería estar a solas en su dormitorio para aclararse las ideas. Además, tampoco confiaba en sí misma; el cuerpo le vibraba y era muy consciente de la presencia de él, por muy angustiada que se sintiera. No era lo suficientemente fuerte como para alejarse de él en aquel momento, así que ni siquiera lo intentó. De mala gana, lo precedió por el pasillo.

–Podemos hablar de lo que desees mañana.

–Vamos, no puedes negarte. He sido el marido perfecto esta noche. Debo obtener alguna compensación por ello.

–Has sido el marido perfecto hasta que decidiste burlarte de mí con ese brindis –dijo ella, mientras entraban en la biblioteca.

Él sonrió.

–¿Pero de veras me he burlado de ti, querida? –preguntó, y pasó la mirada, lentamente, por sus rasgos y por su escote–. ¿Te he dicho que ese vestido me gusta mucho?

Estaba disfrutando de su angustia, como disfrutaba siendo lo más sugerente posible. Ella sintió ganas de decirle con claridad que no iba a permitirle el paso a su habitación aquella noche, y mucho menos a su cama. No iba a cambiar de opinión. Alexi sonrió como si le hubiera leído la mente y no la creyera; se alejó de ella y sirvió dos copas de coñac.

Ella tomó aire, lamentando estar tan sensibilizada ante aquel hombre. Ojalá no se le acelerara el pulso. Ojalá Blair fuera su amante. Ojalá ella no fuera una virgen sin experiencia. Decidió ignorar aquel tema que le ocupaba la mente, y dijo:

–Si mañana hay cotilleos sobre ese brindis, espero que los zanjes antes de que se extiendan por toda la ciudad.

Él volvió hacia ella y le entregó una de las copas.

–Creía que era un brindis precioso –dijo–. ¿Has pensado en lo que yo deseo a cambio de mi representación?

–No quiero salir mañana y oír a la gente susurrando a mis espaldas acerca de la animosidad que hay en mi matrimonio.

–Estás evitando mi pregunta.

Ella apartó la vista de la de él; estaba empeñada en cambiar de tema.

—No sabía que Blair y tú os llevabais tan bien —dijo—. ¿De qué habéis hablado?

—No nos llevamos bien. Somos socios —respondió él, y dio un sorbito a su coñac. Ya no sonreía—. Muy bien, retrasemos lo inevitable si quieres. Hemos hablado sobre la diplomacia de cañonero del Ministerio del Exterior. Los dos deseamos que aumente el comercio con China. Después hemos hablado sobre el precio del maíz y del azúcar. Eso nos ha llevado a una conversación sobre el tráfico de esclavos. ¿Y de qué habéis hablado Blair y tú? Claramente, estaba rendido a tus pies, humillado, antes y después de la cena.

—Blair no se humilla. ¿Sólo hablasteis de eso?

—No hablamos del interés que siente por ti, querida, si es eso lo que te estás preguntando. Parece que Janssen se ha puesto en contacto con él para obtener financiación. ¿Le has preguntado por sus otros clientes, querida?

—Ya te he dicho que no voy a espiarlo, Alexi, y lo digo en serio.

Él agitó lentamente la cabeza.

—¿Sabes? No sabía si utilizar el adjetivo «leal» en mi brindis. La próxima vez me abstendré de hacerlo.

Él se refería a su infidelidad en el brindis, cuando ella era una mujer fiel. Por supuesto, él no lo sabía, y nunca iba a saberlo. Pero, claramente, su negativa a espiar a Blair significaba para Alexi tanto como sus supuestas aventuras amorosas.

—Vaya, ¿no me respondes? Debes presionarlo, Elysse. Después de todo, mi fortuna es tu fortuna. Y a ti no te resultará difícil hacerlo. Blair está embobado contigo. ¿Cuándo vas a volver a verlo?

Ella se sentía cada vez más tensa.

—Si quieres saber cuándo será nuestra próxima cita, no lo sé.

—Ahora se trata de los negocios. Quiero saber a cuáles de mis competidores ha decidido financiar. ¿Creías que podrías usarlo contra mí? Pues te ha salido el tiro por la culata, Elysse. Ahora, yo te usaré a ti contra él —afirmó Alexi, y apuró la copa de un trago–. Estoy seguro de que te dirá cualquier cosa que tú quieras saber, en el momento apropiado.

Ella dejó la copa en la mesa, con tanta fuerza, que el sonido reverberó en la habitación.

–Tú tienes a tus amantes, Alexi, y por ello sólo eres un mujeriego. Y sin embargo, ¿yo soy una prostituta? ¿Es eso lo que quieres decir? ¿Que ahora tengo que prostituirme para conseguirte información?

–Yo soy un hombre –dijo él con calma–. Y no te he llamado prostituta. Esa palabra la has elegido tú.

–¡A mí me importa Blair! –gritó ella.

Él se ruborizó.

–Es mi amigo. Un amigo querido –añadió Elysse con tirantez–. Es evidente que no podemos tomar una copa juntos sin discutir. He tenido un día muy largo, y me voy a acostar.

–Y un cuerno –dijo él, y le impidió que se alejara.

Ella podría haber llegado a la puerta, pero esperó a que él hablara.

–Ya te he dicho que no me importa que Blair y tú tengáis una aventura. ¿Por qué iba a importarme? Nosotros nos casamos por la más sórdida de las razones, para ocultar tu devaneo con Montgomery y proteger tu reputación, que, de algún modo, permanece intacta, pese a tus aventuras.

–Sé muy bien por qué te casaste conmigo –dijo ella–, así que deja de recordármelo a cada instante. ¡Y yo no te pedí que fueras mi caballero andante! ¡Tú mismo te ofreciste!

–Y ahora, ¿es Blair?

Ella titubeó.

–Es muy protector conmigo.

–Se casaría contigo si pudiera.

–Pero no puede.

–Es una pena para vosotros dos –dijo él burlonamente–. Seréis unos amantes desventurados para siempre.

–¿Sabes, Alexi? Yo también me arrepiento de haber accedido a este matrimonio. ¡Fui una boba!

–Ah, por fin estamos de acuerdo en algo –dijo, y la tomó

por la barbilla para que alzara la cara. Ella se quedó helada, y él añadió suavemente—: Quiero acostarme contigo. Ojalá no lo deseara, pero lo deseo. Y es obvio que tú no eres indiferente hacia mí. Invítame a tu dormitorio, Elysse.

Sus ojos abrasaban. Por un momento, ella se imaginó cómo sería estar entre sus brazos y sentir sus besos. Lo empujó por el pecho, pero él no se movió.

—Debes de despreciarme mucho —le dijo con la voz ronca, presa del deseo—, para tratarme así.

—Creo que sí —respondió Alexi con aspereza—, pero si subimos juntos al dormitorio, yo no te odiaré en absoluto. Al menos, esta noche no.

¿Tan poco la respetaba? Aquellas palabras le hacían mucho daño! Volvió a empujarle el pecho. Él atrapó sus manos y las mantuvo allí. Su cuerpo completo quedó ceñido contra el de Alexi. Elysse no quería sentir aquella atracción, pero era imposible. Todas sus terminaciones nerviosas estaban alerta.

—¿Esto es un juego, querida? —preguntó Alexi—. Porque si crees que puedes excitarme rechazándome, lo estás consiguiendo.

Ella negó con la cabeza. Pese al deseo que sentía, estaba a punto de llorar.

—Yo ya no juego a nada, Alexi. Nunca nos llevaremos bien si me desprecias de verdad.

—No quiero que nos llevemos bien —dijo él—. No me importa nada nuestro matrimonio. Me importa ir contigo a la habitación ahora mismo. ¿Has pensado en mis términos? Esta noche yo me he comportado como un marido, y ahora te toca a ti comportarte como una buena esposa.

—¡No, no he pensado en tus exigencias, maldita sea! —gritó ella, con pánico.

—Mentirosa. Has estado pensando en acostarte conmigo durante toda la noche —dijo él entre carcajadas.

Y tenía razón. Aquellas exigencias la habían estado obsesionando desde que él las había expuesto. Durante la noche, todas sus miradas la habían alterado, la habían excitado.

—No entiendo por qué estás empeñado en tener relaciones conmigo —le dijo—. Ni siquiera nos gustamos. Tú mismo lo has dicho. Y tienes otras amantes.

—Dios, me recuerdas a una colegiala nerviosa. Salvo cuando estás coqueteando con otros hombres, claro. Entonces, eres tan sofisticada como una prostituta de lujo —él volvió a tomarla de la barbilla para que lo mirara a los ojos.

A Elysse le explotó el corazón.

—Por favor, deja que me vaya. Yo no soy una cortesana.

Él no la soltó.

—Te he dicho varias veces que no me importa con quién te acuestes. Incluso Clarewood me ha dicho que tienes derecho a buscar consuelo en otras partes.

Ella abrió unos ojos como platos.

—Dios Santo, ¿a Clarewood le parece bien? ¿Y qué más habéis dicho sobre mí?

—Es todo lo que hemos dicho sobre ti —dijo él, y su mirada se hizo lánguida. Añadió suavemente—: Tú estás en la punta de la lengua de todos los hombres, querida.

Elysse se quedó inmóvil. Su cuerpo enfebrecido ardió. Por muy inexperimentada que fuera, sus amigas hablaban cuando las puertas estaban cerradas, y estaba familiarizada con la naturaleza de muchos actos sexuales.

—¿Qué ocurre? —murmuró él, inclinándose hacia ella y apretándole la barbilla—. ¿Acaso quieres estar en la punta de mi lengua?

Aquellas palabras deberían haberla espantado. Ningún caballero le hablaría así a una dama. Y eran espantosas, pero no por esa razón. Ella se giró ciegamente para alejarse de él.

Alexi la soltó, pero la adelantó para cerrar la puerta antes de que pudiera salir al pasillo. Ella se detuvo. Se quedó paralizada por una excitación que la debilitó. ¿Qué demonios le ocurría?

Cerró los ojos con fuerza. Sabía lo que ocurría. Tenía veintiséis años y lo más lejos que había llegado en el sexo era un beso. Y Alexi seguía siendo el hombre más atractivo que ella hubiera conocido.

Él apoyó su cuerpo endurecido contra el de Elysse, y ella estuvo a punto de jadear. Él no debía saber lo mucho que la atraía. Intentó recuperar la compostura, pero no lo consiguió. No se dio la vuelta para mirarlo.

—Quiero aparentar que tenemos un matrimonio feliz —dijo con la voz ronca—. Eso es lo que quiero.

Se apoyó contra la puerta y posó allí la mejilla.

—No te creo —susurró él, acariciándole la nuca con los labios.

Ella se estremeció de placer.

—Creo que estás lista para que te seduzca —dijo él con la voz ronca, en tono de satisfacción.

¡Ella no quería que él adivinara sus sentimientos! No quería que supiera la humillación que había pasado, y el dolor que había sufrido, ni quería que supiera lo mucho que la atraía en aquel momento, en contra del sentido común. Se giró hacia él. Alexi dijo con petulancia:

—Soy mejor que Blair. Hazme caso.

¿Qué haría él si supiera la verdad, que ella nunca había tenido un amante?

Tuvo la terrible tentación de destapar su engaño, de contárselo todo.

El niño que ella conoció en el pasado sería comprensivo. La habría abrazado y consolado, y le habría hecho el amor.

Pero Alexi ya no era aquel niño, y la máscara del orgullo era todo lo que a ella le quedaba. Tenía que aferrarse a ella. Tenía que ser fuerte.

Él le sonrió y la rodeó con un brazo. Ella iba a decir que no, pero la acalló con los labios.

Elysse se quedó petrificada cuando la besó, con firmeza, con maestría y habilidad. Se estrechó contra ella y profundizó el beso, y probó sus labios con la lengua. Ella titubeó y se abrió para él. Alexi estaba vibrando de deseo, y ella también.

Él gruñó de satisfacción y se hundió en su boca. Ella sintió un dolor por dentro, que se intensificó peligrosamente. Mientras sus lenguas se entrelazaban. Lo empujó por los hombros, porque un pensamiento coherente se abrió paso en su mente: el orgullo era lo único que le quedaba.

–Alexi, para. No puedo.

Él se sobresaltó y la miró. Temblando, evitando sus ojos ardientes, ella pasó por debajo de su brazo y escapó hacia el bar, y él se dio la vuelta lentamente. Elysse estaba segura de que él había sentido un deseo tan fuerte que estaba sorprendido, de algún modo.

Elysse casi no sabía lo que estaba haciendo. Sólo podía pensar en aquellos besos abrasadores. Se sirvió un coñac con las manos temblorosas. Tal vez haberse mudado a vivir allí, con él, hubiera sido un error garrafal. Entre ellos había demasiado daño, demasiada humillación y demasiado dolor. Y en aquel momento, el deseo era insoportable y parecía que se intensificaba cada vez que se rozaban. Si él seguía presionándola, ella iba a sucumbir, estaba segura.

–Creo que quieres castigarme –dijo Alexi, finalmente, con la voz ronca–. O eso, o quieres jugar conmigo hasta el final. Y si ése es el caso, se te da magníficamente, Elysse.

Ella dio un sorbo de coñac, temiendo que le fallara la voz.

–Piensa lo que quieras. De todos modos es lo que vas a hacer.

No quiso mirarlo. Hizo girar el licor en la copa; todavía se sentía aturdida por el deseo que habían compartido.

–Estás temblando –dijo él. Su voz seguía ronca, dura.

–¿De veras? Ya te he dicho que estoy muy cansada. Creo que mañana voy a dormir hasta tarde –respondió Elysse. Por fin lo miró. Él tenía los ojos brillantes de excitación–. Y una cosa, Alexi. No intentes seducirme de nuevo.

Él sonrió lentamente.

–¿Por qué? ¿Acaso tienes miedo de que tus deseos carnales te hagan perder las riendas?

–No, claro que no –mintió ella–. Al contrario que tú, yo siempre me controlo.

Él se echó a reír.

—¿De veras? Entonces tendré que asegurarme de que sea yo el que rompe ese control, Elysse.

Ella se puso rígida. Sabía exactamente lo que él quería decir. La intensidad de su deseo le daba a entender que no iba a haber ningún control. No necesitaba tener experiencia para saberlo.

—¿Por qué te molestas en resistirte a mí? Cuando estemos en la cama, no importará que no nos caigamos bien.

—A mí sí.

De repente, a él se le borró la sonrisa de los labios, y abrió mucho los ojos.

—Dios Santo. ¿Estás enamorada de Blair?

Elysse se sobresaltó.

—Demonios, ¿cómo no me había dado cuenta? ¡Él es tan protector contigo, y tú eres tan tierna con él!

Ella pensó en si debía corregirlo. Sin embargo, si el hecho de pensar que estaba enamorada de otro hombre lo mantendría alejado, tal vez lo mejor fuera guardar silencio. Se cruzó de brazos y lo miró sin decir palabra.

—¿Estás enamorado de él? —le preguntó Alexi, casi gritando.

Ella tardó un momento en hallar la voz.

—Ni siquiera me voy a molestar en responder —dijo—. Me voy a la cama.

Pasó por delante de él, con los hombros erguidos y la cabeza alta. Entonces notó que él la seguía hasta el pasillo. Se puso muy tensa y miró hacia atrás al llegar a las escaleras.

Alexi estaba muy enfadado.

Ella comenzó a subir, pero él se detuvo a los pies de la escalera.

—Si estás enamorada de él, puedes decírmelo —dijo, en un tono súbitamente persuasivo—. Yo nunca te negaría el amor verdadero.

No lo decía de verdad, y ella lo sabía. No tenía ninguna respuesta que pudiera aplacarlo, porque no iba a creer una negativa.

—Buenas noches.

Ella no miró hacia atrás.

Un momento después, oyó un cristal rompiéndose. Elysse se encogió, se levantó las faldas y subió corriendo el resto de los escalones.

—Capitán, ¿puedo ayudaros en algo?

Alexi miró hacia arriba, con la brocha de afeitar en la mano, vestido sólo con unos pantalones de montar. Reginald estaba en la puerta, con la bandeja del desayuno, que contenía tostadas y mermelada, café y el periódico de la mañana. Claramente, se había quedado espantado por el desorden que reinaba en la habitación de Alexi.

—He estado haciendo la maleta, Reginald —dijo Alexi con el ceño fruncido.

Había un gran baúl vacío sobre la cama. Gran parte de su guardarropa estaba por la habitación, entre los cristales del espejo que había roto la noche anterior.

Si pasaba otro día más en la misma casa que su esposa, iba a explotar. Por lo tanto, se marchaba.

Lo que significaba que ella había ganado.

—Señor, ¿adónde os marcháis?

Reginald estaba escandalizado. Alexi suspiró. Se sentía tan tenso que le dolía el cuerpo.

—Me marcho a Windhaven a pasar una o dos semanas. Deseo visitar a mi padre y a mi madrastra —explicó.

Sin embargo, aquélla no era la verdad. Se marchaba de aquella casa para poder calmarse. Nunca había tenido un humor tan malo. Tenía ganas de arrancarle la ropa a Elysse. Si ella pasara una noche con él, tal vez no sintiera tanta pasión por Blair.

Con las manos en las caderas, miró hacia su puerta cerrada.

Ella estaba enamorada de Blair.

Y él todavía no podía dar crédito.

Se había pasado la mayor parte de la noche intentando comprenderlo, y todavía no lo había conseguido. Lo único en lo que podía pensar era en su infancia. Habían sido los mejores amigos del mundo desde que se conocieron, pese a la altanería de Elysse y al hecho de que fuera una chica. Los adultos se divertían mirándolos. Él había oído decir a alguien, una vez, con cariño, que estaban predestinados. Y no le había importado. Le había gustado.

Todo el mundo sabía que Elysse O'Neill lo quería, aunque sólo fueran niños. ¡Incluso él lo sabía!

Pero ella se había enamorado de otro hombre.

¿Por qué otro motivo iba a negar si no la pasión abrasadora que había entre ellos? Había estado a punto de admitirlo, y de hecho, si Elysse volvía a decirle lo mucho que apreciaba a su amigo Blair, tal vez él atravesara la pared más cercana de un puñetazo.

Pero, ¿qué esperaba él? Ya no eran niños. Por culpa de ellos había muerto un hombre. Por culpa de ella. Y como consecuencia, él se había visto atrapado en un matrimonio sin amor y sin fidelidad.

Elysse estaba enamorada de su banquero, del hombre que probablemente iba a financiar a varios de sus rivales. Y para rematar, ¡ella quería serle fiel a Blair!

Su dolor de cabeza aumentó. Estaba furioso, no celoso. Se sentía como un cornudo. Si ella tenía que serle fiel a alguien debería ser a su marido. Pero no, ¡tenía que ser Elysse O'Neill quien le fuera fiel a otro hombre! ¿Acaso no se había propuesto conquistar a Montgomery, y lo había conseguido? Tal vez ella hubiera sabido durante todo el tiempo que Blair era quien financiaba sus viajes. ¡Eso tendría más sentido que ninguna otra cosa!

Tenía ganas de romper algo.

—Termíname el equipaje, Reginald —le dijo al mayordomo bruscamente. Había estado intentando hacerlo por sí mismo, pero no había podido concentrarse. No podía dejar de ver a Elysse y a Blair abrazados, abandonándose a la pasión.

—Señor, ¿puedo llamar a una doncella para que recoja los cristales rotos? —preguntó Reginald.

Él asintió, con la mirada fija en la puerta del dormitorio de Elysse. Él no había podido pegar ojo en toda la noche, cuando seguro que ella había dormido como un bebé. Nunca debería haber permitido que ella se mudara allí. Nunca debería haber sido el anfitrión de su cena. Debería habérsela llevado a la cama y haberla besado hasta que perdiera el sentido, haberle hecho el amor hasta que sollozara de placer. Hasta que olvidara a Thomas Blair.

Alexi pensó en el momento en que la había visto en los muelles de Santa Catalina. Se le había cortado la respiración como cuando la vio en Askeaton después de volver de su primer viaje a China. Tal y como cuando la había visto por primera vez al llegar a Londres desde Jamaica. Dios, ¡debería haber huido rápidamente!

Pero no lo había hecho. Se había quedado, y ahora vivían en la misma casa, pero no ocupaban el mismo lecho. Si ella podía concederle sus favores a Blair, también podría concedérselos a su propio marido. Él se merecía algo a cambio de haberle dado su buen nombre.

Siguió mirando hacia la puerta. Las mujeres nunca le negaban nada, pero su propia esposa sí lo hacía. De hecho, le regalaba su pasión a uno de sus rivales. Quería a Blair, no a él. Y él sabía que, aunque podría perdonarle una aventura, nunca podría perdonarle que se hubiera enamorado de otro.

Elysse ya no lo quería.

—¿Qué necesitaréis para vuestro viaje, señor? —le preguntó Reginald, que había vuelto a la habitación con una doncella. La muchacha comenzó a barrer en silencio los cristales.

—Traje de montar, trajes de noche y tal vez un frac —dijo él, y se giró de nuevo hacia la puerta de Elysse.

Sabía que debía alejarse. No tenía por qué explicarle su

marcha ni informarla de nada. Sin embargo, recordó a Blair, tomándola de las manos y preocupándose por ella en el pasillo. Llamó a la puerta con brusquedad.

—¿Estás despierta? ¡Elysse! Quiero hablar contigo.

No hubo respuesta, así que volvió a aporrear la puerta, y se dio cuenta de que Reginald salía corriendo.

—Me marcho de la ciudad, Elysse. Has conseguido echarme de mi propia casa. Abre la puerta para poder disfrutar de tu triunfo.

La puerta se abrió y ella apareció en el umbral, con el pelo rubio suelto cayéndole en ondas por los hombros, los ojos muy abiertos del sobresalto y un camisón de seda que tenía dos tirantes muy finos y que revelaba a la perfección cada centímetro de su cuerpo. Era tan sensual y tan bella que a él se le hizo la boca agua, y sintió una terrible tirantez en las entrañas.

—Hola —dijo, y sonrió. Sintió lujuria y enfado a la vez.

Con sólo verle el pecho desnudo, ella comenzó a cerrar la puerta. Él ignoró aquel gesto y entró en su dormitorio.

—¿No te gustaría despedirte de mí como es debido? —le preguntó burlonamente.

Ella estaba ruborizándose, como si nunca hubiera visto a un hombre en un estado tan excitado.

—¿Por qué no acabas de vestirte y nos reunimos abajo? —preguntó Elysse con la voz ronca.

Él la miró con más atención y se dio cuenta de que tenía ojeras. Tal vez ella no hubiera podido dormir tampoco. Sonrió, esperando que así fuera.

—¿Qué te pasa? ¿No has dormido? Espera, no me lo digas, estabas soñando con Blair. No, estabas soñando conmigo.

—No estás vestido.

—Tú tampoco. A mí me parece muy conveniente.

En su cabeza se encendieron las alarmas, mientras alargaba la mano hacia atrás para cerrar la puerta de la habitación. Alexi sabía lo que quería, pero nunca la forzaría. Sin embargo, se sentía tan mal en aquel momento que casi estaba preocupado por ello.

Sobre todo, al imaginársela en brazos de Blair, en su lecho.

Se cruzó de brazos y sonrió.

—¿Qué planes tienes para el resto del día?

Ella pestañeó, como si él le hubiera hablado en chino.

¿Adónde vas?

—A Windhaven. ¿Sabes? Me gusta mucho el vestido que llevabas ayer, pero me gustan aún más tus camisones —dijo Alexi. Le puso la mano sobre el hombro sin poder evitarlo. Ella abrió unos ojos como platos cuando él deslizó la palma de la mano por su brazo, haciéndole una caricia sensual.

Ella se echó a temblar.

—Si no abres la puerta ahora mismo, voy a gritar.

—¿Por qué? ¿Te asusto? ¿Tienes miedo de tu propio deseo, Elysse? No lo niegues. Puede que quieras a otro, pero a quien deseas de verdad es a mí.

Ella se humedeció los labios. Él, que se sentía salvajemente excitado, la tomó de la mano y la atrajo hacia sí.

—Quiero que me des una despedida en condiciones antes de irme —murmuró—. Maldita sea, eres mi esposa.

Ella lo empujó por el pecho, y con las mejillas enrojecidas, respondió:

—No puedo hacer esto, Alexi.

Ella amaba de veras a Thomas Blair. Estaba temblando, y le faltaba la respiración, y Alexi reconocía el deseo en alguien cuando lo veía, pero estaba claro que Elysse había decidido negarle todo para dárselo a su rival.

La soltó.

Ella retrocedió unos cuantos pasos, jadeando.

Alexi ardía en deseos de tenderla en la cama y acariciar hasta el último centímetro de su cuerpo, aunque se resistiera. Tomó aire profundamente, temblando.

—Me marcho a Windhaven —dijo. Se dio la vuelta y abrió la puerta del dormitorio. Sabía que su decisión de alejarse de ella era la más correcta, por el bien de ambos–. Sé que no me vas a echar de menos. Sin embargo, tengo una petición.

Ella se echó a temblar, y rápidamente encontró la bata y se la puso. Él soltó un resoplido. Aquella prenda no le cubría las piernas desnudas, y Alexi podía imaginarse con facilidad cómo era el resto de su cuerpo.

–Puedes verte con quien quieras mientras yo no estoy, pero no en esta casa –dijo–. Usa el piso de Grosvenor Square, o la habitación de un hotel.

Ella se estremeció, y se abrazó a sí misma.

–Yo nunca te faltaría el respeto de la manera que has sugerido, y te agradecería que me hablaras con un mínimo de consideración.

Él no respondió. Se quedó mirándola, sus rasgos perfectos, su maravilloso pelo, su cuerpo menudo y exuberante. No podía creer lo que estaba haciendo. Iba a marcharse a Irlanda e iba a dejarla libre para que recorriera Londres con su rival, el hombre a quien quería.

Por un momento se vio de niño, corriendo por los jardines de Harmon House con sus primos, sabiendo que en pocos instantes entrarían a la casa y ella estaría allí, esperándolo. Y cuando lo viera, sonreiría, y a él le daría un vuelco el corazón...

Todo aquello le puso furioso de nuevo, porque su traición era mucho peor que ninguna otra.

–¿Alexi?

Él se dio la vuelta y se dirigió hacia la puerta, preguntándose si la odiaba. Al decirlo, la noche anterior, no lo decía en serio. Odiar a Elysse O'Neill era tan ajeno a él como caminar por la luna. En aquel momento, sin embargo, ya no estaba tan seguro. Era como si todo su mundo se hubiera vuelto del revés. El suelo firme se estaba abriendo bajo sus pies. Cuando miraba al exterior, sólo veía un cielo sin sol.

Y todo era por culpa de Elysse.

Ella quería a otro.

—¿Cuándo vas a volver? —le preguntó ella con un hilo de voz.

Él no vaciló.

—Cuando me apetezca.

CAPÍTULO 13

Elysse iba en el asiento trasero de un carruaje abierto con Ariella, sujetando su bolso de seda dorada con las manos enguantadas. Era la primera semana de mayo, y hacía un día de primavera magnífico. El sol lucía en el cielo, entre nubes blancas de algodón. Hyde Park estaba lleno de gente en carruaje y a pie. Había muchos niños, golfillos callejeros y otros acompañados por sus niñeras, todos ellos deseosos de jugar al aire libre. Había un anciano paseando a sus spaniels cerca de donde ellas paseaban. Los olmos que flanqueaban el camino de coches estaban muy verdes, y a ambos lados del sendero para caminar a pie florecían los narcisos. Para su salida, Elysse había elegido un conjunto de color azul claro con las aguamarinas, y un elegante sombrero azul con plumas.

Elysse sonrió y saludó a dos señoras que pasaban a su lado en otro coche.

Ambas habían estado en la misma cena a la que ella había asistido la noche anterior. Eran viejas conocidas, y habían estado en su piso muchas veces. Ambas habían hecho comentarios sobre su falta de acompañamiento, y entonces le habían preguntado por su marido.

—¿Acaso Thomas Blair nos está evitando esta noche? —le había preguntado la señora Richard Henderson con una mirada de inocencia.

—No lo sé —respondió Elysse con tirantez. Evidentemente, aquella inocencia era fingida.

—¿De veras? Pero si él siempre va contigo... O al menos, siempre estaba contigo antes de que volviera ese marido tuyo tan guapo. Echamos mucho de menos su presencia en estas veladas, querida. ¡Debes decirle que venga! Él completa la mesa, ¿sabes?

Elysse les aseguró que, la próxima vez que viera al señor Blair, le transmitiría el mensaje de que lo echaban de menos.

Susan Craycroft intervino.

—Me he enterado de que ahora acompaña a todas partes a la señora Weir.

Elysse siguió sonriendo.

—Debora me parece una persona encantadora. Seguro que el señor Blair disfruta mucho de su compañía. Cualquiera disfrutaría.

Las dos chismosas se miraron.

—Eres tan elegante y comprensiva —dijo Susan—. Yo estaría muy celosa. ¡Blair es un gran partido!

Elysse quiso alejarse, pero Beth Henderson hizo otra pregunta que se lo impidió.

—¿Y qué está haciendo el capitán de Warenne durante tres semanas en Irlanda?

¡Como si ella lo supiera!

—Creo que, después de pasar tantos años en alta mar, está disfrutando de la compañía de sus padres y de su hermana pequeña —dijo. Notaba perfectamente la alegría de Beth.

Beth Henderson se alejó con Susan Craycroft después de eso, pero Elysse oyó sus murmuraciones.

—Lady Jane Goodman está en Irlanda, ¿lo sabías? ¡Y ella no tiene familia allí!

—Debe de estar visitando la campiña —respondió Susan con una risita—. ¿O acaso no nos encanta la lluvia a todas?

Ariella tomó de la mano a su amiga.

—Estás tan abatida...

Ella sonrió forzadamente. Se alegró de que Ariella la hubiera sacado de su ensimismamiento. Se sentía abandonada de nuevo, y muy sola. El dolor que sufría todos los días era familiar, conocido, y también nuevo.

—No estoy abatida, Ariella. Estoy cansada. He tenido insomnio de nuevo.

Pasaron otras dos señoras, vestidas con trajes de color crema, y con sombrillas a juego, por el sendero que había junto al paseo de carruajes. Elysse saludó.

—Me imagino el motivo —dijo Ariella con una expresión sombría.

Elysse no quería admitir sus sentimientos, ni siquiera ante sí misma. Para evitarlo, había pasado aquellas tres semanas decorando la casa y socializando. Normalmente salía con conocidos, caballeros ancianos o demasiado jóvenes. También había encargado un guardarropa nuevo completo. Había tenido tres días de pruebas. Estaba planeando un viaje al Continente, una gira muy cara en los hoteles más lujosos de las mejores ciudades. Y había dado tres cenas más, todas ellas grandes éxitos.

No había invitado a Blair.

Él le había mandado flores en cuatro ocasiones durante las tres semanas que habían pasado desde la marcha de Alexi a Irlanda. Los ramos iban acompañados de notas amables y consideradas. Le decía que continuaba preocupado por ella, y que deseaba verla lo antes posible. Él se negaba a rendirse, y menos en aquel momento, cuando entendía su situación. Tal vez estuviera acompañando a Debora Weir por la ciudad, pero Elysse estaba segura de que seguía siendo su ardiente protector.

Echaba de menos su amistad y su fuerza tranquila, pero no se atrevía a verlo. Alexi se había puesto furioso al llegar a la conclusión errónea que había alcanzado. A ella no le importaba que estuviera enfadado, pero estaba luchando por mantener la imagen de su matrimonio. No era fácil, con todas las habladurías que había sobre ellos. Y permitir que Blair volviera a formar parte de su vida era como si lo estuviera engañando, cosa que le recordaba a la tragedia que ella había provocado al querer causarle celos a Alexi con William Montgomery.

Estaba sufriendo insomnio de nuevo. Por las noches, mientras miraba al techo, pensaba en Alexi y Thomas. Casi odiaba a su marido por dejarla de nuevo, y sentía anhelo de un amor que, evidentemente, nunca iba a tener. Alexi la despreciaba, pero era su marido. Blair estaba enamorado de ella, pero Elysse no se atrevía a dar un paso más con él. Era terriblemente injusto.

Cuando dormía, tenía demasiados sueños. En ellos, Alexi la provocaba y la seducía en su casa de Oxford, y le hacía el amor con una pasión abrasadora. Entonces, Elysse se despertaba enfebrecida, aferrándose a aquellas relaciones imaginarias, justo cuando él la estaba sonriendo con calidez...

También soñaba con su infancia. Sus primos y él corrían por Harmon House, la casa en la que se veían de pequeños durante las reuniones familiares. Los chicos siempre se metían en líos, y ella siempre estaba esperando su regreso. Él fanfarroneaba de sus hazañas, y ella fingía que sentía indiferencia, pero escuchaba con embeleso hasta su última palabra. Su comunicación era inevitable, irrompible...

Ella hubiera preferido olvidar aquellos días, pero nunca podría hacerlo.

Incluso había soñado con William Montgomery. Estaba coqueteando temerariamente con él, consciente de ello, hasta que Alexi aparecía enfurecido y lo agarraba...

El regreso de Alexi había agitado su vida. Amenazaba la cuidada imagen de felicidad que Elysse quería dar al mundo, y no sabía qué hacer.

Si alguien le hubiera dicho que su esposo iba a volver a su vida seis años después para herirla una y otra vez, tanto como en el pasado, nunca lo hubiera creído. Sin embargo, eso era lo que había hecho Alexi. La novia abandonada se había convertido en la esposa abandonada.

Daba gracias a Dios por no haber sucumbido a su seducción.

Durante el día se mantenía tan ocupada como le resultara posible. Sin embargo, cuando llegaba un visitante inesperado y oía el carruaje en la puerta, se le paraba el corazón, y se preguntaba si Alexi había vuelto a casa.

Una parte de ella esperaba aquel día. Otra parte ya no sentía interés. Otra, sólo quería caminar por la cuerda floja que era su vida.

—Me apetece ir de compras. ¿Quieres que vayamos a Bond Street? Asprey me ha enviado una nota para invitarme a ver la nueva colección de primavera —dijo Elysse, fingiendo entusiasmo.

—Si compraras todos los vestidos, le estaría bien empleado a Alexi —dijo Ariella—. Le he escrito una carta. Le he dicho con claridad que su comportamiento es inexcusable, y que debe volver a la ciudad, contigo, inmediatamente.

Sólo Ariella se atrevería a hablarle así a Alexi.

—No tiene por qué volver conmigo. No lo hecho de menos en absoluto.

Aquello era mentira. Se había imaginado el momento en el que él volvería a casa. Algunas veces pensaba en cambiar las cerraduras de la casa, empaquetar todas las cosas de Alexi y dejarlas en la calle.

Y otras veces se lo imaginaba entrando en casa, subiendo las escaleras y entrando directamente a su habitación. La tomaba en brazos y la tendía en la cama y le sonreía como había hecho años antes, y después la besaba apasionadamente...

—Creo que sí lo echas de menos. Creo que los lazos que os unían de pequeños no se han roto —dijo Ariella con firmeza—. Emilian también lo piensa.

Estaba loca, pensó Elysse nerviosamente. Lo único que quedaba entre ellos era arrepentimiento, y una atracción poco adecuada.

—¿Señora de Warenne? —preguntó un hombre.

Ella se sobresaltó y se giró. Entonces vio a Baard Janssen,

que montaba un gran caballo castaño, y que le sonreía. Ella titubeó antes de devolverle la sonrisa. No había vuelto a verlo desde su breve encuentro, semanas antes, en las oficinas de Windsong Shipping. No había vuelto a acordarse de él. Sin embargo, en aquel momento recordó un comentario que le había hecho Alexi: que Janssen buscaba la financiación de Blair.

—Os he visto pasar y he pensado que erais vos —dijo. Su mirada gris era tan atrevida como el día en que se habían conocido—. He tenido que galopar para alcanzaros. Afortunadamente, crecí a lomos de un caballo, aunque prefiero tener la cubierta de un barco bajo los pies —se levantó el sombrero para saludar a Ariella, pero volvió a mirar a Elysse—. ¿Cómo os encontráis? Es un día precioso para que una mujer preciosa salga a dar un paseo por el parque.

Su mirada seguía siendo tan directa que resultaba incómoda. Ella dio un golpe en la espalda del asiento del conductor.

—¿Conductor? Alto, por favor —le dijo, y cuando hubieron parado, sonrió a Janssen—. No sabía que continuabais en la ciudad. Estoy muy bien, gracias. ¿Habéis disfrutado de Londres, capitán?

—Estoy disfrutando inmensamente ahora.

Ella se volvió.

—¿Me permitís que os presente a mi cuñada, la vizcondesa St. Xavier? Ariella, el capitán Baard Janssen, del *Astrid*. Es danés.

Janssen sonrió amablemente a Ariella.

—Todavía tengo la esperanza de mostraros mi barco —dijo él, inclinándose un poco hacia delante mientras hablaba—. Me gustaría escuchar qué opinión os merece.

Ella miró a Ariella, que no parecía muy satisfecha con aquel flirteo.

—He estado muy ocupada, capitán. Tendré que consultar mi agenda para comprobar si tengo algún día libre próximamente.

—Casi nunca acepto un «no» por respuesta, y menos de una dama bella, elegante y cautivadora.

Ella sonrió con cortesía.

—Sois demasiado amable, capitán. ¿Cuándo zarpáis? Lleváis bastantes días en puerto. Si mal no recuerdo, trajisteis azúcar de caña a nuestra costa.

—¡Ah, una mujer que desea hablar del transporte marítimo conmigo! —dijo él con una sonrisa—. Estoy esperando la conclusión de unos asuntos de negocios, señora de Warenne. Después zarparé hacia África.

Ella se sobresaltó, porque no conocía a ningún comerciante con África. No podía ser que transportara cargamento humano.

—Entonces, ¿vais a comerciar con aceite de palma?

—Sin duda. Hay mucha demanda en los países con industria.

—Sí, es cierto.

¿Habría financiado Blair su viaje? ¿Sería aquélla la información que Alexi esperaba que ella le sonsacara a Blair? Sin embargo, a Alexi no debía de importarle en absoluto el comercio del aceite de palma.

Él hizo una reverencia, asintió para despedirse e hizo un giro con el caballo; obviamente, quería impresionarla con su habilidad. Ella disimuló una sonrisa. No era muy buen jinete; quedaba patente en su forma de tirar de las riendas del pobre caballo, y en el desequilibrio de su cuerpo.

Ariella le apretó la rodilla a Elysse.

—¿Qué ha sido todo esto?

Ella se giró hacia su amiga.

—Alexi mencionó algo de que Blair iba a financiar a Janssen. Soy la esposa de un comerciante naval, Ariella, y supongo que no puedo evitarlo. En lo referente al comercio siempre tengo curiosidad.

—Alexi y tú sois perfectos el uno para el otro.

—No precisamente —dijo ella con sequedad—. Así que le has escrito una carta. ¿Ha respondido? —preguntó, con la esperanza de que pareciera una pregunta indiferente, mientras junto a ellas se detenía un bonito carruaje.

—Me dijo que volvería cuando le viniera en gana, y ni un minuto antes.

Ella no pudo ni siquiera fingir una sonrisa en aquel momento.

—No sé para qué he preguntado.

—Parecía muy enfadado en la carta, Elysse. ¿Qué ocurrió? ¿Por qué se marchó justo después de la cena? —preguntó Ariella—. ¿Por qué se está comportando de una forma tan grosera?

Ella se encogió de hombros como si no le importara, cuando de nuevo estaba amargamente herida. Todos los días oía cuchicheos sobre ella. Sobre ellos. Si pensaba que había sentido humillación durante los seis años anteriores, en el presente su humillación no conocía límites. Todo el mundo sabía que a su esposo no le importaba, y que no la respetaba.

—Señora de Warenne, lady St. Xavier.

Elysse se dio la vuelta y se encontró con Thomas Blair, a pie junto a su carruaje. Acababa de bajar del coche de al lado. Él posó la mano sobre su puerta y sonrió.

Ella se alegró verdaderamente de verlo, y le devolvió la sonrisa.

—Qué sorpresa más agradable.

—Lo mismo pienso yo —dijo él. Por fin, apartó la mirada de Elysse para saludar a Ariella, que no estaba intentando disimular su desagrado—. ¿Están las damas disfrutando de este día tan espléndido?

—Lo estamos intentando —replicó Ariella.

—No le hagas caso. Sí, ¿cómo no íbamos a disfrutar? —dijo Elysse, y posó la mano enguantada sobre la de él.

Él la miró a los ojos.

—Ven a dar un paseo conmigo. Te he echado de menos.

Ariella se atragantó.

¿Por qué se había alejado de Blair? Se encontraba muy sola, y él era uno de los hombres más buenos y atractivos que hubiera conocido nunca. Y Alexi estaba correteando por Irlanda con Jane Goodman, de todos modos.

—Ariella, voy a pasear un rato.

—¡Vas a empeorar las cosas! —le susurró Ariella.

—Lo dudo —dijo ella. Mientras Blair abría la puerta, ella le dio la mano para que la ayudara a descender del coche—. ¿Quieres esperarme? Si no, puedo tomar un coche alquilado para volver a casa.

—Yo te llevaré a casa —intervino Blair.

—Esperaré —zanjó Ariella.

Elysse la ignoró y se agarró con firmeza del brazo de Blair. Notó su atención cálida, su poderosa proximidad y su atractivo masculino. Él la ayudó a llegar hasta el sendero de paseantes.

—Me preguntaba cuánto tiempo me ibas a mantener a distancia.

Ella sonrió un poco.

—No ha sido fácil.

—Entonces, ¿por qué? —preguntó él. Su mirada era directa, pero no le causaba incomodidad, como la de Janssen.

—Lo adivinaste, Thomas. Mi matrimonio es un caos. Y yo intento, sin éxito, mantener las apariencias.

Él agitó lentamente la cabeza.

—Tu marido es un desaprensivo. Debería esforzarse en lo mismo... por respeto a ti —dijo, y su mirada se endureció de ira.

Blair nunca perdía los estribos, y ella se sorprendió.

—Él no está contento con nuestra relación, sobre todo teniendo en cuenta que eres su banquero.

Pasó un instante antes de que él hablara de nuevo.

—Yo nunca mezclo los negocios con el placer, ni hago nada que pudiera poner en peligro los beneficios. Pero... estoy loco por ti, Elysse —dijo, y comenzó a caminar de nuevo, con una expresión grave. Ella lo alcanzó y caminó a su lado.

—¿Qué significa eso? ¿Vas a intentar perjudicarlo? ¿Vas a financiar a sus competidores?

Él se detuvo bruscamente.

—No tengo ninguna intención de perjudicarlo. Soy banquero, Elysse, y da la casualidad de que me gustan sus resultados. En cuanto a mis otros clientes, creo que eso es información privilegiada y confidencial.

—¡Lo siento! —exclamó ella, y le acarició la mejilla.

Había hecho lo que le había pedido Alexi; había intentando sonsacar a Blair, el hombre más bueno a quien había conocido, un hombre a quien apreciaba.

Él le agarró la mano y la mantuvo contra su mejilla.

—Hablaba en serio cuando te he dicho que te he echado de menos.

Por un momento, ella le permitió que la sujetara. Después apartó la mano con suavidad.

—Estoy intentando hacer lo que creo que es mejor.

Blair la observó fijamente.

—Ya me doy cuenta. Entonces, ¿significa eso que me vas a evitar hasta que tu marido zarpe para China en junio?

Ella asintió.

—Creo que es lo más inteligente, Thomas —dijo, y titubeó—. Además, no quiero engañarte.

—¿Qué significa eso? —preguntó él.

—Una vez engañé a alguien para poner celoso a Alexi. Y no salió nada bueno de eso —dijo con tristeza. Tuvo la sensación de que se ruborizaba un poco.

Él le tomó ambas manos.

—Dios Santo, ¿se trata de eso? He llegado a pensar que te importo. Sin embargo, creo que lo que sientes por De Warenne es mucho más complejo de lo que había pensado.

—¡No! Siento mucho afecto por ti y no tiene nada que ver con poner celoso a Alexi. Pero mi esposo y yo estamos en medio de una batalla terrible. No quiero que tú estés en el fuego cruzado.

Su mirada era escrutadora. Finalmente, le preguntó:

—¿Todavía lo quieres?

—¡Claro que no! —exclamó ella con horror.

Sin embargo, mientras lo decía, sólo pudo pensar en cómo le sonreía Alexi años atrás, antes de la muerte de William Montgomery, antes de que se hubiera ofrecido para protegerla casándose con ella.

—Siempre estaré de tu lado —dijo él—. Estoy muy preocupado por ti, Elysse. He oído las habladurías. Me enfurecen.

—Ignóralas. Yo lo hago.

—¿De veras? —le preguntó él, y le tomó la cara entre las manos.

Elysse se puso muy tensa. De repente, temió que él se dispusiera a besarla. Lo había hecho una docena de veces antes y a ella le había gustado, pero eso era antes de que Alexi volviera a casa.

Blair dejó caer las manos.

—No volveré a pedirte que salgas conmigo hasta que De Warenne zarpe —dijo, y añadió irónicamente—: Y tal vez deba abstenerme de enviarte más flores.

Ella sonrió. Sintió alivio por el hecho de que él no la hubiera besado.

—Me encantan las flores.

Cuando volvían por el sendero hacia los coches, él dijo:

—A propósito, ¿era el capitán Janssen quien estaba parado antes junto a vuestro carruaje, montado sobre un caballo castaño?

—Sí.

Thomas se detuvo.

—¿Y por qué se ha acercado a vosotras? ¿Conoce a lady St. Xavier?

—No. Nosotros nos conocimos en las oficinas de Windsong Shipping.

Él abrió mucho los ojos.

—No me fío de él, Elysse. Es un sinvergüenza. Mantente alejada de ese hombre.

Ella se quedó muy sorprendida.

—Muy bien. Pero ésas son palabras muy fuertes, Thomas. ¿Qué ha hecho?

Él titubeó.

—Yo me he negado a financiar su viaje, y no porque el margen del comercio de azúcar de caña sea muy bajo. Comercia con esclavos, Elysse.

Ella se horrorizó.

—¡Me ha ofrecido visitar su barco!

—Espero que rechazaras la oferta.

—Lo haré —dijo ella—. ¿Y por qué nuestra marina le ha permitido entrar al puerto!

—Llegó a Londres con azúcar, querida, y ahora sus bodegas están vacías.

A Elysse se le revolvió el estómago.

—Gracias por decirme la verdad, Thomas. ¡Qué hombre tan despreciable!

—El tráfico de esclavos es despreciable, como la institución de la esclavitud. Al final, todo el mundo seguirá el ejemplo de Gran Bretaña y emancipará a sus esclavos. O, por lo menos, eso espero yo.

Habían llegado a su carruaje. Ariella seguía allí sentada, y los miraba con avidez. Blair se disculpó:

—Espero no haberte molestado.

—No soy una flor delicada —dijo ella. Sin embargo, nunca había conocido a un traficante de esclavos, y se sentía verdaderamente espantada.

—No —dijo él—. De hecho, eres la mujer más fuerte que conozco. De Warenne es un idiota.

Elysse subió al carruaje. Aquello la había agradado, pero lamentaba que hubiera sacado de nuevo a colación a Alexi. Él le besó la mano enguantada y se marchó. Ella lo observó hasta que llegó a su coche, y pensó en Alexi.

Se sentía arrinconada, atrapada. Era la esposa de Alexi, y quería un matrimonio que pudiera asumir, que le permitiera vivir con calma. Sin embargo, Blair quería que se convirtiera en su amante. Ella no sabía qué hacer, salvo, quizá, esperar a que su marido se marchara.

Después de todo, él se marcharía en junio a China.

Eso significaba que tenía que volver a Londres para buscar su barco, más tarde o más temprano. Después volvería a dejarla.

Por desgracia, Elysse se sentía como si estuviera esperando su regreso.

Alexi, cruzado de brazos, observaba la gran fachada de su residencia de Oxford, mientras su carruaje se aproximaba a ella. Había pasado la mayor parte de las tres semanas anteriores en los astilleros de Windsong Shipping en Limerick, donde había dos clípers en construcción. Él había estado supervisando varios cambios en el diseño de los barcos. También había comenzado a diseñar un yate para su disfrute personal. Se había pasado días en la mesa de dibujo. También había ido a cazar y a montar a caballo con los vecinos. Incluso había ido a la caza del zorro, y se había hecho un esguince en un hombro debido a una mala caída del caballo.

También había pasado varias noches de juerga en Dublín. Recordaba en particular a una moza que había conocido en una taberna, y la noche en que había perdido trescientas libras en una partida de póquer, por no mencionar sus mejores botas. Normalmente era un jugador soberbio; ¿acaso no había ganado una plantación de azúcar en las islas Goree, el año anterior?

No había jugado bien por el mismo motivo por el que había pasado tanto tiempo concentrado en los diseños de los barcos. De hecho, tampoco había montado bien durante la caza del zorro por la misma razón: estaba intolerablemente distraído.

Miró con tristeza la puerta principal de su mansión. El día anterior, mientras preparaba el regreso a Londres, había empezado a sentir ansiedad. Se había marchado de Londres por Elysse, para escapar de ella y del intenso deseo que ella le provocaba. Sin embargo, ella había estado presente en su mente durante las tres semanas, hiciera lo que hiciera o estuviera con quien estuviera. Sólo podía pensar en Elysse O'Neill y en su tendencia a molestarlo flirteando con otros hombres.

Sin embargo, ya no estaba sólo coqueteando. Estaba enamorada de Thomas Blair.

Se le llenó la cabeza de imágenes de Elysse. Ya no luchó por bloquearlas. Algunas eran inofensivas, pero otras eran muy peligrosas. La vio en su papel de elegante anfitriona, con un vestido azul y un collar de zafiros. La vio increíblemente atractiva, con un camisón y una bata de seda. La vio gestionando la casa con dignidad y aplomo. La vio defendiéndose de sus insinuaciones, con las mejillas ruborizadas y los ojos tan ardientes como debían de estar los suyos. En todas aquellas imágenes era la mujer más bella que hubiera visto nunca, y en todas, él veía también a Blair, detrás de su esposa.

Aquellas tres semanas, Alexi había estado pensando en que ella había usado a Montgomery para ponerlo celoso, y en que su aventura con Blair le parecía un *déjà vu*.

Había hecho lo posible por no pensar en que ella estaba con otro hombre. ¿Estarían riéndose de cómo lo humillaban y lo traicionaban, después de haber terminado las relaciones sexuales? ¿Conspiraban para perjudicarlo en los negocios también? ¿Convencería Elysse a Blair para que le subiera los intereses del préstamo? ¿Y para que financiara a Littleton, de la casa de Jardine's? ¡Por lo que él sabía, era incluso posible que estuvieran planeando huir juntos! Ella afirmaba que los rumores la habían humillado durante todo aquel tiempo, En aquel mismo instante, los rumores debían de ser sobre él, aunque a él no le importara lo que decían. ¡Tenía el récord de travesía desde China! Nadie podría arrebatarle eso.

Por supuesto, sabía que estaba pensando de una manera irracional. Elysse era su esposa, y aunque tal vez lo traicionara con Blair como amante, y se hubiera enamorado de él, ella nunca conspiraría contra sus negocios. Y nunca se escaparía con Blair, tampoco, así como Blair, que era uno de los banqueros más importantes de la nación, nunca renunciaría a su poder ni descuidaría sus responsabilidades.

Era temprano, y Alexi se preguntó si Elysse estaría en casa. El carruaje se había detenido y alguien sujetaba la puerta abierta. Él bajó con el ceño fruncido. No quería regresar a su casa de aquella manera. Elysse le había dicho que Londres no era lo suficientemente grande para los dos, y en aquel momento él estaba de acuerdo con ella. Cuanto antes zarpara, mejor. Ella podía quedarse con la casa y con su amante.

Reginald lo saludó con una sonrisa. Era evidente que se alegraba de que hubiera vuelto.

—¡Señor! Espero que vuestras vacaciones hayan sido agradables. Aunque no recibimos aviso, estábamos esperándoos. ¿Os quedaréis esta noche en casa?

Él miró hacia arriba por las escaleras, con la esperanza inconsciente de que Elysse apareciera en el descansillo, increíblemente bella, pero eso no sucedió.

—Lo dudo —dijo, y miró a Reginald—. ¿Dónde está la señora de Warenne?

—Creo que ha ido a Londres, señor, a dar un paseo por el parque con lady St. Xavier. Después va a asistir a una cena.

Él se quedó mirando a Reginald tan fijamente, que el mayordomo se ruborizó.

—Por supuesto, las damas tendrían un acompañamiento adecuado.

—No he oído decir nada de eso —respondió Reginald.

—Vamos, Reginald, ven conmigo —dijo Alexi. Tenía intención de interrogar a su sirviente, y lo guió hacia la biblioteca, que se había convertido en su habitación favorita. Mientras se servía un whisky, preguntó—: ¿Adónde va esta noche, y con quién?

—Va a la cena del señor Bentley, señor. Creo que su acompañante es el señor Avery Forbes. La señora de Warenne ha dejado recado de que descansará un rato en casa de vuestra hermana y se cambiará allí de ropa, en vez de volver aquí.

Él sujetó el vaso con ambas manos.

—¿Quieres decir que no la va a acompañar Thomas Blair?

Reginald respondió con cautela.

—El señor Forbes la acompañó también al teatro a principios de esta semana, señor.

Alexi intentó recordar quién era aquel Forbes.

—No lo conozco. ¿Quién es? —preguntó. Al ver que Reginald titubeaba, le ordenó—: Dímelo.

—Es un caballero mayor, señor, y muy amable, además.

—¿Mayor? ¿Qué demonios significa «mayor»? —inquirió él, y al ver que Reginald se quedaba asombrado, preguntó—: ¿Cuántos años tiene?

—No lo sé con exactitud, señor, pero creo que debe de tener unos setenta años, al menos.

Alexi se atragantó con el sorbo de whisky. Al instante lo entendió todo. Elysse estaba usando a aquel viejo de tapadera para ocultar su aventura con Blair.

—¿Ha estado Thomas Blair en esta casa? —preguntó mientras dejaba la copa en la mesa.

Reginald se quedó mudo.

—¡Reginald!

—No, capitán, no ha estado —respondió el mayordomo, y enrojeció.

—Oh, oh. ¿Ahora te pones de su lado? Ésa no es una postura inteligente.

El mayordomo palideció.

—No ha estado en la casa, pero le envía flores con frecuencia.

—Por supuesto.

Alexi se dio cuenta de que estaba en lo cierto. El viejo era sólo parte de la farsa. Apuró el vaso de whisky y se sirvió otro, presa de la ira. Pero no estaba celoso. Para estar celoso tendría que sentir algo por ella, y a él no le importaba un comino su esposa amoral.

—¿Qué flores le ha enviado?

—Le ha enviado rosas, señor.

—¿Y qué tipo de rosas?

—Creo que la primera vez fueron rosas blancas, la segunda vez fueron amarillas, y desde entonces han sido rojas.

—Desde entonces. ¿Y cuántas veces le ha enviado rosas mi banquero a mi querida esposa?
—Hoy sería la quinta vez —dijo Reginald con angustia.
—¿Dónde están? —rugió Alexi.
—En la habitación de la señora.
Él dejó el vaso en la mesa y salió de la biblioteca. Se sentía casi satisfecho, como si la hubiera sorprendido en la cama con otro hombre. ¿Y acaso no lo había hecho? Subió los escalones de dos en dos y entró en la habitación de Elysse. Las rosas rojas y perfectas estaban allí, en la mesa que había junto a la ventana.

Debía de haber unas cinco docenas de rosas rojas en un enorme jarrón.

Y había un sobre atado a los tallos.

Alexi se acercó al ramo, tan enfurecido que no podía ver, y mucho menos pensar con claridad. Abrió el sobre y sacó la nota.

Mi querida Elysse:
No sé cómo explicarte el placer que he sentido hoy al verte. Estoy muy contento con el acuerdo al que hemos llegado. Me siento impaciente por verte de nuevo. Con gran afecto y respeto,
Thomas.

A Alexi le temblaba la mano. No sabía si alguna vez había estado tan furioso como en aquel momento. ¿Qué acuerdo tenían? ¿Cuándo iban a verse de nuevo? ¿Aquella misma noche? Claramente, habían pasado la tarde uno en brazos del otro.

Se le pasó por la cabeza una imagen de Elysse, entrelazada apasionadamente con Blair, y no pudo soportarlo. ¿Se había estado engañando durante aquellas tres semanas, pensando que no le importaba nada lo que hiciera ella, o con quién lo hiciera?

Pensó en William Montgomery. ¿Acaso Elysse estaba intentando provocarlo de nuevo? Pero él creía que ella había aprendido la lección de la muerte trágica de Montgomery. No estaba usando a Blair. Lo quería. Él era su amigo y su amante. Demonios, era su protector. Ella misma lo había admitido. Alexi tuvo ganas de ir en busca de Blair y de golpearlo, pero nunca actuaría presa de la rabia. También había aprendido esa lección mucho tiempo atrás.

Por el contrario, tendría que aceptar aquella aventura inaceptable.

Miró a una cómoda, donde había otro jarrón con rosas rojas, no tan frescas como las anteriores. Buscó una nota, pero no la encontró.

Alexi se acercó a la cómoda y revolvió entre los libros que había allí apilados, y encontró la nota entre las páginas de uno de ellos.

Miró hacia la mesita de noche, pero allí sólo había una lámpara, una jarra de agua y un vaso. Entonces se acercó a un pequeño escritorio. La parte superior estaba vacía, salvo por una pluma y algunas hojas de papel de cartas. Abrió el cajón central, y vio una pila de sobres atados con un lazo rosa.

Se quedó sin respiración al reconocer la letra de Blair en los sobres. Entonces se sentó y sacó los sobres del cajón. Había cuatro. Alexi leyó las notas cuidadosamente.

Cuando terminó, llegó a una conclusión: Thomas Blair estaba profundamente enamorado de su mujer.

Ojalá pudiera saber lo que había respondido Elysse a aquellas notas. Sin embargo, ¿tenía importancia? Ya sabía que ella también lo amaba.

Los celos lo consumían.

Elysse era su esposa. Le pertenecía a él.

Con un gritó de rabia, volcó su escritorio y lo tiró al suelo.

CAPÍTULO 14

Elysse llegó a casa sola, a las doce y media de la noche. Su acompañante, Avery Forbes, era demasiado mayor como para pasar dos horas de más llevándola hasta la residencia de Oxford y teniendo que volver después al barrio de Mayfair, en Londres, donde vivía. Ella había tomado la costumbre de dejarlo en su casa de Londres justo después del evento al que hubieran acudido. Forbes llevaba viudo más de dos décadas, y estaba entusiasmado de poder salir con ella una o dos veces a la semana, y había demostrado que era un caballero delicioso, atento, ingenioso y respetuoso. Ella no podía pedir más.

Cuando bajó de su carruaje, se sujetó la capa roja de terciopelo alrededor de los hombros. Pensaba en Blair. El banquero estaba en casa de los Bentley con Debora Weir. Habían conseguido encontrar un momento para salir al jardín y charlar bajo las estrellas. Había sido algo inocente y muy agradable.

Suspiró. Le dolían los pies de llevar sus nuevos zapatos de tacón. Si se lo permitiera, pensaría en lo maravilloso que habría sido tener a Blair de acompañante aquella noche, y si permitía que su mente divagara, comenzaría a pensar en Alexi. No quería ir tan lejos. Aquella tarde, Ariella le había dado un buen tirón de orejas por permitir que Blair siguiera dedicándole sus atenciones. Ariella creía que a Alexi iba a molestarle. Elysse sabía que no.

Al llegar a la puerta principal se la encontró abierta, y vio a Reginald allí, con cara de preocupación. Elysse entró desconcertada. Antes de que pudiera preguntarle qué ocurría, vio una sombra alta y oscura al final del vestíbulo.

Alexi estaba en casa.

Reginald tomó su capa mientras Lorraine aparecía apresuradamente en la entrada. Elysse miró a Alexi, y él la miró a ella, con una sonrisa ligera y peligrosa en los labios.

Su presencia poderosa llenaba el vestíbulo. Tenía el pelo revuelto y le caían mechones por la frente. Iba sin chaqueta y sin chaleco, tenía abierto el cuello de la camisa e iba remangado. Sus manos fuertes, morenas, colgaban relajadamente a ambos lados del cuerpo. Sin embargo, parecía que iba a dar un paso hacia delante en cualquier momento.

Elysse sintió una gran tensión.

—¿Necesitáis algo, señora? —preguntó Reginald.

Ella no podía apartar la vista de Alexi.

—No, gracias —dijo con un hilo de voz. Después miró a su doncella y añadió—: Quisiera que me ayudaras con el vestido antes de acostarme, Lorraine.

Antes de que Lorraine pudiera responder, Alexi dijo:

—No va a necesitar ninguna ayuda.

Elysse se quedó petrificada. La tensión que había entre ellos era tan fuerte que reverberaba por la estancia, y ella apenas podía respirar. La doncella susurró una afirmación y se marchó, con las mejillas muy rojas.

No era posible que él hubiera querido decir lo que había insinuado. Elysse creía que había dejado las cosas bien claras antes de que él se marchara.

—No necesitamos nada, Reginald. Buenas noches —dijo Alexi.

De repente, hacía demasiado calor en el vestíbulo.

—Hola, Alexi. No te esperaba —dijo ella.

—¿Y por qué no? Todos los demás sí —replicó él, y pasó la mirada por su corpiño ajustado. Después la miró a la cara—. Vas vestida de rojo.

Ella se quedó inmóvil. Las cosas no habían cambiado un ápice. Aquella atracción fatal permanecía viva.

Alexi sonrió lentamente.

—¿Te apetece tomar una copa, querida?

Ella estaba casi hipnotizada. Tomar una copa con él era muy mala idea, ¿verdad? Sin moverse, le preguntó:

—¿Cómo sigue Irlanda?

—Fría. Húmeda. Aburrida.

Entonces, había terminado con Goodman. Elysse se sintió aliviada, pero aquello ni siquiera debería importarle.

—¿Qué tal la cena de los Bentley?

—Bien —dijo ella. Él le hizo un gesto con el dedo, para que se acercara. Ella tomó aire—. Creo que no deberíamos tomar una copa, Alexi. Las cosas no han cambiado, y es tarde.

—Pero es que estás muy bella de rojo.

Su tono suave y seductor resultaba extraño. Él no se había movido desde que ella había entrado en casa. Y peor todavía, su mirada era tan depredadora como la de un halcón. Elysse tragó saliva y decidió ser cortés.

—Gracias, pero es tarde. No estarás intentando seducirme, ¿verdad?

Aquella sonrisa lenta y peligrosa reapareció.

—Cuando esté intentando seducirte, lo sabrás.

—¿Vamos a seguir con el acuerdo que negociamos previamente? —le preguntó Elysse con incertidumbre. ¡Estaba controlando tanto su comportamiento, que ella no lo entendía!

—Te refieres al acuerdo que no conseguimos negociar? ¿Ése por el cual yo me comporto como un marido ideal y tú te comportas como una esposa amoral?

Elysse percibió una nota glacial en su tono de voz. Algo iba muy mal.

—¿Has bebido?

—En realidad, he comenzado a beber a las tres de la tarde.

Ella se alarmó.

—¿Aquí? ¿Tú solo?

Él comenzó a caminar hacia ella, con indolencia.

—Aquí, solo. ¿Elysse? No tengo interés en fingir que soy un amante marido sin dos dedos de frente —dijo. Se detuvo ante Elysse, y ella se quedó rígida, sin poder apartar la vista de él—. Puede que accediera a esa representación antes, pero ahora no.

Ella tuvo el presentimiento de que debía salir corriendo hacia su dormitorio y encerrarse con llave.

—¿Y qué es lo que ha cambiado, Alexi?

Él volvió a pasar la mirada por su corpiño.

—Quiero decir que tú puedes seguir haciendo lo que quieras, y que no me importa. Pero no pienses que voy a fingir que te soy fiel mientras tú te pasas las tardes siéndole fiel a Blair.

Ella soltó un jadeo.

—¿De qué estás hablando?

—Niégalo —dijo él con aspereza, inclinándose hacia ella—. Niega que te has pasado esta tarde en brazos de Blair, en su lecho, regalándole toda tu pasión.

—¿Pero qué dices? —gritó ella con horror—. He visto a Blair en el parque. No hemos estado más de cinco minutos juntos, ¡y en público!

—¡He visto las malditas flores! —gritó él—. ¡He leído las malditas cartas de amor!

Ella se encogió.

—¡No tenías ningún derecho!

—¡Tengo todo el derecho! —rugió él—. Me perteneces. Pero estás en su cama. Él tiene ese cuerpo perfecto, ¿y qué tengo yo? ¡Ah, sí, una retirada al campo frío y húmedo!

Elysse comenzó a retroceder. Él la agarró y tiró de ella hacia delante.

—Para. Me estás haciendo daño.

—¡No me importa! —gritó él, y la zarandeó—. A ti te han poseído una docena de hombres. ¡Yo soy tu marido, y me niegas tu lecho!

—Suéltame —gimió ella. Estaba asustada. Intentó zafarse.

Sin embargo, él no se lo permitió.

—Creo que deberías escaparte con él. ¡Te juro que no os voy a seguir! Puedes marcharte con él. No me importa.

A ella se le llenaron los ojos de lágrimas. Nunca lo había visto tan furioso. Intentó hablar en un tono de voz controlado.

—Estás borracho y enfadado. Yo no me voy a escapar con nadie. Estamos casados. Blair y yo somos amigos, Alexi, ¡sólo amigos!

Él se rió de ella.

Elysse consiguió zafarse y echó a correr hacia las escaleras. Él no sólo estaba enfadado. Estaba siendo malo. Ella tuvo la horrible idea de que él pensaba hacerle daño. Miró hacia atrás, y vio que él la estaba observando con fiereza, como si supiera que ella no podía correr lo suficiente como para esquivarlo.

Sintió pánico. Se levantó la falda y subió rápidamente los escalones, y se tropezó.

Ella gritó mientras caía, y él la agarró por la espalda y la aprisionó entre sus brazos.

—Dime la verdad —le susurró, con la boca contra la mejilla—. Has disfrutado poniéndome celoso. Durante todo el tiempo has sabido quién era Blair, ¡y por eso lo elegiste para acostarte con él!

Ella intentó negarlo entre lágrimas.

—Alexi, no.

—Te odio, Elysse. Si él puede tenerte, yo también —dijo con aspereza, pero la soltó.

Ella no se detuvo. Volvió a recogerse la falda del vestido y subió las escaleras corriendo, presa del pánico. Se le pasó por la mente que Alexi no le haría daño, pero nunca lo había visto así.

Corrió por el pasillo, intentando escuchar si él la seguía, pero su respiración y sus jadeos eran demasiado fuertes. Entró en su habitación y la cerró con llave, y se desplomó contra la puerta entre sollozos. ¿Habría intentado forzarla Alexi?

Ella nunca lo había visto tan sombrío, tan peligroso, tan furioso.

Y entonces, oyó que la puerta que comunicaba su dormitorio con el salón de la suite principal se abría. ¡Había olvidado cerrarla con llave!

Elysse se giró.

Alexi estaba caminando hacia ella a grandes zancadas, con un semblante lleno de cólera, con los ojos brillando de lujuria.

Ella dio la vuelta e intentó girar la llave de la puerta para salir nuevamente al pasillo, pero le temblaban tanto las manos que no pudo. Él la agarró por la espalda.

—¡Basta! —gritó ella.

Alexi la levantó por el aire, atravesó la habitación y la arrojó a la cama.

—Está enamorado de ti. He leído las malditas cartas. Y tú lo quieres. ¡Maldita sea! ¡Maldita seas, Elysse! —rugió desde los pies de la cama—. ¡Se supone que debes amarme a mí!

Ella se retorció e intentó bajar de la cama. Él la agarró por un tobillo y tiró de ella para impedírselo. Y entonces se tumbó sobre su cuerpo y la aprisionó con las manos sobre los hombros, con los muslos sobre las piernas.

Ella lo agarró de los hombros y lo miró a los ojos, y por primera vez en su vida, tuvo miedo verdadero de él.

—Alexi, me estás aterrorizando —susurró.

Él tenía la respiración entrecortada, profunda, pero se la quedó mirando sin moverse. Elysse oyó su propia respiración, y los jadeos furiosos de Alexi. Oyó el tictac del reloj de la repisa de la chimenea. No se atrevía a moverse para no provocarlo. Sin embargo, mientras estaba allí bajo él, sus miradas quedaron atrapadas la una en la otra, y ella vio una luz en sus ojos. Vio que recuperaba la lucidez. Tomó aire. Él nunca le haría daño. Había prometido que la protegería siempre.

—Él te ha poseído... Yo no —murmuró él.

—No, él no —insistió ella. Su corazón todavía latía como si fuera a escapársele del pecho—. Me estás asustando mucho, Alexi.

Él inhaló una bocanada de aire y se estremeció. Finalmente, dirigió los ojos hacia su boca. Ya no ardían de ira, sino de deseo.

—¿Cómo puedes tener miedo... de mí? —le preguntó él—. Yo nunca te haría daño, Elysse.

Bajo sus manos y sus piernas, se relajó un poco de la tensión. Ella lo miró con inseguridad.

De repente, él miró la parte superior de sus pechos. Y cuando sus pestañas espesas descendieron, Elysse notó un cambio instantáneo en él. La ira desapareció. Sólo quedó el deseo.

Él bajó la cara hacia uno de los pechos y movió la boca por su contorno.

—No tengas miedo —le murmuró.

Elysse jadeó cuando él pasó los labios separados sobre su piel. Ya no tenía miedo. Sabía que nunca le haría daño. Las lágrimas le empañaron la visión.

—No tengas miedo de mí. De mí, nunca —dijo él—. Siempre te protegeré. ¿Es que no recuerdas la promesa que te hice? Elysse... No llores.

Pero a ella se le caían lágrimas de alivio. El niño que había sido su mejor amigo, y a quien había amado en secreto, había vuelto con ella. Él sonrió un poco y bajó la cara, sin dejar de mirarla. Cuando ella no pudo sostener más su mirada, cerró los ojos.

Alexi acarició sus labios con la boca, de una manera tímida, vacilante. Elysse se aferró a sus hombros, también vacilante, pero sabiendo adónde se dirigían. En aquel momento, cualquier idea de negarse a él desapareció de su mente. Elysse llevaba toda la vida esperando aquel momento. Mientras la calidez invadía su cuerpo, el corazón se le expandió en el pecho. Lo había echado de menos. Había estado esperando que volviera a casa. Todavía lo amaba. Nunca dejaría de quererlo. Alexi de Warenne era su destino.

Sus bocas danzaron juntas, y se detuvieran. Elysse se aferró con fuerza a sus hombros; todo su cuerpo se puso tenso de impaciencia, de necesidad. Habían llegado a un punto terrible, y estaban a un paso de caer por el precipicio. Él también lo sabía, porque se incorporó y la miró. Ella percibió la intensidad y la gravedad de su expresión, y asintió lentamente.

Y de repente, él se despojó de la camisa, y ella posó las manos en sus hombros desnudos. Se tendió sobre ella. Contra su boca, gimió.

—Elysse.

El deseo estalló. Con él llegó el amor. Ella le acarició la espalda y le devolvió los besos con ferocidad.

—¡Alexi!

Se tendió por completo sobre ella, y ella notó su erección, que latía contra su cadera. Hundió las manos en su pelo y siguió besándola. Sus lenguas se abrazaron.

Elysse no estaba segura de lo que sucedió después. Él la besó mientras le quitaba el vestido, y los liberaba a ambos de todas las prendas. Le cubrió de besos cálidos la cara, la boca, el cuello y el pecho. Cuando inmovilizó sus caderas con las manos y hundió la cara entre sus piernas, y la exploró con la lengua experta, ella sollozó en voz alta, incontrolablemente, y se abandonó al instante a un éxtasis torrencial.

Él se tendió sobre ella. A Elysse se le pasó por la mente, con incoherencia, que debería decirle que era virgen, pero él la acarició con los ojos ardientes, y ella no pudo seguir pensando, y menos hablar. Un momento después él estaba dentro de ella, y ella jadeó de la sorpresa.

No sabía que estar con él de aquel modo sería tan perfecto, tan asombroso, tan intenso.

Sus miradas chocaron. Alexi estaba tan asombrado como ella.

Elysse sólo podía pensar en lo mucho que lo quería, y en lo maravilloso que era que por fin se hubieran convertido en uno.

Él sonrió lentamente, con satisfacción, con triunfo.

—Elysse.

—Te quiero —susurró ella, abrazando sus hombros anchos, rodeándolo con las piernas.

Él comenzó a moverse lentamente, con seguridad, con una sonrisa.

—Lo sé —dijo.

Ella no pudo responder, porque el placer era demasiado grande. En vez de eso, explotó.

En cuando empezó a despertar, Alexi se dio cuenta de que tenía la boca seca como el algodón, de que le dolían las sienes, de que tenía ardor de estómago, y supo que había bebido demasiado. Con un suspiro abrió los ojos, y los entrecerró para protegerse de la luz de la mañana, que entraba en su dormitorio por los ventanales.

Salvo que no estaba en su dormitorio.

Abrió unos ojos como platos al ver las paredes de color azul y los adornos dorados. Se volvió y vio a Elysse, que estaba profundamente dormida a su lado, en la cama.

Al principio sólo sintió incredulidad.

Estaba tendida de costado, frente a él, con el pelo largo por los hombros desnudos y una expresión suave y llena de paz. Parecía que estaba desnuda bajo las sábanas, y era tan bella como un ángel.

A Alexi se le pasaron unas imágenes borrosas por la mente. La vio retorciéndose bajo él, la vio corriendo por las escaleras y tropezándose.

Se incorporó con espanto. ¿Qué había ocurrido? ¿Qué había hecho?

Sintió ahogo al recordar que la había llevado salvajemente por la habitación hasta arrojarla sobre la cama.

¿Qué había hecho?

Alexi se levantó de un salto de la cama y, al hacerlo, notó que había manchas de sangre en las sábanas. Se quedó petrificado. ¿La había forzado? ¿Le había hecho daño? Intentó recordar lo que había pasado aquella noche. Recordó que ella sollozaba de placer mientras él se movía en su interior; recordó que había susurrado su hombre entre gemidos. Pero había más.

«Alexi. Me estás asustando».

Y comenzó a recordarlo todo. Había llegado a casa. Había visto las rosas y había leído las cartas de amor de Blair. Había empezado a beber con furia, con temeridad. Y ella había vuelto por la noche, vestida de rojo.

Se dio la vuelta casi ciegamente, encontró los pantalones y se los puso. Después la miró. Cada vez sentía más horror.

Sus recuerdos eran todavía borrosos, pero fue analizándolos según llegaban. La había perseguido por las escaleras... ¡ella intentaba huir de él! Y él la había arrojado sobre la cama, brutalmente, casi a punto de forzarla. Ella tenía miedo.

—Elysse —dijo con la voz ronca.

Ella no se movió.

Alexi encontró la camisa y se la puso. Caminó hasta su lado de la cama y la miró. Alexi rogó al cielo que sus recuerdos de la noche anterior fueran mentira. Tal vez hubiera estado furioso con ella, pero no se imaginaba haciéndole daño.

—Elysse —dijo de nuevo. Tenía miedo de tocarla, pero por fin la agarró del hombro—. Despierta.

Tuvo más recuerdos, recuerdos salvajemente apasionados.

Ella suspiró y se tumbó boca arriba, y él vio sus pechos desnudos. Era incluso más bella desnuda, y Alexi sintió odio hacia sí mismo por desearla otra vez.

La tapó con las sábanas. Mientras lo hacía, ella abrió lentamente los ojos.

Se quedó muy sorprendida.

Él se echó a temblar.

—Parece que hemos pasado la noche juntos.

Elysse se incorporó y agarró las sábanas bajo su barbilla, con los ojos clavados en los de él. Pasaron unos instantes hasta que habló.

—Sí... Buenos días.

—¿Te importaría vestirte? Me gustaría hablar contigo.

Elysse asintió con los ojos muy abiertos.

—Estaré en la habitación de al lado —dijo Alexi cuidadosamente—. No tengas prisa.

Evitó mirarla otra vez. Y mientras salía, sólo podía pensar en una cosa.

Si le había hecho daño, nunca se lo perdonaría.

Elysse cerró los ojos con fuerza, todavía en la cama, al recordar la noche anterior. Sobre todo, al recordar a Alexi haciéndole el amor con una pasión frenética, tanto como la suya. Pensó en su sonrisa mientras la abrazaba con fuerza. Ella se había quedado dormida allí...

Se ciñó las sábanas al pecho, llena de esperanza. La noche anterior había sido maravillosa... Alexi era maravilloso... ¡Estaba tan enamorada!

¿Y acaso él no le había hecho el amor como si también la quisiera, ferviente y apasionadamente? Ella no quería pensar en su historia con otras mujeres, pero no podía imaginárselo acariciando a otra persona como la había acariciado a ella. Ni siquiera sabía que fuera posible experimentar tanta pasión. Aunque la noche anterior hubiera sido tan nueva, él era el Alexi de antes. Cuando le sonreía, sus ojos estaban llenos de calor, afecto y amor.

Aquello era un nuevo comienzo para los dos.

Se echó a temblar. Sintió una alegría difícil de contener cuando alguien llamó a la puerta. Lorraine preguntó si podía entrar.

—Por supuesto —dijo Elysse, acurrucándose entre las sábanas.

Sentía agotamiento en el cuerpo, pero también algo delicioso. Había entendido el significado de la palabra «satisfecha». Se ruborizó al pensar en lo frecuentes que habían sido sus clímax.

Alexi y ella eran el uno para el otro, pensó con una sonrisa.

Mientras Lorraine entraba, Elysse se quedó pensativa.

Era normal que Alexi quisiera hablar con ella después de lo que había ocurrido. No podía arrepentirse, eso sería imposible. Pero su relación había dado un gran giro. No se podía ignorar una reconciliación como aquélla después de seis años de separación. Era lógico que él quisiera hablar de su matrimonio cuando había dejado de ser una unión de conveniencia.

Sonrió y movió los dedos de los pies. Era escandaloso, pero sentía un dolor en el cuerpo que empezaba a resultarle familiar, y deseó que él estuviera todavía con ella, en la cama.

«Soy una fresca desvergonzada», pensó. Entonces se ruborizó. Le había dicho que lo quería, varias veces, en momentos que no eran apropiados para la conversación.

Alexi no le había declarado su amor, sin embargo. Aunque ella no lo esperaba. Le había declarado su amor sin poder contenerse, pero tenía la esperanza de que él sintiera lo mismo. ¿Cómo no iba a sentirlo?

Se mordió el labio mientras Lorraine se acercaba con una bata. Cuando Alexi le declarara su amor, ella iba a sentirse tan feliz que seguramente flotaría hasta la luna. Estaba segura de que lo haría en su siguiente conversación, pero estaba impaciente por que lo hiciera ya. Aunque, ¿no era sólo una cuestión de tiempo? ¿No se habían querido desde que eran niños?

Elysse se levantó de la cama, y Lorraine fingió que no era raro que su señora durmiera desnuda con el pelo suelto. Cuando deslizó los brazos en las mangas de la bata, vio las manchas de sangre de las sábanas. Alexi se habría dado cuenta de la verdad, y ella se alegró mucho de que supiera que le había sido fiel. Había algo que él no podía soportar, y era perder ante sus rivales. Pero Alexi era un hombre experimentado, y debía de haberse percatado de que aquella noche había sido la primera vez para ella.

Pensó entonces en Blair. Él iba a sufrir cuando se enterara de su reconciliación, y ella le tenía mucho afecto y quería que fuera feliz. Tal vez, incluso, le buscara una mujer maravillosa, asombrosa.

Titubeó. Alexi se había enfadado tanto al descubrir las cartas...

—Parecéis muy feliz esta mañana, señora —susurró Lorraine con una sonrisa.

Sin poder contenerse, Elysse sonrió también. Blair ya no importaba. No para Alexi y ella.

—Mi marido es magnífico.

Lorraine se echó a reír.

—Eso es lo que hemos oído todas, señora.

Elysse se sobresaltó, y algo de su placer se desvaneció.

—Eso era en el pasado, Lorraine. El capitán y yo nos hemos reconciliado —dijo con firmeza.

Media hora más tarde, Elysse entró en el salón que compartía con Alexi, vestida con un traje de rayas rosas y crema. Era su vestido favorito y sabía que a Alexi le iba a gustar. Estaba impaciente por verlo de nuevo, y había estado pellizcándose, mientras se vestía, para asegurarse de que no había soñado todo lo que había ocurrido aquella noche. Sin embargo, quería impresionarlo con su dignidad y su compostura, y no tenía intención de actuar como una niña tonta.

Alexi estaba junto a una de las ventanas del salón, de espaldas a ella, pensativo. Ella supuso que estaría pensando en la noche que habían pasado juntos. Se detuvo en el umbral, aunque quería acercarse y decirle que estaba locamente enamorada de él. Sin embargo, se limitó a sonreír. De repente sentía mucha timidez.

—Buenos días —dijo.

Él se volvió. No sonrió; la miró de pies a cabeza. Si le gustó el traje, no dijo nada. Su expresión era pétrea, imposible de descifrar.

—Buenos días —respondió.

Pasó por delante de ella y cerró la puerta.

¿Por qué no sonreía? Ella quería decirle que aquella noche había sido maravillosa, pero él estaba casi triste.

—¿Alexi? ¿Ocurre algo?

Él tenía que estar tan entusiasmado como ella con el giro

que había dado la situación, pero a Elysse su semblante le causaba preocupación e incertidumbre.

Él se puso ante ella y la escrutó.

—¿Cómo puedes preguntármelo? Anoche te aterroricé.

Estaba pensando en cómo había comenzado la noche, cuando ella no había vuelto a pensar en su furia por las notas de amor de Blair.

—Fue un malentendido, pero se resolvió.

—¿De veras? —preguntó él, y se cruzó de brazos—. ¿Estás herida?

La confusión de Elysse aumentó.

—Estoy bien.

Su rostro se endureció.

—¿Te hice daño?

Elysse se sobresaltó y se preguntó si él estaba demasiado ebrio la noche anterior como para recordar lo que había ocurrido.

—No, no me hiciste daño. Alexi, nos peleamos, pero después hicimos el amor —dijo ella, y sonrió con inseguridad.

—Lo recuerdo perfectamente. Ninguna mujer se merece que la traten así.

Elysse no daba crédito a sus palabras.

—Alexi, fue un malentendido.

—Huiste de mi lado de puro miedo. Te tiré sobre la cama —dijo él—. ¿Te hice daño?

Ella vaciló, y después repitió:

—Hicimos el amor.

Su expresión era tan dura que parecía tallada en piedra.

—Había sangre.

¡No lo sabía! Ella se quedó mirándolo y preguntándose cómo era posible que Alexi no se hubiera dado cuenta de que era virgen. Comenzó a temblar.

—Sí.

—¿Por qué, Elysse? ¿O es mejor que no pregunte? —dijo Alexi, y se rio sin alegría—. Te perseguí por las escaleras. Te tiré sobre la cama. Tú no dejabas de decir que no. Te forcé.

A ella se le escapó un jadeo.

—¡No! ¡Empezó de una forma horrible, pero después hicimos el amor!

—Estás siendo muy generosa esta mañana. No me lo merezco.

—No me forzaste —insistió ella—. Al final yo te acepté en mi lecho, Alexi, y fue maravilloso. Es un nuevo comienzo para nosotros.

—¿De veras? —preguntó él con gravedad—. Nos rendimos a la atracción que hemos sentido el uno por el otro durante toda nuestra vida, Elysse. Eso no cambia el pasado. No cambia los motivos por los que nos casamos, ni el porqué te abandoné, ni el hecho de que tú tengas cartas de amor de otro hombre en el cajón de tu escritorio —dijo con el ceño fruncido—. No cambia el hecho de que tú estés enamorada de otro, ¿no es así?

Elysse gimió. ¡Sus relaciones no significaban para él lo mismo que para ella! Las cosas no habían cambiado, salvo que ya no era una virgen de veintiséis años.

—Yo no quiero a ningún otro —gimió ella.

Fue como si él no la hubiera oído.

—Estás siendo muy magnánima. No entiendo por qué. Te he humillado durante seis años, y anoche te hice daño, te seduje y te usé —dijo él con calma. Sin embargo, estaba muy sonrojado.

Ella le dio la espalda, negándose a llorar. ¿Eso era lo que pensaba Alexi?

No la quería.

—No podemos seguir así.

Ella se puso muy rígida. Se volvió hacia él nuevamente, con temor, y sus miradas se cruzaron.

—Tú no eres feliz. Yo tampoco.

Aquellas palabras la atravesaron como un puñal. Ella intentó tocarlo.

—Podemos intentar reconciliarnos.

Él la miró con incredulidad.

—Creo que ya hemos hecho el intento. Es evidente que somos incapaces de vivir juntos como marido y mujer.

La devastación se apoderó de ella. Elysse tuvo que agarrarse al respaldo de una silla para mantener el equilibrio, y se quedó sin palabras.

—Me marcho a Cantón en junio —dijo Alexi—. Tenía intención de zarpar a mediados de mes, pero lo haré a principios. Sólo faltan dos semanas. Hasta entonces, debemos mantener una tregua.

—¿Una tregua? —repitió ella. ¿Él quería una tregua? ¡La noche anterior le había hecho el amor con más pasión de la que ella hubiera creído posible! Y en aquel momento, decía que no podían vivir juntos y que tenían que llegar a una tregua.

—Yo representaré el papel de marido perfecto, si todavía quieres que lo haga —dijo Alexi, y pasó por delante de ella hacia la puerta. Si se dio cuenta de que Elysse estaba horrorizada, no lo demostró—. Y no tengas miedo. Me controlaré. No volveré a traspasar tu puerta.

Su devastación fue completa.

CAPÍTULO 15

Elysse volvió a su habitación en estado de conmoción, y cerró la puerta. Se quedó allí, inmóvil, mirando ciegamente a su alrededor.

¿Qué podía hacer ahora?

El dolor la invadió y la asfixió. La noche anterior no había significado nada para Alexi. No había cambiado nada. Él la culpaba por el pasado, pensaba que era la seductora más grande de todo Londres y no la quería. Y sin embargo, había cambiado todo, porque ella sí lo quería. Se había dado cuenta de que nunca había dejado de quererlo.

Había sobrevivido a muchas cosas, a la muerte de William Montgomery y al abandono de Alexi, y a seis años de habladurías. ¿Cómo podría sobrevivir a su indiferencia?

Él quería una tregua.

No un matrimonio de verdad, lleno de amor y de pasión, sino una tregua.

Pero ella quería que Alexi fuera su amante, su marido y su amigo. Quería una vida llena de pasión y de amor, no una maldita tregua.

Oyó los pasos de Alexi junto a la puerta de su dormitorio. Se enjugó las lágrimas de la cara y abrió. Alexi ya estaba a medio camino del pasillo. Iba formalmente vestido, como si se marchara a la ciudad.

—¿Adónde vas? —le preguntó ella con tirantez.

Él vaciló, se detuvo y se dio la vuelta. Su rostro era inexpresivo.

—Voy a salir, Elysse. Tengo que atender muchos asuntos para preparar el viaje a China. Estaré en Windsong Shipping hasta por la noche.

¿Estaba dándole una excusa para no volver a casa?

—Cenaré fuera —dijo él—. Si vas a quedarte en casa esta noche, no necesitas esperarme.

Ella ni siquiera sabía lo que tenía en la agenda para aquella noche. Se quedó mirándolo mientras se preguntaba si su semblante transmitía toda su angustia.

—Que disfrutes del día —dijo él cortésmente, y se dirigió hacia las escaleras.

Ella volvió a su habitación y cerró la puerta. Entonces se dejó caer en la silla más cercana, intentando contener las lágrimas y temblando. Después de haber tenido a su amor al alcance de la mano, el dolor que sentía era insoportable. Estaba segura de que ya no podía fingir que era su amante esposa, cuando eso era exactamente lo que quería ser. Dios Santo. No sabía qué hacer.

—Tenéis visita, señora de Warenne.

Habían pasado varios días desde que Alexi había hecho el amor con ella y después lo había despreciado como si no tuviera importancia. Su dolor estaba peligrosamente cerca de la superficie. Se había quedado en su habitación durante el primer día, porque no se sentía capaz de salir. Después había vuelto a ponerse la careta del engaño y había ido a comidas, a cenas y a un evento benéfico. Le había resultado muy difícil charlar con amigos y conocidos, sonreír cuando era necesario y dar las respuestas adecuadas. Varias damas le habían preguntado si estaba enferma. Ella había mentido alegremente. No pasaba nada. Tenía un poco de resfriado.

Había visto a Alexi varias veces, pero sólo de pasada por

la casa. No hablaban, pero él siempre la saludaba con un asentimiento. Era educado, pero su expresión seguía vacía.

Ella no tenía ningún interés en ir a las comidas, ni a tomar el té, ni a las cenas ni a los bailes benéficos. Tampoco quería recibir visitas. En aquel momento alzó la vista desde su pequeño escritorio del salón con vistas al jardín. Estaba leyendo una carta de su hermano Jack, que seguía en los bosques de América, buscando aventuras, y tal vez fortuna.

–Hoy no recibo, Reginald.

–Se trata de lady St. Xavier –dijo el mayordomo.

Si veía a Ariella, la presa que había construido alrededor de su corazón se derrumbaría con toda seguridad.

–¿Podrías decirle que no me encuentro bien?

Elysse quería a Ariella como si fuera su propia hermana, pero en aquel momento no podía poner buena cara. Con sólo verla, Ariella se daría cuenta de todo y le exigiría que le contara lo que había pasado.

Elysse temía que, después de todo aquel tiempo, no iba a poder contenerse e iba a contarle toda la verdad.

Reginald se marchó, y Elysse miró la carta de Jack, intentando contener una nueva ráfaga de pena. Y entonces, oyó los tacones de una mujer por el pasillo. Se puso tensa y alzó la mirada.

Ariella abrió mucho los ojos al verla.

–¿Qué ha sucedido? –preguntó, caminando hacia ella con preocupación–. ¿Qué ha hecho mi hermano?

Elysse se dijo que no debía llorar, y que no debía hacerle aquella confidencia a Ariella. Sonrió, pero sólo le salió una mueca. Ariella la obligó a ponerse en pie para darle un abrazo–. ¡Parece que se ha muerto alguien!

Entre sus brazos, Elysse comenzó a llorar.

–Querida, ¿qué ha pasado? –preguntó Ariella.

Elysse se las arregló para retroceder un paso y susurró:

–Ha terminado de verdad, Ariella. He perdido al amor de mi vida.

Ariella abrió unos ojos como platos y le posó la mano en la mejilla.

—Aquí estoy, Elysse. Siempre estaré a tu lado. Vamos a sentarnos.

Ariella la guio hacia un sofá y Elysse se sentó y aceptó el pañuelo que le tendía su amiga. Se secó las lágrimas. Era tan difícil pensar con claridad... Sentía demasiado dolor.

—¿Qué ha ocurrido? —le preguntó nuevamente Ariella, tomándola de las manos.

—Hicimos el amor —dijo Elysse—. Lo quiero. Siempre lo he querido. Pero para él, las cosas no han cambiado en absoluto. No me quiere, y nunca me va a querer. Quiere una tregua, Ariella, ¡una tregua! Hasta que se vaya a China.

Ariella la abrazó.

—Sé que lo quieres. Lo has querido desde que os conocisteis cuando erais niños —afirmó, y la soltó—. ¿Qué le pasa a Alexi? Él también te quería. Era evidente. Tienes que decirme de veras qué es lo que os ha separado tan horriblemente.

En aquel momento, Elysse no pudo recordar por qué no le había contado a Ariella la verdad entera y trágica.

—¿Te acuerdas del piloto de Alexi, William Montgomery?

Ariella asintió.

—El americano. Vino a visitarnos a Windhaven hace años, y se marchó repentinamente, si mal no recuerdo.

—No se marchó de Irlanda después del baile de Windhaven, Ariella. Murió aquella noche.

Ariella gritó y palideció.

De repente, el pasado estaba muy cerca, y los rasgos de William Montgomery eran muy nítidos.

—Yo lo engañé para poner celoso a Alexi, aunque no me diera cuenta. Alexi no dejaba de advertirme que dejara de hacerlo. Yo era una estúpida. Él me advirtió que Montgomery no era un caballero. Aquella noche, Alexi nos encontró forcejeando en la terraza.

—Oh, Dios mío —susurró Ariella, apretándole la mano.

—Fue un accidente. Lucharon, y Montgomery se golpeó en la cabeza —explicó Elysse mientras se enjugaba las lágrimas—. Justo después de eso, me vieron dos señoras, y yo estaba completamente desarreglada y despeinada. Alexi se casó conmigo para taparlo todo, mi encuentro con Montgomery y su muerte. Se casó para proteger mi reputación, no por amor.

Ariella tomó aire. Claramente, estaba intentando asimilar lo que había ocurrido en aquella noche espantosa.

—Con los años, yo he aceptado que fue un accidente. He dejado de culparme, aunque sé que me comporté mal. Pero Alexi no puede olvidarlo. Y para empeorar las cosas, piensa que estoy enamorada de Blair.

Ariella le pasó el brazo por los hombros.

—Ahora empiezo a entenderlo. Y creo que sé por qué Alexi no ha podido perdonarte. Te quiere mucho, Alexi. No podía soportar tus coqueteos con Montgomery, y sé que no vas a creerlo, pero no puede soportar tu supuesta aventura con Blair. Tal vez pudiera perdonarte si le dijeras la verdad sobre Blair, y sobre estos seis años anteriores. Yo siempre he sospechado que le eres fiel a Alexi, ¿verdad?

Elysse se ruborizó.

—Él ha sido tan cruel... Me temo que no le importaría, si supiera la verdad. ¡Incluso puede que se burlara de mí por haber continuado virgen durante todos estos años!

Ariella se quedó callada, y ella continuó:

—Hemos pasado seis años distanciándonos más y más, convirtiéndonos en personas muy distintas. ¿Cómo habré pensado que podíamos recuperar nuestro amor, cuando tuvo que casarse conmigo por la muerte de un hombre?

—Puedes —dijo Ariella con firmeza—. Alexi y tú estáis destinados el uno al otro. Él eligió casarse contigo. ¿Es que se te ha olvidado cómo es mi familia? Cuando un De Warenne se enamora, es para siempre. ¡No se puede cambiar! Alexi se enamoró de ti cuando era pequeño. Ahora está enfadado, y se siente culpable, y tiene celos de Blair, pero te sigue queriendo. ¡Estoy segura!

—Ariella, la noche que hicimos el amor fue la noche más maravillosa de mi vida. Creía que íbamos a empezar de nuevo. Creía que íbamos a tener un matrimonio de verdad, basado en el amor y lleno de pasión.

—¿Y qué significa eso de que quiere una tregua?

—Ha cambiado sus planes para el viaje. Zarpará hacia China a primeros de junio, no el quince, tal y como tenía pensado. ¡Y sólo para alejarse de mí! Hasta entonces, tendremos que convivir como un par de extraños corteses. Pero él no es un extraño. Es mi marido, el hombre al que amo. Y antes fue mi mejor amigo.

—Entonces, ¿va a separarse de ti?

—Sí.

Ariella arqueó una ceja.

—Eso es muy interesante, Elysse. Alexi no es un cobarde. Es un luchador. Pero parece que teme quedarse aquí contigo —dijo con una sonrisa—. ¿Y por qué iba a tener miedo de ti?

—No te entiendo.

—Alexi está tan atormentado por el pasado como tú. Tal vez más. Y ahora huye. Ummm... ¿Qué tienes pensado hacer al respecto?

—¿Cómo?

—Oh, vamos, Elysse. Ahora has experimentado la pasión con el hombre de tus sueños. No tendrás intención de quedarte de brazos cruzados viendo cómo se aleja de ti, ¿no?

Ella tomó aire profundamente. Comenzó a sentir excitación. ¿Por qué había permitido que fuera Alexi quien siempre dictara los términos de su matrimonio? Ella sabía lo que quería. Quería a su marido.

—Si Emilian estuviera comportándose como un bobo tan tonto y egoísta, yo lucharía con uñas y dientes por lo que quiero. Y comenzaría seduciéndolo.

A Elysse se le escapó un jadeo. Se le pasaron por la cabeza las imágenes de lo que habían compartido. Parecía que Alexi se sentía desesperado por estar con ella. Y ella estaba segura de que su deseo era poco corriente. ¿Por qué estaba permitiendo que él se alejara de ella? ¿Se atrevería a tomar las riendas de la situación?

—Tienes razón. Quiero a mi marido y quiero un matrimonio de verdad. Es hora de pelear por lo que quiero.

Alexi entró con cautela en el vestíbulo de su casa. Eran las diez y media y no tenía deseos de encontrarse con Elysse. Había hecho todo lo posible por evitarla desde aquella noche desastrosa en que la había perseguido por las escaleras y prácticamente la había forzado. Pero ella decía que habían hecho el amor.

Parecía que no había imaginado sus gemidos de éxtasis.

Había hecho el amor con Elysse. Aquello era imposible. Él sólo era capaz de tener relaciones sexuales puras, lujuriosas. La mayoría de aquella noche seguía siendo borrosa para él. Sin embargo, de vez en cuando tenía un recuerdo de cómo la había acariciado, besado y abrazado. No podía ser que se sintiera tan desesperado por estar con ella como recordaba. No era posible que siguiera queriéndola después de todos aquellos años, como la había querido de niño.

Estaba intentando olvidar aquella noche con todas sus fuerzas, pero no podía. Seguía muy avergonzado de su comportamiento. La había asustado con su lujuria y su cólera. ¡El hombre que una vez sólo quería protegerla! ¿Qué les había ocurrido?

Vivir con Elysse de aquella manera era imposible. No confiaba en sí mismo. Cuanto antes zarpara hacia China, mejor. ¡Todavía quedaba tanto para el primero de junio!

Por ese motivo, había decidido reorganizar el cargamento que iba a transportar en el viaje de ida cuanto antes posible. El sesenta por ciento del cargamento ya estaba en sus almacenes. Y él estaba trabajando incansablemente para conseguir suficientes géneros como para llenar el resto de las bodegas. Si tenía éxito, podría desplegar velas a finales de aquella semana.

Cerró la puerta con suavidad. Si ella había salido aquella noche, seguramente no volvería hasta la medianoche. Si se había quedado en casa, ya se habría retirado a su dormitorio. Era improbable que sus caminos se cruzaran.

Reginald se lo encontró cuando atravesaba el vestíbulo. El mayordomo se negaba a hacer caso a Alexi, que le había dicho que no tenía que esperarlo despierto todas las noches.

—¿Necesitaréis algo esta noche, capitán?

—No, gracias —dijo Alexi, y comenzó a subir las escaleras—. ¿Está en casa la señora de Warenne?

—Sí, señor. Se ha retirado hace un rato.

Alexi miró al mayordomo.

—Entonces, buenas noches.

Reginald lo miró como si tuviera algo que añadir, pero después se ruborizó y se alejó sin hablar. Alexi, con alivio por no tener que verla cara a cara, subió las escaleras rápidamente para encerrarse en el santuario de su dormitorio. Dudaba que pudiera dormir, así que leería hasta que se le nublara la vista.

Se negaba a revivir los recuerdos borrosos de la noche que habían pasado juntos. Sin embargo, incluso en aquel momento, mientras subía las escaleras, sentía un intenso deseo. Y sentiría el mismo deseo cuando estuviera tumbado en la cama, intentando leer, escuchándola mientras ella se movía por su habitación.

Entró al salón de la suite, y se encontró con que en la chimenea ardía alegremente el fuego. Eso era extraño. Entonces vio la mesa.

Se detuvo y se dio la vuelta con incredulidad.

En la pequeña mesita había platos de porcelana y copas de cristal, flores y velas. Había una bandeja de plata cubierta sobre la mesa y una botella de champán helado.

—¿Qué demonios...?

La puerta del dormitorio de Elysse se abrió. Ella apareció en el vano, con una bata de color marfil de encaje y unas zapatillas a juego. Él se quedó mudo.

—Hola, Alexi —dijo ella.

Sonriendo, entró en el salón. Llevaba el pelo suelto, cayéndole por los hombros, y la seda de la bata le acariciaba las caderas y los muslos al andar.

Él se puso muy rígido.

—¿Qué demonios crees que estás haciendo?

Ella se acercó a él y lo agarró por las solapas de la camisa, y se puso de puntillas para darle un beso en la mejilla. Sus senos le rozaron el pecho, y el suave perfume floral que llevaba le llegó a las ventanas de la nariz.

—Vamos a tomar una copa.

Sus miradas quedaron atrapadas.

—¡Y un cuerno!

Ella se acercó a la mesita meciendo las caderas, y sirvió dos copas de champán. Él apenas podía respirar. ¡No iba a permitir que lo sedujera! No podía salir nada bueno de cualquier aventura con ella. Él iba a marcharse cuanto antes, y era lo mejor.

Ella volvió a su lado y le entregó la copa.

Él la tomó, pero pasó por delante de ella con enfado y la dejó bruscamente sobre la mesita.

—¿Por qué estás pavoneándote?

—No me estoy pavoneando.

—¿Esto es una seducción?

—Sí.

Ella dio un sorbito de champán sin apartar los ojos de él. Alexi se echó a temblar.

—¿Por qué tienes que añadirme a tu lista de conquistas? ¿Es que quieres que sea un idiota enamorado más que se humilla a tus pies? ¿Por qué estás haciendo esto, Elysse?

—No quiero que te humilles, Alexi. Y no te considero una conquista. Aunque, ciertamente, puedes ser todo un idiota.

A él le latía el corazón con tanta fuerza que apenas podía pensar.

—¿Y por qué eres tú el único que puede perseguir y seducir?

Él respiró profundamente.

—¿Qué te ocurre? ¿Acaso Blair no está disponible esta noche?

—No deseo a Blair. Nunca lo he deseado. Te deseo a ti.

Dejó la copa en la mesa y se llevó las manos al cinturón de la bata.

Él no podía dar crédito.

—¡La puerta está abierta!

Ella se desató el cinturón y se deslizó por los hombros la bata de seda, y quedó ante él cubierta sólo por el camisón de seda marfil más pequeño que él hubiera visto en su vida.

—Entonces, ciérrala —murmuró.

Él apenas oyó. Miró su preciosa cara y los puntos duros de sus pezones bajo la camisola de seda, y sus piernas largas y maravillosas.

—¿Por qué estás haciendo esto?

—Ya te lo he dicho. Te deseo.

Él intentó respirar y no pudo, porque ella se acercó lentamente y pasó las palmas de las manos entre su chaqueta y la camisa.

—Y los dos sabemos que tú también me deseas a mí —susurró.

Ella movió el cuerpo contra el de él. Era suave y cálida. Era femenina. Era Elysse. La abrazó sin darse cuenta. La estrechó contra sí, posó la boca en su pelo y notó que el corazón le explotaba. ¡La deseaba tanto! Había sentido deseo por ella día y noche desde la primera vez que habían hecho el amor. ¡Necesitaba estar con ella de nuevo! Nunca había deseado a otra mujer de la misma manera. El pasado ya no importaba.

Alexi hizo que inclinara la cabeza hacia él. Ella tenía una mirada brillante y caliente, pero también tenía lágrimas en las puntas de las pestañas.

Él no pudo pensar en eso. Encontró su boca y la besó. Se estremeció con una necesidad cruda, imperiosa. Ella le devolvió el beso ferozmente. Alexi sintió euforia. Sus bocas se unieron abiertas, húmedas. Él entrelazó sus lenguas. Y mientras lo hacía, metió las manos bajo su camisón de seda y agarró sus nalgas desnudas para alzarla contra su miembro viril, y la mantuvo allí. Ella gimió en su boca, temblando, preparada para recibirlo.

Alexi la besó salvajemente y dijo con la voz ronca:

—Los dos lo vamos a lamentar.

—No —gimió ella.

La tomó en brazos y la tendió sobre la cama con delicadeza, recordando muy bien lo brutal que había sido la primera vez. Ella sonrió, extendió la mano y separó sus largas piernas, haciéndole una invitación inconfundible que él nunca habría podido rechazar.

Alexi se despojó de la chaqueta y se inclinó sobre ella. Mientras se besaban, ella intentaba torpemente desabrocharle el pantalón. Finalmente lo consiguió. Él gimió en voz alta cuando la carne dura y caliente se unió a la carne blanda y húmeda, y tomó su cara entre las manos. Quería decirle que la necesitaba, y que siempre la necesitaría, pero no habló.

—Oh, Alexi —susurró ella, y de repente él recordó que le había dicho que lo quería. Se sobresaltó. ¿De veras había declarado aquellos sentimientos? ¿Acaso no amaba a Blair?

Ella murmuró:

—Date prisa.

Y como estaba demasiado ardiente como para esperar, obedeció.

Elysse jadeó cuando sus cuerpos se unieron, y lo abrazó con fuerza. Se sentía tan bien...

Elysse suspiró cuando las oleadas del éxtasis se fueron diluyendo. Alexi se apartó de ella. Elysse se mantuvo quieta y buscó su mano, y sonrió al encontrarla. Todavía sentía el cuerpo tembloroso y excitado.

—Alexi —suspiró. Abrió los ojos y lo miró.

Él estaba tumbado boca arriba, completamente desnudo, magnífico. Abrió los ojos y miró al techo.

Elysse recuperó la coherencia. Su seducción había funcionado. Se tendió de lado sin soltarle la mano. Pensó en decirle que lo quería, pero en vez de eso, dijo:

—Me encanta estar contigo, Alexi.

Él se volvió y la miró.

Ella se incorporó de repente al ver su expresión.

—¡No te atrevas a enfadarte ahora! ¡Ha sido maravilloso, y lo sabes!

Él se sentó y le arrojó las sábanas.

—Sí, acabamos de tener unas relaciones sexuales estupendas.

Aquellas palabras le hicieron daño.

—Hemos hecho el amor.

Él se puso en pie de un salto.

—Cúbrete.

—¿Por qué?

Ella tiró las sábanas a los pies de la cama.

Alexi tomó sus pantalones y se tapó con ellos.

—Me has seducido, Elysse, cuando te había dicho que quería una tregua.

—Sí, es verdad, ¡y tú has sido tremendamente fácil de seducir!

Finalmente, tomó la sábana y se la puso sobre el cuerpo.

—Ya sabes lo bella que eres, ¡lo sexual que eres! Conoces perfectamente el efecto que tienes en los hombres.

—¿Por qué estás tan enfadado? Somos dos adultos, ¡y da la casualidad de que estamos casados!

—¡Porque no quiero estar casado con nadie, y menos contigo! —le gritó él. Se puso los pantalones con gestos de furia.

Ella sabía que no debía dejarse dominar por el dolor.

—Pero estamos casados, y da la casualidad de que yo sí quiero estar casada contigo.

Él se sobresaltó y la miró con incredulidad.

—Tengo intención de que esto sea un comienzo para nosotros. Quiero tener un matrimonio de verdad contigo —dijo con una sonrisa, aunque sabía que era de inseguridad.

Él tomó su camisa, pero no se la puso.

—Puede que tú quieras eso, pero yo no voy a convertirme en un marido de verdad. Y no voy a volver a acostarme contigo bajo ninguna circunstancia.

—¿Por qué?

—¡Porque no quiero tener un matrimonio de verdad contigo! —gritó él. Las mejillas se le enrojecieron.

Ella se echó a temblar.

—¿Por qué no podemos intentarlo?

Él la miró con desdén.

—Tú puedes intentar lo que quieras. Yo me marcho.

A ella se le escapó un jadeo.

—¿Adónde vas?

—A las oficinas —respondió él de manera cortante, mientras se ponía la camisa.

—¡Pero si es más de medianoche!

—He cambiado de planes, Elysse. Iba a decírtelo dentro de uno o dos días, pero te lo diré ahora mismo.

Elysse se abrazó a la sábana.

—¿Qué es lo que vas a hacer?

—Creo que puedo zarpar a finales de esta semana —dijo Alexi con más calma—. De hecho, estoy organizando un cargamento.

—¿Qué?

—Que voy a embarcar a finales de semana. El sesenta por ciento del cargamento ya está en los almacenes. He estado solicitando tonelaje.

¡Alexi tenía intención de marcharse en sólo seis días!

Iba a dejarla tan rápidamente como pudiera.

—Estoy impaciente por emprender el viaje. Llevo demasiado tiempo en tierra firme.

—No te marches —le rogó ella, y se puso en pie, sujetando las sábanas delante de su cuerpo.

Él bajó la mirada hasta su cadera, y ella se dio cuenta de que estaba expuesta. Él alzó la vista y dijo:

—¿Qué diferencia hay en que me marche unas semanas antes?

Ella sintió pánico.

—Te vas a marchar durante seis meses. ¡Tenemos que terminar esto!

—No hay nada que terminar —replicó él, y se dirigió hacia la puerta.

Elysse corrió tras él.

—Tenemos que terminar muchas cosas, Alexi —dijo, e impulsivamente, añadió—: ¡Llévame contigo!

Alexi abrió mucho los ojos.

—No te voy a llevar conmigo, ¡y mucho menos a China!

—¿Por qué no? ¡Tu madre iba a todas partes con Cliff! —replicó ella, que se sentía horrorizada por lo que estaba ocurriendo—. ¿O acaso tienes pensado parar en Singapur?

—¡Yo nunca te he prometido fidelidad! —exclamó él.

¡Iba a visitar a su amante!

—Por favor, llévame contigo. Debemos resolver el estado de nuestro matrimonio. No podemos seguir así.

El semblante de Alexi se volvió grave.

—En eso último tienes razón. No podemos seguir así, y por eso me marcho.

Ella se tapó la cara con las manos, y la sábana cayó al suelo.

Él la recogió con un gesto de dureza y envolvió a Elysse con ella.

—En cuanto al estado de nuestro matrimonio, no hay nada que resolver.

Los días siguientes pasaron de manera borrosa. Alexi no volvió a pasar por la casa, y Elysse supo que estaba alojándose en el Club St. James, un hotel muy lujoso para los caballeros más distinguidos de Londres. Ariella le aconsejó a su amiga que lo persiguiera hasta que él recuperara el sentido común, pero Elysse no siguió sus indicaciones. Ya lo había seducido una vez, y lo único que había conseguido era endurecer más su rechazo hacia ella.

Finalmente le escribió una carta, eligiendo las palabras con gran cuidado y completa honestidad.

Mi querido Alexi:

Si crees que lo que debes hacer es irte a China, entonces te apoyo incondicionalmente. Te deseo un gran éxito, como siempre, y que Dios te acompañe en este viaje.
Sin embargo, que zarpes no va a cambiar el hecho de que estamos casados. Yo me quedaré en Londres, cuidando nuestra casa y encargándome de nuestros intereses, hasta que vuelvas. Espero con toda mi alma que cuando vuelvas podamos resolver los asuntos que nos enfrentan.
Un saludo afectuoso, Elysse.

Le dio al cochero la carta para que la entregara en persona, dos días antes de la partida de Alexi. Los dos días siguientes pasaron con una lentitud terrible. Elysse estaba segura de que él iba a responder, aunque fuera de manera formal, pero la noche antes de zarpar no había obtenido ninguna respuesta. Tenía encogidos el corazón y el alma. Él todavía no se había marchado, pero ella ya lo echaba de menos.

Ariella había ido a visitarla todos los días con noticias sobre Alexi.

—Nunca lo había visto tan decidido —le decía.

Ella no creía que hubiera nada que pudiera impedirle la marcha.

La noche anterior a su partida, Elysse no dejó de dar vueltas por la cama sin poder dormir. Se preguntaba si se atrevería a ir al St. James y suplicarle que se quedara. Sin embargo, el orgullo era lo único que le quedaba.

Al amanecer estaba en los muelles de Santa Catalina, sentada en su carruaje, envuelta en un abrigo de lana, mirando el clíper. Se abrazó para retener el calor y observó a los hombres deambulando por la cubierta, preparándose para zarpar. Estaban izando velas y desamarrando. Alexi estaba en el alcázar, observando todo y a todos.

Tenía que haber notado la presencia de su carruaje, porque era la única presente.

Cuando levaron el ancla, Elysse se echó a temblar y abrió la puerta. Bajó al suelo con inseguridad y comenzó a caminar por el muelle.

Alexi permaneció inmóvil, gritando de vez en cuando alguna orden. Primero se desplegaron las gavias, y después las velas mayores, que se hincharon con el viento.

Elysse se detuvo al final del muelle, con el corazón en la garganta.

Los separaban unos treinta metros, pero sus ojos quedaron atrapados en los de Alexi.

«Por favor, no te vayas», pensó ella, mientras la gran nave comenzaba a moverse.

Él siguió mirándola fijamente mientras el clíper tomaba velocidad. La figura de Alexi se empequeñeció a medida que el barco se alejaba del muelle.

A Elysse se le formó un nudo doloroso en la garganta. ¿Cómo podía dejar que Alexi la dejara así de nuevo?

La respuesta estaba clara. No podía.

La *Coquette* estaba empezando a tomar velocidad hacia el mar. Elysse ya sólo reconocía a Alexi porque sabía que era él. Tuvo la sensación de que él seguía mirándola. Elysse alzó la mano. No pensaba que él fuera a devolverle el saludo, pero entonces, Alexi también alzó la mano para decirle adiós.

Ella vio el gesto. Se mordió el labio y tomó una decisión. No podía permitir que la abandonara así.

Si Alexi se iba a China, ella también iría.

Tercera parte

«Amor victorioso»

CAPÍTULO 16

Aunque sólo eran las ocho de la mañana, ya había dos empleados detrás del mostrador del vestíbulo de las oficinas de Windsong Shipping. Elysse les sonrió al entrar al edificio. Había pasado la última hora acurrucada en el carruaje, pensando. No iba a permitir que Alexi huyera de su matrimonio. Iba a seguirlo a China. Nunca se había sentido tan decidida. Sin embargo, también había empezado a analizar lo que significaba ir a China sola.

No había ningún viaje seguro. Los piratas eran una plaga en alta mar; abordaban los barcos y nunca los devolvían, ni tampoco su cargamento. Las tripulaciones eran secuestradas y se pedía rescate por ellas. A veces, los tripulantes sufrían aquel secuestro durante años y eran utilizados como esclavos en los barcos. Por otra parte, muchos barcos se perdían en el mar, en galernas o tifones.

El miedo se mezclaba con la esperanza. Dios Santo, estaba pensando en cruzar el mundo ella sola. O tenía un valor que nunca había sabido que tenía, o se había vuelto loca.

—Buenos días, señora de Warenne. Es una mañana espléndida para que zarpara el capitán, ¿verdad? —le preguntó uno de los empleados con una sonrisa.

—Buenos días. Sí, había un buen viento —dijo Elysse asintiendo—. ¿Ha llegado ya mi suegro?

Sin embargo, no había terminado la frase cuando Cliff de Warenne apareció en el pasillo que conducía a su despacho.

—¿Elysse? ¿Qué estás haciendo en la ciudad a estas horas? —le preguntó. Se acercó a ella y le besó ligeramente la mejilla.

—He venido a ver partir a Alexi —dijo ella—. Necesitaría hablar contigo, por favor.

Él la miró fijamente, con unos ojos azules iguales a los de su hijo. La tomó del brazo y les dijo a los empleados:

—Por favor, que no nos molesten.

Un momento después estaban en su despacho, que ocupaba una esquina entera de la planta baja del edificio. Los ventanales daban a la calle y a los muelles. Había un escritorio enorme enfrente de las ventanas y una estantería que acogía varios modelos de barco, y un sofá y dos butacas frente a una chimenea. Cliff cerró la puerta y le ofreció un té.

—No, muchas gracias —dijo Elysse.

Él se sirvió una taza y le hizo un gesto hacia una silla. Elysse negó con la cabeza.

—Necesito que me ayudes —dijo—. Estoy desesperada y decidida a la vez.

—Estoy encantado de ayudarte en lo que pueda —respondió Cliff, observándola con curiosidad—. ¿De qué se trata?

Ella se mordió el labio.

—Tengo que ir a China, Cliff.

Él dio un respingo y derramó algo de té de su taza.

—Necesito un pasaje en el próximo barco de Windsong que vaya a zarpar.

Se retorció las manos, con el pulso acelerado. En aquel momento, se imaginó a sí misma sobre la cubierta de un clíper, la única mujer entre una docena de hombres.

Él dejó la taza sobre su escritorio.

—Dios Santo, Elysse, ¿y por qué se te ocurre ahora que deseas ir a China? Y, si querías ir, ¿por qué no te has marchado con Alexi?

Ella tomó aire. Era el momento para ser sincera.

—Le pedí que me llevara, pero se negó. Y yo no puedo estar separada de él otro año entero.

Cliff entornó los ojos.

—¿Y por qué? Has estado seis años separada de mi hijo. Vuestro matrimonio es de conveniencia, y una farsa. ¿Por qué va a importar un año más?

Ella se echó a temblar.

—Porque lo amo. ¡No puedo permitirle que continúe rechazándome, y que continúe rechazando nuestro matrimonio!

Cliff abrió mucho los ojos.

Ella continuó.

—He intentado dejar de quererlo, pero no puedo. Lo he querido desde el primer día en que nos conocimos, cuando éramos niños. Pero tú ya sabes eso. ¡Quiero recuperar a mi mejor amigo! ¡Quiero recuperar a mi marido! Tienes razón, nuestro matrimonio es una farsa, pero ahora yo quiero uno de verdad. Y estoy dispuesta a luchar por él.

Cliff, que se había quedado asombrado, se acercó a ella.

—Estoy muy contento de oírte decir que quieres luchar por mi hijo y arreglar esta situación tan horrible de vuestro matrimonio —dijo, y de repente, la abrazó.

Elysse notó que se le llenaban los ojos de lágrimas. Ella quería al padre de Alexi y a su madrastra. Le hacía sentirse muy bien el hecho de tener nuevamente la aprobación de Cliff.

—Lo quiero mucho.

—Sé que lo quieres. Durante estos años me he preguntado si hicimos lo mejor al permitir que os casarais para ocultar el accidente en el que murió Montgomery —respondió Cliff, y la soltó.

—Yo quería casarme con Alexi. Lamento mi comportamiento hasta este mismo día. Tal vez, si yo no hubiera coqueteado de una manera tan temeraria, Montgomery estaría vivo y Alexi y yo estaríamos felizmente casados.

—Fue un accidente —dijo Cliff con firmeza—. Una dama puede flirtear. Él te acosó, Elysse. Si yo hubiera sido Alexi, lo habría matado con mis propias manos. Un hombre siempre debe defender y proteger a la mujer a la que ama.

Se preguntó si Alexi estaba haciendo aquello, y de repente se dio cuenta de que sí. Él la quería desde que eran niños, pero los dos eran demasiado jóvenes como para darse cuenta.

–Alexi me tenía afecto y, si tuviéramos la oportunidad, volvería a quererme. Sin embargo, está empeñado en resistirse a mí.

Cliff sonrió.

–Alexi es un hombre muy orgulloso y obcecado. Le hiciste daño cuando sopesaste casarte con Montgomery. Y has seguido haciéndole daño con tus amistades, Elysse. No sé si será fácil de convencer. Pero estoy seguro de que siempre te ha querido.

A ella le dio un salto de euforia el corazón. Dios, ¡ojalá tuviera razón el padre de Alexi! Se mordió el labio con vacilación.

–Fui una tonta por jugar con Montgomery para poner celoso a Alexi. Lo sé desde aquella noche trágica en Windhaven. Le he dicho a Alexi que lo siento mucho, pero él es muy terco. Se niega a perdonarme, y se niega a perdonarse a sí mismo. En cuanto a las habladurías sobre mis aventuras... Sólo han sido amistades. Durante estos años he representado un papel que no era real para proteger mi orgullo y evitar la humillación, y tal vez también para herir a Alexi por su traición.

Cliff le preguntó:

–¿Y le has contado todo esto a mi hijo?

–Él no me va a creer.

–Tiene que saberlo. Creo que tus aventuras de estos seis años han hecho tanto daño a tu matrimonio como la muerte de Montgomery.

¿Y si Cliff tenía razón? Ella sabía lo muy orgulloso que era Alexi, y estaba empezando a creer que pudiera estar horriblemente celoso.

–Pero él también ha tenido aventuras.

–Él es un hombre, y existe una doble moral –dijo Cliff sin rodeos.

Elysse sabía que tenía razón. Los hombres podían permitirse tener el comportamiento más escandaloso del mundo, pero las mujeres no. Elysse se acercó a una de las ventanas y miró hacia la calle bulliciosa, llena de carros y gente. Más allá vio que estaban descargando las bodegas de un barco. Los trabajadores estaban preparando cientos de barriles sellados para ser transportados a los almacenes. Cliff se acercó y se colocó tras ella.

—Eso es aceite de palma de Benín. No podemos satisfacer toda la demanda de nuestras fábricas.

Ella se volvió hacia Cliff. No le importaba en absoluto el aceite de África. Sólo había una cosa que estaba clara.

—Tengo intención de enterrar el pasado de una vez por todas. Tengo intención de arreglar este matrimonio, por mucho que me cueste. Y tengo intención de querer a Alexi, por mucho que se resista.

Cliff sonrió lentamente.

—Ahora que has tomado esa decisión —dijo con suavidad—, tal vez no se resista tanto como antes.

Elysse esperaba con todas sus fuerzas que tuviera razón.

—Cliff, no puedo quedarme esperando en Londres durante toda un año, esperando su regreso. Voy a ir a buscarlo a China. Pero para hacerlo necesito tu ayuda.

A su suegro se le borró la sonrisa de los labios.

—Elysse, ¡tú no puedes ir sola a China!

—¿Y por qué no? Podría ocupar una litera en el próximo barco. ¿Cuándo sale el próximo clíper a China?

—El próximo barco de Windsong que va a zarpar hacia Cantón lo hará el día quince de julio, pero no es un velero de pasaje. Un viaje así entraña muchos peligros. ¡Tú eres una dama! La tripulación te acosaría, o peor todavía, los piratas. ¿Y los huracanes y los monzones? ¿Y la malaria?

Ella no le prestó atención a sus objeciones. El siguiente barco de Windsong no saldría hasta quince días después, ¡y ella no podía esperar tanto!

—Si embarco en ese clíper, tal vez Alexi ya esté de vuelta

a casa cuando yo llegue a Cantón. ¡Entonces, déjame que te alquile un barco! —exclamó. Sin embargo, mientras lo decía se dio cuenta de que ella no podía permitirse gastar una suma de dinero tan grande. Era una idea absurda la de enviar un barco sin cargamento por una sola mujer.

—Gastarías la mitad de tu fortuna —dijo él con tirantez—. No voy a mandar un barco vacío a China. ¿Es que no me has oído? No es seguro, Elysse. De ningún modo voy a permitirte que vayas a China a menos que sea en mi compañía, o en la de tu marido. Yo debo quedarme aquí, gestionando los asuntos de Windsong Shipping, y Alexi ya se ha marchado. Eso significa que tendrás que esperar aquí en Londres hasta que él vuelva.

Elysse estaba a punto de contradecirlo, pero su mirada era dura y desconfiada. Ella bajó los ojos. Si su suegro se enteraba de que sus intenciones no habían cambiado, por mucho peligro que hubiera, movería cielo y tierra para detenerla. Cerró los ojos. En aquel momento debía mentir como nunca lo había hecho.

—No sé lo que me ha pasado —dijo mirando a su suegro—. Claro que no puedo ir sola a China. Sólo una loca haría semejante cosa.

—Puedes escribirle una carta —dijo Cliff con firmeza. Él va a estar en Cantón durante un mes. Si se la envías ahora, hay muchas oportunidades de que la reciba.

Elysse consiguió esbozar una sonrisa. Sí, tal vez Alexi recibiera su carta, en unos ciento diez días, más o menos.

—Por supuesto —dijo recatadamente—. Le escribiré una carta explicándoselo todo.

Casi una semana después, Elysse estaba sentada en su carruaje, con las persianas de las ventanillas medio bajadas y con un velo cubriéndole la cara. Miraba la puerta principal del edificio de Potter. Matilda salía en aquel momento del establecimiento, vestida de señora, también con un sombrero y un velo para evitar que la reconocieran. Elysse tomó aire y se apoyó en el respaldo del asiento. Matilda cruzó la calle y mantuvo la cabeza agachada para evitar que la identificaran.

Elysse todavía no había encontrado pasaje para China. Había hecho dos averiguaciones muy cautelosas a través de su ama de llaves. Ya sabía que su suegro nunca iba a permitirle que se fuera a China, así que tenía que operar en secreto. En el distrito del puerto la conocían, y ella se había dado cuenta enseguida de que tendría que conseguir su pasaje por medio de un intermediario. Hasta el momento, los dos clípers que partían hacia China la habían rehusado. Rogó que Matilda hubiera tenido éxito en Potter, Wilson y Compañía.

Matilda abrió la puerta del carruaje y entró con el ceño fruncido. A Elysse se le encogió el corazón.

—¿No ha habido suerte?

—Tal vez debierais pensarlo mejor, señora —dijo Matilda—. No hay ningún barco que quiera llevar a una mujer sola a China, por mucho que ofrezcáis por el pasaje.

—Quiero recuperar a mi marido —susurró Elysse.

Se preguntó, sin embargo, si aquélla era la manera equivocada de encontrar pasaje. Se había puesto en contacto con los directores de aquellas compañías. ¿Y si se dirigía directamente a los capitanes de los barcos? Se puso nerviosa. Alexi era un caballero rico, pero muchos marinos no lo eran. Sin embargo, ¿eso no sería una ventaja para ella? Un capitán de barco sin fortuna sería más fácil de convencer a cambio de una buena suma de dinero. Sus jefes no tendrían por qué saberlo.

—James —le dijo al cochero—. Me gustaría dar una vuelta por los muelles y ver los barcos que hay anclados.

Matilda la miró mientras el carruaje avanzaba. Elysse abrió la persiana de su ventana y miró ciegamente al exterior. Alexi se había marchado seis días antes, y ella se sentía como si tuviera una carrera en contra del calendario. Seguramente, él haría un viaje más rápido que los demás para llegar a Cantón, y sin duda querría volver a casa antes del monzón de noviembre. A cada día que pasaba, ella se preocupaba más por el tiempo que él iba a estar en Cantón comprando el té y después cargándolo. Debía emprender el viaje rápidamente. ¡No podía llegar a Cantón y encontrarse con que él ya se había marchado!

Le dolían las sienes. Aquellos días tenía una jaqueca constante. Nunca había sentido tanto estrés. Nunca se había preocupado tanto, ni lo había echado tanto de menos. Algunas veces soñaba con que él había cambiado de opinión y había vuelto a Londres para pedirle que fuera su esposa de verdad. Pero aquello sólo era un sueño. Para entonces, Alexi estaría en las costas de Portugal.

Mientras su carruaje recorría el muelle, Elysse vio un velero grande que le resultó familiar. Estaba a unos ciento cincuenta metros. A ella se le aceleró el corazón y se llevó los gemelos a los ojos. Tenía razón.

—Es el *Astrid* —dijo con emoción.

Seguramente, Baard Janssen sabría quién zarpaba aquellos días, y cuál era su destino. Aquellos hombres conocían bien los planes de los demás. ¿Dónde había dicho Janssen que se hospedaba? ¿La ayudaría? Elysse estaba decidida a persuadirlo.

Estaba a punto de bajar los gemelos cuando vio un pequeño bote que se alejaba del bergantín danés. Movió las lentes y vio a Janssen en la proa de la pequeña embarcación que se acercaba al muelle.

Le entregó los gemelos a Matilda, se quitó el velo del sombrero y bajó del carruaje. Llegó al borde del muelle justo cuando Janssen, que ya la había visto, subía a tierra.

—¡Señora de Warenne! Qué sorpresa más agradable. Casi podría pensar que me estabais esperando.

Ella le devolvió la sonrisa. Las advertencias que le había hecho Blair sobre aquel hombre se le cruzaron por la mente; sin embargo, en aquel momento tenía que confiar en él.

—Os estaba esperando, capitán. No os importará, ¿verdad?

Se recordó que no debía coquetear demasiado con él. No tenía ganas de que llegara a una conclusión equivocada.

Él se acercó con una sonrisa, le tomó la mano y se la besó.

—Sois una alegría para la vista. Me late el corazón como un colegial.

Ella siguió sonriendo.

—Eso no me lo creo.

—Me está esperando en el muelle una de las mujeres más bellas de Londres. ¿Cómo no se me iba a acelerar el corazón? —preguntó él, y por fin la soltó—. ¿Habéis decidido aceptar esa visita a mi barco, después de todo?

—Tenía algunos asuntos que resolver en Windsong Shipping —mintió ella—. Al ser hija de un capitán y esposa de otro, no puedo venir a esta parte de la ciudad sin visitar los muelles y admirar los grandes barcos que hay en ellos. He visto el *Astrid* inmediatamente.

—De Warenne es un hombre con suerte —dijo Janssen—. He oído que está de camino a China. Si yo fuera él, me costaría mucho embarcarme.

—Nosotros nos dedicamos al comercio con China —repuso ella, remilgadamente—. ¿Y cuándo os marcháis vos de la ciudad, señor?

Él se quedó ligeramente sorprendido por su pregunta.

—Dentro de dos semanas. He estado esperando a que hicieran algunas reparaciones en el casco del *Astrid* —dijo, y añadió—: Es interesante que vuestro marido se haya marchado y vos hayáis venido a buscarme.

Ella dejó de sonreír.

—Necesito desesperadamente vuestra ayuda, señor.

La expresión de Janssen se volvió de preocupación.

—Parece que habláis muy en serio.

—Pues sí. Pero primero necesitaría que me dierais vuestra palabra de que no vais a revelarle a nadie lo que os voy a pedir.

—¿Por qué tengo el presentimiento de que no me vais a pedir que os enseñe mi barco?

—¿Tengo vuestra palabra?

—Sí, señora de Warenne, la tenéis —dijo él con solemnidad, pero también con curiosidad.

—Estoy desesperada por ir a China. ¿Podríais ayudarme a encontrar un pasaje? Nadie debe saberlo, porque mi familia intentaría detenerme. Pagaré bien, capitán.

Él se cruzó de brazos y la miró pensativamente. Pasó un instante.

—Umm. Una dama en apuros. No puedo evitar preguntarme por qué necesitáis ir a China con tanta urgencia tras vuestro marido.

Elysse no podía negar la verdad.

—Hemos estado distanciados. Pero lo quiero –dijo–. Debo arreglar las cosas, pero no puedo esperar un año para hacerlo.

Él cabeceó.

—Como he dicho, De Warenne es un hombre con suerte.

Elysse no podía leerle la mirada ni la expresión. Finalmente, él dijo:

—Si le consigo un pasaje, ¿qué gano yo?

—Mi eterna gratitud. Y, si no os ofendéis, una compensación.

Él se quedó en silencio.

—Había esperado mucho más.

Elysse se sintió consternada.

—Estoy enamorada de mi marido.

—Eso parece. Sin embargo, había oído decir que estabais enamorada de otro hombre, de Thomas Blair.

—No. Yo nunca he amado a nadie salvo a mi marido. Blair y yo éramos, y seguimos siendo, amigos.

Janssen asimiló todo aquello. Hizo un gesto hacia el carruaje de Elysse y ambos comenzaron a caminar juntos. Elysse rogó al cielo que quisiera ayudarla. Él llevaba la cabeza agachada, y ella lo miró varias veces, aunque no pudo imaginar sus pensamientos. Finalmente, Janssen se detuvo y la tomó del brazo.

—Puedo encontraros un pasaje con facilidad. De hecho, creo que el *Odyssey* zarpa a finales de semana. Conozco bastante bien a su capitán. Si recibe una compensación suficiente, creo que os dará un camarote. Lo organizaré todo para vos.

A Elysse se le escapó una exclamación de alegría, y estuvo a punto de abrazar al danés.

—Si consigo un pasaje en ese barco, nunca podré pagároslo, pero lo intentaré. ¡Estaré en deuda con vos!

—¿Estáis segura de que no aceptáis un paseo por mi barco a la luz de la luna?

Ella negó con la cabeza.

—No puedo verme con vos.

—Bien, supongo que será lo mejor. Vuestro marido no me tiene en mucha estima, y a mí me encantaría hacer negocios con su compañía —dijo él con una sonrisa—. Os enviaré un mensaje en cuanto lo tenga todo arreglado.

Elysse le estrechó la mano.

—Por favor, daos prisa. Cuanto antes embarque, mejor.

Cuando él la acompañó al carruaje y se marchó, Elysse le ordenó al cochero que las llevara a casa de nuevo.

—Ya está —le dijo a su ama de llaves con la voz ronca de emoción—. ¡Me voy a China a finales de esta semana!

CAPÍTULO 17

Cape Coast, África

Tres semanas más tarde, Elysse estaba mirando hacia la costa con los gemelos desde la cubierta babor del *Odyssey*, sin preocuparse del fuerte sol de África. Tomó aire profundamente al ver la costa espectacular de África Oriental. El Castillo de Cape Coast se erguía en la parte más alta de un promontorio rocoso. Era una fortaleza blanca que brillaba bajo el sol, con docenas de cañones negros en línea defensiva. A sus pies había playas de arena blanca rodeadas de selva verde que se extendían hasta donde alcanzaba la vista, a unos seis o siete kilómetros desde el castillo. Entre ellos y la costa había un tramo de aguas tranquilas en el que descansaban anclados varias docenas de barcos. El motivo era evidente: Elysse distinguía la espuma blanca del violento oleaje del Atlántico por toda la orilla. Ni siquiera los barcos mercantes más pequeños osaban anclar allí cerca. Mientras ella lo observaba todo, algunos botes intentaban llegar a las playas entre las olas blancas y altas, y parecía una empresa muy peligrosa.

El *Odyssey* era un enjambre de actividad mientras los marineros arriaban las velas. Sin dejar de mirar la escena, Elysse divisó una docena de canoas con remeros africanos, que discurrían por entre los barcos. Algunas iban llenas de pasajeros, y otras, de cargamento. Vio que una de las embarcaciones volcaba a causa de una fuerte ola; todos sus pasajeros cayeron al mar. Sin aliento, presenció la lucha de los hombres por llegar a tierra. Cuando lo consiguieron, le entregó los gemelos a Lorraine.

Ella nunca hubiera imaginado que África fuera tan espectacular. Desde la escala en Lisboa habían navegado por alta mar, sin divisar tierra firme, para poder aprovechar los vientos del noreste. Elysse no sabía por qué se habían acercado tanto a la costa en aquella ocasión, y estaba inquieta. Pero, por lo menos, la marina estaba a la vista.

—¿Dónde estamos? —preguntó Lorraine con los ojos muy abiertos.

—En Cape Coast, que es el cuartel general de nuestra marina.

—¿Y vamos a parar aquí?

—No lo sé. El capitán Courier no me dijo que fuéramos a hacer ninguna escala.

—Están arriando las velas mayores.

Ella miró hacia el velamen, que descendía rápidamente. La tripulación se estaba preparando para fondear. ¿Por qué se habían detenido?

El capitán se acercó. El *Odyssey* era un velero de tres palos, propiedad de una compañía de Glasgow, y su capitán era un francés llamado Courier. Hablaba mal inglés, pero Elysse hablaba muy bien francés, y el capitán se había pasado las tres semanas anteriores contándole historias de la vida en el mar. Era encantador, como la mayoría de los hombres del continente, pero ella no se fiaba. Se comportaba cortésmente y con aplomo en todo momento, pero intentaba mantener al mínimo el contacto, para que él no se hiciera a la idea de que podía mantener una aventura con ella. De todos modos, él se empeñaba en que Lorraine y ella se reunieran en su camarote para cenar con él todas las noches. No había manera de negarse.

En aquel momento sonrió y se dirigió a ellas en francés:

—Vamos a echar el ancla, señora de Warenne —dijo. Era

un hombre rubio y estaba muy quemado por el sol, y la miraba con admiración–. ¿Os habéis dado cuenta de lo calmado que está aquí el mar? Los vientos no molestan. Sin embargo, las olas... Es muy peligroso, señora. Debéis estar contenta de no tener que bajar a tierra.

–¿Por qué hemos parado, capitán?

–Debemos recoger agua –respondió él amablemente.

Elysse se sobresaltó. Sólo llevaban tres semanas navegando, ¿y ya necesitaban agua? Eso era muy raro.

–¿Cuánto tiempo vamos a permanecer aquí fondeados?

–Sólo uno o dos días, porque yo tengo algunos asuntos de los que ocuparme, pero no os preocupéis, nos pondremos en camino de nuevo enseguida –le dijo el capitán, y le hizo una reverencia.

Elysse sonrió forzadamente y tomó de la mano a Lorraine. Su doncella estaba ruborizándose. Era evidente que el capitán le resultaba atractivo y encantador. Él las saludó y volvió al timón. Ella se quedó mirándolo. Quería saber por qué no confiaba en él.

–¿Qué ocurre? –preguntó Lorraine en voz baja.

No tenía sentido asustar a su doncella.

–Creo que vamos a acercarnos un poco más a los demás veleros hasta que recojan el resto de las velas.

–No puedo creer que estemos en África –susurró Lorraine con reverencia.

Elysse estaba de acuerdo. Casi no podía creer que hubiera llegado tan lejos, hasta la costa de África Oriental. Se alegraba tanto de no estar sola...

Matilda se había empeñado en acompañarla, pero Elysse pensó que era demasiado sospechoso, porque el ama de llaves nunca viajaba con ella. Le había dicho a Reginald que volvía a Irlanda para pasar unos meses allí. El mayordomo no se había preocupado demasiado. Sí era normal que Lorraine viajara con ella, pero Elysse no esperaba que la acompañara hasta China. Para su sorpresa, la doncella había insistido en hacerlo. ¡Estaba demostrándole su lealtad! Elysse no creía que hubiera podido sobrevivir a los días y noches interminables en el mar sin la compañía de la otra mujer.

Nadie sabía dónde estaba, salvo Ariella.

—¿Vas a ir en busca de mi hermano? —le preguntó con asombro cuando supo que Elysse había ido a despedirse—. ¿Vas a seguirlo hasta China?

—Sí, Ariella, voy a buscar a Alexi a China. Voy a luchar con uñas y dientes por su amor.

Ariella la abrazó con fuerza.

—Es un viaje peligroso —le dijo con la voz entrecortada. ¡Eres tan valiente! Pero yo haría lo mismo.

—No soy valiente. En realidad, estoy muy asustada.

Elysse le había pedido que le guardara celosamente el secreto, y Ariella lo había hecho entre lágrimas.

—Os queremos mucho. Estoy impaciente porque Alexi y tú volváis con Emilian y conmigo.

Se abrazaron una vez más, hasta que Emilian entró en la habitación y las vio. Debió de parecerle algo sospechoso verlas tan cerca de las lágrimas.

Después, Elysse había dado un paso más. Algo que había estado evitando. Era el momento de despedirse de Blair. Lo visitó en su oficina, cosa que nunca había hecho. Con sólo verla, él ordenó a todo el mundo que saliera del despacho y cerró la puerta.

—Vas a poner punto final a las cosas —le dijo sin rodeos, mirándola con angustia.

—Lo siento muchísimo —respondió ella, tomándole la cara entre las manos—. Tú eres uno de los mejores amigos que he tenido, y uno de los mejores hombres a quienes he conocido.

Él la agarró por las muñecas.

—No quiero ser tu mejor amigo, Elysse. Quiero ser el hombre al que ames.

Ella negó con la cabeza lentamente.

—Mi afecto por ti es muy profundo, pero estoy enamorada de mi marido.

Entonces, sus ojos se ensombrecieron. Elysse no quería

hacerle daño, pero no podía evitarlo. Sólo podía pedir que un día él encontrara su verdadero amor.

Se había negado a engañarlo durante el curso de su amistad, y se negaba a hacerlo en aquel momento. Al decirle que se iba de la ciudad había sido evasiva, sin darle detalles, y no había insistido en que se marchaba a Irlanda. Sin embargo, él se había quedado desconfiado, escéptico.

—Si De Warenne no entra en razón y no te trata como te mereces, voy a retarlo en duelo —le dijo con claridad. Aquéllas habían sido sus palabras de despedida.

Ella rezaba para que Alexi entrara en razón, tal y como había dicho Blair.

—¿Estáis pensando en el capitán de Warenne? —le preguntó Lorraine, y la sacó de su ensimismamiento.

Elysse pensaba en Alexi día y noche, y siempre era evidente para su doncella.

—Estoy pensando en casa —dijo suavemente.

Entonces se dio cuenta de que estaban bajando, desde cubierta, un pequeño bote al mar.

Se le encogió el estómago. ¿Sería seguro estar a bordo sin Courier? ¿Debería insistir en que permitieran que Lorraine y ella fueran a tierra con él? Mientras ella miraba a su doncella, Courier se acercó poniéndose una chaqueta arrugada y un tricornio.

—Volveré mañana por la mañana —anunció amablemente.

—Capitán, tal vez sería mejor que mi doncella y yo fuéramos con vos a tierra firme.

—Señora de Warenne, eso es imposible. Mis oficiales de confianza permanecerán a bordo con vos. No hay nada que temer.

Lorraine la miró y susurró:

—A mí me da miedo ir a tierra, señora.

Elysse ya estaba al tanto de que su doncella no sabía nadar. Lorraine se lo había dicho unas cien veces.

—Deposito toda mi confianza en vos, señor —dijo entonces Elysse, con su mejor sonrisa.

Él asintió e hizo una reverencia. Un momento después, lo vieron bajar al bote con cinco de sus hombres.

—Buena suerte —dijo ella, impulsivamente.

Él se despidió con la mano.

Durante la hora siguiente, los miraron por turnos con los gemelos, y finalmente respiraron de alivio al ver que el bote llegaba a tierra a través de las olas. Elysse se dio la vuelta.

—Creo que deberíamos retirarnos, Lorraine, y quedarnos en nuestro camarote hasta que venga el capitán.

Lorraine asintió, y ambas bajaron apresuradamente hasta el camarote que compartían. Contenía dos camas dobles, una en cada pared, un pequeño tocador y una mesa. Todo ello estaba claveteado al suelo. Inmediatamente, cerraron la puerta.

Aquella noche, mientras la luna ascendía por el cielo, Elysse estaba tendida en la cama mirando por el ojo de buey, sin poder dormir. El cielo nocturno era de color azul muy oscuro, y estaba salpicado de estrellas. Las olas mecían suavemente el barco, y los mástiles crujían. Pensó en Alexi, que le había confesado que había pasado muchas noches en vigilia en alta mar, y se le encogió el corazón por él. Para entonces estaría ya pasando el Cabo de Buena Esperanza. ¿Estaría pensando en ella? ¿Tendría también dificultades para dormir? Seguramente estaría pensando en la pasión que habían compartido. Elysse esperaba que el fantasma del pobre Montgomery le estuviera dejando tranquilo.

Tuvo la sensación de que los mástiles crujían más de lo normal. Casi veía a Alexi solo, en el timón de su barco, con la cara inclinada hacia la luna, y deseó desesperadamente estar allí con él. Daría cualquier cosa por estar entre sus brazos.

La madera volvió a crujir.

Elysse se incorporó, con cuidado de no golpearse la cabeza contra el techo bajo. La pequeña bodega que había más allá de su puerta estaba en silencio. Sin embargo, ella estaba segura de que acababa de oír un paso.

Se esforzó por escuchar más. Lorraine estaba dormida, respirando suavemente. Los mástiles continuaban crujiendo, la lona de las velas continuaba susurrando.

Entonces, oyó moverse el pestillo de la puerta.

Elysse rebuscó en la bolsa con la que dormía y sacó una pistola cargada. Mientras lo hacía, se oyó que arrancaban el pestillo.

Lorraine se despertó y gritó del susto.

La puerta se abrió de par en par.

—Si entra alguien, voy a disparar —gritó Elysse con el corazón acelerado. En la oscuridad vio un par de ojos enormes, fijos.

Tardó un instante en comprender que había un enorme africano frente a ella. Él se acercó y la agarró de la muñeca. Mientras Elysse disparaba entró otro hombre en el camarote. El grito de Lorraine fue acallado, y a Elysse le arrebataron la pistola de la mano y le pusieron un saco por la cabeza.

Elysse forcejó con pánico, y alguien le habló con dureza en una lengua que no conocía. Ella golpeó ciegamente e intentó arañar lo que esperaba que fuera su cara. Sintió un golpe terrible en la parte posterior de la cabeza.

El dolor la consumió. Y entonces, la oscuridad la envolvió.

CAPÍTULO 18

Nunca había deseado tanto ver los muelles de Londres. Alexi estaba con su piloto junto al timón del clíper, y casi no podía esperar a que hubieran echado las cuatro grandes anclas al Támesis. Había hecho algo impensable: con un cargamento para China, había vuelto con el barco a Inglaterra.

Había zarpado de aquellos muelles cuatro semanas antes, pero sólo había llegado a Gibraltar.

Sus hombres habían estado a punto de causar un motín. Toda la tripulación sabía cuál era el coste de volver con las bodegas llenas de mercancías que estaban destinadas a los mercados extranjeros.

La imagen de Elysse se le pasó por la mente tal y como la había visto por última vez, como una pequeña mancha azul en los muelles de Santa Catalina, despidiéndose con tristeza de él. Alexi la había mirado a través de los gemelos en el último momento, para verla por una última vez.

Sintió un dolor agudo en el pecho, tan agudo que se preguntó si le habían pegado un tiro.

Sin embargo, no había sonado ningún disparo. Lo que le dolía era el corazón.

Miró a su alrededor por el barco.

—Desplegad todas las velas —dijo con tirantez—. Vamos a dejarlas secar.

—Sí, señor —respondió uno de los oficiales, y se apresuró a obedecer.

Él había evitado el motín personalmente, garantizándoles a todos los miembros de la tripulación una compensación adecuada por el viaje de cuatro semanas. Aquellos fondos habían salido de su propia fortuna.

—Bajad el bote —ordenó.

La imagen de Elysse volvió a cruzársele por la mente, pero en aquella ocasión tal y como la había visto en su casa de Oxford, con cara de consternación, cuando él le había dicho que se marchaba a finales de la semana.

«Hicimos el amor... fue maravilloso».

«Las cosas no han cambiado».

«Esto es un nuevo comienzo para nosotros...».

Él tomó aire mientras el bote caía al agua del río, bajo el casco del barco. Elysse le había dicho varias veces que lo quería. Sin embargo, ella amaba a Blair, ¿no?

Él no podía soportar la idea de que estuviera con Blair. Elysse le pertenecía. Siempre había sido suya.

Era su esposa.

Recordó el día en que se habían casado en Askeaton Hall. Él no quería casarse con ella. En aquel momento era muy joven y estaba muy enfadado, pero también estaba empeñado en protegerla, costara lo que costara.

Había pasado las dos últimas semanas tomando una determinación: romper su matrimonio y permitir que ella volviera con Blair, o hacerse cargo de sus responsabilidades como marido y cumplir con los votos que había hecho seis años antes. Él no quería estar casado. Era un soltero aficionado a las mujeres, y un marino. ¡La mar era su amante! Sin embargo, no soportaba la idea de que ella estuviera con Blair, ni con ningún otro. Y había más.

Tenía que enfrentarse a sus sentimientos más profundos. Había querido a Elysse desde que eran niños. Nunca había olvidado la promesa que le hizo en Errol Castle. Aunque era una engreída y una niña mimada, y una coqueta imposible, él siempre la había querido.

Mientras recordaba los meses anteriores, los que habían

transcurrido desde que él había vuelto a Londres, una y otra vez, empezó a pensar en lo mucho que había cambiado Elysse. Él estaba tan furioso que no había visto los cambios. No había coqueteado con nadie, al menos en su presencia. ¿Acaso seguía siendo egocéntrica? ¿Engreída? Cuanto más pensaba en sus encuentros, más veía que ella había madurado y se había convertido en una mujer y una dama elegante. Incluso su relación con Blair parecía más una amistad madura que una aventura temeraria de pasión.

Si olvidaba la niña o la joven que había sido Elysse, ¡tal vez ni la reconociera!

Sin embargo, nada de aquello tenía importancia. Si ella hubiera seguido siendo una coqueta desaprensiva y mimada, él habría seguido queriéndola. Aquél era su más profundo secreto.

Y eso significaba que tenía que volver a Londres y reclamarla como esposa.

Se sentía como si estuviera al borde de un precipicio. La quería y la deseaba, pero al pensar en las responsabilidades que tenía un hombre casado, sentía miedo. En cuanto se reconciliara con ella, su vida cambiaría para siempre.

Alexi se la quitó de la cabeza y bajó por la escalerilla hasta el bote. Se movía con facilidad, sin hacer un solo movimiento en falso. Llevaba subiendo y bajando escalerillas de cuerda desde que era niño, y había bajado a embarcaciones similares en aguas mucho más peligrosas. Les hizo una señal a sus dos remeros, y mientras el bote comenzaba a avanzar hacia el muelle, notó que se le aceleraba el corazón. Su casa estaba a una hora de camino. Ella estaba a una hora de camino...

No sabía lo que le iba a decir, ni cómo iban a llevar un matrimonio de verdad, teniendo en cuenta todo el daño que se habían hecho el uno al otro. Ojalá pudiera cambiar el pasado. Tampoco deseaba que los amantes que había tenido Elysse se interpusieran entre ellos, pero estaba dispuesto a perdonarla. Después de todo, él también había tenido muchas amantes, y al contrario que la mayoría de los hombres, no creía que las mujeres tuvieran que ceñirse a principios morales más elevados que ellos. Sin embargo, su pasado le molestaba. Era un tonto, pero deseaba que ella lo hubiera querido lo suficiente como para esperar a que él recuperara el sentido común y fuera su esposo de verdad.

Sólo sabía que tenía que comenzar con aquella reconciliación de algún modo, porque no iba a permitir que ella volviera a alejarse de él.

–Alexi.

El bote estaba llegando al muelle cuando oyó la voz de su padre. Miró hacia arriba, preparándose para el sermón. Cliff se había quedado asombrado al verlo. Antes de que su padre pudiera preguntarle qué había sucedido, Alexi saltó del bote.

–Voy a pagar el coste del viaje, y me marcharé a Cantón dentro de una semana.

–¡Cuando me enteré de que la *Coquette* volvía a Inglaterra, pensé que había sucedido un desastre! ¿Está bien la tripulación? ¿No habréis sufrido un brote de malaria ni de peste? ¿El barco está intacto? ¿Os han atacado los piratas?

–La tripulación y la *Coquette* están perfectamente –dijo Alexi con incomodidad–. Tengo asuntos personales que resolver.

Su padre lo miró sin dar crédito.

Entonces, para asombro de Alexi, Cliff empezó a sonreír.

–¿De veras? ¿Tienes asuntos personales que resolver? ¿Por qué no le gritaba? Había perdido el tiempo y el dinero con sus acciones, y había causado un daño a la reputación de Windsong Shipping, y seguramente también había provocado la ira de los clientes y patrocinadores.

–Me marché hecho una furia –confesó Alexi–. Tengo que hablar con mi mujer y arreglar las cosas antes de irme para estar fuera otro año más.

Cliff lo agarró del brazo.

–¡Me alegro tanto de oír eso! Y creo que ella se va a poner muy contenta al verte. Pero no está en Londres, Alexi. Se ha marchado a Irlanda.

Él se sobresaltó. ¿Para qué había ido Elysse a Irlanda? Ella no tenía nada que hacer en el campo. Comenzó a sentir dudas y sospechas.

—¿Estás seguro?

—Claro que sí —respondió Cliff—. No nos dijo nada a Amanda ni a mí, pero se lo dejó bien claro a tus criados. Y le dijo a Ariella que deseaba pasar una temporada sola.

—¿Está Thomas Blair en la ciudad? —preguntó sin poder evitarlo.

La expresión de Cliff se ensombreció.

—No lo sé. Alexi, tienes que concederle el beneficio de la duda a Elysse. Después de hablar con ella, yo se lo concedo.

—¿De veras? —preguntó él, y sintió una punzada de angustia—. Puede que la haya tenido abandonada desde hace seis años, pero ya está bien. Estoy decidido a que nos reconciliemos. Eso significa que su amistad con Blair ha terminado. No aceptaré otra cosa —dijo. Entonces, vio el pequeño carruaje de Cliff al final del muelle—. ¿Te importaría que usara tu coche? No tardaré mucho.

—Sí, puedes llevártelo. ¿Pero adónde vas? ¿Al despacho de Blair? —preguntó Cliff, y le apretó el hombro a su hijo—. Tómate un momento para pensar con claridad. No empeores la situación con tu esposa. Deberías hablar de todo con calma y con sensatez con ella, antes de hacer ninguna otra cosa.

Alexi le hizo caso omiso y se marchó hacia el vehículo. ¿Estaría con Blair? Estaba muy sorprendido, porque se daba cuenta de que pensar aquello le hacía mucho daño y le causaba muchos celos. «Te quiero». ¿Habría dicho Elysse aquellas palabras de verdad? Había cambiado realmente, y él se estaba dando cuenta, cada vez más. Tal vez hubiera ido de verdad a Askeaton a pasar una temporada tranquila. Mientras se alejaba de los muelles, iba rememorando sus conversaciones, y la carta que ella le había escrito.

«No quiero a nadie más... Hicimos el amor... Ha sido maravilloso».

«No deseo a Blair. Te deseo a ti...».

«Quiero estar casada contigo... Quiero que esto sea un comienzo para nosotros».

«*...que zarpes no va a cambiar el hecho de que estamos casados... Yo me quedaré en Londres, cuidando nuestra casa y encargándome de nuestros intereses, hasta que vuelvas*».

La mujer que había hablado así, que había escrito aquello, era una mujer madura, considerada y reflexiva, una mujer con experiencia y con una voluntad de hierro. ¿Era posible que lo quisiera? Si era cierto lo que él pensaba de ella, Elysse no habría vuelto tan alegremente junto a Blair.

Lo estaría esperando, y él sólo tenía que encontrarla.

Por supuesto, tal vez Blair supiera dónde estaba. Y aquella parte loca de él deseaba asegurarse de que el banquero seguía en la ciudad.

Las oficinas de Blair estaban en Bond Street, y Alexi se sintió muy aliviado al encontrar a Blair allí. En cuanto sus miradas se cruzaron, él supo que Thomas Blair ya no era su rival. El instinto le decía que la aventura había terminado.

Blair le señaló una silla y apoyó la cadera al borde del escritorio.

—Así que habéis vuelto a la ciudad. ¿Dónde está vuestro barco, y vuestro cargamento?

Alexi no se sentó.

—Fondeado en el Támesis. Volveré a la mar dentro de una semana. He vuelto para hablar con mi esposa. ¿Dónde está?

Blair se irguió.

—No lo sé, pero me alegro de que hayáis decidido ser sensato. Es una mujer magnífica, y merece vuestra confianza, vuestra consideración y afecto.

Alexi se sobresaltó.

—¿No sabéis dónde está?

—Vino a despedirse, pero estaba muy agitada y ansiosa. Y evasiva. No conseguí que hablara demasiado de lo que tenía planeado hacer, sólo dijo que iba a marcharse de la ciudad para una temporada.

—Elysse le ha dicho a todo el mundo que se marchaba a Irlanda.

Sin embargo, ¿por qué no se lo había dicho a Blair?

Blair arqueó las cejas.

—A mí no me lo dijo. Nunca me ha mentido, y yo no me creo que haya ido al campo. Estoy preocupado, De Warenne.

Alexi comenzó a sentir miedo. Elysse no era del tipo de mujer que se quedaría aislada en el campo. Sin embargo, ¿adónde habría ido? ¡Tenía que estar en Irlanda!

—¿Podría ser que se hubiera quedado en la ciudad, aunque solitaria, encerrada en casa?

—Creo que eso no es probable. Tal vez lo sepa su ama de llaves. Yo intenté hablar con Matilda, pero no sirvió de nada. Pero ella tiene que haber confiado en alguien.

Alexi lo miró y se dio cuenta de que Ariella sabría adónde había ido.

—Tenéis razón. Mi hermana es su mejor amiga y confidente —dijo él con rapidez, y se dirigió hacia la puerta.

Blair lo siguió y lo agarró del brazo.

—Hay una cosa más. Voy a decíroslo por su bien, no por el vuestro. Nosotros nunca hemos sido más que amigos.

Alexi sintió un inmenso alivio.

—Pero vos estáis enamorado de ella.

—Sí, es cierto. Sin embargo, me doy cuenta de que no soy el único.

Alexi notó que se ruborizaba.

—Os agradezco la sinceridad —dijo él, y le tendió la mano—. Conozco a Elysse desde siempre. Hay algunos lazos que no se pueden romper, pese al daño que se haya hecho. No puedo lamentar vuestra pérdida, Blair, pero os deseo suerte.

Blair le estrechó la mano.

—Me alegro de que digáis eso. Buena suerte, De Warenne.

La hora siguiente fue la más larga de su vida. Iba a casa de su hermana en el carruaje, pensando en todas las posibilidades. Se preguntó si Elysse se habría ido a París. Casi todas las mujeres a quienes él conocía se distraían de un desengaño amoroso yéndose de compras.

No esperó a que lo anunciaran ante Ariella. Entró directamente a la biblioteca, donde sabía que iba a encontrarla con un libro. Ella dejó caer el volumen y se incorporó en el sofá donde estaba recostada.

—¡Alexi! ¡No estás en el mar! —exclamó mientras palidecía.

Todas sus sospechas se intensificaron.

—¡Estoy en lo cierto! ¡Tú sabes dónde está Elysse! —le dijo, mientras ella se ponía en pie de un salto.

—¿Por qué no estás de camino a China?

—Porque necesito hablar con Elysse. Si quieres saberlo, por fin he entrado en razón y deseo reconciliarme con ella.

Antes de que él hubiera podido terminar la frase, Ariella lo abrazó con entusiasmo.

—¡Te quiere mucho, y yo sé que tú también la quieres a ella! ¡Estoy muy contenta por vosotros! La has juzgado equivocadamente, ¿sabes?

Él la apartó con severidad.

—Sabes dónde está, ¿no? ¡Cada vez estoy más preocupado, Ariella! ¿Se ha ido a Irlanda? ¿Dónde está? ¿Se ha marchado a Francia?

Ariella palideció de nuevo, y su expresión se volvió de temor.

—Oh, Dios mío. Alexi, intenta mantener la calma.

Sabía que iba a enfadarse mucho cuando supiera adónde había ido Elysse. La zarandeó suavemente.

—¡Me calmaré cuando me digas dónde está para que pueda ir a buscarla y arreglar nuestro matrimonio!

Ella balbuceó:

—¡Se ha ido a China!

El horror de Alexi no conoció límites.

El dolor comenzó a palpitar en su cabeza.

Elysse intentó despertar, pero estaba inmovilizada, como

si tuviera atados pies y manos. El dolor cada vez era más intenso. Por algún motivo sabía que debía despabilarse, pero estaba envuelta en una niebla oscura. Tenía que nadar a través de ella, hacia la luz gris. Notó algo áspero bajo la espalda y las nalgas, y notó que se mecía suavemente. ¿Estaba en el mar? Intentó formársele un recuerdo vago en la cabeza. Por fin recuperó el conocimiento y abrió los ojos, pestañeando.

El sol brillante la cegó.

Elysse tardó un momento en darse cuenta de que estaba tendida boca arriba, mirando hacia el cielo azul y el sol. Lorraine estaba sentada, con la espalda apoyada en el lateral de una canoa estrecha, mirándola con ansiedad. Tenía la cara quemada por el sol. Y había tres africanos remando.

Entonces, Elysse recordó que alguien había forzado la puerta del camarote y que ella había intentando dispararle a un hombre. Gritó.

—¿Estáis bien? —gimió Lorraine—. Oh, señora, ¡temía que estuvierais muerta!

Elysse se dio cuenta de que estaba maniatada. Consiguió incorporarse y sintió un estallido de dolor en la cabeza. Y de miedo en el corazón. El africano que no estaba remando la miró y le habló.

—Estate quieta.

La habían secuestrado.

Miró a su alrededor y se dio cuenta de que se acercaban a una playa. Por delante de ellos había unas olas violentas que rompían contra la orilla. En aquella playa había un grupo de hombres que los estaba esperando. No había ninguna embarcación más. Su pequeña canoa era la única.

Siguió mirando la costa. Había una fortaleza de piedra en la cima de la colina más cercana a la playa, pero estaba bastante lejos, ¡y no era el Castillo de Cape Coast!

—¿Dónde estamos? ¿Adónde nos llevan?

El africano respondió:

—Cállate.

Después le dio la espalda.

Elysse entendió con inmenso horror la situación tan desesperada en la que se encontraban: las habían secuestrado y las habían alejado del cuartel general de la marina británica y del *Odyssey*. ¡El interior de África se extendía ante ellas!

—Nos han secuestrado a medianoche. Lorraine, ¡debe de ser mediodía!

—Me parece que llevamos toda la vida en esta barca —dijo la doncella. Se le llenaron los ojos de lágrimas, pero parpadeó para contenerlas—. Vamos hacia la costa, ¡y yo no sé nadar!

—Desatadme —exigió furiosamente Elysse, intentando dominar el miedo. Courier debía de haber sido cómplice de su secuestro. Pensó en Alexi y en su familia y su miedo aumentó. Dios Santo, ¿sería rescatada alguna vez? ¿Y si no volvía a ver a Alexi?

«¿Acaso no te he dicho que siempre te protegería?».

Se echó a temblar y contuvo las lágrimas mientras recordaba aquella tonta promesa infantil que él le había hecho tantos años atrás, en el castillo de Irlanda. Ella se sentía perdida y aterrorizada. Pero Alexi había ido a buscarla.

¡Él nunca la dejaría en las selvas de África!

Respiró profundamente. Alexi le había hecho una promesa, y era un hombre de honor. La encontraría.

—¡Señor! —gritó ella—. ¡Desatadme para que pueda ayudar a mi amiga a llegar a la orilla! ¡No sabe nadar!

El africano la miró despreciativamente.

—¡No sabe nadar! ¿Habláis inglés? ¡Tendré que ayudarla si las olas nos hacen volcar en la orilla! —exclamó, alzando las muñecas atadas—. ¡Desatadme!

Él sacó su cuchillo, y a ella casi se le paró el corazón. Sin embargo, su captor sonrió y le cortó las ataduras de las muñecas y de los tobillos rápidamente. Elysse exhaló temblorosamente. Después, el hombre cortó las ataduras de Lorraine.

Elysse se frotó las muñecas.

—¿Ha sido Courier? —preguntó—. ¿Ha sido él quien ha preparado todo esto?

—Cállate —le dijo el hombre.

Lorraine susurró:

—Creo que no habla más que unas cuantas palabras. Oh, señora, ¿cómo nos van a encontrar?

—No te preocupes. El capitán de Warenne vendrá por nosotras más tarde o más temprano.

Lorraine la miró como si estuviera loca.

Elysse cerró brevemente los ojos. Era muy difícil pensar. Intentó desesperadamente medir sus posibilidades de escapatoria, pero en aquel momento había algo más acuciante: atravesar las olas sin que ninguna de las dos se ahogara.

Lorraine hizo un sonido ahogado. Elysse miró hacia delante y dijo:

—Agárrate a ambos lados de la canoa, querida. Fuerte.

—Tengo miedo.

—No voy a permitir que te ahogues —dijo. Y nunca había hablado más en serio. Sin embargo, por muy buena nadadora que fuera, a nadie le resultaría fácil nadar con tantas capas de ropa como llevaba ella.

La canoa llegó a la primera serie de olas. Lorraine gritó cuando el pequeño bote salió impulsado por el aire. Los dos remeros dejaron descansar los remos durante un instante. Después, cuando el bote cayó en la depresión de una de las olas, volvieron a hundirlos en el agua. Ella respiró profundamente cuando la canoa salía disparada hacia delante y hacia arriba una vez más. Al instante, se dio cuenta de que aquellos hombres eran unos remeros expertos. Sin duda habían atravesado las olas cientos de veces para llegar a la orilla. Sin embargo, mientras la embarcación luchaba contra el oleaje, Lorraine se puso de color verde. Incluso Elysse, que nunca se mareaba, se sintió enferma también. Ambas mujeres se agarraron a ambos lados de la canoa con todas sus fuerzas.

Un momento después, la canoa superó su último tramo de oleaje y de repente se vieron en un lago de calma, con el estruendo de las olas detrás. Y Elysse vio a dos hombres vestidos de europeos en la playa. Eran una visión incongruente, con sus trajes oscuros y sus chisteras, y tras ellos, la selva verde e impenetrable. Sin embargo, antes de que pudiera pensar qué significaba su presencia, los remeros saltaron de la canoa, como su jefe. El bote fue arrastrado hasta que la quilla se clavó en la arena. Después los hombres las sacaron a ambas de la canoa y las depositaron en la arena bruscamente.

Lorraine la miró con los ojos abiertos como platos mientras se sacudía la arena de la falda.

—Apenas me he mojado —dijo.

Elysse inhaló una bocanada de aire y miró a los dos europeos que se aproximaban a ellas. Tomó de la mano a su doncella y se la apretó. Se dio cuenta de que había una carretera de tierra al final de la playa, junto al límite de la espesura, y un carro con una mula.

—Son muy habilidosos, pero tenemos suerte de no habernos ahogado.

Lorraine se dio la vuelta al ver a los hombres.

—¿Qué nos van a hacer? ¿Qué quieren?

—No nos van a hacer daño —le dijo Elysse. Le apretó de nuevo la mano mientras fingía confianza absoluta. Sólo había un posible motivo para su secuestro: aquellos hombres iban a pedir un rescate por ellas.

Los africanos hicieron gestos, y las mujeres comenzaron a caminar por la playa. La arena era blanquísima y fina, pero resultaba difícil avanzar por ella. Elysse se dio cuenta de que tenía mucha sed. Cuando estuvo cara a cara frente a los europeos, sintió consternación. Iban sin afeitar, sucios, y olían muy mal. No eran caballeros.

—¿Habláis inglés, francés o español? —preguntó.

Ellos ignoraron su pregunta. Le entregaron al jefe de sus captores un paquete grande envuelto en cuero. Él sonrió, mostrando una dentadura nívea en la que brillaba un diente de oro. Apartó una esquina de la piel y Elysse vio un mosquete.

Miró a Lorraine. Los africanos acababan de recibir su pago, claramente, en armas. Sin embargo, ¿quién estaba detrás de aquel secuestro?

Los tres hombres se marcharon hacia su canoa. El europeo la agarró y la empujó hacia delante.

—¿Dónde estamos? —preguntó Elysse. Él no respondió, y entonces ella se lo preguntó en francés y después en español. No consiguió nada.

Las cinco horas siguientes pasaron con una lentitud insoportable. Las echaron a la parte posterior de la carreta y volvieron a atarlas. Les dieron agua y unas gachas. El europeo más alto conducía el carro, mientras que el más fornido se sentó con ellas con un rifle, sin dejar de mirarlas. Cuando Elysse cometió el error de sostener su mirada, él le sonrió libidinosamente.

Elysse nunca se había sentido más asustada, ni más incómoda. El sol calentaba con furia y ella notaba que se le quemaban las mejillas y la nariz. Lorraine estaba abrasada. Su guardián no dejaba de mirarla, y ella sabía lo que estaba pensando exactamente. Comenzó a preocuparle que las violaran. ¿Sobrevivirían Lorraine y ella en las selvas de África Occidental hasta que las rescataran?

Su sueño de que Alexi las encontrara era una locura. ¡Alexi ya estaría en el Cabo de Buena Esperanza! Era más probable que su padre o su hermano acudieran en su rescate. Sin embargo, ella seguía recordando la promesa del Castillo de Errol como si fuera el día anterior.

«No estás perdida. Yo nunca te dejaría aquí...».

De repente, Elysse percibió ruidos, aparte de los del avance rítmico de las ruedas de la carreta. Se esforzó por oír algo y reconoció voces de niños. Se incorporó y vio unas cabañas con el techo de paja a ambos lados de la carretera.

—La civilización —susurró.

Se preguntó si habrían llegado a su destino. Mientras hablaba, fue apareciendo más de aquel pueblo africano. Eran cabañas abiertas suspendidas en postes de madera. Había unos cuantos niños pequeños jugando con palos y con una pelota de lana en la carretera, y también varias mujeres con el pecho descubierto. Otras dos mujeres, que llevaban unas grandes cestas a la espalda, se detuvieron para mirarlos cuando pasaban.

Lorraine la tomó del brazo. Estaban llegando a un enorme puerto lleno de barcos de todo tipo y tamaño. Elysse vio varios edificios blancos y brillantes a cierta distancia. Parecían de piedra. Las dos mujeres se miraron con preocupación. Estuvieran donde estuvieran, tenían que protegerse pronto del sol, por lo menos. Elysse miró hacia el puerto de nuevo, pensando que ofrecía esperanza.

Las distancias eran engañosas, y la mula siguió caminando una hora más antes de que llegaran al muelle, que bullía de actividad. Los hombres descargaban y cargaban mercancías en los botes y las canoas, y los carros las transportaban entre los embarcaderos hasta los almacenes. Había más europeos por aquel puerto. Lorraine y ella se miraron de nuevo. Seguramente, alguien las ayudaría a escapar de sus secuestradores.

El carro fue alejándose del puerto y adentrándose en el pueblo. Pasaron por delante de algo que parecía un café al aire libre. Elysse vio que en el interior de la cabaña había hombres negros con cadenas de oro que charlaban con blancos de aspecto poco recomendable y que fumaban en pipa. Después, el corazón le dio un vuelco.

—¿Eso es una prisión? —preguntó Lorraine con la voz entrecortada.

Estaban pasando junto a una edificación de vigas de madera con la techumbre de paja, y con las paredes hechas de barrotes de metal. Era como una especie de celda, pero tan grande como un salón de Mayfair. En el interior había muchos hombres y mujeres africanos, tan apretados que nadie podía moverse. Se quedó tan horrorizada que enmudeció. Se dio cuenta de que estaba viendo a cautivos africanos que iban a ser vendidos en los mercados de esclavos.

Pasó un momento antes de que recuperara el habla.

—Esos africanos van a ir a Brasil, a las Indias Occidentales y tal vez a las colinas americanas, Lorraine. Son esclavos.

Lorraine gimió de espanto.

—¡Pero si el tráfico de esclavos es ilegal!

—Es ilegal en el imperio británico, pero no en otros muchos lugares —dijo ella, apretando los puños—. Esperemos que nuestra marina capture a los esclavistas que salgan de estos puertos.

Se le encogió el estómago. Una cosa era leer sobre el tráfico de esclavos. Otra muy diferente era presenciar toda su crueldad y falta de humanidad.

Miró hacia el puerto, intentando averiguar cuáles de los barcos eran de esclavistas. Tendrían cascos muy anchos y bodegas muy grandes. Detectó tres.

Dos minutos más tarde el carro se detuvo frente a uno de los edificios de piedra blancos. De cerca, Elysse se dio cuenta de que el edificio era viejo y estaba muy deteriorado. Le faltaban muchas piedras. Las contraventanas estaban desvencijadas, y la pintura oscura tenía desconchones.

Las obligaron a salir del carro, sin desatarles las muñecas, y empujaron a Elysse con la culata de un rifle en la espalda. Elysse se puso muy rígida, porque se sentía insultada y furiosa, pero no se dignó a mirar al europeo que la acosaba de aquella manera. Él se echó a reír.

El aire del vestíbulo era bastante más fresco que el del exterior, y eso fue todo un alivio. Elysse se percató de que en aquella única estancia había varias áreas diferenciadas: un comedor con una mesa para seis, una zona de estar con un sofá de brocado y dos butacas y una parte dedicada a despacho con un enorme escritorio. El hombre que estaba allí sentado se levantó de su silla con una sonrisa resplandeciente.

Ella se detuvo con el corazón encogido.

Era un europeo esbelto y bien vestido que tenía el pelo oscuro y la piel clara.

—Señora De Warenne, bienvenida a Whydah —dijo, con un marcado acento francés. Se acercó a ellas con satisfacción y la tomó de la mano.

—¿Quién sois, y qué queréis? —preguntó ella mientras retiraba la mano rápidamente.

—Soy Laurent Gautier, a vuestro servicio, señora. Haré todo lo posible para que vuestra estancia aquí sea lo más cómoda posible.

—Os he preguntado qué queréis de nosotras. Y me gustaría que me desataran las manos.

Él ordenó en francés:

—Corta las ataduras.

Elysse alzó las manos y el europeo le liberó las muñecas. Lorraine también fue liberada. Elysse se frotó la piel.

—Gracias.

Él sonrió lentamente.

—Hacía mucho tiempo que no tenía el placer de disfrutar de la compañía de una dama de verdad.

Ella lo fulminó con la mirada.

—Pues yo nunca había tenido una compañía tan grosera en mi vida.

A él se le borró la sonrisa de los labios, y su mirada se volvió dura. Elysse lamentó lo que había dicho.

—Serán mis invitadas hasta su liberación —dijo—. Las habitaciones están arriba.

—¿Y cuándo nos liberarán? —inquirió ella.

—Cuando hayamos recibido una compensación satisfactoria.

—Nos va a retener como rehenes para conseguir un rescate.

—Ah, le gusta llamar a las cosas por su nombre. A mí también. Sí.

A ella le resultaba difícil disimular su temor, pero por lo menos ahora conocía el juego.

—Capitán, mi familia le pagará lo que desee por mi liberación, pero nunca le perdonarán por esto.

Él se encogió de hombros.

—Conozco la reputación de vuestro padre, el infame capitán Devlin O'Neill. También conozco la de vuestro marido, señora. Pediré un gran rescate, y cuando lo reciba, huiré de este lugar horrible —dijo. Dejó claro que nadie iba a encontrarlo cuando se marchara.

—Liberadme ahora —dijo Elysse—. Enviadme a casa. Os prometo que os pagaré lo que me pidáis.

Él hizo un ademán, y ambas mujeres fueron apresados por los europeos.

—¿Os parezco un idiota?

El europeo empujó a Elysse hacia las escaleras. Gautier le espetó:

—No la empujes, desgraciado. Es una dama.

El europeo la liberó. Elysse se levantó las faldas y comenzó a subir los escalones. En la parte de arriba fue conducida hasta un pequeño dormitorio. Las paredes eran blancas pero estaban sucias. Había una alfombra muy desgastada en el suelo, una cama contra la pared, una cómoda y un lavabo. Sobre la cómoda había un ventanuco por el que se veía el puerto azul lleno de barcos.

Apareció Gautier, que se situó entre Lorraine y ella.

—Disfrutaré de vuestra compañía esta noche a las siete —dijo, y con una reverencia, cerró la puerta y la dejó sola.

Ella gritó y se apoyó en la puerta. Oyó que la estaban cerrando con llave.

—¿Va a encerrarme? —gritó—. ¿Y Lorraine?

—Señora de Warenne, ¡no dejéis que nos separen! —sollozó Lorraine.

—Vuestra doncella estará perfectamente. Os veré a las siete en punto —dijo Gautier.

Elysse oyó sus pasos mientras se alejaban, y después se cerró otra puerta. Siguió oyendo el llanto de su doncella.

Finalmente, el horror la venció, y también el agotamiento. Giró lentamente por la habitación con aturdimiento y observó la suciedad. Comenzaron a caérsele las lágrimas.

La habían separado de Lorraine. Elysse tenía miedo de lo que pudieran hacerle a su doncella, que no contaba con la protección de una fortuna ni un título. Lloró más y más.

La tenían como rehén. Seguramente, su familia tardaría más de un mes en recibir las exigencias de Gautier. Y ellos, desde Gran Bretaña, tardarían tres o cuatro semanas en enviar su rescate. Se le encogió el corazón. Si todo salía bien.

Pensó en las historias que había oído contar, sobre mujeres a las que secuestraban en alta mar, y de las que nunca volvía a saberse nada. ¡Aquél no podía ser su destino!

«Si te pierdes, te encontraré. Si corres peligro, te protegeré».

Las palabras que Alexi había pronunciado más de una década antes volvieron a resonar en su mente. Lo creía, pero tenía mucho miedo.

Caminó hacia la ventana y miró al exterior. El puerto de Whydah era muy bello. Las aguas eran muy azules y brillaban como gemas, y las velas blancas resplandecían bajo el sol. Sin embargo, ella siguió llorando hasta que las lágrimas le impidieron ver nada.

Se puso la mano sobre el corazón.

—Alexi —susurró—. Oh, Dios, encuéntrame, por favor. Por favor.

CAPÍTULO 19

—¡Arriad las gavias! —gritó Alexi, sin dejar de mirar a los barcos que estaban fondeados en el mar. Estaba a tres kilómetros del Castillo de Cape Coast.

—Sí, capitán —respondió un oficial, y sus hombres obedecieron apresuradamente.

Tenía el corazón oprimido. Miró la fortaleza a través del catalejo. Nunca había sentido tanto miedo. Por su hermana Ariella había sabido que Elysse había comprado un pasaje en el *Odissey* con la intención de llegar a China. Él no podía imaginársela en alta mar con la única compañía de su doncella. Desde que se había enterado de todo no había podido dormir. Tenía pesadillas y estaba muy arrepentido. Cualquier duda sobre su amor por ella, o sobre su decisión de convertirse en un marido verdadero para Elysse, se había desvanecido.

Estaba en la costa de Portugal cuando supo que habían visto al *Odyssey* anclado en Cape Coast. Aquella información la había obtenido de un barco portugués, mediante el lenguaje de banderas. Después de haber estado una semana entera navegando, se había cruzado con quince veleros, pero ninguno de ellos sabía nada del *Odyssey*. Al obtener aquella información se había quedado espantado.

El *Odyssey* iba rumbo a China. No había ningún motivo para que hiciera escala en Cape Coast. De hecho, los vientos del noreste deberían haberlo mantenido alejado de la costa.

Alexi había pasado tres días en Londres haciendo averiguaciones sobre el *Odyssey*, sus propietarios y su capitán. Su primera intención había sido zarpar a toda vela hacia China, inmediatamente. Sin embargo, había que descargar las bodegas de la Coquette, y Alexi aprovechó aquel tiempo. El *Odyssey* era propiedad de una compañía de transporte marítimo de Glasgow, McKendrick e Hijos, que tenía buena reputación. Ninguno de los socios sabía que el capitán Courier había aceptado a bordo a su esposa, ni que la hubiera llevado hacia Cantón. De hecho, los agentes y los propietarios se habían quedado consternados al saber lo ocurrido. Y para empeorar las cosas, no sabían demasiado del capitán Courier. Sólo habían recurrido una vez a sus servicios y su trayectoria profesional no era muy extensa. No podían hablar del carácter de aquel hombre.

En aquel momento Alexi había presentido que existían problemas, y a él nunca le fallaba el instinto. El miedo con el que había vivido desde que supo que Elysse se había marchado a China lo tenía consumido. Comenzaron las sospechas. Algo no marchaba bien.

¿Estaría Elysse en el castillo? Ojalá. Si el barco todavía estaba fondeado allí, él podría encontrar a su mujer.

Oyó que plegaban las velas tras él. Arriar las gavias era tanto una muestra de cortesía como una medida defensiva. Era una señal para que la marina británica supiera que sus intenciones no eran hostiles. Después de todo, ningún barco alcanzaba gran velocidad sin la ayuda de las gavias; así pues, arriándolas protegía su velero de los cañonazos. Era una tradición para cualquier nave que pasara ante el castillo o que fondeara en sus aguas.

—Disparen los cañones de estribor —ordenó, observando el cuartel general de la marina británica por el catalejo.

Al instante, dispararon nueve de los cañones de la *Coquette*. El sonido viajó sobre la superficie del agua. Pasaron unos instantes hasta que los negros cañones del castillo respondieron al saludo.

Alexi tenía el corazón acelerado mientras ordenaba que bajaran el bote al mar. Durante el trayecto a tierra fue convenciéndose de que tal vez Courier se hubiera visto obligado a detenerse en Cape Coast para hacer reparaciones o para cambiar de tripulación, tal vez a causa de una tormenta o de un brote de malaria. Sin embargo, no creía lo que se estaba diciendo a sí mismo. Ninguno de los veleros con los que se había cruzado le habían dado aquellas noticias en los pasados quince días.

Por lo menos, creía que Courier sabía navegar. Por lo tanto, podría atravesar el mar de China sin perderse, sin encallar y sin chocar contra un arrecife oculto. Sin embargo, Alexi tenía intención de alcanzar al *Odyssey* mucho antes de que hubiera llegado a aquellas aguas.

Soltó una maldición entre dientes. ¡Ojalá Elysse hubiera hecho lo que habría hecho cualquier otra mujer! ¡Esperarlo hasta que él volviera a casa!

¿En qué estaba pensando?

Sin embargo, ella le había pedido que la llevara consigo. ¿Por qué no la había escuchado cuando le había dicho que quería un matrimonio de verdad? ¡Si a ella le ocurría algo, sería culpa suya!

Con ayuda de los gemelos observó la parte calma de la costa en busca del *Odyssey*. No había visto ningún dibujo de la nave, pero había hecho muchas preguntas a sus propietarios y se la imaginaba perfectamente. Había memorizado su tonelaje, sus líneas y las jarcias, y la reconocería en una noche sin luna en cualquier sitio. No estaba allí.

Dirigió los gemelos hacia Cape Coast. Había estado varias veces en el castillo, y Alexi conocía la fortaleza, que daba la espalda a tierra firme y estaba rodeada en tres costados por el mar tropical. Alrededor de las almenas y de los bastiones surgían rocas oscuras y peligrosas contra las que rompían las olas. Alexi vio la torre del campanario en la parte más alta del castillo. La puerta que daba al mar estaba en la playa, y allí había numerosos botes dejando pasajeros y cargamentos.

Bajó los gemelos. Había calculado que iba dos semanas por detrás de Elysse, si el *Odyssey* no se había detenido en Cape Coast. Si lo había hecho, entonces tal vez sólo le llevaran una semana o algunos días de ventaja, y con las bodegas vacías, pronto alcanzarían al otro barco.

Por una parte estaba desesperado por proseguir el camino y perseguir a la otra embarcación a toda vela, pero su parte más sensata le decía que se detuviera en el castillo e hiciera averiguaciones para saber por qué se había detenido allí el *Odyssey*.

El oleaje estaba ante él. Alexi se sentó y tomó uno de los remos cuando el bote llegó a la primera serie de olas. Momentos después, la barca se deslizaba hacia la laguna que había ante la playa, y Alexi y sus hombres estaban empapados. Había algunos niños africanos que se acercaron a la lancha a saludarlos, salpicando y gritando de alegría.

Alexi saltó del bote e hizo un esfuerzo por sonreír a los pequeños. Se dio cuenta de que no les había llevado nada de valor.

—Lo siento, no tengo nada —les dijo mientras caminaba hacia la playa.

Los niños dejaron de sonreír y de seguirlo al darse cuenta de que no les iba a dar ningún regalo.

En la puerta del castillo recibió el saludo de un teniente naval, antes de poder comenzar a subir las escaleras. En la parte superior había dos guardias armados.

—Capitán de Warenne, señor, de la *Coquette* y de Windsong Shipping —dijo él mientras subía los escalones, para identificarse.

El teniente se alegró al oírlo y le tendió la mano.

—He oído hablar de vos, capitán. Bienvenido al castillo —dijo con una sonrisa—. Soy el teniente Hawley. ¿En qué puedo ayudaros? Mis hombres me dicen que tenéis un barco de té con destino a China en nuestras aguas.

Alexi no pudo sonreír. Pasaron a un pequeño patio.

—Las bodegas están vacías, teniente. Me temo que estoy persiguiendo a mi esposa.

El teniente Hawley se quedó boquiabierto y después se ruborizó. Se habían detenido bajo una de las almenas. Alexi deshizo el malentendido.

—Ella quería venir conmigo a China y yo me negué a llevarla. Por fortuna, tuve que dar la vuelta y volver a Londres para hacer reparaciones en el casco del barco. Allí me dijeron que mi maravillosa mujer había decidido ir a China sola para reunirse allí conmigo.

—Dios Santo —murmuró el teniente—. Entonces, ¿por qué os habéis detenido en Cape Coast?

—¿Sabéis algo de un barco llamado *Odyssey*? Fondeó aquí hará unas tres semanas. Mi esposa iba en ese barco.

Hawley negó lentamente con la cabeza.

—No me suena ese nombre. Sin embargo, mantenemos un registro de todos los barcos que se detienen aquí, capitán. Si esa nave estuvo aquí, estará en el registro. Sabremos con exactitud cuándo fondeó, y qué estaba haciendo.

—¿Cuándo podría ver los archivos? Me temo que debo marcharme inmediatamente si quiero alcanzar el barco.

El teniente lo miró con agudeza, y Alexi supo que se estaba preguntando si su esposa se había escapado. Entonces, explicó:

—El capitán Courier es un misterio, y tengo el presentimiento de que va a causar problemas.

—¿Courier? Courier cenó con el gobernador, capitán. Casualmente, yo estaba de servicio cuando llegó.

Alexi estuvo a punto de atragantarse.

—¿Iba alguna mujer con él?

—No, vino solo. ¿No habría invitado a su esposa a cenar con el gobernador? —preguntó Hawley con el ceño fruncido.

—Vamos a echarles un vistazo a los registros.

Alexi siguió al teniente a otro patio interior. Subieron un tramo de escaleras, recorrieron un largo pasillo y, por fin, llegaron a una oficina llena de empleados navales. Alexi se sentó junto al teniente Hawley y comenzó a revisar los registros de las semanas anteriores. Diez minutos más tarde el teniente había encontrado el apunte que ambos estaban buscando.

—El *Odyssey* fondeó el veintitrés de junio, capitán. Y al día siguiente zarpó de nuevo.

—Eso es muy extraño —respondió Alexi mientras leía.

Ningún barco hacía una escala de veinticuatro horas. Normalmente, los barcos pasaban días o semanas en un puerto. El apunte decía que Courier había cargado ochocientos litros de agua. Aquello también era extraño. ¿Para qué iban a necesitar el agua durante las primeras semanas de viaje? Al leer el resto de la anotación, se quedó helado.

23 de junio de 1839. El Odyssey fondea a las 3,30 de la tarde. El capitán hace una petición de ochocientos litros de agua. El barco se dirige a China con un cargamento de textiles.

24 de junio de 1839. Tres o cuatro piratas de la zona abordan el barco a las 12,30 de la noche. Se intercambian algunos disparos con miembros de la tripulación y los piratas escapan sin incidentes. No hay heridos ni informes de robo. El Odyssey emprende viaje hacia Cantón a las 6,30 de la mañana.

—¡El barco fue atacado por unos piratas el día veinticuatro por la noche! —exclamó con el estómago encogido de pavor.

—Parece que no hubo heridos —respondió Hawley con preocupación—, pero no se menciona la presencia de vuestra esposa a bordo. Normalmente los pasajeros figuran en los registros, capitán, en el raro caso de que nuestros mercantes transporten alguno.

Alexi se volvió a mirar al teniente.

—O él no quería que nadie supiera que mi esposa estaba a bordo, o ella no estaba ya en el barco cuando fondearon aquí.

Alexi apenas podía respirar. ¿Estaba a bordo Elysse durante el ataque de los piratas? ¿Seguía en el *Odyssey*? Y de lo contrario, ¿dónde estaba?

—Señor, no he podido evitar oír lo que estaban diciendo —dijo un joven oficial, que se ruborizó al volverse en su asiento.

—¿Sabe algo de esto, sargento?

—Yo mismo hice esa anotación, señor. El capitán Courier estaba alardeando sobre la fortuna que iba a ganar en su viaje a China. Estaba ebrio, y no dejaba de decirme que esta travesía era una oportunidad única en la vida.

Alexi se quedó mirando al soldado mientras intentaba dilucidar si aquella información tenía alguna relevancia.

—Y cuando se marchó, dijo algo sobre que no había nada tan útil como una mujer bella, sobre todo si era rica.

Alexi tomó aire.

—¡Tenía que referirse a mi esposa! ¿Estáis seguro de que no mencionó que tuviera una pasajera o dos?

El sargento negó con la cabeza. Hawley se giró hacia él.

—Tengo que hacer una sugerencia. Los piratas eran africanos. Trabajamos estrechamente con los hombres de las canoas. Las noticias viajan muy rápidamente en la costa, y en pocas horas conocemos los incidentes que han ocurrido a trescientos kilómetros de aquí. Los nativos usan tambores, capitán; es un modo muy antiguo de comunicación. Lo saben todo. Os sugiero que comencéis a interrogar a los hombres de las canoas por si saben del paradero de los piratas o si alguien vio a vuestra esposa a bordo de ese barco.

Alexi se sintió muy tenso.

—Tardaría días... semanas.

—Tal vez os sorprendáis. La costa del África Occidental es un mundo muy pequeño.

Gautier le sonrió.

—Estáis preciosa esta noche, querida.

Elysse no sonrió. Había pasado dos de las semanas más largas de su vida. Llevaba prisionera en su habitación desde que había llegado a Whydah, salvo a la hora de la cena, cuando un guardia armado la escoltaba a cenar al piso de abajo, junto a Lorraine y a su secuestrador. Ella le había preguntado si podía dar un paseo fuera, diciéndole que necesitaba tomar el aire a diario, pero él se había negado. Entonces le había dicho que toleraría un vigilante armado como compañía con tal de poder dar un paseo, e incluso lo haría con las manos atadas, pero su respuesta no había variado.

—Whydah es un puerto muy concurrido —dijo él con una sonrisa—. Me han dicho que sois una mujer inteligente, señora de Warenne, con conocimientos del mar y del comercio. No voy a permitir que intentéis comunicaros con alguno de los comerciantes que pasan por nuestra pequeña ciudad, o con sus habitantes, o con los misioneros. Por no mencionar que los británicos tienen un cuartel aquí. No voy a dejar que escapéis, querida.

Elysse lo miró con consternación. Lo primero que tenía en mente era comunicarse con cualquiera y poder escapar.

—Así pues, ¿tendré que seguir encerrada en esa habitación diminuta y sucia hasta que paguen mi rescate?

—Eso me temo.

Se suponía que debía sentirse agradecida por los pequeños favores. Ni Lorraine ni ella habían sufrido el menor daño. Ella había dejado bien claro que cualquier maltrato a Lorraine tendría el mismo efecto que si la maltrataran a ella. Le había dicho a Gautier que su esposo era un hombre vengativo.

Gautier le había dicho alegremente que la creía.

Le habían proporcionado algo de ropa y cosméticos, papel y pluma y libros. Le habían permitido que escribiera a su familia. Gautier echó las cartas al correo, después de censurarlas.

Escribió a Alexi, a sus padres y a Ariella. Por supuesto, cuando recibieran las cartas tal vez ella ya estuviera de vuelta en casa. O por lo menos, eso esperaba.

En aquel momento, Elysse ocupó la silla que le ofrecía su secuestrador. Lorraine ya estaba sentada a la mesa. No tenía buen aspecto. Había adelgazado mucho y tenía unas ojeras muy marcadas. Se le habían pelado las quemaduras del sol, y estaba más pálida que antes.

Elysse sabía que tenía un aspecto igual de malo. Mientras se sentaba sonrió a su doncella.

—¿Cómo estás, querida?

Lorraine la miró con consternación, y ni siquiera respondió.

Elysse le tomó la mano.

—Podría ser peor. Podrían habernos acosado. Y sabes que van a pagar nuestro rescate. Lo sabes, ¿verdad?

—Sí, lo sé —susurró Lorraine—. Pero llevamos aquí tanto tiempo...

Elysse había perdido la cuenta de los días. Llevaban veinticinco días secuestradas, hasta aquel momento. Era como una eternidad. Ella quería ser optimista y mantener una fachada de alegría y esperanza, pero a medida que pasaba el tiempo se sentía más y más triste y desesperada. Para entonces, seguramente Alexi ya estaba cerca de Madagascar. Si supiera la situación tan horrible en la que ella se encontraba, daría la vuelta e iría a buscarla. Elysse no tenía duda.

«Si te pierdes, te encontraré. Si corres peligro, te protegeré».

Él le había hecho aquella promesa mucho tiempo antes, pero eso ya no tenía importancia. Su fe en él lo era todo, su esperanza y su salvación. En aquel momento, los seis años anteriores le parecían algo insignificante. Alexi era todo lo que tenía en la cabeza. Era como si estuviera a su lado día y noche. Era su ancla, su fuerza. El hombre en el que pensaba sin cesar era el hombre a quien conocía desde su infancia. El novio que la había traicionado justo después de la boda ya no existía. El hombre que la había abandonado desde hacía seis largos años se había desvanecido. ¿Había existido alguna vez? ¿Cómo era posible que hubiera dudado de sus sentimientos por ella? Alexi movería montañas por ella. La rescataría de aquel infierno si supiera lo que estaba ocurriendo.

Ella lo amaba profundamente, y siempre lo había amado. Mirando hacia atrás, veía su torpe relación del pasado y entendía la causa de su ira: estaba celoso de Blair, igual que antes había estado celoso de Montgomery. Alexi la amaba, y ella ya lo sabía.

Era demasiado tarde, pero Elysse lamentó haber sido tan joven, tan engreída, tan coqueta, y haber engañado a Montgomery y a sus otros admiradores. Ojalá no hubiese engañado a los que la rodeaban con su farsa de felicidad e independencia sexual. Ojalá no se hubiera hecho pasar por una mujer con experiencia en el mundo.

Cuando estuviera de nuevo entre los brazos de Alexi, se lo contaría todo.

En cuanto a la muerte de Montgomery, Elysse se sentía como si hubiera tenido una epifanía. No podía haber más sentido de culpabilidad. Cuando estuvieran juntos de nuevo, ella se aseguraría de que él superara el pasado y sanara. Lo único que importaba ya era sobrevivir, y el futuro que ambos se merecían.

La cena siempre era un acontecimiento tranquilo. Gautier era agradable y era quien llevaba el peso de la conversación. Elysse intentaba ser todo lo amable posible. Tenía en cuenta sus buenos modales y el sentido común, puesto que no quería enfurecer a su secuestrador, ni quería que aquella pequeña libertad de poder bajar a cenar de una manera decente se terminara para Lorraine y para ella.

Después de la cena, Gautier la acompañaba al piso de arriba y le deseaba que pasara buena noche, como si estuviera dejándola frente a su casa de Londres. Cuando él se iba y dejaba la puerta cerrada por fuera, ella se movía con inquietud por el dormitorio, y echaba tanto de menos a Alexi que le dolía el pecho. Sin embargo, se negaba a sucumbir a la desesperación. Había esperanza, y se aferraba a ella. Al final, pagarían su rescate. Quedaría libre, y podrían estar juntos de nuevo, y lo absurdo de los seis años anteriores quedaría en el olvido.

Estaba a punto de quitarse el vestido y ponerse el camisón que le habían dado cuando oyó a un visitante en el piso bajo. Gautier nunca había tenido invitados después de cenar. Elysse se acercó a la puerta y puso la oreja en ella para escuchar cualquier tipo de noticia. Tal vez tuviera algo que ver con su rescate. Sin embargo, sabía que su familia, seguramente, todavía no había recibido la exigencia de aquel rescate

Oyó un murmullo de voces masculinas, pero no pudo distinguir ni una palabra. Sin embargo, se le puso el vello de punta. ¿Le resultaba familiar una de aquellas voces?

El pulso se le aceleró. Tuvo que tomar aire para calmarse y poder seguir escuchando. Entonces se quedó inmóvil, asombrada. ¿Era Baard Janssen quien estaba abajo?

Por un momento pensó que había ido a rescatarla.

Después sacudió la cabeza y se preguntó si el danés estaba en aquel pueblo por coincidencia. Ella ya sabía, por Gautier, que Whydah era un gran puerto de compraventa de esclavos. Blair le había dicho que Janssen era traficante de esclavos.

Y entonces, aquellos pensamientos tontos y frívolos desaparecieron. Janssen era quien había conseguido su pasaje...

Los hombres estaban hablando. ¿Era también Janssen quien había organizado su secuestro? ¿Podría ser tan canalla? ¿No la había advertido Alexi sobre él, además de Blair?

¿Era posible? Elysse sintió furia. Intentó convencerse de que no debía llegar a conclusiones precipitadas; tal vez la llegada de Janssen a Whydah fuera una coincidencia y él fuera su aliado. Comenzó a dar golpes a la puerta.

—¡Abrid! —gritó—. ¡Dejadme salir! ¡Janssen! Soy Elysse de Warenne. ¡Estoy prisionera!

Un momento después, Gautier abrió la puerta con una extraña palidez. Baard Janssen estaba con él. En cuanto vio su rostro, Elysse supo que no había ninguna coincidencia.

Él no se sorprendió de verla.

—Hola, Elysse. Para ser una rehén no tienes mal aspecto.

Ella se quedó paralizada. Él había hecho aquello.

Gautier dijo con tristeza:

—Deberíais haber permanecido en silencio, señora.

Janssen agitó lentamente la cabeza.

—Pero no lo ha hecho. Me ha visto, Laurent.

El significado de sus palabras se le escapó a Elysse.

—¡Vos habéis hecho esto! —gritó.

Él pasó la mirada por su figura, de una manera insolente y grosera.

—Deseabas un pasaje a China, y yo aproveché esa oportunidad única, Elysse

Ella lo golpeó en la cara.

Él le devolvió el golpe con fuerza.

Elysse salió impulsada hacia atrás debido a la violencia del impacto. Se chocó contra la cama y cayó al suelo. Sintió una explosión de dolor en la mejilla. Se preguntó si tendría algún hueso roto. Miró hacia arriba con aturdimiento, con fogonazos en los ojos, y vio que Janssen estaba frente a ella, en pie.

La había golpeado.

Estaba en su habitación.

—Janssen —protestó Gautier con horror—. Es una dama.

—Cállate —le dijo Janssen, sin apartar los ojos de ella.

Elysse tuvo miedo de que la golpeara de nuevo, así que no se movió.

—Pareces asustada.

Ella exhaló una bocanada de aire. Iba a violarla.

—Vales una fortuna, querida. Así que fui yo quien planeó tu secuestro. Cometiste un gran error cuando acudiste a mí en Londres para que te buscara el pasaje a China, y ahora has cometido otro, al gritar para que yo subiera a tu habitación.

—¿Qué vais a hacerme? —preguntó ella. Sin embargo, ya lo sabía. Ella podía identificarlo. Él no era del tipo de hombres que se conformaría con perderse en el continente africano, como Gautier. Él ya no le permitiría seguir viviendo.

Sonrió lentamente.

—Todo podría haber sido un poco más aséptico si no me hubieras oído ni visto. No tengo interés en tener que pasarme el resto de la vida huyendo de tu marido.

Ella tenía razón. No iba a permitirle vivir.

Se echó a temblar.

—Si me hacéis daño, si me matáis, él lo averiguará, y no se detendrá hasta que estéis muerto.

Janssen se rio.

—Pero no lo sabrá nunca.

Elysse sollozó de miedo. ¿Qué iba a hacer?

Entonces, oyó el clic de un gatillo y se inclinó hacia un lado para mirar a Gautier. Tenía una pistola y estaba apuntándole a Janssen a la espalda.

—Es una dama, Baard.

Janssen se volvió y miró con frialdad a Gautier.

—Amigo mío, es una mujer condenada, y será mejor que lo aceptes. Baja la pistola. Voy a divertirme esta noche.

Gautier no sonrió.

—Sal.

Ella sintió que le explotaba el corazón. Miró alternativamente a los dos hombres. Gautier tenía un semblante intenso, decidido. Iba a protegerla. Sin embargo, Janssen estaba tan furioso que parecía un monstruo.

—Muy bien —dijo finalmente el danés—. Pero terminaremos esto mañana. Cuando paguen el rescate, me desharé de ella. Cuando lo pienses bien, te darás cuenta de que es lo mejor para los dos.

Gautier no respondió.

Janssen salió de allí. Elysse se desplomó y comenzó a llorar.

Gautier se arrodilló a su lado.

—Es un hombre peligroso, señora. Deberíais haber guardado silencio cuando lo habéis oído abajo.

Ella lo miró. Sin saber cómo, se había convertido en su protector.

—Gracias —murmuró ella.

Sin embargo, sabía que al final se le había acabado el tiempo.

Elysse no durmió. Se quedó vestida, mirando al techo, intentando contener las lágrimas, asustada como nunca lo había estado en su vida. No creía que Gautier fuera capaz de protegerla durante mucho tiempo. Ella quería pedirle que la escondiera en otro lugar, pero, si la escondía de Janssen, ¿podrían encontrarla Alexi y su familia?

Salió el sol. Aquel amanecer era rojo como la sangre. Elysse se acercó a la ventana y observó cómo ascendía por el cielo, cómo teñía el agua del mar de color rosa y melocotón. El hecho de que la bahía de Whydah fuera tan espectacular le parecía una ironía. Las aguas azules, los bellísimos barcos, las playas blancas, la selva esmeralda. Aquella mañana miró hacia uno de los embarcaderos. Había casi un centenar de africanos encadenados que eran obligados a marchar hacia uno de los barcos esclavistas. Ella se abrazó con fuerza y lloró por ellos, por Lorraine y por sí misma.

Alguien llamó a la puerta. Normalmente le llevaban el desayuno a las ocho de la mañana, y no eran ni las seis. Se quedó inmóvil, temblando, hasta que la puerta se abrió. Apareció Gautier. Parecía que él tampoco había conseguido dormir.

—No permitiré que os use y os asesine, señora.

Ella asintió.

—Entonces, dejad que me vaya. Enviadme a casa, donde estaré segura.

Su rostro adquirió tensión. Pasó un momento antes de que respondiera.

—Las noticias corren muy deprisa aquí, en la costa de África.

Elysse se quedó perpleja.

—Vuestro esposo estaba en Cape Coast hace tres días.

A ella le flaquearon las rodillas.

—Dios Santo, ¡espero que sea verdad! ¡Pero si Alexi debería estar en el océano Índico a estas alturas!

Gautier no estaba muy contento.

—¿No es él el capitán de la *Coquette*? Su barco estaba allí fondeado.

Elysse pensó que Alexi debía de haber descubierto su rastro de algún modo. Comenzó a darle vueltas la cabeza. Gautier la agarró y la ayudó a sentarse. Con aturdimiento se aferró a sus brazos y suplicó:

—¡Enviadme al Castillo de Cape Coast! ¡Por favor!

—Si os ha seguido hasta allí, sin duda sabrá que habéis acabado aquí. No puedo cortar todos los vínculos. Intentaré pedirle un rescate cuando llegue a Whydah. Mientras, he puesto una guardia doble. Janssen tiene prohibido el paso aquí.

Cuando Gautier se marchó, Elysse se tumbó en la cama y lloró de alivio. Alexi había ido a buscarla. Confiaba en él completamente. Nunca permitiría que le ocurriera nada. Lo había prometido...

Entonces se levantó de un salto, acercó una silla al ventanuco y miró hacia el puerto. El barco esclavista estaba cargado, pero no había izado las velas. Se preguntó si sería el Astrid. El sol seguía ascendiendo. Aparecieron velas en el horizonte.

Al mediodía vio tres barcos en el horizonte. Elysse se inclinó hacia delante, rezando desesperadamente. Se hizo visible un barco de tres mástiles. Se le encogió el corazón. Después, un bergantín grande y viejo. Elysse gimió y siguió esperando a que el tercer barco se acercara lo suficiente como para poder identificarlo. El tiempo se detuvo. El sol seguía brillando. Ella se puso en pie mientras observaba las velas desplegadas de la nave. Se le cortó el aliento: era un clíper.

Se apoyó contra la ventana con el corazón en un puño. Era un clíper, y tenía unas formas esbeltas, largas. La bandera que ondeaba en el palo mayor era británica.

Y cuando comenzaron a arriar las gavias, Elysse pudo finalmente reconocer el barco. Gritó de alegría. ¡Era la *Coquette*!

Echó otro vistazo al barco y corrió hacia la puerta. Comenzó a dar golpes frenéticos en ella, y un momento más tarde apareció Gautier.

—¡Está aquí! ¡Es Alexi! ¡Dejad que vaya con él! ¡Laurent! —exclamó, tomándolo de las solapas—. Si acudís a él conmigo como prisionera, él os considerará un enemigo. Averiguará dónde estoy y os matará. ¡Dejad que vaya con él ahora! Yo os daré una gran recompensa, ¡os lo juro!

Él hizo un mohín, sin decir nada, y ella lo zarandeó suavemente.

—¡Vos no esperabais esto! No esperabais que Janssen fuera tan canalla, y no esperabais que mi esposo me encontrara. ¡No querréis enfrentaros cara a cara con Alexi de Warenne!

Gautier se pasó la mano por la cara. En aquel momento, Elysse se dio cuenta de lo agotado que estaba.

—Os habéis convertido en mi protector. ¡Sois un caballero, señor!

Él tomó aire.

—Ningún caballero disculparía vuestro secuestro, señora, y los dos lo sabemos. Soy un granuja, para gran decepción de mi familia. ¡Dios Santo, cómo detesto estas tierras horribles!

Elysse lo miró con sorpresa.

—¿A quién iba a gustarle ganarse la vida aquí, entre tanta agonía y sufrimiento humanos? —preguntó—. Vos erais mi camino a la libertad, señora.

Ella se mordió el labio.

—Vos me habéis protegido, y eso es lo que le diré a Alexi. Laurent, yo soy una mujer de palabra.

Él se echó a reír sin alegría.

—No tenéis que decírmelo. Está bien —dijo él—. Confiaré en vos, señora, confiaré en que me protegeréis como yo os protegí ayer por la noche. Por lo tanto, podemos ir juntos al puerto.

Elysse asintió con el corazón hinchado de alegría. Sus dificultades estaban a punto de terminar. Ya no podía haber ningún obstáculo en su camino. Sin embargo, miró a Gautier a los ojos, y supo que estaba pensando lo mismo que ella. Janssen estaba allí fuera, y él los detendría si pudiera.

—Lo evitaremos a toda costa.

Laurent Gautier asintió.

—*Après vous.*

CAPÍTULO 20

A Alexi se le iba a salir el corazón del pecho cuando su bote tocó uno de los embarcaderos del puerto de Whydah. Saltó a tierra antes de que hubieran asegurado la barca con un cabo y comenzó a recorrer el muelle.

Habían secuestrado a Elysse. Su esposa estaba prisionera en Whydah, aquella ciudad dedicada al tráfico de esclavos.

El canalla de Courier había desembarcado en Cape Coast y había organizado el secuestro. Alexi no sabía quién más podía estar involucrado.

Courier lo pagaría con su vida. Y todos los demás...

Había pasado dos días enteros entrevistándose con remeros africanos del puerto de Cape Coast con la ayuda de un traductor británico. Entonces, uno de los remeros le había dicho que su hermano había recibido un pago en armas por llevar a dos mujeres blancas desde el Odyssey a una playa donde las esperaban un par de europeos. Después de unas horas habían encontrado al remero en cuestión, el africano que había llevado a cabo el secuestro de Elysse. Alexi quería matarlo, pero Hawley había percibido su rabia y le había dicho que aquel hombre sólo se estaba ganando la vida del único modo que podía, y que ellos necesitaban la información que pudiera proporcionarles. Resultó que a cambio de un puñado de monedas, el africano dijo que había oído decir a los europeos que iban a llevar a Elysse y a su doncella a Whydah.

Mientras caminaba por el muelle notaba una rabia inmensa, pero también terror. Su esposa estaba secuestrada y era una rehén, y sólo Dios sabía dónde estaba y en qué condiciones...

Elysse era una mujer muy bella en un mundo lleno de bestias y salvajes, y él temía que pudieran haberle hecho algo. Pero estaba viva. Alexi se negaba a considerar otra cosa. Sus secuestradores querían un rescate, así que tenía que estar viva.

«Voy a buscarte», pensó, con un duro nudo de miedo en el estómago.

Cuando la encontrara, iba a hacer todo lo que estuviera en su mano para reparar aquellos seis años. Sólo había conseguido herirla, traicionarla y humillarla. Dios, ¡casi no podía creer que la hubiera abandonado a los pies del altar! Él quería a su esposa. La había querido desde el primer momento y nunca había dejado de quererla, ni siquiera cuando su matrimonio era una farsa y ella tenía amantes. Se dio cuenta de que había estado mucho más enfadado con ella por sus aventuras que por lo que había ocurrido aquella noche en Windhaven. Ojalá hubiera entendido sus sentimientos mucho antes y hubiera querido una reconciliación entonces, en vez de darle la espalda y fingir que ella le resultaba indiferente. ¿Cómo podía haber pensado que Elysse no le importaba? Él era un De Warenne. Elysse era el amor de su vida.

Iba a compensarla por todo. Sólo podía pensar en encontrarla y llevarla a casa sana y salva.

Ella tenía que saber que estaba buscándola.

Le había dado muchos motivos para que dudara de él, para que perdiera la fe. No podía dejar de pensar en lo asustada que estaría. Sabía que era una mujer valiente, pero tenía que ser muy difícil hacer acopio de valor en aquellos momentos. Recordó aquella noche del Castillo de Errol, cuando ella se perdió y se quedó asustada entre las ruinas. ¿Se acordaría de la promesa que le había hecho él entonces? Cada una de las palabras que le había dicho, se la había dicho con el corazón. «Yo siempre te protegeré».

Ella tenía que saber que iba a ir a buscarla.

No sabía dónde podían tenerla escondida, pero sería difícil ocultar a una dama como Elysse. Alguien tenía que saber dónde estaba, y él iba a remover el cielo y la tierra para averiguarlo.

Ya había recibido un mapa rudimentario del pueblo de otro capitán que conocía la zona. Había cuatro delegaciones comerciales, francesa, inglesa, danesa y portuguesa. Los británicos estaban allí para comerciar con aceite de palma, no con esclavos, como los demás. Su primera parada sería en el puesto francés, que estaba en el centro del pueblo. Después de todo, Courier era francés. Podría ser una idea descabellada, o podría dar en el blanco. Iba a encontrar a Elysse. Ella no iba a quedarse perdida en África. Era su esposa, y tenía intención de compartir el resto de su vida con ella...

—¡Alexi!

Se sobresaltó. No creía posible el haber oído su voz. Entonces se giró y la vio corriendo hacia él, con el pelo suelto y la cara llena de lágrimas.

Se le paró el corazón. Estaba viva... ¡La había encontrado!

Corrió también. Al abrazarla vio su palidez, vio lo mucho que había adelgazado, vio sus profundas ojeras. Sin embargo, nunca le había parecido más bella. La estrechó contra sí mientras ella lloraba incontrolablemente.

—Gracias a Dios —susurró él, escondiendo la cara entre su pelo.

—Has venido.

Alexi tomó su rostro entre las manos.

—¡Yo siempre te protegeré cuando corras peligro!

—Lo sé —dijo entre las lágrimas—. ¿No te acuerdas? Cuando éramos niños dijiste que siempre me protegerías, ¡que siempre me encontrarías si me perdía! ¡Oh, Alexi! —sollozó, y se desplomó entre sus brazos.

Él la sujetó con fuerza y se dio cuenta de que también estaba llorando.

—Te quiero, Elysse —dijo con la voz ronca—. Siempre te he querido, y siempre te querré.

Ella lo miró con asombro.

—Ya sabes que nunca digo nada que no piense —añadió Alexi con firmeza, pero con la voz ronca.

Ella tomó su rostro con las manos y lo besó, pero no con delicadeza, sino con dureza, con ardor. Él se quedó espantado, porque estaba seguro de que la habían maltratado, y de que quizá habían abusado de ella. Ella necesitaba cuidados y consuelo. Él se quedó muy excitado y sintió desesperación por hacer el amor con ella, pero esperaría. Con suavidad, interrumpió aquel apasionado beso.

Elysse se retiró con la respiración entrecortada.

—¿Cómo me has encontrado? ¿Por qué no estás en el océano Índico?

—Me di la vuelta en Lisboa —dijo él—. Te echaba de menos. No podía soportarlo. Volví a casa para ser el marido que te mereces.

Ella se echó a llorar de nuevo.

Alexi la abrazó con más ternura, y lleno de temor, le preguntó:

—¿Te han hecho daño?

Elysse tembló.

—No, Alexi, estoy perfectamente. Pero nunca había pasado tanto miedo. El señor Gautier me ha liberado. Estoy en deuda con él —dijo, y miró hacia atrás.

Él vio a un señor europeo tras ellos, junto a la doncella de Elysse. Lorraine estaba tan demacrada y tan delgada como Elysse, pero estaba llorando de felicidad y de alivio. Entonces, Alexi miró al europeo. Al instante supo que aquel hombre era un granuja. Gautier le devolvió la mirada con cautela, con una expresión tensa.

«El señor Gautier me ha liberado». Alexi sintió que el mundo se detenía al comprender que aquel hombre era el secuestrador.

—Fue él quien te mantuvo secuestrada —le dijo suavemente a Elysse, pero sin apartar la mirada de Gautier.

—Sí, pero no nos maltrató, y acaba de liberarme —respondió Elysse en tono de súplica.

Él sólo oyó la palabra «sí».

La rabia que sentía explotó. Alexi tenía una pistola y una daga, pero no necesitaba ninguna de las dos armas. Soltó a Elysse mirando al francés. Gautier palideció.

—¡*Monsieur*! —exclamó—. ¡He salvado a vuestra esposa de un destino peor que la muerte!

—¿De veras? —preguntó Alexi en voz baja. No tenía interés en lo que tuviera que decir el europeo.

—¡Alexi! —dijo Elysse, y lo agarró por los hombros—. ¡Me ha salvado la vida! ¡Me salvó de una violación! Todo esto lo hizo Baard Janssen. Él me consiguió el pasaje y aprovechó para organizar el secuestro. Janssen quiso violarme anoche, y después matarme. ¡Gautier me salvó de él!

Alexi se quedó inmóvil, con la mirada clavada en Gautier, mientras las palabras de Elysse comenzaban a abrirse paso en su mente.

—¿Es eso verdad? —preguntó, mirándola por fin.

—Me protegió, Alexi. Janssen apareció anoche en la casa. Fue terrorífico —dijo ella, y temblando se agarró de su brazo—. Y todavía está en el pueblo.

—La golpeó, capitán, y yo lo detuve con una pistola —explicó Gautier.

Él le acarició la mejilla a Elysse.

—¿Por eso tienes este moretón?

Ella asintió.

—Es cierto que el capitán Gautier me tomó como rehén, pero también me mantuvo a salvo. Quiero recompensarlo, Alexi.

Él odiaba ver aquel hematoma, y pensar que alguien la hubiera golpeado. Tampoco tenía deseos de recompensar a Gautier, después de que la hubiera tenido prisionera. La observó, y ella lo observó a él con una mirada de decisión.

—La vida está llena de sorpresas —dijo Elysse—. Nunca es blanca o negra.

Él se suavizó. Su corazón se hinchó de amor. Elysse se había convertido en una mujer sabia.

—Hablaremos de ello —dijo finalmente, aunque tenía la extraña sensación de que era ella quien había ganado aquella batalla. Después, se giró hacia el francés—. ¿Dónde se aloja Janssen?

—En la posada que hay al final de la calle —dijo Gautier con evidente alivio.

Elysse se acercó y lo tomó del brazo nuevamente.

—¿No podemos dejar que lo apresen las autoridades? Te necesito —le susurró.

A él se le encogió el corazón. ¿Acaso tenía intención de seducirlo en aquel momento, para impedirle que hiciera lo que debía hacer un hombre?

—No puedo dejar que Janssen se libre de esto sin un castigo, Elysse, y tú lo sabes.

Ella sonrió.

—No sabía si podríamos estar juntos de nuevo. Y el asesinato va contra la ley, Alexi.

Él tuvo un recuerdo de aquella noche de Windhaven, cuando había peleado con Montgomery.

—No estamos en Inglaterra. Esto es una tierra sin ley.

—¿No hemos sufrido ya bastante?

Él siguió mirándola. Sabía que Elysse también estaba pensando en William Montgomery. Sin embargo, aquello no tenía nada que ver con aquella noche. Janssen había puesto a Elysse en peligro. Había querido matarla.

—Comenzamos nuestro matrimonio por la muerte de un hombre —le susurró.

Alexi supo lo que estaba pensando. Iban a comenzar el futuro de nuevo, y si él se salía con la suya, iban a fundarlo todo en la muerte de otro hombre. Sin embargo, Janssen se merecía morir.

Elysse se puso muy tensa y palideció.

Alexi miró hacia atrás y vio a Baard Janssen al otro lado de la calle. El danés se detuvo en seco; estaba claro que nunca hubiera esperado verlos allí. Alexi también sintió incredulidad, pero después, sintió una satisfacción salvaje. Aquello era demasiado bueno para ser cierto.

Janssen se dio la vuelta y comenzó a correr.

Alexi sacó su pistola y lo apuntó. Iba a matar a aquel canalla, por mucho que Montgomery siguiera obsesionándolo, y aunque él no fuera un asesino, y aunque Elysse tuviera razón y no debieran comenzar su futuro de aquella manera.

—¡Tú no eres un asesino! —gimió Elysse—. No lo hagas, Alexi. ¡Deja que lo ahorquen las autoridades!

Por un momento, él permaneció inmóvil apuntándolo. ¡Quería apretar el gatillo! Entonces, muchos momentos de su vida durante aquellos seis años pasaron ante sus ojos, y también de Elysse durante los pasados meses en Londres, una mujer elegante e inteligente. Ella había luchado con denuedo para conservar su orgullo y su dignidad. Había superado el dolor y la humillación. Siempre habría habladurías sobre su secuestro, y no sería beneficioso para ella que además se hablara de que su marido había matado a Janssen. Además no tenía por qué pasar por un juicio público, que muy seguramente se celebraría. Alexi bajó el arma.

—Tienes razón. Te mereces más. Y voy a dártelo —dijo, y sonrió. Ella le devolvió una sonrisa de alivio—. Pero Janssen será colgado por piratería.

El secuestro y la exigencia de un rescate no eran crímenes de horca, pero la piratería sí. Alexi comenzó a perseguirlo.

Janssen miró hacia atrás y se dio cuenta de que Alexi corría tras él. El danés aceleró y Alexi corrió más y más, más rápidamente de lo que nunca hubiera creído posible. Ambos rodearon la misma esquina, y Alexi vio a Janssen acercarse a él con un cuchillo.

Tenía unos reflejos muy rápidos. Cuando Janssen lanzó una cuchillada, él se hizo a un lado y la esquivó. Sin embargo, el cuchillo se le clavó en el hombro. Alexi gruñó de dolor y agarró al otro hombre, y lo derribó al suelo. Después se colocó sobre él y le rodeó el cuello con las manos.

—¿Pensabas violar a mi esposa, desgraciado? —él no era un asesino, pero aquella escoria merecía morir, y Alexi no podía evitarlo. En aquel momento quería matarlo.

—¡No! —gritó Elysse, que llegó hasta ellos corriendo—. Por favor, Alexi, por mí... ¡por ellos!

Él quería partirle el cuello en dos. A Janssen se le salían los ojos de las órbitas. Sin embargo, no iban a comenzar su vida en común y su futuro de aquella manera. Él tenía que compensarla por muchas cosas.

Gautier llegó con un arma. Alexi liberó a Janssen e hizo un gesto de dolor. Elysse lo ayudó a ponerse en pie mientras Gautier encañonaba a Janssen.

Elysse lo rodeó con un brazo.

—Estás herido. ¡Te ha apuñalado!

Lorraine, que también se había acercado, le dio un pañuelo, y Elysse se lo apretó contra el hombro.

—Es sólo un rasguño —dijo él. Miró a Gautier—. Atadlo. Va a ir a Cape Coast, a que lo cuelguen por piratería en alta mar, además de por el secuestro de mi esposa. Y será nuestra palabra contra la de él. Os protegeré de las acusaciones.

Gautier exhaló un suspiro de alivio.

—Gracias, señor.

Elysse se acercó a él, temblando.

—Gracias.

Él la abrazó de nuevo. Nunca se había sentido tan bien.

En el camarote del barco de Alexi, Elysse lo vio darle las gracias al cirujano, y después acompañar al hombre a la puerta. Ella nunca había estado a bordo de la *Coquette*, y menos en su camarote, y se había sorprendido de lo espartano y práctico que era. Había una cama con buenas sábanas, una estantería de pared y una alfombra oriental en el suelo. También había una mesa con cuatro sillas españolas. Su enorme escritorio estaba bajo el ojo de buey, cubierto de cartas de navegación.

Alexi cerró la puerta y se giró a mirarla. No llevaba camisa. Le habían curado el hombro con yodo, le habían cosido la herida y se la habían vendado. Durante la operación él se había puesto de color verde, y Elysse no creía que el brandy hubiera ayudado a mitigar el dolor de la aguja del cirujano. Ella le hubiera sujetado la mano si él se lo hubiera permitido, pero Alexi la había mirado con incredulidad, como si sintiera lo que ella quería hacer. En vez de eso, había agarrado sus propias manos durante la operación.

Era libre. El espanto del mes anterior había terminado, y Alexi la quería. Parecía que siempre la había querido.

Alexi le sonrió lentamente.

—No puedo creer que estés aquí.

Ella se echó a temblar, mirándolo sin tapujos. Cuando él respiraba, sus músculos se movían. Elysse no era inmune a su masculinidad. Estaba allí, en su barco, con él. Ya no era una prisionera... y se querían.

—Nunca dejé de pensar que ibas a encontrarme. Y por fin, estamos juntos.

Ella sostuvo su mirada, pensando no sólo en su secuestro, sino también en su separación de seis años.

La mirada de Alexi era firme.

—Sí, estamos juntos —dijo—. Tenía miedo. No, estaba aterrorizado. Me causaba terror pensar que no iba a encontrarte, o que pudieran estar haciéndote daño.

—Soy muy afortunada.

—Sólo tú dirías algo así.

Caminó lentamente hacia ella, y Elysse se entusiasmó. De repente, sólo quería estar entre sus brazos y perderse en la pasión de su amor. Sin embargo, ¿había terminado su terrible enemistad de los pasados seis años? Alexi le había declarado su amor, y seguramente todo estaba perdonado ya, pero él todavía no sabía la verdad.

Se sentó junto a ella con una expresión seria y la tomó de la mano.

—¿Estás segura de que lo peor que te ocurrió fueron las amenazas de Janssen de ayer? Tienes que decirme la verdad, Elysse.

Ella asintió.

—Me trataron con respeto, Alexi, durante todo el tiempo. Fue horrible estar recluida en una habitación pequeña y sucia, pero todas las noches Lorraine y yo cenábamos con Laurent, y nos dieron libros para leer. También me permitió que escribiera algunas cartas. Al final me protegió de Janssen. Hemos hecho lo correcto entregando a Janssen a las autoridades y permitiendo que Gautier se marchara con una recompensa.

La marina británica se había hecho cargo de Janssen. Aquella tarde un pequeño destructor había fondeado en el puerto de Whydah. Gautier ya se había marchado del pueblo, más rico de lo que, seguramente, debería ser. Ellos zarparían a la mañana siguiente; Elysse y Lorraine iban a compartir el camarote con Alexi. Su doncella iba a pasar la noche en uno de los mejores hoteles de Whydah, con uno de los oficiales de Alexi como acompañante.

Él le apretó la mano.

—No puedo creer que hayas sufrido tanto. No puedo creer que yo permitiera que te vieras en semejante situación. ¡No puedo creer lo fuerte y lo valiente que eres! Estás aquí sentada, reviviendo tu experiencia. Otras mujeres estarían histéricas.

—Yo no soy otras mujeres, Alexi –dijo ella, y titubeó. Había aprendido hacía mucho tiempo lo que era el coraje. Quería hacer el amor con él, pero antes debían resolver todas sus diferencias–. Una vez más, te culpas si hay algo de lo que culparse. Hice que creyeras que Blair y yo éramos amantes. En el fondo sabía que eso podía disgustarte. Eso no fue culpa tuya.

Él se quedó mirándola un momento. Después, como si conociera sus pensamientos, dijo:

—Ha sido terriblemente difícil para ti, ¿no? El hecho de que te abandonara, y de tener que fingir que estábamos felizmente casados. Y de tener que soportar los chismorreos a tu espalda cada vez que salías. Pero no te has rendido.

En aquella ocasión fue ella quien le apretó la mano y se la llevó al pecho.

—Fue horrible. Vivía una mentira, un terrible engaño. Fingía que mi vida era como quería que fuera. Era humillante, Alexi. Lo único que me quedaba eran mi orgullo y mi dignidad.

Él hizo un gesto de tristeza.

—Tenía una sola ambición: evitar más humillaciones a toda costa. Pero siempre había cotilleos. Siempre los oía, finalmente, y algunas veces, los chismorreos eran la verdad.

Ella le soltó la mano.

—Dios, ¡lo siento muchísimo!

—Pero eso ya ha pasado, ¿no? —preguntó ella con seriedad.

—Te he hecho daño, Elysse.

—Sí, es cierto. Y yo a ti... con mis supuestas aventuras.

Él dijo:

—Blair me contó que nunca te habías acostado con él.

Elysse se echó a temblar.

—¿Cómo iba a poder acostarme con Blair cuando estaba enamorada de ti?

—Tu engaño fue muy convincente, Elysse.

—Sí, es cierto. Deliberadamente, alimenté la ilusión de que era una mujer frívola y amoral. Así es como quería que me vieran. Temía que, si tú sabías la verdad, te burlaras de mí. Fui cruel deliberadamente, y lo siento.

—No pudiste acostarte con Blair... ¿y los demás?

—No hubo ningún otro, Alexi —dijo ella suavemente—. Todo era una gran mentira para proteger mi orgullo.

—¿Me has sido fiel?

—Nunca hubiera podido serte infiel.

Alexi la miró con los ojos muy abiertos, y asimiló el hecho de que ella nunca lo había traicionado, ni a él ni a su amor. Después la abrazó y la estrechó contra su pecho. Elysse sintió los latidos fuertes de su corazón, y se dio cuenta de que su pulso también estaba acelerado.

—Tenía tanto miedo de no verte más... —susurró ella—. Te quiero, Alexi. Te quiero mucho.

Él le acarició la mejilla con la nariz, y cuando habló, su voz estaba teñida de deseo.

—Siento muchísimo haberte dejado abandonada hace seis años. ¡Fui un idiota! Nunca he dejado de quererte, Elysse, desde que era un niño. Mi orgullo siempre se interpuso entre nosotros.

Ella se retiró un poco hacia atrás para poder mirarlo a los ojos. Los de Alexi, tan azules, estaban oscurecidos de deseo y desesperación.

—Éramos demasiado jóvenes, demasiado engreídos y demasiado irresponsables. ¡Yo estaba tan celosa de tus aventuras! Siento mucho haber engañado a Montgomery.

—Sé que lo sientes. Y no importa. El pasado ya no importa, porque ha terminado —dijo él. Le tomó la barbilla e hizo que inclinara la cabeza para besarla—. Voy a demostrarte lo mucho que te quiero, Elysse —dijo, y la besó de nuevo.

Su cuerpo ardió al devolverle el beso.

Él lo rompió.

—Eres la mujer a la que he amado desde que éramos niños. Eres la mujer a la que nunca he dejado de querer. Lo digo de verdad.

—Lo sé —respondió ella suavemente.

Alexi le acarició la boca con los labios y murmuró:

—Eres la mujer a la que amaré siempre. Nuestro futuro comienza hoy.

Y la besó profundamente.

Ella lo sabía. Siempre había sabido que él era el amor de su vida, y que ella era la única. Lloró suavemente mientras se besaban, porque donde había habido tanto dolor, ahora ya sólo había una promesa brillante.

EPÍLOGO

Londres, Inglaterra

Verano de 1839

Oxford House apareció ante ellos. La enorme mansión de piedra rodeada de jardines en flor y un cielo azul. Elysse se aferró a la mano de Alexi mientras su carruaje alquilado recorría el camino de gravilla. Estaba entusiasmada por haber llegado, por fin, a casa. Habían fondeado pocas horas antes después de un viaje de regreso sin incidentes. El padre de Alexi estaba en el puerto para recibirlos con todos los empleados de Windsong Shipping. Cuando el gentío los divisó sobre la cubierta de la *Coquette*, los vitorearon. Ella acababa de poner un pie en el muelle cuando su suegro la abrazó con tanta fuerza que casi no la dejaba respirar, mientras le susurraba que esperaba que Alexi la reprendiera seriamente por haberse marchado sola a China. Antes de que Elysse pudiera disculparse, se dio cuenta de que Cliff estaba llorando. Pero sus lágrimas eran de alegría.

Alexi la rodeó con un brazo y la estrechó contra sí.

–Ha sido un viaje demasiado largo.

Lorraine estaba sentada frente a ellos en el carruaje; se ruborizó y apartó la mirada. Elysse se acurrucó contra su marido. Sabía exactamente lo que quería decir. Lorraine y ella habían compartido el camarote con él, y había sido difícil poder pasar tiempo a solas para hacer el amor de una manera desinhibida y salvaje. Pero lo habían conseguido.

Era como si los seis años anteriores hubieran desaparecido. Como si aquel tiempo horrible de dolor y separación nunca hubiera existido.

Él le dijo al oído:

—Voy a hacerte el amor todo el día, y toda la noche, y mañana también.

Ella se entusiasmó y sintió un cosquilleo en la piel. Le respondió en voz baja:

—¿Es una advertencia?

—Oh, sí —respondió Alexi.

Elysse se echó a reír. Estaba impaciente por pasar todo un día a solas con él. No, una semana entera, si podía salirse con la suya.

El carruaje se detuvo ante los amplios escalones de piedra. Alexi salió primero y ayudó a bajar a Lorraine. Elysse le sonrió y le tendió la mano, pero cuando él se la agarró, tiró de ella hacia delante y la tomó en brazos.

Ella se rio de nuevo, con alegría.

—¿Vas a cruzar el umbral llevándome en brazos?

—Por supuesto que sí —dijo él.

A mitad de camino se detuvo y la besó apasionadamente, y Elysse sintió que se derretía por dentro. Se aferró a sus hombros y le devolvió el beso. Estaban en casa, donde no habría interrupciones. Aquello no sería un breve momento robado.

Él interrumpió el beso y la miró con ardor. Después, sin decir una palabra, comenzó a subir las escaleras.

Lorraine había entrado delante de ellos, y cuando llegaron al umbral del vestíbulo, Reginald y el resto de la servidumbre comenzó a entrar en la sala.

—¡Señor! —gritó el mayordomo—. ¡Señora de Warenne! ¡Éste es un gran día, porque los dos están en casa!

Elysse vio una docena de caras familiares. Estaba a punto

de decirle a Alexi que la pusiera en el suelo para poder saludar a sus empleados de manera adecuada, pero Alexi siguió caminando, cada vez más deprisa. Cuando llegó a los pies de la escalera le dijo:

—Que nadie nos moleste, ni aunque la casa se esté quemando.

Ella se dio cuenta de que le ardían las mejillas, y ocultó la cara en su hombro mientras él subía los peldaños de dos en dos.

—¡Alexi! ¿Qué van a pensar!

—Van a pensar que estoy loco por mi esposa y que estoy haciendo el amor con ella durante un tiempo increíblemente largo.

Ella lo miró a la cara. Había hablado con una tremenda determinación, pero también sonreía.

—Te quiero.

Su respuesta fue besarla con calidez, con fuerza, mientras seguía caminando por el pasillo. Un momento después chocaron contra una pared, pero Alexi no interrumpió el beso y Elysse, pese a la urgencia que sentía su cuerpo, se echó a reír.

—Llévame a la cama, pero, por favor, ¡mira por dónde vas!

La respuesta de Alexi fue besarla otra vez, apretados contra la pared del pasillo.

Ella le devolvió el beso. Tenía el corazón desbocado. Deslizó las manos dentro de su camisa, y se le pasó por la mente que nadie si atrevería a subir las escaleras y que podían hacer el amor allí mismo. Él le leyó la mente, porque la dejó resbalar por su cuerpo duro y excitado hasta el suelo, y le levantó las faldas.

—No puedo esperar.

—Bien —dijo ella.

Elysse bajó las manos y comenzó a acariciarlo. Él emitió un gruñido en el mismo momento en que se oía una puerta abriéndose en el piso de abajo. Vagamente, ella oyó voces, voces familiares. Alexi le había subido las faldas hasta la cintura y comenzó a besarle la garganta, suave y sensualmente, mientras le acariciaba el sexo con los dedos. La puerta se cerró de nuevo. Hubo más voces abajo.

A Elysse le pareció oír la voz de Ariella. ¿Con Amanda?

Alexi se quedó petrificado, respirando entrecortadamente. Al final dijo:

—¿Acabo de oír «Adare»? —preguntó con incredulidad.

Elysse se irguió. Entonces oyó la voz de la esposa del conde, Lizzie, y de su hermano Jack, más alta que la de ningún otro. Se echó a reír, y también a sollozar, y miró a Alexi, que la observaba con ardor y con incredulidad. Él comenzó a sonreír.

—Demonios —dijo—. Tenemos un comité de bienvenida abajo.

Elysse le acarició el pelo.

—Han venido a vernos. No podemos evitarlos, Alexi.

—Puedo ser muy, muy rápido.

Ella sonrió y le besó la mejilla.

—Tenemos toda la noche, y toda la semana, para estar juntos.

—Umm... Me gusta cómo suena eso.

Él le metió algunos mechones de pelo detrás de las orejas y se colocó la camisa dentro de los pantalones. Después la tomó de la mano. Se sonrieron y recorrieron el pasillo. Mientras bajaban las escaleras vieron lo que ocurría en el vestíbulo de mármol. Elysse estaba asombrada. Parecía que todos los miembros de sus familias se habían reunido para recibirlos, ¡cuando estaban en julio y nadie debería estar en la ciudad! Era evidente que el padre de Alexi había avisado a todo el mundo de que habían llegado a casa. Cliff estaba con su esposa, Amanda, y ambos les sonrieron cuando los vieron bajar. De hecho, todos estaban mirándolos.

Ella consiguió ver a todos los presentes. Ariella estaba con St. Xavier, por supuesto, y con la hermana pequeña de Alexi, Dianna. El conde de Adare estaba presente con la condesa. Su heredero, Ned, y su hija Margery también habían acudido. Margery llevaba flores. Increíblemente, también estaba allí su tío Sean, que nunca salía del norte de Irlanda, con su esposa Eleanor y su hijo mayor, Michael, con su esposa Brianna, a quien Elysse apenas conocía. Su otro hijo, Rogan, y su mujer, cuyo nombre no recordaba porque los veía con muy poca frecuencia, ¡también estaban allí! Sir Rex, lady Blanche y sus hijas también. Clarewood estaba presente, junto a los padres de Elysse y Jack, con el hijo de sir Rex, Randolph, que trabajaba para él. También había media docena de niños pequeños, a quienes ella no conocía. Seguramente eran los nietos de Sean y Eleanor. Todos les sonreían, pero se había hecho un gran silencio.

Elysse se dio cuenta de que toda la familia debía de haberse reunido en Londres, a mediados de verano, con la humedad y el calor, debido a la preocupación que sentían por ella.

¡Y Alexi y ella estaban en el piso de arriba, comportándose como adolescentes en primavera! Elysse se tocó el pelo. Alexi le susurró:

—No te preocupes por eso. Todo el mundo sabe lo que estábamos haciendo.

Eso no consiguió que ella se sintiera mejor. Sin embargo, él estaba sonriéndole y tomándole el pelo, como cuando eran niños. Ella tuvo ganas de tirarle de una oreja.

—¿Y eso te agrada? —le susurró.

—No me importa que el mundo sepa que estoy loco por mi mujer.

Ella se ruborizó, y sin poder evitarlo sintió entusiasmo.

Jack se adelantó con una sonrisa.

—¡Bienvenidos a casa, tortolitos! —dijo con una carcajada.

Habían llegado ya a los pies de la escalera, y Elysse volvió a ruborizarse cuando su hermano la abrazó. Él le dijo:

—¡Sólo tú eres capaz de irte a China persiguiendo a un hombre!

Ariella la abrazó después.

—¡Has hecho exactamente lo que hubiera hecho yo, y mira lo bien que ha salido! ¡Los dos estáis enamorados!

Antes de que Elysse pudiera responder, estaba en brazos de su madre. Devlin le estrechó la mano a Alexi, mientras que Amanda le dio un abrazo. Comenzaron las lágrimas. Oyó que él estaba intentando responder a cientos de preguntas. Mientras abrazaba a su padre, Elysse le dijo a Ariella:

—Sí, estamos enamorados. Siempre lo hemos estado. Pero eso ya lo sabía todo el mundo, ¿no?

Ariella sonrió.

—Todo el mundo sabía que Alexi y tú erais el uno para el otro —respondió Devlin con lágrimas en los ojos—. Después hablaremos de lo imprudente de tus acciones.

Ella le acarició la mejilla a su padre.

—Ahora tengo un marido, papá, y ya no tengo dieciocho años.

—Sí, es cierto, pero siempre serás mi pequeña.

Ella volvió a abrazarlo.

—Estoy bien —le aseguró—. Intacta y perfectamente bien.

—Gracias a Dios —dijo Devlin.

Clarewood le posó la mano en el hombro a Alexi.

—Bueno, entonces por fin has admitido lo irremediable, ¿no? —le preguntó con diversión.

—No sólo estoy enamorado, sino que estoy feliz de admitirlo —respondió Alexi—. Tal vez incluso te convenza de las ventajas de ser un hombre casado.

Clarewood puso los ojos en blanco. Todos sabían que su búsqueda de esposa, que ya duraba años, no se realizaba con demasiado entusiasmo.

Elysse estaba recibiendo el abrazo de Lizzie, la guapísima y regordeta condesa de Adare, y de su marido, Tyrell. Después se abrazó con su prima Margery, pero un niño pequeño que pasó corriendo entre ellas estuvo a punto de tirarlas. De repente, Margery y ella se vieron rodeadas de una tropa de pequeños que corrían hacia la puerta. Un niño pequeño y moreno dirigía la expedición. La última era una niña pelirroja.

—¿Adónde vais? —preguntó una voz severa. Claramente, era uno de los padres de los niños.

—Sólo vamos a explorar el laberinto —dijo el niño moreno, que se detuvo en la salida con los demás niños. Parecía muy decidido a defender su plan.

—Muy bien, podéis iros, pero sólo al laberinto —dijo Rogan O'Neill—. Y espero que volváis mucho antes de que anochezca.

Elysse se emocionó cuando Alexi se adelantó un paso y dijo:

—Los niños se pierden en ese laberinto todo el tiempo, mi joven amigo.

El niño abrió unos ojos como platos y la niña pelirroja se asustó. Entonces el niño exclamó:

—¡Me estáis tomando el pelo, señor!

Alexi sonrió.

—Pues sí.

Después miró a Elysse.

Ella le devolvió la mirada. Sabía que ninguno olvidaría nunca aquel día en el Castillo de Errol, y menos después de lo que le había ocurrido a ella. Entonces, Alexi fue rodeado por Jack, Ned y Clarewood, y agasajado con una copa de champán. Ella, con el corazón hinchado de amor, lo vio reírse y sonreír con sus amigos y su familia, mientras les contaba historias del gran continente africano. Oyó que Jack le preguntaba:

—¿Y te marchas a Cantón el día ocho, como tenías planeado?

A Elysse se le encogió el corazón. Era consciente de que él tendría que zarpar para Cantón lo antes posible; y aunque no podía evitar que eso la entristeciera, porque iba a echarlo de menos terriblemente, sabía que el futuro era de los dos. Alexi era el mejor comerciante con China de su época, y ella, su esposa, lo apoyaría incansablemente, aunque tuviera que hacer sacrificios personales. Además, ya estaba pensando en atraer a nuevos inversores a su compañía mientras él estuviera de viaje. Tenía muchos contactos en Londres, era una gran anfitriona y pensaba que podía ayudarlo inmensamente.

Estaban juntos, y era para siempre. Después de todo, él era un De Warenne.

—Nos vamos a China el ocho de agosto —dijo Alexi, mirándola fijamente—. Si Elysse desea acompañarme.

A ella se le escapó un grito. ¡Aquélla era la primera vez que mencionaba algo así!

Él sonrió lentamente y alzó la copa hacia ella para hacer un brindis.

—No hay nadie mejor para estar a mi lado que la mujer más valiente a la que he conocido, una mujer valiente, fuerte y elegante, por no mencionar que es bellísima.

Todos alzaron sus copas.

—Por mi mujer —dijo Alexi—. Soy el hombre más afortunado del mundo. Y por el futuro. Por nuestro futuro.

Todos corearon el brindis.

Ella se acercó con emoción, y él la abrazó. El futuro nunca le había parecido tan brillante, ni tan lleno de promesas.

—Por supuesto que iré a China contigo.

Él dejó su copa y la estrechó, y la besó largamente.

Más tarde, aquella noche, mientras estaba entre sus brazos, pensó en que habían cerrado el círculo desde aquella tarde en que se conocieron, de niños, cuando ella había intentado desairarlo y él había fanfarroneado sin parar sobre toda su vida. Elysse sonrió para sí, y le besó el pecho. La promesa que él le hizo se había convertido en realidad. El primer amor se había convertido en el amor verdadero, y Alexi de Warenne seguía siendo el hombre más fascinante que ella hubiera conocido nunca.

Títulos publicados en Top Novel

Cuando llegues a mi lado – LINDA LAEL MILLER
La balada del irlandés – SUSAN WIGGS
Sólo un juego – NORA ROBERTS
Inocencia impetuosa/Una esposa a su medida – STEPHANIE LAURENS
Pensando en ti – DEBBIE MACOMBER
Una atracción imposible – BRENDA JOYCE
Para siempre – DIANA PALMER
Un día más – SUZANNE BROCKMANN
Confío en ti – DEBBIE MACOMBER
Más fuerte que el odio – HEATHER GRAHAM
Sombras del pasado – LINDA LAEL MILLER
Tras la máscara – ANNE STUART
En el punto de mira – DIANA PALMER
Secretos del corazón – KASEY MICHAELS
La isla de las flores/Sueños hechos realidad – NORA ROBERTS
Juegos de seducción – ANNE STUART
Cambio de estación – DEBBIE MACOMBER
La protegida del marqués – KASEY MICHAELS
Un lugar en el valle – ROBYN CARR
Los O'Hurley – NORA ROBERTS
La mejor elección – DEBBIE MACOMBER
En nombre de la venganza – ANNE STUART
Tras la colina – ROBYN CARR
Espíritu salvaje – HEATHER GRAHAM
A la orilla del río – ROBYN CARR
Secretos de una dama – CANDACE CAMP

www.ingramcontent.com/pod-product-compliance
Lightning Source LLC
LaVergne TN
LVHW030334070526
838199LV00067B/6281